이화여자대학교 국어문화원 연구총서 4

# 고전문학의 언어와 표현

저자 소개(집필순)

**최재남** 이화여자대학교 국어국문학과 교수
**진영희** 이화여자대학교 국어교육학과 박사 수료
**양동주** 서강대학교 국어국문학과 석사 과정
**윤예전** 이화여자대학교 국어교육학과 석사 과정
**안세연** 이화여자대학교 국어국문학과 박사 과정
**이민규** 연세대학교 국어국문학과 박사 과정
**박소영** 이화여자대학교 국어국문학과 박사 과정
**박혜인** 이화여자대학교 국어국문학과 박사 과정
**이수정** 이화여자대학교 중어중문학과 박사 과정
**고진영** 이화여자대학교 국어국문학과 석사 과정

# 고전문학의 언어와 표현

**초판 1쇄 인쇄** 2018년 6월 21일
**초판 1쇄 발행** 2018년 6월 28일

**저 자** 최재남 외
**펴낸이** 이대현
**편 집** 권분옥
**디자인** 홍성권

**펴낸곳** 도서출판 역락
**주소** 서울시 서초구 동광로 46길 6-6 문창빌딩 2층
**전화** 02-3409-2058, 2060
**팩스** 02-3409-2059
**등록** 1999년 4월 19일 제303-2002-000014호
**이메일** youkrack@hanmail.net
**역락홈페이지** http://www.youkrackbooks.com
**역락블로그** http://blog.naver.com/youkrack3888

ISBN 979-11-6244-255-5 94810
      979-11-5686-225-3 (세트)

* 책값은 표지에 있습니다.
* 파본은 구입처에서 교환해 드립니다.

이 도서의 국립중앙도서관 출판예정도서목록(CIP)은 서지정보유통지원시스템 홈페이지(http://seoji.nl.go.kr)와 국가자료공동목록시스템(http://www.nl.go.kr/kolisnet)에서 이용하실 수 있습니다.(CIP제어번호: CIP2018019201)

이화여자대학교 국어문화원 연구총서 4

# 고전문학의 언어와 표현

최재남·진영희·양동주·윤예전·안세연
이민규·박소영·박혜인·이수정·고진영

**역락**

# 창간사

 이화여자대학교 '국어문화원'은 1972년 11월 25일 인문과학대학 부설연구소로 설립된 '한국어문학연구소'를 전신으로 하여 국어문화의 실용화를 아우르고자 2008년 5월 국어상담소를 흡수하면서 탄생하였다. 따라서 그 기반은 이화여자대학교 국어국문학전공의 전임교수와 대학원 이상 출신 연구원을 중심으로 한 국어학·고전문학·현대문학 분야의 축적된 연구 성과에 있다고 할 수 있다.

 그런데 '한국어문학연구소'가 '국어문화원'으로 개칭되면서부터는, 안팎으로 연구 성과보다는 실용화에 무게가 옮겨진 것이 사실이다. 그러나 이론적 토대가 없는 실용화는 다만 시의(時宜)를 쫓는 데 급급할 뿐 시대를 선도할 수 없는 사상누각(沙上樓閣)에 다름 아니다.

 이러한 점에서 '이화여자대학교 국어문화원 연구총서' 창간은 매우 중요한 의미를 갖는다고 할 수 있다. '국어문화원'이 그 전신인 '한국어문학연구소'가 지향하던 국어학·고전문학·현대문학의 심도 있는 연구 성과를 양분으로 삼아 시대적 요구에 부응하고 있다는 사실을 노정(露呈)하는 구체적인 결실이 바로 연구총서 창간이라고 할 수 있기 때문이다.

 오늘은 연구총서의 창간을 선포하였지만 이 연구총서의 지속적인 발간이 '한국어문학연구소'의 전통을 발전적으로 계승한다는 것을 의미함과 동시에 머지않아 자료총서 창간, 학위논문총서 창간 등으로 확대될 수 있기를 기원하는 바이다.

2015년 7월 31일
이화여자대학교 국어문화원 원장 최형용 삼가 적음.

# 머리말


　문학은 언어로 이루어진 예술이고 시는 문학의 정수(精髓)라고 할 때, 시의 언어와 표현에 대한 관심은 정수(精髓)를 밝히는 과정이라고 할 수 있다. 시를 시답게 하는 것이 율격적 장치라고 할 수 있을 것이며, 율격적 장치를 염두에 두면서 시적 언어와 문학적 표현을 중심으로 주제 구현이나 양식적 특성과 연계하여 검토하고, 나아가 이를 일상의 생활에 활용할 수 있는 방안을 모색하고자 한 것이 애초의 목표였다.

　진행 과정에서 고전시가를 중심으로 그 언어와 표현을 살피려고 준비하다가, 갈래에 한정하지 않고 노래를 전제로 하고 있는 작품까지 두루 다루다가 보니 이야기 시라고 할 수 있는 영역까지 확대되었고, 중국에서 노래를 포함한 작품까지 포괄하게 되었다. 그리하여 책 제목도 <고전문학의 언어와 표현>으로 정하게 된 것이다.

　이 책에서 다루고 있는 내용을 개략적으로 정리하면 다음과 같다.

　최재남의 글은 두 편인데 한 편은 고전시가의 언어와 표현에 대한 개괄적인 글로서 시적 창조와 관습의 양 축에서 언어와 표현에 대한 관심을 환기한 것이고, 다른 한 편은 김익의 시조 6수를 발굴 소개하면서 관습시의 입장에서 구성과 의미를 살핀 것이다.

　진영희의 글은 <관서별곡>과 <관동별곡>을 대상으로 언어와 표현을 살핀 것인데, 구체적으로 서사 구조와 언어 표현, 어휘의 사용 등으로 나누어 점검하고 있다.

　양동주의 글은 <누항사>의 시적 언어와 표현을 살피면서 '허위허위'와 '설피설피'에 주목하여 관념적 측면과 사실적 측면이 상호보완을 이루어 시적 효과를 이루는 부분을 주목하고 있다.

윤예전의 글은 설득적 담화의 측면에서 <만언사>를 다루면서 크게 관계 지향적 표현 전략과 개성적 표현의 두 가지로 나누고 다시 세부 항목을 설정하여 자세하게 검증한 것이다.

안세연의 글은 잡가 <선유가>의 언어와 표현을 노랫말의 형성과 관련하여 살핀 것으로, 노랫말의 구성과 내용에서 사랑과 이별의 사설을 가지게 된 배경에 관심을 드러내고 있다.

이민규의 글은 임화의 『조선민요선』을 대상으로 그 민요관을 살피고, 서정성의 언어와 표현을 애욕적 감정과 이야기성에 중점을 두고 점검한 것이다.

박소영의 글은 <무숙이타령>의 사설 정착인 <게우사>와 <춘향전>의 이본 <남원고사>를 비교하면서 주제 의식과 등장인물, 언어와 표현, 언어 변용, 표현 양상 등을 살피고 있다.

박혜인의 글은 <오호딕장긔>와 <셔초픽왕긔>를 중심으로 19세기 서사양식에서 역사인물평의 언어와 표현을 살피면서 『삼설기』의 서사적 특징과 인물들과의 관계를 해명하고자 한다.

이수정의 글은 판소리 <춘향가>와 잡극 <서상기>를 대상으로 사랑 주제라는 공통항으로 견주면서 구연 형태, 언어와 표현 양상 등을 살피면서 그 유사성에 주목하고 있다.

고진영의 글은 소동파의 <전적벽부>가 조선조에 수용된 양상을 살핀 것으로, <전적벽부>의 언어 표현을 검토한 뒤에 서거정, 윤선도, 조찬한의 작품을 통해 수용 양상을 살피고 있다.

이 책에 실린 글은 2015년 가을과 2017년 가을에 이화여대 대학원 과정의 고전시가의 언어와 표현이라는 과목에 참여한 사람들이 함께 토론하면서 이룬 성과이다. 아직 수학의 과정에 있는 사람들이라 미숙한 부분이 있더라도 너그러운 마음으로 읽어주기를 바란다. 필자 중에는 이화여대에서 공부하고 있는 사람들은 물론이고 이웃의 연세대와 서강대에서 공부하는 사람들도 참여하고 있어서 이른바 신촌 지역에 연고를 두고 있는 셈이다. 공부하고 있는 전공으로 따져도 고전시가뿐만 아니라 고전소설, 한문학, 중국고전시가, 현대문학 등 매우 다양한 입장에 있어서 다양한 시각으로 바라보고 있다고 할 것이다.

2018년 4월
최 재 남

# 차례

## 〈누항사〉의 언어와 표현 연구 ‖ 양동주

## 설득적 담화로서의 〈만언사〉의 언어와 표현 ‖ 윤예전

## 조선조 소동파 〈전적벽부〉의 수용 ‖ 고진영

# 고전시가의 언어와 표현

## 1. 서언

　박두진이 <시인>이라는 시에서 시인이 하늘의 말을 전하는 사람이라고 한 것을 포함하여, 시로 쓴 시론 등에서 많은 시인들이 시인의 천재성과 시의 독창성을 말하는 것을 볼 수 있는데, 실제 시를 만나게 되면 어디에서 미리 본 듯한 익숙한 느낌을 가질 때가 많다. 윤동주의 <서시>에서 "하늘을 우러러 한 점 부끄러움이 없기를, 잎새에 이는 바람에도 나는 괴로워했다."의 언어와 표현은 『맹자』 「진심(盡心)」의 군자삼락(君子三樂)의 일락(一樂)과 『맹자』 「등문공(滕文公)」에서 군자를 바람[風]에 소인을 풀[草]에 견준 초상지풍(草尙之風)에 기반을 둔 관습임을 확인할 수 있고, 이육사의 <청포도>는 "내 그를 맞아 이 포도를 따 먹으면, 두 손은 함뿍 적셔도 좋으련"에서 의미상 완결이 이루어진 것으로 볼 수 있는데, 마지막에 "아이야 우리 식탁엔 은쟁반에, 하이얀 모시 수건을 마련해 두렴"으로 의도적 완결을 꾀하고 있다. 시조 종결에서 "아이야 ~해라(하렴)"라는 종결의 관습을 염두에 둔 것으로 추정할 수 있다. 엘리엇은 그러한 것을 두고 전통(Tradition)[1]에 빚지고 있는 것이라고 하였거니와, 알게 모르게 이미 존

재했던 작품들과 갈래에 일정한 신세를 지고 있는 것은 숨길 수 없는 진
실이라고 할 수 있다. 지고 있는 빚의 크기에 따라서 때로는 표절(剽竊)이
라는 가혹한 비난을 퍼붓기도 하는데, 과연 모든 시인이 자유로울 수 있
을 것인지 장담하기 어렵다. 이규보는 시에서 마땅하지 않은 아홉 가지를
들고 있기도 한데, 이 중에 언어에 관한 부분도 놓치지 않고 있다. 특히
신어(新語)에 대한 강조는 자기 스스로 터득한 것을 창조해야 한다는 것으
로 이해할 수 있다.2)

　서양의 문학에서도 호머(Homer)가 끼친 영향은 너무나 커서 호머의 언
어와 표현에 대한 관심은 지속적으로 이어졌고 때로는 부정적인 인식으
로 있었지만 다른 한편으로는 이야기를 구성하고 전승시키는 핵심적인
개념으로 받아들이기도 하였다.

　이와 관련하여 라틴 문학에 대한 이탈리아의 시학자 콩트(G. B. Conte)의
다음과 같은 진술은 음미할 만하다.

　　그러나 시적 창조는, 관습 그 자체가 관장하는 너머의 관습에 대항하여
　성공적인 긴장에 자리하고 있다. 시적 창조는, 만약 우리가 "자유"를 실재
　의 필요한 조건들을 받아들이는 것을 의미하는 것으로 이해하면, 하나의
　조건부 자유이다. 의심할 여지없이, 관습에 대항하는 성공적인 긴장은 그
　의 이름에 어울리는 한 편의 시를 생산하는 데에 책임을 져야 하는데- 한
　편의 시는 새로운 것을 탄생시킴으로써 역사를 만들어가는 것이다. 하지
　만, 역사가처럼 우리는 오직 새로운 것과 거기에서 관습들을 경시하는 것
　을 찾아내는 데에 대항하여 감시해야 하며, 그러한 것이 없다면 우리들의
　확실한 것의 의미는 우리들의 발 아래로 옮겨질 것이다. 우리가 균형을 유
　지하지 않는다면, 우리가 최소한으로 되고자 할 때, 우리는 역사를 왜곡하

---

1) T. S. Eliot, 「전통과 개인의 재능」, 이창배 역, 『T.S.엘리올 문학론』(정연사, 1957), 15면.
2) 이규보, 「答全履之論文書」, 「論詩中微旨略言」 참조.

는 죄를 짓게 될 것이다.3)

시적 창조와 관습 사이에 균형을 유지해야 한다는 것으로 정리할 수 있
을 터인데, 시적 창조와 관습의 양 축을 아울러 고려하면서 시의 언어와
표현을 점검하되, 독특한 방법으로 문학적 관습들을 체계화하는 양상까지
살피도록 한다. 일반적으로 서정시라고 할 수 있는 시조를 포함하여 이야
기 시(narrative poetry)라고 할 수 있는 판소리까지 아울러 다루고자 한다.

## 2. 시적 구성과 언어와 표현

### (1) 시조의 구성과 표현의 양상

우선 이황(李滉, 1501~1570)의 <도산십이곡>의 한 작품을 보도록 한다.

> 天雲臺(천운대) 도라드러 玩樂齋(완락재) 瀟灑(소쇄)호디
> 萬卷生涯(만권 생애)로 樂事(낙사) ] 無窮(무궁)호애라
> 이 중에 往來風流(왕래풍류)룰 닐러 므슴 홀고.
>
> ─김천택 편, 『청구영언』, 33.

3) G. B. Conte, *The Rhetoric of Imitation : Genre and Poetic Memory in Virgil and other Latin Poets*, Trans, C. Segal, Cornell UP, 1986, p.95. Poetic creation lies in a successful straining against convention over which, however, convention itself presides. Poetic creation is a conditional freedom, if we understand "freedom" to mean the acceptance of the necessary conditions of existence. Undoubtedly, the successful straining against convention is responsible for producing a poetry worthy of its name - a poetry that makes history by giving birth to thenew. As historians, however, we must guard against seeking out only the new and there neglecting the conventions, without which our sense of the authentic would shift beneath our feet. Unless we maintain the balance, we shall be guilty, when we least wish to be, of falsifying history.

언학 1로 천운대를 두루 돌아다니다가 완락재로 들어가니 맑고 산뜻하다고 하였다. 완락이 주선생의 「명당실기(名堂室記)」에, "완상하여 즐기니, 족히 여기서 평생토록 지내도 싫지 않겠다."라고 하는 말에서 따온 것이라고 했으니, 그 자체가 맑고 깨끗하다는 것이 아니라, 천운대를 비롯한 바깥의 자연경물에서 시름없이 노닐며 흥취를 즐기는 가운데 마음이 맑고 산뜻하게 된 것이다. 산뜻한 마음으로 수많은 책을 읽노라면 즐거운 일이 다함이 없을 것이라고 하고 있다. 그리고 완락재와 천운대 사이를 오고가는 일을 풍류(風流)로 받아들이면서 지속적으로 이어가겠다고 한 것이다. 풍류에 대한 인식 전환이 이루어진 사실도 주목할 수 있다.

다음 낭원군(朗原君 李侃, 1640~1699)의 시조를 보도록 한다.

淨友亭(정우정) 도라드러 最樂堂(최락당) 閑暇(한가)ᄒᆞᆫ듸
琴書生涯(금서 생애)로 樂事(낙사)ㅣ 無窮(무궁)ᄒᆞ다마ᄂᆞᆫ
이 밧긔 淸風明月(청풍명월)이야 어닉 그지 이시리.

—위의 책, 173.

이 시조는 아버지 인흥군이 마련한 정우정을 돌아다니다가 최락당으로 들어가니 맑고 겨르롭다는 것이다. 겨르로운 가운데 거문고와 책이 있는 삶에 즐거운 일이 다함이 없을 것인데, 여기에 맑은 바람과 밝은 달이 있으니 더욱 좋다고 하였다.

두 사람은 시대가 140여 년의 차이가 있으며, 이황은 도산서당에서 낭원군은 최락당에서 지내는 삶을 노래하고 있으니 서로 다른 상황과 감흥이라고 할 수밖에 없다.

그러나 두 작품에 사용된 언어와 표현은 매우 긴밀한 연관을 맺고 있는 것으로 볼 수 있다. 우선 다음과 같이 구조화할 수 있다.

□□□ 도라드러 ○○○ 한가훈듸
◇◇◇◇로 낙사ㅣ 무궁ᄒᆞ얘라
이즁(밧)(의) ☆☆☆☆롤(이야) 널러 므슴 홀고(어니 그지 이시리).

첫 행의 □□□는 외부 공간에 해당하고, 그곳에서 내부공간인 ○○○로 이동하니 겨르룝다고 한 것이다. 둘째 행의 ◇◇◇◇는 내부공간 ○○○에서 지내는 방법에 해당하는데, 그렇게 지내니 즐거운 일이 다함이 없다고 한 것이다. 그리하여 3행의 종결에서 화자가 지향하는 태도가 ☆☆☆☆로 집약되어 표현되고 있다.

3행의 전환과 종결이 "왕래풍류"와 "청풍명월"로 나타나고 있어서 두 작품이 같은 지향이라고 단정할 수는 없지만, 1행과 2행은 지소와 도구만 다를 뿐 같은 상황맥락이라고 볼 수밖에 없다. 만약 이황의 시조를 독창적인 것으로 인정하면 낭원군의 시조는 이황의 시조가 이룩한 관습을 활용한 언어와 표현이라고 해야 할 것이다. 창작의 상황보다 연행의 상황이 강조된 시조에서 이러한 공식구(formula)나 공식구적 표현(formulaic expression)에 근거한 작시를 쉽게 발견할 수 있다.[4] 그런데 위와 같이 창작 상황이 분명하고 작가가 확인되는 작품의 경우에도 기존의 언어와 표현을 활용한 작시가 이루어지고 있다는 점은 연행의 상황만 작동하고 있다고 하기 어렵다.

한편 황진이의 시조는 자신의 독특한 문법을 표상하고 있어서 주목할 수 있다.

---

4) 최재남, 「구비적 측면에서 본 시조의 시적 구성방식」, 국문학연구 64집, 서울대학교 대학원 국문학연구회, 1983. 최재남, 「시조 종결의 발화상황과 화자의 태도」, 『고전문학연구』 4집 (한국고전문학회, 1988). 최재남, 「시적 구성의 관습성과 형상화의 보편성」, 『천봉 이능우박사 칠순기념논총』(간행위원회, 1990)

冬至(동지)ㅅ둘 기나긴 밤을 한허리를 버혀 내여
春風(춘풍) 니불 아레 서리서리 너헛다가
어론 님 오신 날 밤이여든 구뷔구뷔 펴리라.

—위의 책, 287.

우선 "동지ㅅ둘 밤"과 "춘풍 니불"의 대비가 시간의 추이와 공간의 변화에 대한 강렬한 인상을 환기하고 있다. 게다가 긴 시간과 따뜻한 공간을 대립적으로 제기하고 있어서 상상의 날개를 펼치고 있다. 한편 "서리서리"와 "구뷔구뷔"에 드러난 움직임은 시간과 공간을 마음대로 주무르는 태도를 보여주고 있어서 일품이다. 님과 함께 할 수 없는 시간을 툭 잘라서 따뜻한 이불 속에 "서리서리" 갈무리하였다가, 사랑하는 님이 오는 날 밤 시간에 같은 공간에서 "구뷔구뷔" 펼치겠다는 기대로 드러난 것이다.

1행 4음보 3행의 정형시라는 율격 장치에서 각 행의 성격과 각 음보의 성격이 균일하지 않은 점을 고려할 때, 음보와 음보의 결합으로 나타나는 구(句)의 특성과 3행의 종결 방식에 대한 면밀한 검증이 시조의 구성에서 언어와 표현의 특성을 해명할 수 있는 새로운 길이 될 것이다. 특히 위에서 예시한 몇 작품에서 확인할 수 있는 바와 같이 둘째 행의 첫째 음보와 둘째 음보에 드러난 언어 표현과 정보량에 대한 관심과 종결의 태도로 연결되는 양상을 주목할 필요가 있다. 이황의 시조에서 "萬卷生涯(만권생애)로", 낭원군의 시조에서 "琴書生涯(금서생애)로", 황진이의 시조에서 "春風(춘풍) 니불 아레" 등이 모두 이러한 관찰 대상이 되는 것이다.

한편 장시조에서는 세 개의 단락이라는 큰 틀을 유지하면서 세부 율격은 많은 편차를 보이고 있어서, 시적 구성과 언어와 표현에서 관찰할 내용이 많아질 수 있다.

　　두고 가논의 안과 보내고 잇논의 안과

　　두고 가논이논 雪擁藍關(설옹남관)에 馬不前(마부전)이여니

　　보내고 잇논의 안흔 芳草年年(방초년년)에 恨不窮(한불궁)이로다

—김천택, 앞의 책. 468.

　　나모도 바히 돌도 업슨 뫼헤 매게 쏘친 가토릐 안과

　　大川(대천) 바다 한가온대 一千石(일천석) 시른비에 노도 일코 닷도 일코

농총도 근코 돗대도 것고 치도 싸지고 ㅂ람 부러 물결치고 안개 뒤섯계

즈자진 날에 갈길은 千里萬里(천리만리) 나믄듸 四面(사면)이 거머 어득 져

믓 天地寂寞(천지적막) 가치노을 떳논듸 水賊(수적) 만난 都沙工(도사공)의

안과

　　엇그제 님 여흰 내 안히야 엇다가 ᄀ을ᄒ리오

—김천택, 앞의 책. 572.

　앞에 인용한 468번 작품은 실제 율격에서 1행 4음보 3행의 틀과 약간
의 차이가 있을 뿐, 거의 같은 구성으로 볼 수 있다. 그런데 첫 행에서
"두고 가논"과 "보내고 잇논"의 "안"을 견주면서 2행과 3행에서 각각 "두
고 가논"과 "보내고 잇논"을 풀이하고 있다는 점에서 1행 4음보 3행의
시조가 보여주는 시상의 전개와 종결 방식과는 일정한 차이가 있다. 그런
데 각각의 풀이가 "雪擁藍關(설옹남관)에 馬不前(마부전)"5)과 "芳草年年(방초
년년)에 恨不窮(한불궁)"6)의 칠언(七言)의 정보로 되어 있어서, 실제 풀이이
면서 동시에 새로운 함축이라고 할 수 있다. 두고 가는 사람의 아쉬움과
보내고 있는 사람의 안타까움을 칠언(七言)의 원시(原詩)가 가진 정보로 확
산될 수 있도록 열어놓은 셈이다.

---

5) 원시는 한유(韓愈)의 七律 <左遷至藍關示姪孫湘>이고, 해당 구절은 경련(頸聯) "雲橫秦嶺家
何在 雪擁藍關馬不前"이다.

6) 원시는 이달(李達)의 <三五七言>이고, 해당구절은 5・6구 "郞君獨向長安道 芳草年年恨不
窮"이다.

그런데 572번 작품도 "안"을 말하고 있어서 그 내면의 태도와 견줄 수 있기도 하지만, 언어와 표현의 층위에서 살피자면 태도의 측면에서 내면의 진정성(眞正性)보다 표현의 확장성이라는 방향을 택하고 있다는 점을 주목할 수 있다. 실제로 "가토릐"와 "都沙工(도사공)"과 "내"의 "안"이 견주어지고 있다. 그런데 객관적 진정성의 층위에서 보면, 숨을 곳이라고는 전혀 없는 산에서 매에게 쫓기는 "가토릐"의 마음과 넓은 바다에서 파선의 위기에 처한 데다 날마저 어두운데 수적(水賊)을 만난 "都沙工(도사공)"의 마음과 엊그제 님을 여읜 나의 마음 등의 비교 대상에서, "가토릐"와 "都沙工(도사공)"은 목숨이 걸려 있는 다급한 상황이고 "내"는 내면의 인식에 걸려 있다. 그런데 앞의 두 상황이 표면화되고 가시적인 것이라면 세 번째의 상황은 겉으로는 쉽게 확인하기 어려운 내면의 문제로 제기된 것이다. 특히 둘째 단위의 "都沙工(도사공)"의 사례가 매우 긴박하고 안타까운 경우라고 할 수 있는데, 긴 사설을 가곡창의 3장에서 정해진 시간에 노래로 부르자면 속도가 빨라지게 된다. 긴박하고 어려운 상황에 노래의 속도까지 빨라지면서 상황 인식의 긴장은 높아지게 되는 것이다. 문학적 형태에서 3단의 구성을 지키면서 음악적 형태에서 5장을 유지하는 과정에 언어와 표현의 확장을 활용하는 양상이 장시조에서 읽어야 하는 핵심이라고 할 수 있을 것이다.

## (2) 가사의 언어적 진술

정형시인 시조와 달리 가사는 '1행 4음보 연속의 율문'으로 규정되는 율격 제약이 좀 느슨한 갈래이다. 그러므로 언어와 표현에 있어서 여유가 생길 수 있는 것이다. 가사를 두고, "이 <歌>며 <詞>는 어쩌면 우리말로 구성지게 씌어진 문학적 작품들이면 몰아쳐 붙여졌었던 당시의 한 관례일 뿐인지도 모른다."7)라고 한 이능우 선생의 입장은 가사의 언어와 표현에 주목해야 하는 큰 길을 열고 있다고 할 수 있다. "우리말로 구성지게 씌어진 문학적 작품들이면 몰아쳐 붙여졌었던 당시의 한 관례"라면 가사에 드러난 우리말의 구성짐에 대한 관심을 일으킬 수 있기 때문이다. 이와 함께 이희승 선생이 <추풍감별곡>, <춘면곡>, <사시풍경가>, <상사별곡> 등의 장편의 가사에서 "수다스러운 대목"을 많이 볼 수 있다고 지적한 점8)도 우리들이 새삼 주목해야 할 내용이다.

그러므로 이희승 선생이 말한 "수다스러움"과 이능우 선생이 지적한 "구성짐"이 가사의 구성에서 드러난 언어와 표현의 특성을 검증하는 데 긴요한 지침이라고 할 수 있을 것이다. 수다스러움과 구성짐을 바탕으로 시적 긴장을 추동하는 언어와 표현의 잘 알려지지 않은 양상을 해명하는 과제가 우리들 앞에 놓여 있는 것이다.

실제로 가사는 구체적이든 암묵적이든 어떤 대상이나 청자를 설정하여 서술 주체 혹은 화자가 자신의 견해를 계기적(繼起的)으로 서술하는 갈래이기 때문에, 계기적 서술을 이루는 서술층위가 관습적이거나 공식적인 표현에 큰 비중을 두고 진술되는 것으로 파악할 수 있다. 사람살이의 내용에 따라 또 그 변화에 따라 공시적·통시적으로 드러나는 서술의 차이를 살펴볼 필요가 있는 것이다. 다시 말하면 사람살이의 내용에 비중을 두는 것이라기보다 사람살이의 내용을 어떻게 표현하고 있느냐에 중점을 두고 살핀다는 것이다.

서술층위는 가사의 개념으로 정의한 1행 4음보 연속의 율문이라는 틀에서, '반 행+반 행', '1행+1행', '1행+여러 행', '여러 행+여러 행' 등

---

7) 이능우, 『가사문학론』(일지사, 1977), 106면.
8) 최재남, 「일석 이희승 선생의 고전시가 연구」, 『애산학보』 37집(2011), 『노래와 시의 울림과 그 내면』(보고사, 2015), 374~375면.

의 결합으로 나타나는 것으로 설정할 수 있다. 그리고 이러한 결합을 이끌어내는 기본적인 요소가 사람살이의 구체적 내용 또는 내면적 태도 등과 관련되어 있다고 볼 수 있는데, 그 구체적인 항목은 ① 제기된 상황, ② 상황에 대한 반응, ③ 공간 혹은 장소 또는 자연 환경, ④ 시간 또는 시간의 표지를 나타내는 자연의 변화, ⑤ 등장인물이나 주변 상황의 차이, ⑥ 내면의 토로, ⑦ 옷차림을 포함한 치장 및 음식물⋯ 등을 들 수 있다. 이러한 구체적인 항목이 서술층위를 이루는 중요한 요소가 되는 것이다. 그리하여 기본 항목이 이들 서술층위를 이루는 각각의 요소들과 관련하여 개별 가사의 작품에서 혹은 작품 군에서 구체적으로 드러나는 진술의 양상이 무엇이며, 그것이 시대적으로 어떤 편차와 진폭을 보이고 있는지 또 그 의미가 무엇인지 밝히는 것이 중요한 과제가 될 것이다.

우선 송순의 <면앙정가>부터 살피도록 한다.

> 넙거든 기노라 프르거든 희지마니
> 쌍룡이 뒤트는듯 긴깁을 치펏는듯
> ⋯⋯
> 닷는듯 짜로는듯 밤낮즈로 흔르는듯
>
> ― 송순, 〈면앙정가〉

제월봉에 마련한 면앙정 앞을 흘러가는 물길을 형상화한 것인데, 넓음과 깊, 푸름과 흼의 대비를 통하여 물의 형색을 그린 것이나, 쌍룡이 뒤틀고 긴 깁을 채 펼친 것을 견주면서 물줄기를 형상한 것을 포함하여 AABA형으로 "듯"을 활용하는 수법이 단순하지 않다. '구성짐'의 특성을 지니고 있다 할 것이다.

> 술리 닉어가니 벗지라 업슬소냐

블닉며 틋이며 혀이며 이아며
온가짓 소리로 취흥을 비야거니
근심이라 이시며 시롬이라 브텨시랴
누우락 안즈락 구부락 져츠락
을프락 프람ᄒ락 노혜로 노거니

— 송순, 〈면앙정가〉

술과 벗이 함께 한 자리에서 노래를 부르기도 하고, 악기를 타기도 하며, 악기를 켜기도 하고, 끊어지지 않고 이어지게 하면서 온갖 소리로 취흥을 돋우어, 근심과 시름을 떨쳐버린다고 하였다. 이러한 일들이 모두 "~며"의 서술형 연결어미로 이어지고 있어서 현장의 동시성을 보여주고 있다. 흥취가 도도해지면 놀이에 참석한 사람들은 눕기도 하고, 앉기도 하며, 굽히기도 하고, 젖히기도 하며, 읊기도 하고, 휘파람 불기도 하면서 거리낌이 없어진다. 이때에는 뜻이 상대되는 두 동작이나 상태가 번갈아 되풀이됨을 나타내는 연결 어미 "~락"을 쓰고 있다. 긴장보다는 이완이 드러난 장면이라 할 수 있다.

송순의 이러한 언어와 표현은 정철의 <관동별곡>에서도 쉽게 확인할 수 있는데, 보폭이 훨씬 크고 규모가 장대해졌다고 할 수 있다. 면앙정 주변의 경물과 관동 전 지역의 인사와 경물이 이런 차이를 가져왔다고 할 수 있다.

눌거든 쮜디마나 셧거든 솟디마나
부용을 고잣ᄂᆞᆮ 백옥을 믓것ᄂᆞᆮ
동명을 박츠ᄂᆞᆮ 북극을 괴왓ᄂᆞᆮ

— 정철, 〈관동별곡〉

나는 것에서 뛰는 것으로 선 것에서 솟은 것으로 견주어 말하고 있으면서, "닷"을 통해 비유하는 방식이 부용, 백옥, 동명, 북극 등 장대한 규모로 나타난다. 이미 첫 머리에서 "平丘驛(평구역) 물을ᄀ라 黑水(흑수)로 도라드니, 蟾江(섬강)은 어듸메오 雉岳(치악)이 여기로다"라고 하면서 핵심과 주변을 가르면서 빠른 보폭을 보였던 것과 같은 맥락이다. 평구→여주→섬강→치악으로 내닫는 길이 짧지 않음에도 관동의 방면지임을 맡은 공인으로서 경기도 권역인 평구와 여주는 건너뛰듯이 지나가고 있는 것이다.

그런데 <면앙정가>와 <관동별곡>의 다음 대목에서 각각 시적 긴장을 추동하는 언어와 표현의 잘 알려지지 않은 양상을 읽어내야 할 것이다. '구성짐' 이면에 감추어진 긴장 또는 화자가 진정 드러내고자 하는 의도로 볼 수 있기 때문이다.

> 너븐 길 밧기요 진 하늘 아러
> ……
> 희황을 모을러니 니적이야 ᄀ로괴야
> 신선이 엇더던지 이몸이야 ᄀ로고야
>
> — 송순, <면앙정가>

> 오르디 못ᄒ거니 ᄂ려가미 고이홀가
> ……
> 바다밧근 하늘이니 하늘밧근 므서신고
> ……
> 기픠룰 모르거니 ᄀ인들 엇디알리
>
> — 정철, <관동별곡>

<면앙정가>에서는 길과 하늘의 구도에서 화자인 사람이 서 있는 위상을 제시하고 있다. 그리고 "밧ᄀ"과 "아러"의 범위를 통하여 화자의 태도

를 분명하게 하고 있다. 제월봉 위에 선 화자가 시야에 들어오는 광경을 마음대로 그릴 수 있게 하면서, 그 위로 하늘이 있음을 인식하게 한 구성이다. 이것은 화자의 시선이 길 바깥으로 향할 수 있도록 하되, 하늘 아래에 머물도록 제한한 것이다. 면앙(俛仰)의 자세가 분명하게 갖추어지게 된 것이다. 따라서 마무리 부분에서 땅 위이면서 하늘 아래 선 화자가 "니젹", "이몸"을 통하여 "희왕"과 "신선"을 느낄 수 있도록 배려한 셈이다. 그러므로 <면앙정가>는 제월봉 위에 마련한 면앙정에서 태평시대의 지상선(地上仙)으로 살아가는 삶의 모습을 형상화하고 있다고 정리할 수 있는 것이다. 여기에서 "너븐 길 밧기요 진 하늘 아리"의 구성에 드러난 언어와 표현이 <면앙정가>의 바탕과 핵심을 이루고 있다고 할 것이다.

한편 <관동별곡>은 인용한 세 부분이 그러한 핵심이라고 할 수 있다. 우선 비로봉(毘盧峰) 꼭대기를 바라보면서 "오ᄅ디 못ᄒ거니 ᄂ려가미 고이홀가"라고 한 진술이 속내를 드러내지 않으려는 긴장의 한 측면과 자신은 공자와 같은 성인의 반열에 다다르지 못했다는 표면적인 겸양의 측면을 강조하는 특성을 보인다고 할 수 있는데, 망양정(望洋亭)에서 "바다밧근 하늘이니 하늘밧근 므서신고"라고 한 대목은 매우 파격적이면서 앞에서 비로봉에서 보였던 태도와 달리 긴장의 끈을 풀어버리는 것이라 할 수 있다. 바다→ 하늘 → □□로 이어지는 미지의 세계 "□□"에 대해 제한 없이 서슴없이 말하고 있는데, 비록 술의 힘을 빌렸다고 할지라도 강원도관찰사라는 공인(公人)의 입장에서는 선뜻 표출할 수 있는 진술이 아니라고 할 수 있다. 그런데 화자는 마무리 부분에서 "기픠롤 모ᄅ거니 ᄀ인들 엇디알리"라고 하여 수습의 길을 보여준다. "기픠"와 "ᄀ"에 대한 변별을 통하여 "기픠"가 물의 본질임을 깨닫는 방식이다. 결국 비로봉에서의 진술과 망양정에서의 진술을 종합할 때 <관동별곡>의 시적 긴장을 읽어낼 수 있게 되는 것이다. 산의 높이와 물의 깊이에 대한 통합적 인식을 통하여 군자(君子)의 길, 바른 정치의 길을 내면화하고 있는 셈이다.

정철의 <관동별곡>에서 보여준 이러한 진술은 송순이 <면앙정가>에서 "너븐 길 밧기요 진 하놀 아릐"라고 하여 미리 면앙(俛仰)의 자세를 갖추었던 입장과 아주 다른 것으로, 여정의 진행 과정에서 긴장의 정도를 조절할 수 있기에 가능했던 것이 아닌가 여겨진다. 가사의 유형에 따라 언어와 표현이 달라지는 사정을 읽어낼 수 있는 대목이기도 하다.

이어서 잡가를 살피게 되면 우리들은 가사의 진술과는 다른 새로운 현상을 주목하게 된다. 시적 긴장만큼이나 언어와 표현의 변화를 감지하게 되기 때문이다.

> 원산은 *첩첩* 태산은 *주춤*
> 기암은 *칭칭* 장송은 *낙낙*
> 에이 구부러저
> 광풍에 홍을 겨워 *우줄우줄* 춤을 춘다
> 칭암절벽상에
> 폭포수는 *콸콸* 수정렴 드리운듯
> 이골물이 *주루룩* 저골물이 *솰솰*
> 열의열골물이 한데 합수하야
> 천방저 지방저 소쿠라지고 펑퍼저
> 넌출지고 방울저
> 저건저 병풍석으로 으르렁 *콸콸*
> 흐르는 물결이 은옥가치 흐터지니
>
> —신명균 편, 가사집(상), 〈유산가〉

그대로 '수다스러움'의 연속이다. 이탤릭체로 표시한 "첩첩", "주춤", "칭칭", "낙낙", "우줄우줄", "콸콸", "주루룩", "솰솰", "콸콸"은 형세나 움직임 등을 표현하고 있는 것으로, 음성상징에 해당한다. 이러한 시적 구

성이 노래의 리듬과 연결되어 유산(遊山)의 흥취를 배가시키고 있다고 할
수 있다. 규범적인 4음보 율격을 준수하지 않고 있는 듯하지만, 음성상징
과 리듬의 결합으로 오히려 자연스러운 4음보로 느끼게 한 점은 잡가가
지니고 있는 잘 알려지지 않은 양상이라 새로운 주목의 대상이다.

### (3) 판소리의 문학적 진술

판소리는 이야기를 노래하는 가객인 '광대가 서사적 줄거리를 고수의
장단에 맞추어 창과 아니리로 엮어가는 구비서사시'라고 규정할 수 있다.
가사에 대한 이능우 선생의 개념 규정을 주목하면서, 가사가 "우리말의
진술 방식의 가능한 모든 유형들을 실험할 수 있었던, 우리 국문문학의
가장 전략적일 수 있었던 항목"으로 보고, 이어서 "가사의 이러한 진술
방식의 백과사전적 총체가 아마도 저 판소리 장르였을지도 모른다."[9]라
고 한 김병국 선생의 예언을 새삼 주목할 수 있을 것이다. 실제 김병국
선생은 가사의 문학적 진술에 대한 예리한 통찰을 보여주고 있기도 하
다.[10]

판소리의 진술에서 주목할 수 있는 것은 줄거리의 중심에 해당하는 핵
심적인 생각들(the groups of ideas)[11]과 이들을 서사적으로 엮어가는 원리인
데, 엮는 과정에서 진술된 언어와 표현이 우리들의 관심을 환기한다.

---

9) 김병국, 「가사의 장르적 성격과 문학성」, 『현상과 인식』 1권 4호(1977, 겨울), 『한국고전문
   학의 비평적 이해』(서울대출판부, 1995), 168면.
10) 김병국, 「판소리의 문학적 진술 방식」, 『국어교육』 34호(한국국어교육연구회, 1979), 「판
    소리 서사체와 문어체 소설」, 『현상과 인식』 5권1호(1981, 봄), 「구비서사시로 본 판소리
    사설의 구성방식」, 『한국학보』 27집(일지사, 1982, 여름), 세 편 모두『한국고전문학의 비
    평적 이해』(서울대출판부, 1995)에 재수록.
11) A.B.Lord, *The Singer of Tales*, Harvard University Press, 1981. 68면. Marshall R. Pihl, *The
    Korean Singer of Tales*, Harvard University Asia Center, 1994. 86면 참조.

　우선 <춘향가>에서 춘향과 이도령이 서로 만나 여러 날을 함께 지내면서 정이 들어 <사랑가>로 즐기는 대목을 보도록 한다. 이 대목은 춘향과 이도령의 사랑이 이팔청춘의 풋사랑으로 평가할 수준을 능가하고 있다.

　(아니리)
　하루는 안고 누워 둥굴면서 사랑가로 즐겨 보는듸,
　(진양)
　만첩청산 늙은 범이 살진 암캐를 물어다 놓고,
　이는 다 덥쑥 빠져 먹든 못허고,
　<u>으르르르르르르</u> 어흥 넘노난 듯,
　단산 봉황이 죽실을 물고 오동 속을 넘노난 듯,
　북해 흑룡이 여의주를 물고 채운간의 넘노난 듯,
　구곡 청학이 난초를 물고 세류간으 님노난 듯,
　내 사랑, 내 알뜰, 내 간간이지야,
　오오어 둥둥 니가 내 사랑이지야.
　목락무변수여천으 창해같이 깊은 사랑,
　삼오 신정 달 밝은듸 무산 천봉 완월 사랑,
　생전 사랑이 이러허니 사후 기약이 없슬소냐!
　너는 죽어 꽃이 되되 벽도홍 삼춘화가 되고
　나도 죽어 범나비 되되, 춘삼월 호시절에 니 꽃송이를 덤쑥 안고
　너울너울 춤추거드면 니가 날인 줄 알으려무나.
　화로허면 접불래라 나비 새 꽃 찾아간즉, 꽃 되기는 내사 싫소.
　그러면 죽어서 될 것 있다.
　너는 죽어서 종로 인경이 되고, 나도 죽어 인경 마치가 되여,
　밤이면 이십팔수, 낮이 되면 삼십삼천
　그저 댕 치거드며는 니가 날인 줄 알려무나.
　인경 되기도 내사 싫소.

그러면 죽어 될 것 있다.

너는 죽어 글자가 되되, 따 지, 따 곤, 그늘 음, 아내 처, 계집 여 자 글

자가 되고,

나도 죽어 글자가 되되, 하늘 천, 하늘 건, 날 일, 볕 양, 지아비 부, 사나

이 남, 기특 기, 아들 자 자 글자가 되어,

계집 여 변에가 똑같이 붙여 서서 좋을 호 자로만 놀아를 보자.

　　　　　　　　—조상진 창, 〈춘향가〉, 『판소리 다섯 마당』(브리태니커, 1982), 42면.

　　〈사랑가〉를 가장 느린 진양 장단에 맞추어 부르고 있는데, 진양 장단
은 사설의 극적인 상황이 느슨하고 서정적인 대목에서 흔히 쓰이는 것[12]
이다. 그 언어와 표현은 크게 세 개의 단락으로 구분하여 살필 수 있다.
우선 두 사람 사이의 관계를 범과 암캐, 봉황과 죽실, 흑룡과 여의주, 청
학과 난초의 짝으로 각각 설정하여, "A가 B를 물고(물어다 놓고) C를 넘노
난 듯"의 구성으로 엮어가고 있다. 그리고 A가 자리한 공간이나 꾸미는
말로 "만첩청산 늙은", "단산", "북해", "구곡" 등이 제시되어 있고, C에
해당하는 것으로 "만첩청산 늙은 범"의 경우에는 "이는 다 덥쑥 빠져 먹
든 못허고, 으르르르르르르 어홍"으로 확장적으로 진술한 반면, 그 다음
은 각각 "오동 속", "채운간", "세류간" 등으로 그 생태의 특성을 반영한
공간으로 표현하였다. 이 단락에서는 관찰자의 비유적인 서술이 중심이
다. 다음 단락은 본질적인 내용이면서 반복적으로 이어져서 후렴이라고도
할 수 있는 "사랑"이 펼쳐지는데, "내 사랑", "내 간간", "깊은 사랑", "완
월 사랑"이 그 내용이다. 이 단락에서는 이도령으로 비정되는 "나"가 화
자로 설정되어서 상대인 "너"를 부르면서 진술하고 있다. 다음 단락은 생
전 사랑뿐만 아니라 사후 기약도 제시하고 있는데, 꽃과 나비, 인경과 마

---

12) 이보형, 「판소리란 무엇이냐?」, 『판소리 다섯 마당』(브리태니커, 1982), 12면.

치, 음의 글자와 양의 글자 등으로 대비시키고 있다. 여기에서 주목할 것은 관찰자의 비유적인 서술도 아니고, 화자 "나"의 직접적인 진술도 아니고, 이도령으로 비정되는 "나"와 춘향으로 비정되는 "나"가 서로 실랑이를 하면서 엮어가고 있다는 점이다. 일차로 꽃과 나비의 관계에서 나비가 새 꽃을 찾아가니 싫다고 하자, 다시 이차로 인경과 마치의 관계로 전환시키는데 이것도 싫다고 하자, 3차로 음의 글자와 양의 글자의 관계로 설정하여 계집 여(女)와 아들 자(子)의 결합처럼 좋을 호(好)로 놀아보자는 것으로 마무리하고 있다.

첫 단락에서 이도령에 비정되는 "범", "봉황", "흑룡", "청학"을 주체로 먼저 제시하여 객체의 소극성을 암시하고 있고, 둘째 단락에서는 이도령에 비정되는 "나"가 중심이 되어 진술하고 있는데, 셋째 단락에서는 춘향에 비정되는 "꽃", "인경", "음의 글자"를 먼저 제시하면서 춘향에 비정되는 "나"의 적극적인 태도를 아울러 드러내고 있는 것이 큰 특징이다.

이러한 세 층위를 큰 구도 속에서 설정하면 각 단락에 해당하는 세부 항목에서는 관계의 축에 해당하는 부분이 늘어나게 할 수도 있고 줄어들게 할 수도 있어서, 언어와 표현의 변화와 함께 사설의 내용이 확장될 수도 있고, 축약될 수도 있다.

느린 진양 장단으로 부르던 <사랑가>는 아니리에 이어서 업고 노는 놀이를 하면서 중중몰이로 넘어가는데, "이리 오너라"와 "내 사랑", "니가 무엇을 먹으랴느냐?" 등 언어의 반복이 점점 늘어나고, 춘향으로 비정된 화자 "나"는 "아니 그것도 나는 싫소"를 연발하면서 더욱 적극성을 띠고 있다. 중중몰이는 사설의 극적인 상황이 춤추는 대목, 활보하는 대목, 통곡하는 대목일 때에 쓰이는 것[13]으로 알려져 있다. 다음으로 다시 아니

---

13) 이보형, 위의 글, 13면.

리와 함께 춘향이가 이도령을 업고 놀면서 중중몰이 장단이 이어지는데,
"내 낭군", "좋을 호"의 춘향의 언어와 행동에 이몽룡의 "정자 노래"로
화답하고 있다. 다시 아니리와 함께 이번에는 잦은몰이 장단으로 "궁자
노래"가 이어지면서 합궁에 이른다. 잦은몰이는 격동하는 대목에서 쓰이
는 것14)이다.

> (잦은몰이)
> 궁자 노래를 들어라. 궁자 노래를 들어라.
> 초분천기 개탁 후 인정으로 창덕궁, 진시황의 아방궁,
> 용궁에는 수정궁, 왕자 진의 어목궁, 강 태공의 조작궁,
> 이 궁 저 궁을 다 버리고, 이 궁 저 궁을 다 버리고,
> 너와 나와 합궁하면 이 아니 좋더란 말이냐.
> 어허, 이리 와. 어서 벗어라, 잠자자.
> 아이고, 부끄러워 나는 못 벗겠오.
> 아서라, 이 계집, 안 될 말이로다. 어서 벗어라, 잠자자.
> 와락 뛰여 달려들어 저고리, 치마, 속적삼 벗겨 병풍 위에 걸어놓고, 둥
> 뚱땅 법 중 여 자로다.
> 싸나운 상마 암말 덮치듯, 양각을 취하더니,
> 비개는 우구로 솟구치고 이불이 벗겨지며,
> 촛불은 제대로 꺼졌구나.
>
> —위의 책, 43~44면.

궁자 노래에서 "창덕궁", "아방궁"을 든 뒤에 "조작궁"의 방아 찧기의
전환을 통하여 "합궁"으로 연결시키고 있다. 이 과정에서도 춘향으로 비
정되는 화자 "나"는 거절의 태도를 분명하게 드러내고 있다. 앞에서 제시
한 진양에서 중중몰이를 거쳐 잦은몰이에 이르기까지 "저" 등의 낮춤 표

---

14) 위와 같은 곳.

현을 사용하지 않고, "나"라고 말하고 있는 점은 새삼 반추할 필요가 있다. 그리고 실제 합궁의 대목에서 "비개는 우구로 솟구치고 이불이 벗겨지며, 촛불은 제대로 꺼졌구나."라고 하여, 베개, 이불, 촛불을 들어서 은유적으로 표현한 것은 앞에서 이들의 행동을 직설적이거나 직유로 표현한 것과 견주면 또 달리 살펴야 할 부분인 셈이다.

다음으로 살필 부분은 <흥보가>에서 흥보가 형 놀보에게 곡식을 얻으러 갔다가 지리산에서 가지고 온 박달 몽둥이로 매를 맞는 대목이다. 빠르게 소리를 몰아가는 잦은몰이 장단으로 불린다.

> (잦은몰이)
> 놀보놈 거동 봐라. 지리산 몽둥이를 눈 우에 번쩍 추여들고,
> 네 이놈 흥보놈아! 니 내 말을 들어봐라.
> 쌀말이나 주자 헌들, 남대청 큰 두지으 가득가득이 쌓였으니 너 주자고
> 두지 헐며,
> 볏말이나 주자 헌들, 천록방 가리노적 다물다물이 쌓였으니 너 주자고
> 노적 헐며,
> 돈냥이나 주자 헌들, 옥당방 용목궤에 관을 지어서 넣었으니 너 주자고
> 관돈 헐며,
> 싸리기나 주자 헌들, 황계 백계 수십 마리가 주루루루루 벌여 있고,
> 찌경이나 주자 헌들, 궂인 방 우리간에 떼도야지가 들었으며,
> 식은밥이나 주자 헌들, 새끼 난 암캐 두고 너 주자고 개 굶기랴!
> 잘 살기 내 복이요 못살기 네 팔자라, 굶고 벗고 내 아느냐?
> 강새암의 계집 치듯, 담에 걸친 구렁이 치듯, 여름날 번개 치듯,
> 냅더 철퍽 후닥딱!
> 아이고 형님 박 터졌소!
> 냅더 후닥딱!
> 아이고 형님, 다리 부러졌소! 아이고 형님 나 다시는 안 오리다.
> 다시는 안 도랄 터이오니,

살려 주오, 살려 주오, 제발 덕분으 살려 주오.
홍보가 몽둥이를 피하노라고 이리 닫고 저리 닫고,
대문을 걸어 잠갔으니 나갈 듸도 없고,

— 박봉술 창, 〈흥보가〉, 위의 책, 132면.

놀보의 인색함과 잔인함이 여실히 드러나는 대목이다. 이 대목 앞의 아니리에서 놀보가 마당쇠에게 곳간의 문을 열게 하고 곡식을 주는 것이 아니라 지리산에서 도끼자루 하려고 갖다 놓은 박달 몽둥이를 가지고 나오라고 한 바 있다. 실제 사설은 크게 두 단락으로 나눌 수 있는데, 홍보에게 한 톨의 곡식도 줄 수 없다는 것을 말하는 대목과 몽둥이로 홍보를 치는 대목이 그것이다. 그리고 곡식을 줄 수 없다고 말하는 대목도 다시 두 부분으로 가를 수 있다. "쌀말", "볏말", "돈냥"으로 묶을 수 있는 큰 덩어리의 곡식과 "싸리기", "찌경이", "식은밥"으로 묶을 수 있는 보잘것 없는 것들로 세분할 수 있는 것이다. "쌀말", "볏말", "돈냥"은 매우 큰 단위라고 할 수 없지만, 실제 이것이 "큰 두지", "가리노적", "용목궤"라는 큰 묶음 속에 헐지 않은 상태로 있기 때문에 덜어줄 수 없다는 것이고, "싸리기", "찌경이", "식은밥"은 "닭", "돼지", "개" 때문에 줄 수 없다는 것이다. 모두 그럴 듯한 핑계이지만, 놀보의 인색함이 점점 강화되는 순서로 엮어놓았다. 그리하여 "잘 살기 내 복이요 못살기 네 팔자라, 굶고 벗고 내 아느냐?"라는 놀보의 철학을 밝힌 뒤에, 몽둥이질이 시작된다. 몽둥이질의 잔인함은 "강새암의 계집 치듯", "담에 걸친 구렁이 치듯", "여름날 번개 치듯" 매우 빠르게 인정사정없이 이루어지는 데서 확인되거니와, "냅더 철퍽 후닥딱"에서 함부로 이루어지고 있음을 알 수 있다. 결국 "박 터졌소", "다리 부러졌소"의 결과로 나타나는데, 더구나 "대문을 걸어 잠" 근 데서 작정하고 시작한 것임을 짐작하게 한다.

<춘향가>의 '사랑가', <흥보가>의 놀보의 몽둥이질 대목에서 살펴본 바와 같이 판소리는 서사적 줄거리를 엮고 이어가는 방식에서 언어와 표현이 매우 다양하게 드러나고 있음을 알 수 있다. 이 과정에 빠르기를 규정하는 장단이 실제 언어와 표현의 호흡과 일정하게 연관되어 있음을 확인하였다. 빠른 장단으로 바뀔수록 반복과 열거가 빈번해지는 것도 하나의 특성으로 지적할 수 있다. 그리고 같은 장단 안에서도 몇 단계의 서술 전환이 이루어지고 있음도 주목할 사실이다. 이와 함께 아니리도 장면의 전환이나 장단의 변화를 유도하는 데에 긴요한 역할을 맡고 있는 것으로 이해해야 할 것이다. 다른 한편으로 호흡을 조절하는 역할도 맡은 것으로 볼 수 있다.

## 3. 소결

우리는 늘 보통 사람이 잘 모르는 하늘의 말을 전하거나 새롭고 감동적인 언어를 통해 가슴을 울리는 시인과 가객을 기대하고 있다. 실제로 소동파의 <적벽부>에서 보듯, 기민한 언어로 보편적 감정을 그려내면서 읽는 이로 하여금 최면상태에 빠져 들게 하고 그 분위기에 휩쓸릴[15] 때 그 작품이 가지는 본질을 공유하고 많은 사람들이 그 탁월함을 수긍할 수 있게 될 것이다. 정철의 <관동별곡>을 읽으면서 그 완급 조절의 능란함과 상황 설정과 전개의 느긋함[16]에 빠져 들어가는 것도 같은 범주이며, 뒷날

---

15) 임어당, *The Gay Genius; The Life and Times of Su Tungpo*, 진영희 역, 『소동파평전』(지식산업사, 2012), 317면.
16) 최재남, 「<관동별곡>과 <사미인곡>의 형상화와 진술방식의 차이」, 『어문교육논집』 제13·14합집(1994), 『노래와 시의 울림과 그 내면』(보고사, 2015)에 재수록.

정치적 배려의 차원에서 정철의 인품에 대한 신뢰를 회복시키는 방법으로 <훈민가> 보급[17]을 시도한 것도 <훈민가>의 언어가 주는 친밀감을 주목하였기 때문일 것이다. 감상적이고 상투적인 표현이나 내용에서 벗어나게 하면서 익숙함을 바탕으로 친근감과 편안함을 느끼고, 그 노래와 시 안으로 빠져들 수 있도록 시의 언어와 표현을 활용하고 창의적으로 사용하는 일이 매우 절실하다고 할 것이다.

---

17) 최재남, 「<훈민가> 보급의 경과와 그 의미」, 『고시가연구』 21집(2008), 『노래와 시의 울림과 그 내면』(보고사, 2015)에 재수록.

## 참고문헌

김병국, 「가사의 장르적 성격과 문학성」, 『현상과 인식』 1권 4호(1977, 겨울), 『한국고 전문학의 비평적 이해』(서울대출판부, 1995)

김병국, 「구비서사시로 본 판소리 사설의 구성방식」, 『한국학보』 27집(일지사, 1982, 여름), 『한국고전문학의 비평적 이해』(서울대출판부, 1995)

김병국, 「판소리 서사체와 문어체 소설」, 『현상과 인식』 5권1호(1981, 봄), 『한국고전문학의 비평적 이해』(서울대출판부, 1995)

김병국, 「판소리의 문학적 진술 방식」, 『국어교육』 34호(한국국어교육연구회, 1979), 『한국고전문학의 비평적 이해』(서울대출판부, 1995)

이능우, 『가사문학론』(일지사, 1977)

이보형, 「판소리란 무엇이냐?」, 『판소리 다섯 마당』(브리태니커, 1982)

최재남, 「구비적 측면에서 본 시조의 시적 구성방식」, 국문학연구 64집, 서울대학교 대학원 국문학연구회, 1983.

최재남, 「시조 종결의 발화상황과 화자의 태도」, 『고전문학연구』 4집(한국고전문학연구회, 1988)

최재남, 「시적 구성의 관습성과 형상화의 보편성」, 『천봉 이능우박사 칠순기념논총』(간행위원회, 1990)

최재남, 「<관동별곡>과 <사미인곡>의 형상화와 진술방식의 차이」, 『어문교육논집』 제13·14합집(1994), 『노래와 시의 울림과 그 내면』(보고사, 2015)

최재남, 「<훈민가> 보급의 경과와 그 의미」, 『고시가연구』 21집(2008), 『노래와 시의 울림과 그 내면』(보고사, 2015)

최재남, 「일석 이희승 선생의 고전시가 연구」, 『애산학보』 37집(2011), 『노래와 시의 울림과 그 내면』(보고사, 2015)

T. S. Eliot, 「전통과 개인의 재능」, 이창배 역, 『T.S.엘리옽 문학론』(정연사, 1957)

임어당, The Gay Genius; The Life and Times of Su Tungpo, 진영희 역, 『소동파평전』(지식 산업사, 2012)

G. B. Conte, The Rhetoric of Imitation : Genre and Poetic Memory in Virgil and other Latin Poets, Trans, C. Segal, Cornell UP, 1986.

A.B.Lord, The Singer of Tales, Harvard University Press, 1981.

Marshall R. Pihl, The Korean Singer of Tales, Harvard University Asia Center, 1994.

# 시적 구성의 관습성과 형상화의 보편성*
## 죽하당 김익(金熤)의 단가 6수

최 재 남

## 1. 서론

　시조의 시적 구성에 대한 근래의 관심은 연행의 관습에 의해 유사한 구
조를 보이고 있으며, 시적 의미의 형상화에도 보편성이 지속되고 있음을
밝히는 쪽으로 기울어지고 있다. 이러한 경향은 시(詩)로서의 인식보다 가
(歌)로서의 인식을 제기하는 것이며, 보는 시를 위한 시론(詩論)으로서 보다
듣는 시로서의 시론에 대한 관심을 반영하는 것이라고 할 수 있다. 구비
연행적 측면을 강조하여 시조의 시적 구성에 관심을 가진 이래,1) 공식적
표현 이외에도 작자 또는 시인의 독창적인 창조의 몫도 함께 고려해야 한
다는 쪽으로 시야를 확대하고,2) 관습시론의 입장에서 외현 요소와 내재
요소를 유형화하여 시조유형론을 설정하는 단계로 나아갔다.3) 이후 시조

---

＊ 이 글은 『천봉 이능우박사 칠순기념논총』(1990), 323~338면에 수록된 것으로 한글로 표기
　하는 것을 원칙으로 문맥의 수정을 한 것이다.
1) 최재남, 「구비적 측면에서 본 시조의 시적 구성방식」, 『국문학연구』 64집(서울대 국문학연
　구회, 1983)
2) 신연우, 「어구 결합방식을 통해 본 시조의 구성원리」, 『문학연구』 4(1986)
3) 김대행, 『시조유형론』(이대출판부, 1986)

사 전면에 걸친 양상을 점검하는 쪽으로 확장되기도 하였다.[4] 이러한 흐름은 시조의 시학을 해명하기 위한 일련의 노력을 어떠한 시각에서 진행하고 있는가를 보여주는 것이며, 나아가 시조 연구의 방향성을 암시하는 것이라고 할 수 있다.

이 글은 근래의 연구 성과를 검토하고 관습시론으로 시조의 시학을 밝히려는 노력에 수긍하면서 관습성과 창조의 몫이 구체적으로 어떻게 나타나는가에 관심을 기울이며, 나아가 한국시가의 문학적 관습을 밝혀보려는 의도로 새로 발견된 죽하당 김익(竹下堂 金熤, 1723~1790)의 단가 6수를 구체적으로 검토하면서 그 양상을 밝혀보고자 한다.

## 2. 죽하당 시조의 내용

죽하당 김익의 시조는 『죽하집(竹下集)』(사본)[5] 권4에 단가(短歌)라는 제하에 치성작(雉城作) 2수, 탐라작(耽羅作) 2수, 능성작(能城作) 1수, 동주작(東州作) 1수 등 모두 6수가 실려 있는데, 지금까지 학계에 소개되지 않았다.

우선 원문부터 들도록 한다.

白日(백일)은 지를 넘고 黃河(황하)는 바다로 든다
千里目(천리목) 다ᄒ오려 一層樓(일층루) 올나가니
님겨신 九重金闕(구중금궐)이 어듸멘고 ᄒ노라

壽星樓(수성루) 달발근밤에 去國愁(거국수)도 홈도홀샤

---

4) 나정순, 「시조 장르의 시대적 변모와 그 의미」(이화여대 박사논문, 1989)
5) 서울대 도서관 古 3428-258, 20권 10책(稿本)

思美人(사미인) 한 曲調(곡조)를 눈물섯거 일워두고
塞雁(새안)이 向南飛(향남비)홀제 님겨신듸 부치고져
— 右 雉城作(우 치성작)

瀟湘江(소상강) 나린믈이 瀛洲(영주)바다 되닷말가
屈三閭(굴삼려) 忠魂(충혼)이 어듸메 노니ᄂᆞ니
舟子(주자)ㅣ야 비 밧비 저어라 一盃相弔(일배상조) ᄒᆞ오리라

滄波(창파)는 ᄒᆞᆫ이업고 구룸조차 머흐런니
孤臣(고신) 一葉舟(일엽주)를 定處(정처)업시 씌여두고
밤즁만 北斗星(북두성) 바라고 눈물계워 ᄒᆞ노라
— 右 酖羅作(우 탐라작)

春明門(춘명문) 下直(하직)ᄒᆞ고 赤壁江(적벽강) 나려오니
紅蓼花(홍료화) 깁흔 곳의 빗치 ᄉᆞ이ᄉᆞ이
白鷗(백구)야 날 본 체 말아 世上(세상) 알가 ᄒᆞ노라
— 右 能城作(우 능성작)

山窓(산창)이 寂寞(적막)ᄒᆞ니 夕陽(석양)이 거의로다
松杉(송삼) 깁흔 골의 伐木聲(벌목성)이 丁丁(정정)ᄒᆞ니
이곳의 隱君子(은군자) 잇ᄂᆞ야 ᄎᆞᄌᆞ볼가 ᄒᆞ노라
— 右 東州作(우 동주작)

전부 6수의 시조를 앞의 4수와 뒤의 2수로 대별한다면 각기 지향하는
바가 확연하게 다름을 알 수 있다. 앞의 4수가 님에 대한 목소리라면 뒤
의 2수는 스스로의 태도를 밝힌 것이라고 할 수 있다. 그리고 각 작품이
이미지의 형상화에 있어서 다른 내용을 보이고 있지만, 형상화의 방식에
있어서는 보편성을 추구하고 있다고 볼 수 있다. 한 작품씩 구성의 방식
과 형상화의 방법을 검토하도록 한다.

<백일(白日)은~>의 작품과 <수성루(壽星樓)~>의 작품을 함께 보도록
한다. 두 작품 모두 치성작(雉城作)이고 명시되어 있다. 김익의 생평을 통해
서 볼 때 58세(1780년), 62세(1784년), 64세(1786년) 등 수회에 걸쳐서 동지
정사(冬至正使)로 중국에 가는데,6) 위의 두 작품은 이 어름에 이루어진 것
이라고 할 수 있다. <백일은~>의 경우를 『역대시조전서』의 작품과 견주
어 보면 다음과 같은 구성의 관습성을 발견할 수 있다.

(1) 1209/1. 1210/1, 1540/1⁷⁾

(2) 1209/2

(3)

(4) 317/4, 320/4, 372/3, 1181/2, 1194/4, 1468/2, 1858/1, 2019/1, 2074/2,
2110/2, 2133/2, 2498/2, 2847/2, 3306/2

(5) 40/5, 1481/5, 1880/5, 2122/5, 2823/5

(6)

특히 (4),(5)에서 공식적 표현을 다양하게 볼 수 있는데 (4)에서는 새로
운 낱말의 대치로 인한 공식적 표현의 유형을 확인할 수 있고, (5)는 임금
이 계신 곳을 뜻하는 공식구이다. <백일은~>에서는 천자가 있는 궁궐이
라는 점에서 구중금궐(九重金闕)로 나타나고 있다. (1)에서는 해지는 것을
표현한 것으로, "백일은 서산의 지고"(1209/1), "백일은 염염하원평(冉冉下遠
平)ᄒ고"(1210/1), "서산에 일모(日暮)ᄒ니"(1540/1) 등의 다른 양상을 보이
고 있다. (2)는 "황하는 바다로 든다"(1209/2)로 나타나기도 한다. (4)가
다양한 낱말의 대치로 나타난다고 했는데, 그것을 그림으로 나타내면

---

6) 정조 4년 6월 동지정사, 정조 8년 7월 정사, 정조 10년 7월 동지사은정사.

7) 1209/1은 심재완 편, 『역대시조전서』의 작품번호 1209와 시조를 6개의 구로 나눈 제1구를
가리킨다. (1),(2) 등도 6개의 구로 나눈 제1구, 제2구를 가리킨다.

다음과 같다. <관동별곡>은 정철의 가사 <관동별곡>에 나오는 내용을
가리킨다.

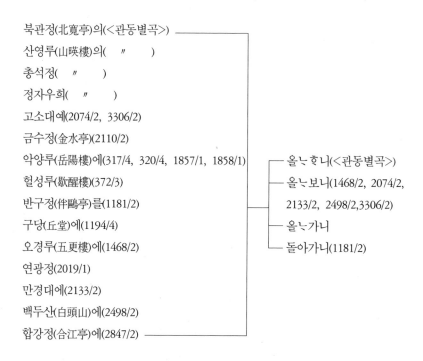

결국 (4)의 양상은 "×××에 올라가니(보니)"라는 통사구조에서 "×××"에
발화자가 말하고자 하는 장소만 대입하면 되는 구조를 보이고 있다. 따라
서 <백일은~>의 시조는 (1),(2)에서 시간적, 정황적 상황을 제시하고,
(3),(4)에서 ×××에 올라 천자가 있는 구중금궐로 시선을 돌리는 것을 형
상화하고 있으며, 이러한 형상화의 방법이 이미 보편화되어 있는 정서를
이용하고 있다는 점에서 관습적이라 할 수 있다. 자기가 서 있는 위치에
서 님을 향한 자세를 분명히 하고 있으며, 주변 상황을 덧보탤 수 있다면
아직 천자가 있는 궁궐에 이르기 전에 내면에 잠재하고 있는 호기심과 경

외감이 아울러 표출되고 있다는 점을 지적할 수 있다.

한편 <수성루(壽星樓)~>는 같은 발상법에서 님을 향한 목소리이지만 앞의 경우와는 달리 구체적 우리 임금에게로 향한 뚜렷한 자세를 보여주고 있다. 이것은 앞의 <백일은~>의 시조가 상징적인 중심으로서의 님을 향한 자세였다고 한다면, <수성루~>의 경우는 상하의 관계를 남녀의 관계로 치환할 수 있는 구체적인 우리 임금 정조 대왕이라고까지 할 수 있는 셈이다. 구성에서의 관습성은 (1)과 (6)에 집중적으로 드러난다. (1)의 경우는 이미 내적 상실과 결핍을 말하기 위하여 공식적으로 밝은 달의 이미지를 형상화하는 표현으로 관습화되어 있다. <백일은~>의 (4)와 같이 명사의 대치로 인해 형성된 것이다.

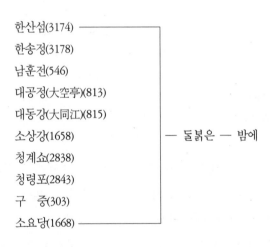

한산섬(3174)
한송정(3178)
남훈전(546)
대공정(大空亭)(813)
대동강(大同江)(815)
소상강(1658)
청계쇼(2838)
청령포(2843)
구 중(303)
소요당(1668)

— 둘붉은 — 밤에

구체적 장소를 나타내는 한산섬, 한송정, 대동강 등이 대치되기만 하면 되는 통사 유형에 이국 땅 '수성루(壽星樓)'가 대입되어 객수를 환기시키고 있다. 이것은 구체적 장소가 아니라 "ᄀᆞ득 둘볼근 밤의"(87/1), "꽃피고 달 밝근 밤에"(218/1) 등과 같이 일반적 상황을 말하는 것에서 비롯되었다고 할 수 있다. (2)의 경우는 "객수도 하도하다"(397/4)와 같은 표현이며, 이국에 간 사신에게 밝은 달이 뼈에 시리도록 안겨준 내적 갈등인 것이다. 따라서 님을 향한 목소리 사미인(思美人)은 자연스러운 것이며, 님의 부재를 말하는 방식에서 님은 한 곳에 그대로 있는데 화자가 떠나와 있는 상황을 말하는 상실의 층위이다. 특히 상하의 군신 관계를 남녀 관계로 치환시켜 사미인의 방식을 택하는 것은 동양적 발상법의 중요한 한 특징이라고 할 수 있다.

(5)에서의 기러기의 등장은 형상화의 보편성이다. 이러한 것을 주제적 관습이라 할 수도 있고 공식적 이미지라고 할 수도 있다. 기러기-소식이라는 이미지의 형상화 방식은 작시자는 물론 독자(청중)에게까지 연쇄적인 기억의 창고에 저장되어 있다가 환기적인 고리로 화자와 청자를 결합시키는 구실을 맡고 있다. 기러기-소식의 연쇄는 시조에만 한정되는 것이 아니고 고전시가 전반에 공통적이며 나아가 문학적 관습으로 뿌리박혀 있는 것이다. 그리하여 (6)에서는 다시 공식적 표현으로 마무리하고 있다. "님겨신듸 보내오져"(<사미인곡>), "봉황루의 븟티고져"(<사미인곡>), "님겨신듸 쏘이고져"(<사미인곡>), "님겨신듸 비최고쟈"(153/2), "님겨신듸 보니고져"(479/4, 1688/4), "님겨신듸 전후리라"(921/6) 등과 같은 것이다. 이외에도 유사한 표현과 같은 의미를 지니는 다른 표현을 들면 더 많이 있지만 예만 거론하는 것이 중요하지 않기에 생략하기로 한다.

<수성루~>의 시상을 정리하면 이국의 달 밝은 밤에 고국의 님 그리는 사미인을 기러기를 통해 전하고자 하는 형상화의 방법이다. (1)과 (6)의 구성적 관습성과 (1)에서 (6)으로 이어지는 형상화의 보편성이 낯설지 않은 작품으로 인식하게 만드는 힘이 되고 있다.

이상에서 치성작 2수를 보았는데, 두 작품 모두 님을 향한 목소리이며 <백일은~>의 님과 <수성루~>의 님이 차이가 있음을 보았다. 좀 더 상

상을 허락한다면 <백일은~>의 진술은 정철의 <관동별곡>에서 말하는
님의 형상화이고, <수성루~>의 진술은 <사미인곡>에서 말하는 형상화
의 한 예라고 할 수 있다. 실제 표현에 있어서도 <백일은~>이 <관동별
곡>의 표현과 유사한 점이 (4)에서 나타나고, <수성루~>의 경우는 (6)에
서 <사미인곡>과 공통되는 부분을 찾을 수 있다. 이것은 <관동별곡>의
경우 님이 추상적, 관념적인 님인데 비해서, <사미인곡>에서는 구체적인
님으로 형상화된다고 설정했을 때 성립될 수 있는 가설이다.

　다음 탐라작(耽羅作)이라고 밝혀져 있는 <소상강(瀟湘江)~>과 <창파(滄
波)논~>을 함께 묶어서 살펴보도록 한다. 기록을 검토할 때 김익은 47세
인 영조 45년(1769) 2월에 제주로 귀양을 갔는데,8) 이 2수는 이때 지어진
것으로 추정할 수 있다. <소상강~>의 경우는 자신의 처지를 굴원(屈原)
에 견주고 있고, <창파논~>의 경우는 다시 님을 향한 목소리로 나타나
고 있다.

　우선 <소상강~>의 구성을 보면, (1),(2)가 관습적 구성을 따르고 있다.
"××× 나린 물이 ○○○ 되단 말가"로 이어지는 통사 구조이다. '×××'에
는 화자가 발화하고자 하는 지리적, 공간적 환경이 제시되기 마련이다.
"소양강"(<관동별곡>), "오십천(五十川)"(<관동별곡>) 등은 관동의 공간적 배
경이고, "구곡수"(283/1), "멱라(汨羅)"(1024/1), "백두산"(1176/1), "선인교"
(1583/1), "수양산"(1701/1, 1702/1), "양화도(楊花渡)"(1901/1), "율령천(栗嶺川)"
(2263/1, 2264/1), "압록강"(2345/3), "천보산(天寶山)"(2763/1), "합류대(合流臺)"
등으로 확장되어 다양하게 나타나는 공식적 표현이다. 그리하여 (2)에서
와 같이 "남강수(南江水) 되단 말가"(283/2), "압록강이 되얏도다"(1176/2)로

---

8) 영조 45년 2월, "제주목에 천극되게 되어서 마침내 수레에 실려서 나갔다.(栫棘于濟州牧 遂
乘轝出)"

연결되어 나타나게 된다. 이러한 연결은 (1)의 '×××'에 해당하는 인물의 행적과 화자가 현재 위치한 (2)의 '○○○'의 자신을 대비시키는 방식을 취하기 때문이다. (3)의 경우도 그대로 표현되는 때(2918/3)가 있고, "충혼의백이"(2119/3)로 변모되어 나타나는 경우도 있다. (5) 이하에서는 환기적 태도9)에 의해 발화자의 발화에 청자를 끌어들이고 있다. 결국 <소상강~>의 시상은 천극(梅棘)의 유배를 떠나는 상황에서 자신의 처지를 굴원의 경우와 견주어 자위하고 있는 셈이며, 이러한 형상화의 방식이 아직은 덜 고통스러운 상태에서 제기되고 있는 것이다. 견주는 방식에 핵심을 두고 있기 때문에 (1),(2)의 관습적 구성이 중심을 이룬다.

  <창파는~>에서는 견주는 방식의 여유가 사라지고 상실의 고통으로 바뀌어서 님을 향한 목소리를 직접적으로 드러낸다. <소상강~>에서 굴원에 견줄 정도로 여유가 있었던 데 비하여 원찬(遠竄)의 유배 생활은 그런 여유를 마련할 틈이 없게 된 것이다. 그리하여 화자의 직접적 목소리에 중심이 모이고 (6)에서 공식구로 드러난다. 자신이 자리해야 할 곳이 어디인가를 자각하고 내가 님에게서 밀려났다고 인식하는 상실은 님의 부재를 말하는 방식에서 중요한 위치를 차지한다. 1114/6, 1478, 2257, 2733, 2759, 2957, 3114, 3149 등에서 널리 사용된 표현이며, 유사한 표현으로 "시름 계워 ᄒ노라"(1553/6), "한숨겨워 ᄒ노라"(1776/6, 2294/6) 등이 시조의 작시에 사용되고 있다. 님에게서 떨어져 있는 화자의 거리가 (1),(2)와 같이 형상화되고 있다. 푸른 물결을 사이에 두고 구름마저 험악한 거리는 실제적인 거리 이상이다. 님에게서 떨어진 거리를 확인하고 취할 수 있는 태도란 님을 향한 목소리를 극명하게 드러내는 길이 있다. 낮

---

9) 최재남, 「시조 종결의 발화상황과 화자의 태도」, 『고전문학연구』 4집(한국고전문학연구회, 1988), 251~254면.

의 시간에서 님과의 거리를 깨닫고 님에게로 가까이 갈 수 없음을 자각한 것과 함께, 밤의 시간에 님이 계시는 곳을 향해 내면의 심정을 드러내 보이는 방법을 택하고 있는 것이다. 님이 계시는 곳이 북두성(北斗星)으로 형상화되어 있다는 것은 북두성이 움직이지 않고 고정되어 있다는 것을 말함이고, 중심이 된다는 것을 표현한 것이다. 중심이며 고정된 북두성을 향해 눈물겨워하는 일은 이미 널리 수용되어 왔던 형상화의 방법이라고 할 수 있다.

탐라작 2수는 님을 향한 목소리이면서도 치성작과는 다른 상황에서의 발화임을 보여주고 있다. 사행(使行)이라는 공적 임무를 띠고 가면서 느끼는 님을 향한 태도와, 귀양길이라는 개인적 불행의 노정에서 님을 향한 울부짖음의 차이가 그것을 분명하게 한다. 특히 조선시대의 사회구조가 철저하게 중심(中心)을 향해 구심적(求心的)이라는 점을 염두에 둘 때 님을 향한 목소리는 다양한 상황에서 님의 부재를 말하는 방식의 차이를 보여준다.

다음 능성작(能城作) 1수와 동주작(東州作) 1수는 치성작, 탐라작과 견주면 화자가 지향하는 방향이 판이하게 다르다. 님을 향한 목소리는 볼 수 없고 님에게서 멀어지고 있는 목소리가 선명하다. 능성작의 경우는 님에게서 멀어지는 과정을 함께 말하고 있고, 동주작의 경우는 자연에 묻혀 있는 상황을 드러내는 것인데 흔히 일컫는 강호시가(江湖詩歌), 전원시(田園詩)10)에 해당한다.

능성작 <춘명문(春明門)~>은 님이 있는 곳, 중심이 있는 곳을 떠나 개인적 지향을 나타내는 것인데, (3)의 경우 "만학이 깊은 곳에"(981/1), "만

---

10) 김병국, 「한국 전원문학의 전통과 그 현대적 변이 양상」, 『한국문화』 7(서울대 한국문화연구소, 1986)

학천봉 운심처에"(982/1) 등이나 다음 <산창(山窓)이~> 시조의 (3)에서 볼 수 있는 것처럼 "구학산(九鶴山) 깁흔골에"(306/1), "남산 깁흔 골에"(509/1), "삭거한처(索居閑處) 깁흔 골에"(1526/1), "창옥병(蒼玉屛) 깁흔 골의"(2736/1)와 같은 표현으로 구성되고 있다. 붉은 여뀌 꽃이 핀 깊은 곳은 결국 춘명문으로 표상된 세계와 대가 되는 것이다. 그리고 이미지의 형상화에 있어서 (1)의 춘명문이 밝은 빛이라면 (2)에서 '적벽강(赤壁江)'의 '적(赤)'은 붉은 빛이다. 다시 (3)의 홍료화(紅蓼花)의 붉은 빛으로 (4)에서는 흰 빛으로 전환된다. 특히 (4)의 표현은 시조의 시적 구성에서 쉽게 볼 수 없는 참신함을 느끼게 한다. "흰 빛이 스이스이"란 홍료화(紅蓼花) 핀 깊은 곳에 멀리서 보이는 백구(白鷗)의 모습을 말하는데, 이러한 인식은 이미지의 형상화 방식에 있어서 색조의 대비를 통한 효과를 함께 보이고 있어서 매우 인상적이다. '홍료화(紅蓼花)' : '백구(白鷗)'의 대비를 통해 화자가 서 있는 곳을 확인시켜 준 것이고 다시 화자는 백구가 지닌 보편적 이미지를 통해 (5),(6)에서와 같이 자신의 태도를 드러낸다. (5)의 경우는 115, 1656, 2579, 3050 등에서 계속적으로 이용되고 있는 관습적 표현이다. 가상적이라 할 수 있는 청자를 화자 쪽으로 끌어들임으로써 화자가 지향하는 태도를 선명하게 드러내는 것이다. '백구' - '한가함'이란 형상화의 보편성은 강호시가의 특성을 말하는 데 항상 운위되어 온 것이다. 다만 백구와 벗으로 지내는 한가함과 백구와의 거리를 두고 지내는 자연 속에 묻히려는 인식 사이에는, 한가한 백구를 놀라게 함으로써 한가함이 공개될까 두려워하는 중간 인식이 숨어 있다.

한편 동주작 <산창(山窓)이~>는 출처(出處)에서 처(處)만을 말하고 있다. 세상을 향하거나 님을 향한 목소리는 찾아볼 수 없고 산촌(山村)에 묻혀 지내는 삶의 모습을 형상화한 것이다. (1)의 표현은 "나위적막(羅幃寂寞)한 듸"(449/1), "매산각(梅山閣) 적막혼듸"(1003/1), "적적(寂寂) 산창하(山窓下)에"

(2570/1) 등으로 나타난다. 이것은 다시 (2)로 연결되어 "세월이 거의로다"(2570/1), "석양(夕陽)이 거의로다"(2924/4) 등으로 표현의 관습성을 보인다. (1)과 (2)를 함께 생각할 때 (1)은 공간적 설정이고 (2)는 시간적 설정이다. 어떤 장소의 어느 때라는 상황을 형상화하는 방식 그 중에서도 산촌(山村)의 늦은 시간을 형상화하는 표현 방식이 (1)과 (2)로 나타난 것이다. (3)은 이미 <춘명문~>의 (3)에서 살펴본 바와 같다. (4)의 "벌목성(伐木聲)이 정정(丁丁)호니"는 또한 『시경(詩經)』의 "나무를 쩡쩡 찍는데, 새가 앵앵 울더니(伐木丁丁 鳥鳴嚶嚶)"[11] 이후 한시의 구법(句法)에서뿐만 아니라, 문학적 관습에서 널리 사용된 것이다. (5),(6)에서 은사(隱士)를 찾는 일은 화자가 지향하는 방향이 어디에 있는가를 구체적으로 밝혀주는 것이다.

결국 능성작 <춘명문~>과 동주작 <산창이~>는 님으로 대표되는 중심에서 멀어지면서 화자의 태도를 밝히는 내용이 핵심이다. 김익이 실제로 전원생활을 했다는 사실을 확인하는 일보다도 이러한 구성과 형상화의 방법을 통해서 문학적 형상화의 다양함과 이미지의 변화를 포괄적으로 검토하는 일이 우선적으로 이루어져야 할 것이다.

지금까지 김익(金燡)의 시조 6수를 소개하면서 문학적 형상화의 관습성과 시조의 시적 구성이 어떤 양상으로 드러나는가를 다시 시조의 연행과 견주어 가면서 구체적으로 살펴보았다. 위에서 살핀 결과를 종합할 때 시적 구성에서는 다른 시조의 구성에서 볼 수 있듯 관습적 표현을 많이 이용하여 작시하고 있으며, 이미지의 형상화 방식에 있어서도 보편성을 바탕으로 하고 있음을 보았다. 이러한 형상화의 보편성이 6수의 작품 중에서 크게 님을 향한 목소리와 님을 떠나 스스로에게 방향을 돌리는 목소리로 대별할 수 있으며, 님을 향한 목소리는 다시 공적 임무를 수행하면서

---

11) 『詩經』「小雅」<伐木>

말하는 목소리와 개인적 불행으로 님의 부재를 말하는 목소리로 다시 나눌 수 있다. 이것은 김익의 시조 6수가 몇 가지로 유형화할 수 있는 사대부들의 시적 세계를 아울러 보여 주고 있다는 것을 말하는 것이고, 18세기 후반 시조사에서 형상화의 방식을 점검하는 데에 매우 긴요한 작품이 될 수 있다는 것을 말한다.


## 3. 시가 형성의 몇 원리

죽하당 김익의 단가 6수를 새로 발견 소개하는 기회에 시적 구성의 관습성과 형상화의 보편성이라는 입장에서 구체적 양상을 살펴보았다. 지금까지의 논의가 김익 개인에게만 한정되는 것이 아니고 한국시가의 문학적 관습에 두루 적용될 수 있으리라는 전제하에 몇 가지 논리적 검증을 진행하려고 한다. 우선 한국시가를 관류해 온 몇 가지 원리를 제시하면 다음과 같다. 첫째 시가일도(詩歌一道)의 원리를 들 수 있다. 이것은 노래 부르는 것을 지향하려는 자세라고 할 수 있다. 둘째 포괄화의 원리를 들 수 있다. 구체적 실상에 대한 관심보다 전체를 포괄하여 아울러 말하려는 태도를 말한다. 셋째 공감(共感)의 원리를 들 수 있다. 개인적 서정보다 집단적, 공동체적 감정이 우세하다는 말이다. 이러한 몇 가지의 원리는 실제 작품에서도 확인할 수 있고 각 작품의 서(序)와 발(跋) 등에서 구체적으로 검토할 수 있다.

한편 이러한 몇 가지 원리를 바탕으로 문학작품에 실제로 나타나는 양상은 첫째 주제적 관습, 둘째 구성적 관습, 셋째 장르 선택의 관습 등으로 거론할 수 있다.

그러면 한국시가를 관류해 온 몇 가지 원리를 구체적으로 보도록 한다.

## (1) 시가일도(詩歌一道)의 원리

한국시가를 관류해 온 큰 가닥의 하나는 시가일도(詩歌一道)의 원리라 할
수 있다. 요약해서 말한다면 노래 부르는 것에 대한 지향이라고 할 수 있
는 것이다. '시언지 가영언(詩言志歌永言)'이라고 했을 때 시(詩)와 가(歌)는
별개인 것처럼 보이지만, 사실 이것은 한시가 더 이상 노래 부를 수 없게
된 상황에서 지향하는 것과 구체화의 방법 사이에 관련되는 것이다. 우리
말이 중국말과 다르기 때문에 한시와 우리말 노래는 큰 차이를 보인다.
그러나 우리말 노래는 한시가 지니는 시(詩)의 뜻을 지향하면서 흥취를 얻
는 역할까지 아우르고 있기 때문에 한국시가의 큰 의의는 노래 지향의 시
가일도론(詩歌一道論)에 있다고 할 것이다. 시가일도론이란 공자(孔子)의 시
삼백편(詩三百篇)에 대한 유지(遺旨)라고 할 수 있는 '사무사(思無邪)'를 지향
하면서, 흥을 일으키는 노래를 함께 추구하는 것을 말한다. 이러한 기능을
향가가 일찍부터 담당하고 있었음이 「월명사도솔가(月明師兜率歌)」[12)조에서
뚜렷하게 볼 수 있다.

속악가사가 이런 기능을 담당하고 있었다는 것을 짐작할 수 있다. 고려
시대에 공식적인 행사에 아악(雅樂)을 쓰고, 잔치 마당에 노래를 부르기 위
해 쓰는 것이 당악(唐樂)과 속악(俗樂)인데, 속악에 쓰인 노랫말이 속악가사
인 것이다. 한편 당악정재(唐樂呈才)에서도 송(宋) 문인들의 사(詞)를 가져다
쓰긴 했는데 이것도 사(詞)가 가지고 있는 노래 지향의 성격 때문이다. 창

---

12) 『삼국유사』 권5, 「월명사도솔가」, "…'신승은 다만 국선의 무리에 속해서 향가를 이해할
뿐 성범에는 익숙하지 못합니다.' 왕이 말하기를, '이미 연승으로 뽑혔으니 비록 향가를
사용해도 좋겠소.' … 신라 사람들이 향가를 숭상한 지가 오래되었는데 대개 시송과 같은
부류이다. 그리하여 왕왕 천지와 귀신을 감동시킨 일이 한두 번이 아니었다(… 臣僧但屬於
國仙之徒 只解鄕歌 不閑聲梵 王曰 旣卜緣僧 雖用鄕歌可也 … 羅人尙鄕歌者尙矣 盖詩頌之類
歟 故往往能感動天地鬼神者非一)"

(唱)으로 불리던 사(詞)가 창의 기능을 담당하지 못하게 된 뒤에도, 계속해
서 노래로 부르는 것을 지향하는 데서도 드러난다. 고려시대부터 이러한
노래 지향으로 지어지던 사(詞)가 조선시대에 이르러서도 계속되고 있었다
고 추정되며, 신완(申玩, 1646~1707)의 「수조가두병서(水調歌頭幷序)」에서 구
체적으로 볼 수 있다.

　　대저 시와 노래는 한 몸이다. 사람이 기쁨과 노여워함과 슬픔과 즐거움
　　을 마음에서 느껴서 밖으로 드러내는데 반드시 언어로 표현한다. 말로 다
　　하지 못하면 반드시 읊거나 노래를 불러서 그 뜻을 펼친다. 그리고 그 사
　　이에 또한 절로 절주가 있어서 그만둘 수 없으니 이것이 시와 노래를 짓
　　게 되는 까닭이다.[13]

　　허생의 <탄시사(歎時詞)>를 보고 자신은 수조가두(水調歌頭)의 사(詞)로서
그 뜻을 따르겠다고 밝히고 있는데, 여기에서 노래를 지향하는 이유와 노
래와 시가 한 몸이라는 내용을 천명하고 있다. 물론 여기에서 허생의 <탄
시사>도 노래라는 인식이고 신완이 지은 <수조가두>도 사(詞)로서 노래
지향이라는 점이다.

　　이보다 앞서 퇴계 이황(李滉, 1501~1570)이 「도산십이곡발(陶山十二曲跋)」
에서,

　　노인은 본디 음악의 가락을 모르고 세속의 악은 오히려 싫어할 줄 알아
　　서, 한가하게 지내며 병을 요양하는 틈틈이 무릇 정성(情性)에서 느끼는
　　바가 있으면 늘 시로 표현하였다. 그러나 오늘날의 시는 옛날의 시와 달라

---

13) 신완, 「제허생탄시사후수조가두일결병서(題許生歎時詞後水調歌頭幷序)」, 『경암초고(絅菴草
　　稿)』(서울대 규장각, 고 3428-520) 권3, "夫詩歌一體也 人之喜怒哀樂 感於中而形於外 必發
　　之於言語 言之不盡則 必永歎以宣其志 而其間亦有自然節奏而不能已焉 則此詩歌之所由作也."

서 읊을 수는 있어도 노래할 수는 없다. 만약 노래하고자 하면 반드시 이
속(俚俗)의 말로 엮어야 한다. 대개 국속의 음절이 그렇지 않을 수 없는 것
이다.14)

라고 밝히고 있는데, 이것은 한시가 더 이상 노래로 부를 수 없다는 것과
우리말을 사용하여 노래를 불러야 하는 언어적 차이를 말하면서, 시(詩)와
가(歌)가 같은 범주이면서도 노래를 지향하는 필연적인 사정을 아울러 토
로하고 있는 것이다. 시와 가가 하나라는 인식은 시와 노래가 지향해야
할 가치가 같다는, 그것도 이황의 표현을 빌면 '온유돈후(溫柔敦厚)'라는 것
으로 귀착되는 것을 말하고, 노래를 지향한다는 것은 시로는 할 수 없는
흥취의 세계, 다시 이황의 표현을 빌면 '감발융통(感發融通)'의 경지로 나아
가는 것을 의미한다. 여기에서 한국시가가 존재해 온 의의가 있고 나름대
로의 득성을 시니고 있는 것이다.

　실제 신흠(申欽, 1566~1628)의 다음 시조에서도 노래 지향을 분명하게
읽을 수 있다.

　　노래 삼긴 사롬 시름도 하도할샤
　　닐러 다 못 닐러 불러나 푸돗던가
　　진실(眞實)로 풀릴 거시면 나도 불러 보리라

　이르는 행위와 부르는 행위를 역가(譯歌)의 표현대로 언(言)과 가(歌)로 본
다면, 시름을 풀기 위해서 부르는 행위를 지향하는 것으로 표면화되어 있
다. 그러나 실제 시름을 푸는 일이 이름과 부름으로 다할 수 있는데도 부

---

14) 이황, 「陶山十二曲跋」, 『퇴계집』 권43, "老人素不解音律, 而猶知厭聞世俗之樂, 閒居養疾之
　　餘, 凡有感於情性者, 每發於詩. 然今之詩異於古之詩, 可詠而不可歌也. 如欲歌之, 必綴以俚俗
　　之語, 蓋國俗音節, 所不得不然也."

름으로 나아간다는 것은 부름이 지니는 푸는 방법에 초점이 있음을 짐작
할 수 있다. 푸는 방법으로 노래가 선택되었다면 거기에는 시(詩)가 추구
하는 가치를 이미 내포하고 있는 것이다.

이상 몇 예를 통해서 살핀 바와 같이 시가일도(詩歌一道)의 원리는 시와
가가 같은 가치를 지향하면서, 그러한 지향의 방법으로 노래를 우선하는
태도를 말하는 것이라고 할 수 있다.


## (2) 포괄화의 원리

포괄화의 원리란 구체적 실상에 대한 관심보다 전체를 포괄하여 아울
러 말하려는 태도를 일컫는다. 개별 사물이나 대상이 지닌 이미지보다 그
것들을 하나로 묶어서 하나의 범주로 말하려는 것을 포괄화라고 할 수 있
다. 우선 몇 작품을 통해서 그 양상을 살필 수 있다.

> 이런들 엇더ᄒ며 저런들 엇더ᄒ리
> 만수산(萬壽山) 드렁츩이 얼거진들 긔 엇더ᄒ리
> 우리도 이ᄀᆺ치 얼거져 백년(百年)ᄭ지 누리리라(이방원)

> 고인(古人)도 날 몯보고 나도 고인(古人) 몯뵈
> 고인(古人)를 못봐도 녀던 길 알ᄑᆡ 잇니
> 녀던 길 알ᄑᆡ 잇거든 아니 녀고 엇덜고(이황)

흔히 <하여가(何如歌)>라고 일컬어지는 이방원의 시조는 "이ᄀᆺ치 얼거
져"에 핵심이 있다고 할 수 있다. 물론 만수산 드렁 츩 같이 얽어지겠다
는 것이지만 얽어진다는 데에 비중이 있기 때문에 이것을 포괄화라고 할
수 있다. 이황의 <도산십이곡>도 "녀던 길"에 핵심이 있다고 본다면 구

체적으로 어떤 길인지는 밝혀져 있지 않고 모범적인 길이라는 전제를 내
포하고 있는 셈이다. 구체적인 길에 대해서는 이 노래에서가 아니라 다른
경전이나 다른 글에서 이해하고 있다는 내포적 전제를 아울러서 말하고
있는 것이다. 전체를 아울러서 말하고 있는 이면에는 세상에 대한 긍정적
인 인식을 포함하고 있다. 세상에 대한 긍정적인 인식에는 시인에게 주어
지는 시적 소재의, 우주적 질서에의 논리적 관련을 재인식하는 자세15)가
포함되어 있는 것이다. 이러한 태도는 문이재도(文以載道)와 연결되어 형상
화되는 것이 보통이다. 「도산십이곡발(陶山十二曲跋)」 중에서 다음 인용하는
부분은 그러한 논리를 바탕으로 깔고 있다.

> <한림별곡>과 같은 것들도 문인의 입에서 나왔으나 교만하고 호화스럽
> 고 기탄없이 멋대로 굴고 아울러 외설스럽고 업신여기고 함부로 해서 더
> 욱 군자가 숭상할 바가 아니다. 오직 요사이 이별(李鼈)의 <육가>라고 하
> 는 것이 세상에 널리 전하는데 오히려 이보다 낫기는 하나 또한 세상을
> 희롱하는 불공한 뜻이 있고 온유돈후한 내실이 적음을 안타깝게 여긴
> 다.16)

이황의 주장은 지향하는 바에서의 포괄성을 강조하고 있는 것으로 볼
수 있다. 결국 주제의 포괄성을 전제로 깔고 있으면서 구체적 작품에 있
어서도 이러한 포괄성을 지향해야 한다는 논리로 이어지고 있다.

그러므로 포괄화의 원리란 전체를 아울러 말하려고 하는 태도이기도
하지만, 지향하는 바에 있어서도 포괄성을 전제로 하고 있기 때문에 문이

---

15) 김우창, 「관습시론」, 『서울대 논문집』 10(1964), 98면.
16) 이황, 「陶山十二曲跋」, 『퇴계집』 권43, "如翰林別曲之類, 出於文人之口, 而矜豪放蕩, 兼以藝
慢戲狎, 尤非君子所宜尙. 惟近世有李鼈六歌者, 世所盛傳, 猶爲彼善於此, 亦惜乎其有玩世不恭
之意, 而少溫柔敦厚之實也"

재도론(文以載道論)에 입각한 주제적 관습과도 밀접하게 연결되어 있다. 이러한 포괄화의 원리는 중요한 잣대로 작용하였음에 틀림없다. 그렇다고 개별 작품의 서정을 무시해도 좋다는 발상과는 전혀 관계가 없는 것이다.

## (3) 공감의 원리

공감(共感)의 원리는 개인적 서정보다 집단적 공동체적 감정이 우세하다는 점에서 설정한 개념이다. 앞에서 제시한 포괄화의 원리가 대상을 어떻게 인식할 것이냐에 초점이 두어진다면, 인식한 대상을 어떻게 수용할 것이냐에 핵심을 두는 입장이 공감의 원리이다. 다른 말로 표현하면 노래하는 사람과 노래를 듣는 사람이 함께 어울릴 수 있는 방향을 의미한다고 할 수 있다.

우선 「도산십이곡발(陶山十二曲跋)」에서 다시 인용하도록 한다.

> 아이들로 하여금 아침저녁으로 익히게 하여 노래 부르게 하고 책상에 기대어 듣고, 또한 아이들로 하여금 스스로 노래하고 기뻐하며 뛰며 춤추게 하여 거의 더러움과 인색함을 씻어버리고 느낌이 일어 녹아 통하고 노래 부르는 사람과 듣는 사람이 서로 유익하게 됨이 없지 않을 것이다.[17]

노래하는 사람과 듣는 사람이 공감대를 형성하기 위해서는 화자가 제시하는 표현과 내용이 청자가 받아들일 수 있는 범위 안에 있을 때에 훨씬 효과적이다. 느낌이 일어 녹아 통하기 위해서는 표현에서의 관습성과 구성에서의 관습성이 전제될 때 어긋남이 적은 것이다.

---

17) 이황, 「陶山十二曲跋」, 『퇴계집』 권43, "欲使兒輩朝夕習而歌之, 憑几而聽之, 亦令兒輩自歌而自舞蹈之, 庶幾可以蕩滌鄙吝, 感發融通, 而歌者與聽者, 不能無交有益焉"

다음 몇 작품에서 공감의 내용과 표현을 볼 수 있다.

　잘 가노라 닷지 말며 못 가노라 쉬지 마라
　브디 긋지 말고 촌음(寸陰)을 앗겻슬아
　가다가 중지(中止)곳 ᄒᆞ면 안이 감만 못ᄒᆞ이라(김천택)

　내 해 좋다하고 남 슬흔 일 하지 말며
　남이 한다하고 의 아녀든 쫓지 말니
　우리도 천성을 지키어 삼긴대로 하리라(주의식)

　김천택(金天澤)의 시조와 주의식(朱義植)의 시조에서 보듯, 개인적 정서의 몫보다 다수의 공통적 정서의 몫을 말하려는 태도를 읽을 수 있다. 이러한 공통적 정서는 한국시가가 관습적으로 나아가는 방향과 밀접하게 관련되어 있다. 이러한 성격은 노래 부르는 것을 지향하는 태도와도 관련이 있을 것이다. 개인의 독창적 몫보다 누구나 함께 느낄 수 있는 공동의 몫에 중점을 두면서 비슷한 목소리를 되풀이하고 있는 셈이다. 화자의 태도에 있어서 청자를 화자 쪽으로 끌어들이는 환기적 태도18)가 말 건네기, 불러들이기 등으로 나타나는데 이것도 공감을 위한 장치라고 할 수 있다.
　공감을 위한 장치는 개별 대상을 표현하는 방법에서도 드러나고, 구성에서도 확연하게 드러난다. 이것은 이미 있어온 표현을 이용해서 독자들의 마음에 잠재한 이미지를 환기시키고 연행의 현장에서 동질감을 느낄 수 있는 유익한 방법이기 때문이다. 흔히 공식적 표현, 관습적 표현이라고 일컫는 것이 이것을 뜻하며, 구성에서도 행간 걸침이라든가 AABA 등의 반복과 병렬이 공감대 형성을 위한 중요한 장치로 이용되고 있다.

---

18) 최재남, 「시조 종결의 발화상황과 화자의 태도」, 『고전문학연구』 4집(한국고전문학연구회, 1988)

이상의 논의에서 확인할 수 있듯 한국시가를 관류해 온 원리는 지금까지 살핀 세 가지를 바탕으로 하여 작시자의 개인적 창조의 몫이 작용하여 작시되었다고 할 수 있다. 물론 한 가지 원리만 작용한 것이 아니라 몇 개의 원리가 복합적으로 작용해서 시적 구성을 보이는 것으로 이해하는 편이 순리일 것이다.

한편 앞에서도 잠깐 언급했지만 이러한 몇 가지 원리를 바탕으로 실제 작품에 구현되는 양상은 다음의 몇 가지로 요약할 수 있다. 첫째 주제적 관습인데, 이것은 몇 개의 변두리 양상을 기본으로 하여 보편성을 얻으려는 방향으로 연결되는 관습이다. 흔히 공식적 이미지라든가 주제의 교훈성이라든가 하는 것이 이러한 주제적 관습의 예다. 둘째 구성적 관습인데, 이는 언어적 구성에서 드러나는 특성으로 내용의 구현을 위한 장치로 사용되고 있다. 이러한 장치가 한국어가 지닌 특성과 한국인의 내면에 잠재한 의식과 연결되어 장르를 형성하는 힘이 되고 있다고 할 수 있다. 특히 가사의 장르적 성격은 이러한 구성적 관습과 연결시켜 밝혀볼 수 있을 것이다. 셋째 장르 선택의 관습성인데, 이것은 한국시가가 장가(長歌)와 단가(短歌)의 전통으로 이어져 왔다는 점과 밀접한 관련이 있다. <어부가>에서 장가와 단가로 나누어 노래 불렀던 것을 상기할 때, 긴 노래와 짧은 노래 중 어느 것을 택할 것인가 하는 태도가 중요한 역할을 한다. 도망시(悼亡詩)의 짧은 형식과 상부가(喪夫歌)의 긴 형식도 이러한 장르 선택의 관습과 연결시켜 설명할 수 있을 것이다.

이러한 양상을 구체적으로 검증하고 그것이 실제 한국시가를 관류해 온 원리와 어떻게 대응될 수 있는지를 밝히는 작업은 단순한 일이 아니며 깊은 관심을 가지고 계속 살펴야 할 내용이다.

## 4. 결론

지금까지 죽하당 김익의 단가 6수를 발굴 소개하면서, 관습시론(慣習詩論)에 입각하여 시적 구성의 관습성과 형상화의 보편성을 구체적으로 검토하고, 한국시가를 관류해 온 몇 가지 원리를 설정하여 작품에 구현되는 양상을 추정해 보았다. 논의된 사항을 몇 항목으로 요약하여 정리하고자 한다.

첫째, 김익의 단가 6수는 『죽하집(竹下集)』에 실려 있는데, 치성작 2수, 탐라작 2수, 능성작 1수, 동주작 1수 등으로 지은 곳이 명기되어 있다.

둘째, 김익의 시조는 시적 구성에서 관습적 표현을, 이미지의 형상화에서는 보편성을 바탕으로 하고 있는데, 내용은 님을 향한 목소리와 님을 떠나 스스로에게 방향을 돌리는 목소리로 대별할 수 있고, 님을 향한 목소리는 다시 공적 임무의 목소리와 개인적 불행으로 님의 부재를 말하는 목소리로 가를 수 있다.

셋째, 한국시가의 문학적 관습을 논의하기 위해서 한국시가에 관류해 온 몇 가지 원리를 제시하면, 노래 부르는 것을 지향하는 시가일도(詩歌一道)의 원리, 구체적 실상에 대한 관심보다 전체를 포괄하여 아울러 말하는 포괄화의 원리, 개인적 서정보다 집단적 공동체적 감정을 우세하게 설정한 공감의 원리를 들 수 있다.

넷째, 이러한 원리가 실제 작품에 구현되는 양상은 주제적 관습, 구성적 관습, 장르 선택의 관습 등으로 나누어 검토할 수 있을 것이다. 개별 작품에 나타나는 구체적 양상을 검증하는 작업은 계속 관심을 가져야 할 대목이다.

이상의 몇 가지 요약은 김익의 시조 6수에만 한정되는 지적이 아니고 한국시가 구성의 큰 가닥을 밝히기 위해 밟아야 할 몇 가지 제안에 해당

한다. 공통적으로 해당하는 사항을 포함해서 개별적으로 나타나는 양상에
대해서도 주의 깊은 관찰이 요구된다.

## 참고문헌

김익,『죽하집(竹下集)』20권 10책(稿本)(서울대 도서관 古 3428-258)
신완,『경암초고(絅菴草稿)』5책(서울대 도서관, 古 3428-520)
이황,『퇴계집』
『詩經』
『삼국유사』

김대행,『시조유형론』(이대출판부, 1986)
김병국,「한국 전원문학의 전통과 그 현대적 변이 양상」,『한국문화』7(서울대 한국문화연구소, 1986)
김우창,「관습시론」,『서울대 논문집』10(1964)
나정순,「시조 장르의 시대적 변모와 그 의미」(이화여대 박사논문, 1989)
신연우,「어구 결합방식을 통해 본 시조의 구성원리」,『문학연구』4(1986)
심재완 편,『역대시조전서』(세종문화사, 1972)
최재남,「구비적 측면에서 본 시조의 시적 구성방식」,『국문학연구』64집(서울대 국문학연구회, 1983)
최재남,「시조 종결의 발화상황과 화자의 태도」,『고전문학연구』4집(한국고전문학연구회, 1988)

# 〈관서별곡〉과 〈관동별곡〉의 언어와 표현

진 영 희

## 1. 서론

조선 초기에서 중기까지는 조선 후기보다 작자를 알 수 있는 작품이 많다. 그 중 강호(江湖)를 내세우는 작품의 경우 남성 작품으로 그 작자가 누구인지도 잘 밝혀 두고 있다. 그러나 인간의 내면 심사를 거친 듯하면서도 진솔하게 풀어내는 작품의 경우는 그 작자를 잘 밝히지 않는 특징을 엿볼 수 있다. 이를 테면 시조의 '수작시'가 그러한 경우가 될 수 있는데, 작품 속에서 진옥과 정철이라는 이름이 드러나는 표현이 나오더라도 문집으로 엮을 경우 이러한 작품은 문집에서 제외되는 것을 알 수 있다. ≪송강가사≫를 정철이 편집하여 남겼는지 후대 자손이 편집하여 남겼는지는 정확히 알 수 없지만 후대가 이를 정리하여 남겼다고 할 때에 정철이 썼다고 하더라도 '수작시'의 경우는 문집에 넣지 않았다. 이는 조선의 이념에 반하거나 조금이라도 오해를 살 만한 일을 꺼릴 수밖에 없는 층에서는 늘 조심할 수밖에 없는 일일 것이다. 그러나 작자를 알 수 있다는 것은 시대 이념을 거스르지 않는 내에서 통념되는 바에 따라 진술을 늘어놓고 있다는 것이 되므로 떳떳하게 자신을 밝힐 수 있었을 것이라 추측한다. 그러하기에 이런 작품은 문집에 당당하게 자리하게 되고 작자를 인지한 가운데 작품을 향유하였을 것이다.

조선 전중기 남성 가사 중 최초 가사 작품으로 알려진 백광홍(白光弘, 1522~1556)의 <관서별곡(關西別曲)>과 정철(鄭澈, 1536~1593)의 <관동별곡(關東別曲)>은 텍스트상 닮은 특징이 있다. 정철은 자신보다 앞서 살았던 백광홍의 가사를 읽었을 것이고, 정철이 굴원(屈原)의 <사미인>을 읽어 보았을 수 있었을 것이라 추측할 수 있는 것과 마찬가지로 <관서별곡>을 읽어 보았을 수 있을 것이란 것도 추측할 수 있는 바이다.[1] 이에 따라 이 두 텍스트를 연관상에 두고 언어와 표현을 살펴보려 한다.

<관동별곡>을 중심점에 두고 <관서별곡>과 <관동별곡>을, <관동별곡>과 <관동속별곡(關東續別曲)>을 논함에 형태적 특질을 세분화하여 심도 있게 고찰한 이병기(1975)[2]의 논의를 필두로 하여 <관서별곡>과 <관동별곡>을 비교한 연구,[3] 지역을 구분하여 가사 문학을 논한 연구[4]로 두 작품의 연구가 진행되어 왔다. 아울러 개별 작품을 위주로 한 연구는 <관서별곡>에 관한 이본 논의,[5] 기행 가사로서 논의,[6] 지도 또는 공간에 따른 논의[7]가 있다. 그리고 <관동별곡>에 관한 논의는 국문학 측면과 국

1) 이에 관한 좀 더 세부적인 논의는 류근안(2000) 논문이다. 류근안, 「「관서별곡(關西別曲)」과 「관동별곡(關東別曲)」의 비교(比較)연구(研究)」, 『어문연구』 28권 1호, 한국어문교육연구회, 2010, 205~218면.
2) 이병기, 「관서별곡·관동별곡·관동속별곡의 형태적 고찰」, 『국어문학』 17집, 국어문학회, 1975, 75~97면.
3) 류근안, 위의 논문.
4) 이상원, 「문학, 역사, 지리-담양과 장흥의 가사문학 비교」, 『한민족어문학』 69집, 한민족어문학회, 2015, 169~203면.
5) 김동욱, 「「관서별곡(關西別曲)」 고이(攷異)」, 『국어국문학』 30집, 국어국문학회, 1965, 207~115면.
6) 장희구, 「고봉 백광홍의 <관서별곡> 결집 고찰」, 『국어교육』 90집, 한국국어교육연구회, 1995, 221~249면. ; 김성기, 「백광홍(白光弘)의 관서별곡(關西別曲)과 기행가사(紀行歌辭)」, 『한국고시가문화연구』 14권, 한국고시가문학회, 2004, 5~25면.

어 교육 측면에서 다루고 있다. 먼저 국문학 측면에서 〈관동별곡〉과 다른 작품을 비교하거나 상관성에 따라 논한 연구,[8] 이본 연구,[9] 시공간에 관한 연구[10]와 아울러 화자나 세계관, 종교적 측면의 논의,[11] 표현에 관한 논의[12]가 있고, 교육적 측면의 논의[13]가 있다. 이로 보면 〈관서별곡〉

---

7) 김종진, 「〈관서별곡(關西別曲)〉의 문화지도와 국토·국경 인식」, 『국제어문』 50집, 국제어문학회, 2010ㄱ, 31~61면. ; 김종진, 「歌辭와 지도의 공간현상학 : 〈관서별곡〉과 관서도(關西圖) 견주어 읽기」, 『한국문학연구』 39집, 동국대학교 한국문학연구소, 2010ㄴ, 31~58면.

8) 박영주, 「〈관동별곡〉의 시적 형상성」, 『반교어문연구』 5집, 반교어문학회, 1994, 71~106면. ; 성원경, 「송강과 동파문학의 비교고-「관동별곡」과 〈적벽부〉를 중심으로-」, 『인문과학논총』 26집, 건국대학교 인문과학연구소, 1994, 115~140면. ; 이격주, 「〈관동별곡〉과 〈사미인곡〉의 번사에 관한 일고-서포 김만중과 오봉암 정도의 한역을 중심으로-」, 『한어문교육』 2집, 한국언어문학교육학회, 1994, 151~176면. ; 이문규, 「허균의 「동정부」 고-정철의 「관동별곡」과의 비교를 중심으로-」, 『인문과학논총』 26집, 건국대학교 인문과학연구소, 1994, 115~140면. ; 김선자, 「송강가사와 선행작품과의 상관성 분석」, 『한국국문학연구』 17집, 원광대학교 인문과학대학 국어국문학과, 1995, 61~84면.

9) 김사엽, 「송강가사 신고」, 『논문총』 2집, 경북대학교, 1958, 1~42면.

10) 정재호, 「관동별곡의 공간」, 『새국어교육』 50권 1호, 한국국어교육학회, 1993, 235~261면. ; 성호경, 「가사 〈관동별곡〉의 종착지 '월송정 부근'과 결말부의 의의」, 『국문학연구』 22집, 국문학회, 2010, 129~160면. ; 최상은, 「고전시가의 이념과 현실 그리고 공간과 장소 의식 탐색-송강가사를 통한 가능성 모색-」, 『한국시가연구』 34집, 한국시가학회, 2013, 5~34면. ; 김진희, 「송강가사의 시간성과 극적 구조」, 『고전문학연구』 46집, 한국고전문학회, 2014, 3~37면.

11) 김병국, 「가면 혹은 진실-송강가사 관동별곡 평설-」, 『국어교육』 18집, 한국국어교육연구회, 1972, 43~63면. ; 정대림, 「「관동별곡」에 나타난 송강의 자연관」, 『세종대학 논문집』 8집, 세종대학교, 49-63, 1981, 49~63면. ; 강진규, 「송강문학에 나타난 도교사상고찰-가사작품을 중심으로-」, 『목원어문학』 3집, 목원대학교 국어교육과, 1982, 1~16면. ; 조세형, 「송강가사에 나타난 여성화자와 송강의 세계관」, 『한국고전여성문학연구』 4집, 한국고전여성문학회, 2002, 157~187면.

12) 최규수, 「〈관동별곡〉과 〈성산별곡〉의 어법적 특질과 의미」, 『온지논총』 3권 1호, 온지학회, 1997, 31~57면. ; 조세형, 「〈관동별곡〉에 나타난 중세적 표현방식과 그 현대적 의미」, 『고전문학과 교육』 22집, 한국고전문학교육학회, 2011, 411~432면.

13) 이승남, 「고전시가의 문학교육적 접근-관동별곡의 심미적 체험을 중심으로-」, 『동악어문학』 32집, 동악어문학회, 1997, 275~295면. ; 조희정, 「고전 제재의 교과서 수용 시각 검토 (1)」, 『국어교육연구』 15집, 국어교육연구소, 2005, 85~122면. ; 한창훈, 「〈관동별곡〉 해석의 문학교육적 의미망」, 『문학교육학』 16집, 한국문학교육학회, 2005, 57~80면. ; 류수열, 「〈관동별곡〉의 교재사적 맥락」, 『국어교육』 120집, 한국국어교육학회, 2006,

의 논의보다 <관동별곡>의 논의가 훨씬 많고, <관동별곡>을 논할 때에는 <관서별곡>이나 <적벽부(赤壁賦)>와 아울러 허균의 <동정부(東征賦)>와도 연관성을 두고 논하고 있는 측면을 더 볼 수 있다.

이 논의에서는 <관서별곡>과 <관동별곡>을 연관 있게 보면서 논의를 전개할 것인데, 류근안(2000)에서는 두 작품을 배경론적 측면과 작품론적 측면에서 비교하여 <관동별곡>이 <관서별곡>의 영향을 받아 창작되었음을 밝히는 데 목적을 두고 논의를 전개한다. 이는 '하나의 걸작(傑作)이 산출되기까지는 다른 수많은 작품의 토대 위에서만 가능하다'14)는 관점에 따른 것으로 볼 수 있는 바이다. 이 연구에서는 류근안(2000)의 논의를 당연한 것으로 생각하면서 논의를 진행하되 텍스트와 텍스트에는 인간의 사상과 고유(固有) 또는 고유(告諭)를 이어 받고 그것을 꾸준히 활용하여 자기화하는 언어로 만드는 데 주목하고 이를 가사에 어떻게 풀어내고 있는지에 집중하면서 그 언어와 표현을 어떻게 표출하는지를 더듬어 살펴보고자 한다.

이 논의를 진행함에 문헌 참고 자료는 임기중 선생이 36년 동안 집대성하여 『한국역대가사문학집성』15)이라는 책으로 출판한 자료를 디지털화한 자료를 바탕으로 하여 가사 <관서별곡>은 『기봉집(岐峯集)』본으로 하고, <관동별곡>은 '이선본(李選本)'16) 『송강가사(松江歌辭)』로 한다.

텍스트는 이본마다 표기의 차이가 나타나기 마련이다. 거기에는 담당자

---

435~464면.

14) 류근안, 앞의 논문, 217.

15) 임기중, 『한국역대가사문학집성』, 한국의 지식콘텐츠, 2005. (www.krpia.co.kr)

16) 성호경은 ≪송강가사≫의 현존 판본들 중 가장 오래된 판본은 '이선본(李選本)'(1690년 간행)이고, 고증이 충실한 판본은 '성주본(星州本)'(1747년 간행)이라고 언급한다. 성호경, 「<관동별곡>의 형상화와 정철의 신선의식」, 『고전문학연구』 37집, 한국고전문학회, 2010 ㄱ, 71~106면.

의 의도가 항상 담기게 된다. 같은 글자라 하더라도 '사랑'으로 쓰기도 하고, 'ᄉᆞ랑', 'ᄉᆞ랑', '사롱', '思郞'으로 쓰기도 한다. 시어를 '듕'으로 쓰는가, '즁'으로 쓰는가, '중'으로 쓰는가에 따라 'ㄷ' 구개음화 현상을 따져 시기도 추정할 수 있기도 하나 여기에서는 어휘 표기를 어떻게 하느냐에 따라 시기를 추정하며 논하지는 아니하고, 좀 더 저본으로 삼을 만한 자료를 바탕으로 논의를 하고자 한다.

논의를 뒷받침할 자료로 시어를 분석함에 '깜짝새 SynKDP 1.5.5' 프로그램도 활용하도록 하겠다.

## 2. 서사 구조의 언어와 표현

### (1) 〈관서별곡〉과 〈관동별곡〉의 서사 구조

<관서별곡>은 백광홍이 1555년에 지었다고 알려져 있다. 그렇다면 죽기 1년 전에 지었다는 것인데 어찌 되었든 이 작품은 정철이 가사를 쓴 때보다는 분명 이른 시기에 썼다고 볼 수 있다. 그리고 <관동별곡>을 정철이 45세 되던 선조 13년인 1580년에 강원도 관찰사가 되어 원주에 부임한 뒤 지었다고 본다. 이로 보면 백광홍은 서른 중반에 가사를 지었으나 그의 인생 기간에서 본다면 인생 말년에 쓴 것이 되고, 정철은 마흔 중반에 지었으나 그의 인생 기간에서 본다면 죽기 13년 전이지만 이 또한 인생 말년이 가까운 때에 이르러 지었다고 볼 수도 있다.

<관서별곡>과 <관동별곡>에서 다음과 같은 몇 가지 비슷한 구조를 엿볼 수 있는데 이를 다음과 같이 정리하여 제시한다.

### [표 1] 〈관서별곡〉과 〈관동별곡〉의 전개 구조

| 전개 상황 | 〈관서별곡(關西別曲)〉 | 〈관동별곡(關東別曲)〉 |
|---|---|---|
| ㉮<br>왕명 | 관서關西 명승지名勝地예 왕명王命으로 보니실시 행장行裝을 다사리니 칼흔느 쑨이로다 | (강호江湖애 병病이 깁퍼 죽림竹林의 누엇더니) 관동關東 팔백리八百里에 방면方面을 맛디시니 |
| ㉯<br>출발지 | 연조문延詔門 니달아 | 연추문延秋門 드리드라 경회남문慶會南門 ㅂ라보며 하직下直고 믈너나니 옥절玉節이 알퓌 셧다 |
| ㉰<br>의지를<br>드러내는<br>관리의 심사 | 귀심歸心이 샌르거니 고향故鄕을 사념思念ㅎ랴 | 어와 성은聖恩이야 가디록 망극罔極ㅎ다 |
| ㉱<br>임지로 향한<br>여정 | 모화고기 너머드니 귀심歸心이 샌르거니 고향故鄕을 사념思念ㅎ랴 벽제碧蹄에 말가라 임진臨津에 비건너 천수원天水院 도라드니 송경松京은 고국故國이라 ~ | 평구역平丘驛 믈을ㄱ라 흑수黑水로 도라드니 섬강蟾江은 어듸메오 치악雉岳이 여긔로다 소양강昭陽江 느린믈이 어드러로 든단말고 고신거국孤臣去國에 백발白髮도 하도할샤 ~ |
| ㉲<br>계절: 봄 | 춘풍春風이 헌스ㅎ야 화선畵船을 빗기보니 연의홍상緣衣紅裳 빗기안자 섬섬옥수纖纖玉手로 연기금緣綺琴 니이며 | 시절時節이 삼월三月인제 화천花川 시내길히 풍악楓岳으로 버더잇다 행장行裝을 다썰티고 석경石逕의 막대디퍼 백천동百川洞 겨퇴두고 만폭동萬瀑洞 드러가니 은銀ㄱ튼 무지게 옥玉ㄱ튼 룡龍의초리 섯돌며 쑴ᄂᆞᆫ소리 십리十里의 ᄌᆞ자시니 들을제ᄂᆞᆫ 우레러니 보니ᄂᆞᆫ 눈이로다 |
| ㉳<br>거두는 사설 | 서변西邊을 다보고 반패환영返旆還營ㅎ니 장부흉금丈夫胸襟이 져그나 흐리로다 설미라 화표주華表柱 천년千年鶴인들 날가타니 쑈보안난다 어늬제 형승形勝을 기록記錄ㅎ야 | 이술 가져다가 사해四海예 고로ᄂᆞᆫ화 억만창생億萬蒼生을 다취醉케 밍근후後의 그제야 고텨맛나 쏘훈잔 ᄒᆞ쟛고야 말디쟈 학鶴을ᄐᆞ고 구공九空의 올나가니, 공중空中 옥소玉簫소리 어제런가 그제런가 나도 좀을ᄭᅵ여 바다ᄒᆞᆯ 구버보니 |
| ㉴<br>마무리 | 구중천九重天의 ᄉᆞ로료 미구상달未久上達 천문天門ㅎ리라. | 기픠롤 모ᄅᆞ거니 ᄀᆞ인들 엇디알리 명월明月이 천산만락千山萬落의 아니비쵠 ᄃᆡ업다. |

〈관서별곡〉과 〈관동별곡〉에서 나타나는 서사 구조에서 먼저 머리와 꼬리를 살펴보겠다. 가사를 시작하는 머리말에서는 화자가 현재라는 시간에 있다는 것을 드러낸다. 〈관서별곡〉의 화자는 '왕명으로' 관서의 명승지에 왔다고 말하고 있다. 화자가 이곳에 올 때의 검소한 모습 또는 각오는 '칼 한 자루'에 나타나 있어 '붓 한 자루'가 아닌 데에서 자신의 신분을 드러내기도 한다. 〈관동별곡〉에서는 '관동 팔백리의 방면을 맡기시어' 여기에 와 있고 이 일을 맡겨 주신 것에 대해 갈수록 망극하다는 심사를 드러내고 있다. 두 가사의 화자 모두 '왕명'에 따라 관리로서 관서 지방으로, 관동 지방으로 온 것이다. 그러나 〈관동별곡〉 화자는 〈관서별곡〉 화자보다 새로운 정보를 하나 더 제공한다. 바로 '강호에 병이 깊어 죽림에 누엇더니' 부분이다. 이를 테면 창평에 숨어 있듯이 지내고 있었는데 임금이 나를 불러 올리더니 나랏일을 맡겨 주었다는 말이 된다. 〈관서별곡〉 화자가 제공하지 않은 정보이다.

그 다음으로 회상하는 장면으로 이어진다. 〈관서별곡〉 화자는 '연조문 延詔門 너달아'로, 〈관동별곡〉은 '연추문 드리ᄃ라'로 전개된다. '서대문 밖에 있던 문으로 중국 사신을 맞아들였다'는 연조문에 대한 정보나, '경복궁 서쪽 문'이라는 연추문의 정보보다는 비슷한 발음으로 비슷한 텍스트를 구사함으로써 '텍스트 다시 쓰기' 또는 '모방'의 느낌을 되살려 준다. 같은 방식으로 되는 듯하나 다른 것은 이미 '관서(關西)'와 '관동(關東)'에서도 드러난 바이고 '명승지(名勝地)에 왕명(王命)으로'와 '경회남문 바라보며 하직고 물러나니', '방면(方面)을 맛디시니, 성은(聖恩), 망극(罔極)'함으로 나타내고 있다. 곧 백광홍은 왕명에 따라 평안도병마평사로 부임하는데 임금에게 인사를 하지 않아도 되고, 정철은 임금에게 절을 하고 출발하는 모습을 엿볼 수 있는 부분이다. 여기에서 임금을 뵙고 떠나는 자신의 신분을 드러내고 이러한 직임에 대해 실제 속 마음은 어떠했는지 모르지만 임금께 감사하는 태도를 드러내고 있기도 하다.

세 번째로는 관리로서 임금이 맡겨 준 이곳에 온 심사를 드러내는 부분이다. <관서별곡>에서는 내가 어디로 가더라도 임금이 맡겨 주신 곳은 고국이라는 기상에 찬 심사를 드러내고, <관동별곡>에서는 고국(故國)을 고신거국(孤臣去國)으로 확장했다. 임금 곁을 떠나서 먼 곳으로 가니 외로운 신하인지, 외로운 신하가 임금을 떠나는 것인지 헷갈리게 하는 구조 속에서 발견하는 것은 전자라고 볼 수 있는 사항이다. <관동별곡> 화자는 나름대로 성은에 대한 사랑에 자부심이 있는 화자이기 때문이다.

네 번째로 임지로 향하는 여정에서는 두 작품 모두 자신이 임지를 향해 가는 길을 제시하면서도 자신이 직접 가지 않은 곳도 제시한다. 이 부분에서 대개 연구자는 '신선 의식'을 표방한 측면의 논의를 많이 전개하고 있는데[17] 자신의 발길이 닿는 곳과 닿지 않는 곳의 경계를 허물어 현실과 이상세계를 혼재하게 하는 설법을 제시하고 있다고 볼 수 있다.

다섯 번째는 계절적 배경 <관서별곡>과 <관동별곡> 모두 봄으로 제시된다. <관서별곡>의 '춘풍', '버들', '봄빗', <관동별곡>의 '시절이 삼월', '화천 시내길', '춘풍' 같은 계절에 따른 표현들이 나타난다. 봄을 알리는 여러 가지 표현은 봄의 분위기를 조성한다. '綾羅島芳草와 錦繡山烟花는 봄비슬 쟈랑혼다', '花川 시내길히 楓岳으로 버더잇다'에서는 봄 잔치가 일어난 듯 봄의 생기가 땅 위에 가득한 모습을 볼 수 있다. 봄빛을 자랑하는 자연의 이치와 즐거움이 땅 위에 가득한 모습이 무엇을 새로 시작하는 봄을 맞은 인간의 심사에 설렘과 기대감의 즐거움이 자리잡은 모습으로도 바라볼 수 있게 한다. 그러나 '梨園의 곶피고 杜鵑花 못다진제'

---

17) 대표적으로 성호경, 위의 논문. ; 성호경, 「가사 <관동별곡>의 종착지 '월송정 부근'과 결말부의 의의」, 『국문학연구』 22집, 국문학회, 2010ㄴ, 129~160면.

와 '梨花논 불셔디고 졉동새 슬피울제'에서는 화자의 심사를 내뱉는다. 〈관서별곡〉 화자의 '두견화 못다진 때'는 여름이 오기 전이니 여전히 봄인데 여름이 오기 전에 높은 산에 올라 유람을 한다고만 볼 수는 없을 것이다. 높은 곳에 올라서 겨우 바라볼 수 있는 곳은 임금이 계신 곳이 아닐까. 배꽃이 지는 때도 여름이 오기 전 봄이다. 〈관동별곡〉 화자는 '배꽃이 벌써 지고' 하는 표현에 시간 흐름에 대한 판단을 하면서 꽃이 진다고 새가 울리 없건만 화자의 심정도 이입하면서 높은 산에 올라 '일출'이며 '육룡'을 언급한다. 보고싶은 이를 못 보는 데에서 생겨나는 슬픔이 산을 오르게 하는 듯하다. 〈관동별곡〉 화자는 〈관서별곡〉 화자의 표현을 좀 더 자기 것으로 만들고 '노룡'이 아닌, '육룡'의 대상과 자신이 멀지 않으며 이를 칭송할 수 있는 위치에 있다는 것도 은근히 드러내고 있는 듯하다. 전후 맥락으로 살펴보면, 〈관서별곡〉 화자가 '老龍이 꼬리치고'라고 표현하더라도 자연으로 향한 시각으로 전개한다면, 〈관동별곡〉 화자는 '六龍이 바퇴는 동'으로 고쳐 표현하면서 왕조를 떠올리게 한다. 마음에 생각하는 이, 걱정하는 이, 나를 생각해 주었으면 하는 이에 대한 표현이 더 직접적이고 다채롭게 나타남이 꽃잎이 흩날리고 만물이 살아 있음을 뽐내는 봄이라는 시간과 공간에서 더욱 드러내고 있다.

그리고 오늘날도 연말이나 연초에 발령지가 바뀌고 자리를 옮기게 되는데 봄철에 임지가 바뀌는 것이 오늘날의 일만은 아닌 듯해 보이는 대목이기도 하다.

여섯 번째 거두는 사설에서는 관찰사로 보낸 임금을 떠올리는 시상 전개로 진행된다. 그리고 곧이어 일곱 번째에 이르면 임금에 대한 칭송으로 마무리를 하면서 임금 앞에 머리를 조아리는 분위기를 자아낸다.

형식을 드러내는 구조적 측면에서 보면 크게는 세 개의 단계를 구성하고 있다고 볼 수 있다.

[그림 1] 〈관서별곡〉과 〈관동별곡〉의 구조 단계

이러한 구조에 기인하여 쓰인 표현은 어떻게 전개되고 있는지 어휘 쓰임으로 살펴보도록 하겠다.

## (2) 〈관서별곡〉과 〈관동별곡〉의 어휘 쓰임

〈관서별곡〉과 〈관동별곡〉을 깜짝새 프로그램으로 '강호애 병이깁퍼 죽림의 누엇더니'와 같은 방식으로 어절을 분석하면 다음과 같이 나타난다.

[표 2] 〈관서별곡〉과 〈관동별곡〉의 어절 수

| 〈관서별곡(關西別曲)〉 어절 수 | 〈관동별곡(關東別曲)〉 어절 수 |
| --- | --- |
| 314 | 576 |

두 배에 이르지는 못하지만 어찌하였든 〈관동별곡〉에서 표현하고 있는 어휘가 더 많은 것을 알 수 있다. 말이 많다는 것은 마음속에 하고 싶은 말이 많다는 것을 드러내는 것으로 볼 수 있다. 하고 싶은 말이 비슷하게 자주 나타나면 그것은 또한 그 사람의 심사가 좀 더 구체적으로 드러나는 대목이라고 볼 수 있다. 이에 따른 시각으로 〈관서별곡〉과 〈관동별곡〉에서 나타나는 반복되는 어휘는 어떠한 것이 있는지 살펴보고자 깜짝새 프로그램을 활용하여 다음과 같이 제시한다.

[표 3] 〈관서별곡〉과 〈관동별곡〉의 반복 어휘 양상

| 〈관서별곡(關西別曲)〉 | | | 〈관동별곡(關東別曲)〉 | | | | | |
|---|---|---|---|---|---|---|---|---|
| 번호 | 시어 | 횟수 | 번호 | 시어 | 횟수 | 번호 | 시어 | 횟수 |
| 1 | 너머드니 | 2 | 1 | 겨티두고 | 1 | 44 | 어디가고 | 1 |
| 2 | 너머드러 | 1 | 2 | 겻티두고 | 1 | 45 | 어디가니 | 1 |
| 3 | 도라드니 | 3 | 3 | 고텨것고 | 1 | 46 | 어디가며 | 1 |
| 4 | 도라드러 | 2 | 4 | 고텨다려 | 1 | 47 | 엇디그릇 | 1 |
| 5 | 백두산白頭山 | 2 | 5 | 고텨맛나 | 1 | 48 | 엇디아는 | 1 |
| 6 | 보니고져 | 1 | 6 | 고텨올나 | 2 | 49 | 엇디알리 | 1 |
| 7 | 보니실시 | 1 | 7 | 고텨의논議論 | 1 | 50 | 엇찌ᄒ야 | 1 |
| 8 | 빗기보니 | 1 | 8 | 곳초안자 | 1 | 51 | 여긔도곤 | 1 |
| 9 | 빗기안자 | 1 | 9 | 구버보고 | 1 | 52 | 여긔로다 | 1 |
| 10 | 빗기지나 | 1 | 10 | 구버보니 | 1 | 53 | 여긔야 | 1 |
| 11 | 빗기흘너 | 1 | 11 | 긔뉘러니 | 1 | 54 | 여산廬山 | 1 |
| 12 | 산수山水도 | 2 | 12 | 긔뉘신고 | 1 | 55 | 여산廬山이 | 1 |
| 13 | 산수山水를 | 1 | 13 | 넘노는돗 | 2 | 56 | 올나가니 | 2 |
| 14 | 셜민라 | 2 | 14 | 뉘라셔 | 2 | 57 | 올나ᄒ니 | 2 |
| 15 | 어듸미오 | 2 | 15 | 느려가니 | 1 | 58 | 올라보니 | 1 |
| 16 | 어이ᄒ리 | 1 | 16 | 느려가미 | 1 | 59 | 올라안자 | 1 |
| 17 | 어이홀리 | 1 | 17 | 느린믈이 | 2 | 60 | 올라ᄒ니 | 2 |
| 18 | 올나가니 | 3 | 18 | 도라드니 | 1 | 61 | 우리는 | 1 |
| 19 | 올나안자 | 1 | 19 | 도라드러 | 1 | 62 | 우리롤 | 1 |
| 20 | 올나안ᄌ | 1 | 20 | 동해東海로 | 2 | 63 | 유정有情도 | 1 |
| 21 | 지니가니 | 1 | 21 | 동해東海예 | 1 | 64 | 유정有情홀샤 | 1 |
| 22 | 지니보니 | 1 | 22 | 드러가니 | 2 | 65 | 이제도 | 1 |
| 23 | 형승形勝도 | 1 | 23 | 명월明月을 | 1 | 66 | 이제와 | 1 |
| 24 | 형승形勝을 | 1 | 24 | 명월明月이 | 1 | 67 | 이제이셔 | 1 |
| | | | 25 | 모르거니 | 1 | 68 | 잇다홀다 | 1 |
| | | | 26 | 모르거든 | 1 | 69 | 잇닷말고 | 1 |
| | | | 27 | 모르는다 | 1 | 70 | 져근덧 | 2 |
| | | | 28 | 몰ᄋ는다 | 1 | 71 | 창해滄海예 | 1 |
| | | | 29 | 못ᄒ거니 | 1 | 72 | 창해수滄海水 | 1 |
| | | | 30 | 못ᄒ려니 | 1 | 73 | 추자가니 | 2 |

| 〈관서별곡(關西別曲)〉 | | | 〈관동별곡(關東別曲)〉 | | | | | |
|---|---|---|---|---|---|---|---|---|
| 번호 | 시어 | 횟수 | 번호 | 시어 | 횟수 | 번호 | 시어 | 횟수 |
| | | | 31 | 므스일고 | 1 | 74 | 초조려 | 1 |
| | | | 32 | 므스일을 | 1 | 75 | 하놀밧근 | 1 |
| | | | 33 | 바다홀 | 2 | 76 | 하놀의 | 1 |
| | | | 34 | 바다히 | 1 | 77 | 하놀이니 | 1 |
| | | | 35 | 반공半空애 | 1 | 78 | 하도할샤 | 3 |
| | | | 36 | 반공半空의 | 1 | 79 | 헌스타 | 1 |
| | | | 37 | 밤 | 1 | 80 | 헌스토 | 1 |
| | | | 38 | 밤둥만 | 1 | 81 | 헌스홀샤 | 1 |
| | | | 39 | 밤이드러 | 1 | 82 | 혜리로다 | 2 |
| | | | 40 | 브라보니 | 1 | 83 | 쏘며믈고 | 1 |
| | | | 41 | 브라보며 | 2 | 84 | 쏘어듸 | 1 |
| | | | 42 | 사선四仙은 | 1 | 85 | 쏘잇논가 | 1 |
| | | | 43 | 사선四仙을 | 1 | | | |

〈관서별곡〉과 〈관동별곡〉의 두드러지는 차이점이 나타난다. 같은 어휘의 반복이나 비슷한 어형이 반복하고 있는 것이 〈관동별곡〉에서 더 나타난다는 것이다. 물론 쓰인 어휘 수가 많기에 많이 나타날 수밖에 없는 것은 자명하나 그러하다 하더라도 한 어휘가 비슷하게 여러 번 나타나는 것을 볼 수 있다. 비슷한 어휘의 반복은 운율감을 형성하고 말맛이 더 살아나게 된다.

또한 우리말에는 동사와 형용사가 많다. 한자에서 명사형이 많다면 우리말에서는 용언형의 말이 많다. 이병기(1975)에서는 〈관동별곡〉에 대명사와 형용사가 많이 나타나고 있다[18]고 논하지만 반복된 어휘에서는 동

---

18) 이에 대해 구체적으로는 다음과 같이 논한다.
　　"관동별곡(關東別曲)에서 많이 나타나는 품사(品詞)는 대명사(代名詞)와 형용사(形容詞)이다. 명사(名詞)는 실질적(實質的)인 개념(概念)을 구체적(具體的)으로 드러내는 실질(實質)체언(體言)이지만 대명사(代名詞)와 수사(數詞)는 개념(概念)을 형식적으로 나타내는 형식(形

사가 많이 나타남을 볼 수 있다. 그리고 〈관서별곡〉보다 〈관동별곡〉에 이르면 동사 표현이 많이 나타난다. 형용사는 묘사를 하더라도 고정되어 있는 형태라면 동사는 움직임을 나타내는 말에 따라 움직임을 상상할 수 있다. 따라서 동사형의 말은 움직임을 나타내는 말 속에 운율감을 더 형성한다고 볼 수 있는 것이다.

그리고 〈관서별곡〉에서 나타나는 어휘는 '너머들고', '돌아들고', '백두산'이며 '장백산'이며 '빗기 앉고', '빗기 지나고', '산수'며, '올라 앉고', '형승'을 말하고 있는 것을 보면 등산하는 모습에 가까운 어휘를 내뿜는다. 어휘만 따지고 본다면 움직임이 계속되는 시상이 전개된다. 〈관동별곡〉에서도 이와 같이 움직임을 나타내는 '고쳐 오르고', '굽어 보고', '내려 보고', '올라 가고', '돌아 들고', '바라보는' 움직임에 관한 어휘를 많이 쓰고 있다. 〈관서별곡〉에서는 산을 논했다면 여기에서도 물론 백두산에 버금간다고 할 법한 금강산을 논하며 여산이 따로 없다는 투의 말을 하기도 하지만 '동해'라는 바다를 말하고 있음도 볼 수 있다. 또한 '모르거니', '무슨 일인고', '어디 가고'와 같은 표현도 자주 나타나고 있어서 여기에서 정철의 심사가 단순하지 않음도 엿볼 수 있어 보인다.

그렇다면 〈관서별곡〉과 〈관동별곡〉 텍스트 간의 상관관계는 어떠한 것이 나타나는지 확인해 볼 필요가 있다. 다음 표에서 나란히 제시해 보겠다.

---

式)체언(體言)이다. 그런데 관동별곡(關東別曲)이 관서별곡(關西別曲)보다 대명사와 형용사가 더 많다. 송강(松江)은 사물(事物)의 속성(屬性)을 고정적(固定的)인 것으로 사유(思惟)하면서 묘사(描寫)하려고 하였기 때문에 형용사(形容詞)가 많은 것이 아닌가 싶다." 이병기, 「관서별곡・관동별곡・관동독별곡의 형태적 고찰」, 『국어문학』 17집, 국어문학회, 1975, 9면.

[표 4] 〈관서별곡〉과 〈관동별곡〉의 텍스트 간 상관관계

| 〈관서별곡(關西別曲)〉 | 〈관동별곡(關東別曲)〉 |
|---|---|
| 연조문延詔門 | 연추문延秋門 |
| 벽제碧蹄에 말가라 | 평구역平丘驛 믈을ㄱ라 |
| 임진臨津에 비건너 천수원天水院 도라드니 | 흑수黑水로 도라드니 |
| 송경松京은 고국故國이라 | 고신거국孤臣去國에 백발白髮도 하도할샤 |
| 감송정感松亭 도라드러 대동강大同江 ㅂ리보니 | 삼각산三角山 제일봉第一峰이 ㅎ마면 뵈리로다 |
| 춘풍春風이 헌스ㅎ야 화선畫船을 빗기보니 | 시절時節이 삼월三月인제 화천花川 시내길히 풍악楓岳으로 버더잇다 |
| 이원梨園의 곳피고 두견화杜鵑花 못다진제 | 이화梨花는 볼셔디고 접동새 슬피울제 |
| 영중營中이 무사無事커늘 | 영중營中이 무사無事ㅎ고 |
| 노룡老龍이 쪼리치고 | 은銀ㄱ톤 무지게 옥玉ㄱ톤 룡龍의초리 |
| 백두산白頭山 니린물이 향로봉香爐峯 감도라 | 진주관眞珠館 죽서루竹西樓 오십천五十川 ㄴ린믈이 태백산太白山 그림재롤 동해東海로 다마가니 |
| 호지산천胡地山川을 역력歷歷히 지니보니 | 만萬 이천봉二千峰을 역력歷歷히 혀여ㅎ니 |
| 셜미라 화표주華表柱 천년학千年鶴인들 날가타니 쏘보안난다 | 그제야 고텨맛나 쏘혼잔 ㅎ쟛고야 말디쟈 학鶴을틔고 구공九空의 올나가니 |
| 어늬제 형승形勝을 기록記錄ㅎ야 | 공중空中 옥소玉簫소리 어제런가 그제런가 나도 좀을씨여 바다홀 구버보니 |
| 구중천九重天의 스로료 미구상달未久上達 천문天門ㅎ리라. | 기픠롤 모르거니 ㄱ인들 엇디알리 명월明月이 천산만락千山萬落의 아니비쵠 디업다. |

〈관서별곡〉에 쓰인 어휘를 〈관동별곡〉에서는 〈관동별곡〉 화자의 말맛으로 바꾸어서 표현하고 있는 것을 볼 수 있다. 비슷한 듯 다르게, 다른 듯하면서도 〈관서별곡〉을 떠올릴 수 있는 구성이다. 또한 전고를 〈관서별곡〉과 〈관동별곡〉 모두에서 활용하여 시상을 전개하고 있는 것도 볼 수 있는데 이는 당대에 그들끼리 잘 알아들을 수 있는 이면적 뜻을 부각하기에 좋은 장치로 활용하고 있다는 것을 알 수 있다. 이에 대해 이병기(1975)에서는 '한자의 영향'으로 논하면서 "漢字의 영향에서는 岐蜂이

杜甫 쪽이라면 松江은 李白 쪽으로 기울어 졌"다고 보고 있다.

그리고 성호경(2010ㄱ, 2010ㄴ)에서는 소식의 〈후적벽부(後赤壁賦)〉에서 학(鶴)을 '玄裳縞衣'로 표현한 것을 '호의현상이 반공의 소소 쓰나'로, 소식의 〈題西林壁〉에서 '不識廬山眞面目'을 참고했다고 하는데 곧 '여산 진면목이 여긔야 다 뵈ᄂᆞ다'라고 한 대목이다. 이로 보면 하늘 아래 새것이 없다[19]는 선인의 말처럼 인간 세상에서 '창조'라는 말보다는 '모방'이라는 말이 더 어울리는 특징을 볼 수 있다. 이전 시대의 지혜를 자신의 것으로 변용하거나 차용하는 여러 방식을 쓰되 자기만의 개성을 돋보이게 하는 방식으로 드러내는 것이다.

원래의 맥락을 살려서 쓰기도 하지만 '여산 진면목을 알지 못한다'를 '여산 진면목을 다 볼 수 있다'로 고쳐 쓰는 것 또한 기존의 것을 자신의 화법으로 만들어 쓰는 태도에 기인한 까닭에 모방과 창조가 되풀이 되고 있는 것을 볼 수 있다.


## 3. 결론

이상의 논의를 바탕으로 하면 〈관서별곡〉, 〈관동별곡〉 두 가사의 특징을 다음과 같이 정리할 수 있다.

첫째, 똑같은 구조는 아니더라도 비슷한 구조로 형성하여 초기의 가사 구조는 크게 다르지 않은 형태로 진행이 된다. 간단히 정리하면 '왕명'에 따라 임지로 가면서 '개인 사설'을 풀어내고, '임금 생각'을 하면서 마무

---

19) "이미 있던 것이 후에 다시 있겠고 이미 한 일을 후에 다시 할지라 해 아래에는 새 것이 없나니 무엇을 가리켜 이르기를 보라 이것이 새 것이라 할 것이 있으랴 우리가 있기 오래 전 세대들에도 이미 있었느니라." (전도서 1 : 9-10)

리를 하는 단계로 구성하는 것이다.

둘째, 하고 싶은 말이 많을 때에는 그 말의 길이가 길어지는 것도 있지만 같은 어휘가 반복되는 경향도 짙다. 어휘의 반복은 운율감을 형성하게 되기도 하는데 <관서별곡>과 <관동별곡>에서는 움직임을 나타내는 어휘의 반복이 많이 드러나고 있어서 '여정'에 대해 생각해 보게 만든다. 그리고 <관동별곡>에서는 개인의 심사가 드러나는 어휘를 하나씩 터트려서 작품에 녹여내고 있기도 한 특징이 드러난다.

셋째, 가사를 '시가'로 크게 놓고 볼 때에 시가에서는 텍스트에 대한 당대의 인식이 담겨 있는 부분이 있기에 이를 활용하여 자기 목소리를 담아낸다. 이를 테면 '채미'를 말하면 '이제'를 떠올릴 것이고 '이제'를 생각하면 그의 일화를 떠올리게 되는 그러한 기법이라고 할 수 있다. 때문에 고사나 전고를 활용할 때에는 어휘만 빌리는 표현이 아니라 그 안에 담긴 이야기까지도 몇 글자 되지 않는 어휘 안에 담아 두게 되는 기법을 활용하되, 작자는 기존의 것대로 쓰는 것이 아니라 '여산 진면목을 알지 못한다'는 '여산 진면목을 다 볼 수 있다'로 변개하여 자기 상황에 맞는 표현으로 대치하는 것까지도 볼 수 있다. 여기에서 창작은 모방을 근간으로 하여 나타나는 것을 알 수 있기에 창작과 모방은 떼래야 뗄 수 없는 관계에 있다는 것도 알 수 있다.

# 참고문헌

강진규, 「송강문학에 나타난 도교사상고찰-가사작품을 중심으로-」, 『목원어문학』 3집, 목원대학교 국어교육과, 1982, 1~16면.

김동욱, 「「관서별곡(關西別曲)」 고이(攷異)」, 『국어국문학』 30집, 국어국문학회, 1965, 107~115면.

김병국, 「가면 혹은 진실-송강가사 관동별곡 평설-」, 『국어교육』 18집, 한국국어교육 연구회, 1972, 43~63면.

김사엽, 「송강가사 신고」, 『논문총』 2집, 경북대학교, 1958, 1~42면.

김선자, 「송강가사와 선행작품과의 상관성 분석」, 『한국국문학연구』 17집, 원광대학교 인문과학대학 국어국문학과, 1995, 61~84면.

김성기, 「백광홍(白光弘)의 관서별곡(關西別曲)과 기행가사(紀行歌辭)」, 『한국고시가문화 연구』 14권, 한국고시가문학회, 2004, 5~25면.

김종진, 「<관서별곡(關西別曲)>의 문화지도와 국토·국경 인식」, 『국제어문』 50집, 국 제어문학회, 2010ㄱ, 31~61면.

김종진, 「歌辭와 지도의 공간현상학 : <관서별곡>과 관서도(關西圖) 견주어 읽기」, 『한 국문학연구』 39집, 동국대학교 한국문학연구소, 2010ㄴ, 31~58면.

김진희, 「송강가사의 시간성과 극적 구조」, 『고전문학연구』 46집, 한국고전문학회, 2014, 3~37면.

류근안, 「「관서별곡(關西別曲)」과 「관동별곡(關東別曲)」의 비교(比較)연구(研究)」, 『어문연 구』 28권 1호, 한국어문교육연구회, 2010, 205~218면.

류수열, 「<관동별곡>의 교재사적 맥락」, 『국어교육』 120집, 한국어교육학회, 2006, 435~464면.

박영주, 「<관동별곡>의 시적 형상성」, 『반교어문연구』 5집, 반교어문학회, 1994, 71~ 106면.

성원경, 「송강과 동파문학의 비교고-「관동별곡」과 <적벽부>를 중심으로-」, 『인문과학 논총』 26집, 건국대학교 인문과학연구소, 1994, 115~140면.

성호경, 「<관동별곡>의 형상화와 정철의 신선의식」, 『고전문학연구』 37집, 한국고전문 학회, 2010ㄱ, 71~106면.

성호경, 「가사 <관동별곡>의 종착지 '월송정 부근'과 결말부의 의의」, 『국문학연구』 22집, 국문학회, 2010ㄴ, 129~160면.

이격주, 「<관동별곡>과 <사미인곡>의 번사에 관한 일고-서포 김만중과 오봉암 정도의 한역을 중심으로-」, 『한어문교육』 2집, 한국언어문학교육학회, 1994, 151~176면.

이문규, 「허균의 「동정부」 고-정철의 「관동별곡」과의 비교를 중심으로-」, 『인문과학논총』 26집, 건국대학교 인문과학연구소, 1994, 115~140면.

이병기, 「관서별곡·관동별곡·관동속별곡의 형태적 고찰」, 국어문학 17집, 국어문학회, 1975, 75~97면.

이상원, 「문학, 역사, 지리-담양과 장흥의 가사문학 비교」, 『한민족어문학』 69집, 한민족어문학회, 2015, 169~203면.

이승남, 「고전시가의 문학교육적 접근-관동별곡의 심미적 체험을 중심으로-」, 『동악어문학』 32집, 동악어문학회, 1997, 275~295면.

임기중, 『한국역대가사문학집성』, 한국의 지식콘텐츠, 2005. (www.krpia.co.kr)

장희구, 「고봉 백광홍의 <관서별곡> 결집 고찰」, 『국어교육』 90집, 한국국어교육연구회, 1995, 221~249면.

정대림, 「「관동별곡」에 나타난 송강의 자연관」, 『세종대학 논문집』 8집, 세종대학교, 1981, 49~63면.

정재호, 「관동별곡의 공간」, 『새국어교육』 50권 1호, 한국국어교육학회, 235-261, 1993, 235~261면.

조세형, 「송강가사에 나타난 여성화자와 송강의 세계관」, 『한국고전여성문학연구』 4집, 한국고전여성문학회, 2002, 157~187면.

조세형, 「<관동별곡>에 나타난 중세적 표현방식과 그 현대적 의미」, 『고전문학과 교육』 22집, 한국고전문학교육학회, 2011, 411~432면.

조희정, 「고전 제재의 교과서 수용 시각 검토 (1)」, 『국어교육연구』 15집, 국어교육연구소, 2005, 85~122면.

최상은, 「고전시가의 이념과 현실 그리고 공간과 장소 의식 탐색-송강가사를 통한 가능성 모색-」, 『한국시가연구』 34집, 한국시가학회, 2013, 5~34면.

최규수, 「<관동별곡>과 <성산별곡>의 어법적 특질과 의미」, 『온지논총』 3권 1호, 온지학회, 1997, 31~57면.

한창훈, 「<관동별곡> 해석의 문학교육적 의미망」, 『문학교육학』 16집, 한국문학교육학회, 2005, 57~80면.

# 〈누항사〉의 언어와 표현 연구

양 동 주

## 1. 서론

<누항사(陋巷詞)>는 노계 박인로(蘆溪 朴仁老, 1561~1642)가 광해군 3년 (1611)에 龍津江 別墅村의 莎堤로 한음 이덕형을 찾아갔을 때에 지은 가사 이다. 그 창작 배경에 대해 『蘆溪集』 및 『蘆溪歌集』은 '<陋巷詞>는 한음 대감이 명하여 지었다[陋巷詞 漢陰大鑑命作]'고 밝히고 있으며, 『蘆溪先生文 集』에는 보다 상세한 내용이 '공이 한음 상공을 좇아 놀 때에 상공이 두메살림의 어려운 형편을 물으매 공이 곧 이 노래를 지었다[陋巷詞 公從遊漢 陰相公 公問公山居窮苦之狀 公乃述已懷作此曲]'라는 기술을 통해 전해지고 있다.

기존 연구자들의 <陋巷詞>에 대한 접근은 크게 두 방향으로 이루어진 것으로 보인다. 하나는 작자의 다른 작품들과 동일한 선상에서 <陋巷詞> 를 이해하는 것으로, <陋巷詞> 또한 성리학을 작품 주제 의식의 사상적 배경으로 두고서 문학적 형상화가 이루어진 작품으로 취급하는 시각이다. 이러한 시각을 바탕으로 <陋巷詞>에 접근한 연구자들은 다수의 경우 <陋巷詞>의 궁극적 지향점이 安貧樂道에 있다는 견해를 취한다. 반면 <陋巷詞>가 유교적 색채를 띤 가사 작품이라는 점을 인정하면서도 동시

에 이를 초극한 면모를 보이고 있어, <陋巷詞>를 완전한 安貧樂道의 가사로 취급하기 어렵다는 시각 역시 존재한다. '陋巷'을 일종의 성리학적 상징체계로서의 가상공간으로 설정하기에는 <陋巷詞>의 현실 묘사가 상당히 현실적이라는 지적이 이들의 주된 논거로 제시된다. 이러한 兩價的 對立은 달리 말하면 <陋巷詞>가 가지는 가치 본위가 성리학적 가치체계의 관념적 측면과 현실 반영의 사실적 측면이라는 두 지점에 걸쳐 있다고 볼 수 있다.

또 <陋巷詞>를 비롯한 노계가사는 대체적으로 典故의 표현이 많이 쓰여 관념적이라는 지적이 많은데, 특히 순우리말을 많이 사용하였으며 또한 독창적이라고 평가되는 松江이나 孤山에 비교되는 일이 잦다. 때문에 필자는 노계가사에 얽힌 언어·표현 측면에서의 평가, 특히 典故와 관념적인 한자어의 과도한 사용 및 함축성이 결여된 시어를 사용한 산문투의 작품 세계 등이 작품의 질을 떨어뜨렸다는 기존 연구의 지적을 다시 한 번 검토하고자 한다. 위에서 지적된 표현들이 어떤 상황에서 수용되었는지, 그 의도가 무엇이었는지 또는 노계가 자신만의 현실화 방법으로 수용한 측면이 있는지, 그리고 이러한 노계의 문학적 시도는 효과적이었는지를 검토할 필요가 있다고 생각한다.

이상의 검토에 기초해 필자는 본고에서 <陋巷詞>의 서술 양상 속 시적 언어와 표현, 특히 本詞의 '허위허위-설피설피' 대화 국면에 주목해 <陋巷詞>가 관념적 측면과 사실적 측면의 상호 보완을 이루기 위해 어떠한 시적 효과를 의도하였으며, 이를 위해 활용한 시적 언어와 표현의 출현은 어떠한 형태를 취하고 있는가를 살피려 한다.

덧붙여 <陋巷詞> 연구에는 전하는 판본 간의 서술 생략과 改竄으로 인한 시적 초점의 혼란 등으로 인해 판본을 공히 특정해야 하는 바, 『蘆溪集』 本 <陋巷詞>에 한정해 논의를 진행하려 한다. 두 판본의 작품 사이에는

철자는 물론이거니와 단어나 구절의 일부가 바뀐 것도 있으며 삭제된 것
도 있다. 본고에서는 본문 각주로 『蘆溪先生文集』과의 차이를 표기하였다.
이런 변개(變改)는 『蘆溪先生文集』의 편찬자 정하원(鄭夏源, 1851~?)과 최옥
(崔鋈, 1762~1840)에 의해 의도적으로 이루어진 것으로 추정되고 있다. 이
는 『蘆溪集』보다 후대에 간행된 『蘆溪先生文集』의 편찬 과정에서 후손이
나 후대 문인들이 노계를 높이기 위해 작품을 의도적으로 변개하였다고
추정 가능하기 때문이다. 따라서 당초의 연구 목표가 〈陋巷詞〉라는 작품
의 언어와 표현을 살피는 것인 만큼, 원본에 가까울 것이라 추정되는 『蘆
溪集』 수록본 〈陋巷詞〉를 분석함이 옳다고 판단하였다.


## 2. 각 행별 언어 및 표현 분석

갈래로서의 가사에 대한 개념적인 정의는 일반적으로 이를 두고 '4-4
조의 연속체(連續體)'라 지적하였던 조윤제의 논의[1]를 따른다. 이 개념 정
의에 대해서는 추가적인 논의가 필요하겠으나, 가사의 시상 전개가 시행
의 연속적인 결합에 의해 이루어진다는 점만큼은 명확한 지점이다. 때문
에 서사, 본사, 결사와 같은 분절은 가사 갈래의 구조적 분석에서 유의미
한 구분이 아닐 것이며 〈陋巷詞〉 또한 그러할 것이다. 다만 본고는 표현
의 양상과 언어적 특질을 읽어냄을 목표로 하고 있으며 여타의 구조적 분
석을 시도하고 있지는 않으므로, 분석의 편의상 그 내용을 기준으로 하여
크게 세 부분으로 나누어 읽고자 한다.

---

1) 조윤제, 『朝鮮詩歌史綱』, 동광출판사, 1937.

## (1) 어리고 迂闊홀산 - 늬 分인 줄 알리로다

어리고 迂闊홀산 이 늬 우희 더니 업다.

吉凶 禍福을 하날긔 부쳐 두고,

陋巷 깁푼 곳의 草幕을 지어 두고,

風朝 雨夕에 석은 딥히 셥히 되야,

닷 홉 밥 서 홉 粥에 煙氣도 하도 할샤.[2]

얼머 만히 바둔 밥의 懸鶉稚子들은

將幕 버덧 卒 미덧 나아오니

人情天理예 춤마 혼자 머글넌가[3]

설 데인 熟冷애 뷘 배 쇡일 뿐이로다.

생애 이러ᄒ다 丈夫 뜻을 옴길넌가.

安貧 一念을 격을망졍 품고 이셔,

隨宜로 살려 ᄒ니 날로 조차 齟齬ᄒ다.

ᄀ올히 不足거든 봄이라 有餘ᄒ며,

주머니 뷔엿거든 甁의라 담겨시랴.

다믄 ᄒ나 뷘 독 우희 어론털 덜 도든 늘근 쥐는

貧多務得ᄒ야 恣意揚揚ᄒ니 白日 아래 强盜로다.

아야라 어든 거슬 다 狡穴에 앗겨두고

碩鼠 三章을 時時로 吟詠ᄒ며

歎息無言ᄒ야 搔白首뿐니로다

이 中에 탐살은 다 내 집의 모홧ᄂ다[4]

苦楚ᄒᆫ 人生이 天地間의 나뿐이라.

---

2) 『蘆溪先生文集』본 <陋巷詞>에는 '서 홉 밥 닷 홉 粥에'로 기술되어 있다.

3) 『蘆溪先生文集』본 <陋巷詞>에서 '얼머 만히 바둔 밥의~춤마 혼자 머글넌가' 구절은 삭제되었다.

4) 『蘆溪先生文集』본 <陋巷詞>에서 '다믄 ᄒ나 뷘 독 우희~내 집의 모홧ᄂ다' 구절은 삭제되었다.

작품의 도입에 해당하는 첫 행에서부터 화자는 이 세상에서 자신이 가장 '어리고 迂闊'하다고 탄식하고 있다. 첫 구절에 배치된 신세 한탄은 작품의 수용자에게 강렬한 인상을 준다. 이 탄식은 또한 탄식의 원인인 화자가 처한 현실에 대한 호기심을 불러일으키지만, 이어지는 서술을 통해 곧바로 해소된다. 風朝雨夕으로 인해 짚이 다 썩어 섶이 되었고 이를 불살라 밥을 하려 하니, '닷 홉 밥 서 홉 粥'의 초라한 식단을 준비하는 데에도 연기가 마구 일어난다. 곧 섶을 사르는 과정에서 치솟은 연기를 보며 풍족한 먹거리를 마련하는 상황을 연상하고, 겨우 '설 데인 熟冷'으로 배를 채울 뿐인 현재의 상황과 대비시켜 제시한 것이다. 이와 같은 상황 속에서 安貧樂道의 체현이라는 화자의 관념적 목표는 물질적 여건의 한계에 부딪히고 점차 좌절되어간다.

'ᄀ올히 不足거든 ~ 甁의라 담겨시랴' 구절은 현재 상황을 당위적인 것으로 수용하는 형태로 화자의 실상을 표현하고 있다. 가장 풍족해야 할 가을에도 이미 부족했는데 봄인 현재 상황이 여유로울 리 없으며, 주머니가 비었는데 어찌 (술)병에 (술이) 담겨 있겠느냐는 형태로 의미가 연쇄되고 있다. 이는 송순(宋純, 1493~1583)의 〈俛仰亭歌〉와 같은 초기 가사 작품의 영향을 받은 것으로 보인다. 〈俛仰亭歌〉는 '아춤이 낫브거니 나조 히라 슬흘소냐 / 오늘리 不足거니 내일리라 有餘ᄒ랴'와 같은 구절에서 현재 상황을 설명하기 위해 당위적인 미래 상황을 결합시키는 방식을 보여준다. 이후 여러 가사 및 판소리 작품에서 당위성에 기대어 상황을 설명하는 표현 방식을 채택하고 있는데, 흔히 현재를 근거로 하여 미래를 당위적으로 예단하는 형태로 표현함으로써 긍정적인 혹은 부정적인 시상의 강화가 이루어진다. 그러나 〈陋巷詞〉는 이를 살짝 비틀어, 현재 상황이 과거의 사실로부터 당위적으로 추동된 결과임을 강조하고 있다. 이는 '현재 상황과 당위적 미래의 결합'이라는 정형성을 탈피한 것이나, 그 의미

연결이 당연한 사실을 단순 진술하는 것처럼 이루어져 말맛이 줄어든다
는 약점을 지닌다.

또한 본 단락에서의 서술층위는 전반적으로 '반 행 + 반 행'의 결합단
위를 지니는 것으로 파악된다. 곧 서술층위의 단계에서 각 행들은 대체로
상호 독립적인 형태를 보인다. 다만『蘆溪先生文集』본 <陋巷詞>에서 삭
제된 구절이었던 '다믄 혼나 뷘 독 우희 ~ 白日 아래 强盜로다.'에서는
뚜렷한 '한 행 + 한 행'의 결합단위를 거쳐 서술된 것으로 보인다. 해당
구절의 의미 형성에 중심을 이루는 대상물은 '늘근 쥐'인데 '碩鼠 三章'이
라는 표현은『시경(詩經)』「국풍(國風)」에 수록된 <위풍석서(魏風碩鼠)>의 3
장(三章)[5]을 지칭하는 것으로, <위풍석서(魏風碩鼠)>에서 쥐는 본디 가렴주
구하는 탐관오리들을 비판하기 위해 출현한 대상이다. 그러나 특별히『시
경(詩經)』을 인용했다는 그 자체에 의의가 있지는 않다. 본 작품에서는 단
지 쥐로 인해 입은 피해와 쥐를 쫓는 화자의 모습을 제시하려 한다는 목
표만을 위해 익숙한 한문 표현을 사용한 것으로 보인다. '다믄 혼나 뷘 독
우희 ~ 白日 아래 强盜로다.'는 본 단락 내에서 한 행 내부의 호흡이 유
독 빠른데, 쥐들이 민첩하게 움직이며 눈 깜짝할 새 얼마 없는 곡식을 바
닥내는 상황이 속도감 있게 전달되어 그 한탄하는 어조가 극대화되고 있
다. 이로써 없는 형편에 남은 것마저 쥐에게 빼앗기는 삶의 궁핍함이 더
욱 부각되었다.

각 행 간의 관계는 시상을 구성하는 단계에서 특정 행에 그 의미가 집
약되는 형태로 성립되고 있다. 구체적으로는 크게 '어리고 迂闊홀산 ~ 뷘
배 쇡일 뿐이로다'와 '생애 이러호다 ~ 天地間의 나뿐이라'의 두 단위로

---

5) "碩鼠碩鼠 無食我苗 / 三歲貫女 莫我肯勞 / 逝將去女 適彼樂郊 / 樂郊樂郊 誰之永號"(『詩經』
「國風」<魏風碩鼠> 中)

나뉜다. 앞 단위는 장기판 졸卒 올라오듯 하며 먹을 것을 보채는 懸鶉稚子들로부터 비롯된 생활의 고충이 제시되고 있으며, 그 첫 번째 시행인 '어리고 迂闊홀산 이 닉 우희 더니 업다.'에 전체 단위의 시상이 집약되고 있다. 후행하는 단위는 貧多務得한 쥐로 인해 받은 생활의 고충이 제시되고 있으며, 마지막 시행인 '苦楚혼 人生이 天地間의 나섇이라.'로 그 시상이 집약된다. '懸鶉稚子'와 '늘근 쥐'로 표상된 생활고는 각 단위에서 화자로 하여금 '丈夫 뜻'을 좇는 삶에 회의를 안겨주는 요인들로 제시되었다. 때문에 두 단위의 시상이 각기 집약되고 있는 시행들은 그 의미가 상당한 유사성을 보인다. 이에 더해 각 단위의 종결행들은 각기 '섇이로다, 나섇이라'로 마무리 지어지고 있는데, 동일한 의존명사 '섇'을 활용함으로써 자기 한탄조의 공통된 시상을 표현하고 있다. 이는 시어의 선택과 표현에 의해 성립된 특징적 종결행의 활용을 통해 각 단위가 별개의 성격으로 다루어지고 있음을 드러내고 있는 것으로 볼 수 있다.

> 飢寒이 切身ᄒ다 一丹心을 이질는가.
> 奮義 忘身ᄒ야 죽어야 말녀 너겨,
> 于槖 于囊의 줌줌이 모아 녀코,
> 兵戈 五載예 敢死心을 가져 이셔,
> 履尸 涉血ᄒ야 몃 百戰을 지닉연고.
> 一身이 餘暇 잇사 一家를 도라보랴.
> 一奴 長鬚는 奴主分을 이젓거든,
> 告余 春及을 어닉 사이 싱각ᄒ리.
> 耕當 問奴인돌 눌드려 물롤는고.
> 躬耕 稼穡이 닉 分인 줄 알리로다.

본 단락에서 제시된 화자의 지난 시절은 나라가 '兵戈 五載'의 위기에 처하자 '履尸 涉血ᄒ야 멋百戰'을 치룬 의기(義氣) 가득한 삶의 방식이었다. 그러나 '飢寒'에도 불구하고 '一丹心'과 '敢死心'을 잃어버리지 않았던 과거의 자신은, 빈궁한 생활 속에서 '丈夫 뜻'과 '安貧 一念'을 잃어버릴 것만 같은 현재의 자신과 대립하게 되었다. 출진했던 사이에 가산은 쇠락하였고 집안에 속해 있던 노비는 종과 주인 사이의 분수를 잊었다. 결국 화자는 몸소 농사를 지어 생활을 이어나가겠다고 결심하기에 이르게 된다.

앞서 살핀 단락과 마찬가지로 본 단락 역시 시상을 구성하는 단계에서 특정 행에 그 의미가 집약되는 형태로 각 행 간의 관계가 성립하고 있다. '飢寒이 切身ᄒ다 ~ 멋 百戰을 지닉연고'행과 '一身이 餘暇 잇사 ~ 닉 分인 줄 알리로다'행이 그것이며, 각 5행 크기의 두 단위로 나뉜다. 각 단위는 단위별 첫 행인 '飢寒이 切身ᄒ다 一丹心을 이질는가'행과 '一身이 餘暇 잇사 一家를 도라보랴'행으로 그 의미가 집약되고 있다. 선행하고 있는 행은 회상 속 과거의 자신에 대한 서술이며, 이에 후행하는 행은 과거와 대비되는 현재의 자신이 처한 상황에 대한 서술이다. 각 단위에 지배적인 영향력을 보이고 있는 단위별 첫 행은, 동일한 통사 구조를 띠고 있음과 동시에 그 의미가 'A하다고 하여 B하겠는가'의 '조건 + 가정'으로 또한 동일하다.

여기에 더해 본 단락은 <陋巷詞> 작품 전체에서 그 비중을 따져보았을 때, 한문 표현의 활용이 특히 두드러지는 단락이다. 단위의 주제행이라 볼 수 있는 각 단위별 첫 행에 종속된 행들은 모두 첫째 음보에서 둘째 음보에 이어 4자의 한자어를 통해 시상을 표현하고 있다. 이들 중 상당수가 詩經, 孟子와 같은 유교 경전에서 집자한 것부터 韓愈, 陶淵明 등의 한시 표현을 원용한 것이 있는 등, 그 표현상의 기능적 부분을 典故에 크게 의지하고 있다. 또 그 표현의 방식은 다수의 단시조가 둘째 행의 첫째 음보와 둘째 음보에 채택하고 있는 압축적인 정보 전달의 양상과 유사하다.

본 단락은 이상적이었던(혹은 현재 상황으로 인해 다소 이상화된) 과거의 자신과 현재의 자신이 연결되는 성향이 짙다. 이를 유독 본 단락에서 유교 경전과 중국 한문 문학을 그 원전으로 하는 典故 활용 표현의 비중이 높다는 점과 함께 이해한다면, 본 단락에서의 典故의 활용은 유교 사회에서의 이상적 인간상으로서 존재하였던 과거의 자신이라는 표상하고자 하는 바와 그 구현인 문학적 표현의 양식이 일체화하였다 볼 수 있을 것이다.

### (2) 莘野耕叟와 瓏上耕翁을 - 후리쳐 더뎌 두쟈.

莘野耕叟와 瓏上耕翁을 賤타 ᄒ리 업것마는,
아ᄆ려 갈고젼들 어늬 쇼로 갈로손고.
旱旣 太甚ᄒ야 時節이 다 느즌 졔,
西疇 놉흔 논애 잠깐 긴 녈비예
道上 無源水를 반만깐 디혀두고,
(a1)쇼 ᄒᆫ 젹 듀마 ᄒ고 엄섬이 ᄒᄂᆫ 말삼
親切호라 너긴 집의 돌 업슨 黃昏의 **허위허위** 다라 가셔,
구디 다돈 門 밧긔 어득히 혼자 셔셔
큰 기춤 (b1)아함이를 良久토록 ᄒ온 後에,
(a2)어와 긔 뉘신고 (b2)廉恥 업산 너옵노라.
(a3)初更도 거읜ᄃᆡ 긔 엇지 와 겨신고.
(b3)年年에 이렁ᄒ기 죽고져도 ᄒᆞ건마는
쇼 업슨 이 몸이 혜염 만하 왓ᄂ이다.6)
(a4)공ᄒᄂ니나 갑시나 주엄 즉도 ᄒ다마는,
다만 어제 밤의 거넨 집 져 사롭이,
목 불근 雉을 玉脂泣게 쑤어 ᄂᆡ고,

---

6) 『蘆溪先生文集』 본 〈陋巷詞〉에는 '年年에 이러ᄒ기 苟且ᄒᆞ 줄 알건마는 / 쇼 업슨 窮家애 혜염 만하 왓삽노라'로 기술되어 있다.

간 이근 三亥酒을 醉토록 勸ㅎ거든,
이러한 恩惠을 어이 아니 갑흘넌고.
來日로 주마 ㅎ고 큰 言約 ㅎ야거든,
失約이 未便ㅎ니 사셜이 어려왜라.
(b4)實爲 그러ㅎ면 혈마 어이홀고.
헌 먼덕 수기 스고 측 업슨 집신에 **설픠설픠** 물너 오니,
風採 저근 形容애 기 즈칠 쑨이로다.

  이제 화자는 직접 농사를 짓고자 하지만 소가 없어 어려움에 처하게 된
다. 부족하나마 비가 내려 농사를 지을 수 있게 되자 화자는 이웃에게 소
를 빌리러 간다. 그러나 이웃은 '목불근 슈기雉을 玉脂泣께 구어내고 굿니
근 三亥酒'를 대접하는 다른 이웃에게 소를 빌려주기로 약속하였으므로,
비록 '엄섬이 ㅎ'긴 하였으되 화자에게 소를 빌려주겠노라 했던 '말삼'을
지키지 못하게 되었음을 이야기한다. 이에 화자는 처량하게 물러나온다.
  본 단락은 앞선 2.(1)에서 살폈던 부분과는 상이한 시상 전개 양상을 보
인다. <陋巷詞>의 본 단락은 우선 시적 화자가 작품 안에 상정된 별개의
인물과 대화하였던 상황을 묘사하고 있다는 점이 특징적이다. 이 지점에
서 인물의 발화에 해당하는 시행들은 담화의 자연적 형태가 원형 그대로
묘사되었다기보다는 詩歌的으로 변용되었을 가능성이 크다. 이는 실제 발
화한 내용을 나타낸 것이 아닌데도 4음보의 원형에서 일부 이탈하는 양상
을 보인 '親切호라 너긴 집의 ~' 행, '헌 먼덕 수기 스고 ~' 행과는 대조
적으로 이들 시행의 繼起的인 4음보의 연속성이 상대적으로 엄격히 지켜
지고 있다는 점에서 확인해볼 수 있다. <陋巷詞> 작품 전체에 걸쳐 수월
히 지켜지고 있는 4음보 규칙이 파괴된 지점은 언급한 '親切호라 너긴 집
의 ~' 행, '헌 먼덕 수기 스고 ~' 행 외에는 찾기 힘들다. 그 4음보 규칙
파괴에는 이 행들에 특별히 의태어가 더해져야 했기 때문이다. 이들은

〈누항사〉 안에서 핵심적인 부분인 '어와 긔 뉘신고 ~ 혈마 어이홀고' 행에 걸친 담화 상황 묘사 부분을 여닫는 역할을 수행한다. 4음보의 파괴와 더불어 '허위허위', '설픠설픠'와 같은 의태어의 동원에 의한 동작감 형성과 같은 표현상의 특징들은 歌唱은 물론 吟詠, 律讀의 환경에서도 시적 화자가 소를 빌리기 위한 대화 상황으로 진입하고 다시 이탈하는 장면 전환의 표지로써 기능하고 있다.

담화 상황 내부를 살펴보자면, (a1)과 (b1)의 발화 시점에는 어느 정도의 이격이 존재한다. 화자가 큰 기침인 (b1)을 내어 이후의 대화 상황을 유도하고 있다는 점을 고려한다면 (a1)의 발화는 화자의 회상 속 이웃의 발화로 여김이 적절하다. 화자는 (a1)을 발화하는 이웃의 태도를 탐탁지 않다고 묘사하고 있는데, 그럼에도 불구하고 이를 친절하다고 여겼다고 이어서 진술하고 있다. 이후의 대화 상황에 미루어 탐탁지 않게 여겼다는 묘사를 인정한다면, 화자는 소를 빌려주는 것을 마뜩찮게 생각하는 이웃의 태도마저도 친절하다고 여기게 될 정도로 소를 빌리는 일을 간절한 일로써 여기고 있다 보아야 할 것이다. 달도 없는 황혼에도 허둥지둥 이웃의 집으로 달려가는 화자의 모습 역시 화자의 소를 빌리는 일에 대한 절박함을 대입하면 보다 자연스러워진다.

일차적인 대화 교환 상황인 (ab2)와, 이어지는 대화 교환 상황인 (ab3)은 해가 저물어가는 늦은 시각에 소를 빌리기 위해 이웃을 찾은 화자의 상황을 제시하고 있다. 이웃은 화자가 한참 큰 기침을 한 후에야 반응을 보이나 '누구인가', '어찌 와 있는가' 하는 반문만을 화자에게 던진다. 이에 대한 화자의 태도는 '염치가 없'다거나 '죽고자 한다'는 등 상당한 저자세이다. 이웃과 마주한 화자의 대화 중 심정에 대한 진술은 이루어지지 않았지만, 독자는 이러한 담화 맥락 속에서 그 심정을 자연스럽게 유추해 낼 수 있다. 직접적인 심정 제시가 이루어지지 않는 대화 묘사 방식은

(ab4)로 이어지면서도 동일하게 유지된다. (a4)에서 이웃은 '건넛집 사람'
과의 약속을 언급하며 수꿩 구이와 삼해주라는 빈궁한 처지의 화자로서
는 결코 마련할 수 없는 반대급부를 제시하여 화자를 에둘러 물리친다.
이에 화자는 (b4)에서 어쩔 수 없다며 어떠한 반론이나 정서의 표출도 없
이 물러서지만, '숙여 쓴 멍덕과 축 없는 짚신, 개마저 물리쳐 짖는 풍채
작은 모습' 등의 상황 묘사를 통해 화자가 겪은 참담함을 간접적으로 전
달하고 있다.

> **蝸室에 드러간들 잠이 와사 누어시랴.**
> 北牕을 비겨 안자 시배롤 기다리니,
> 無情한 戴勝은 이내 恨을 뵈아느다.[7]
> 終朝 惆悵ᄒ야 먼 들흘 바라보니,
> 즐기는 農歌도 興 업서 들리느다.
> **世情 모른 한숨은 그칠 줄을 모르느다.**
> 술 고기 이시면 권당 벗도 하련마는,
> 두 주먹 뷔게 쥐고
> 世態업슨 말숨애 양주 ᄒ나 못 괴오니,
> ᄒ른 아젹 블릴 쇼도 못 비러 마랏거든,
> ᄒ물며 東郭墦間의 醉홀 쓰들 가질소냐.[8]
> 앗가온 쇼보는 볏보십도 됴홀세고.
> 가시 엉권 무근 밧도 불희 업시 갈련마는,[9]
> 虛堂 半壁에 슬더업시 걸려고야.
> 출하리 첫봄의 프라나 ᄇ릴거슬,

---

7) 『蘆溪先生文集』 본 <陋巷詞>에는 '無情흔 戴勝은 이닉 恨을 도우느다'로 기술되어 있다.
8) 『蘆溪先生文集』 본 <陋巷詞>에서 '술 고기 이시면~醉홀 쓰들 가질소냐' 구절은 삭제되
었다.
9) 『蘆溪先生文集』 본 <陋巷詞>에는 '아ᄭ온 져 소뷔는 볏보님도 됴홀세고 / 가시 엉권 묵은
밧도 容易케 갈련마는'로 기술되어 있다.

이제야 풀려흔돌 알리 잇사 사라오랴.10)
春耕도 거의거다 후리쳐 더뎌 두쟈.

소를 빌리는 일에 실패한 화자는 집으로 돌아왔다. 소를 빌리러 갔을 때가 황혼이었으니 화자의 귀가 시점에는 이미 해가 진 뒤로도 어느 정도 시간이 흐른 시점일 것이다. 그러나 화자는 집에 돌아와서도 잠에 들지 못하고 '北牕을 비겨 안자' 恨에 잠기게 되었다. 그 恨의 강도는 '즐기논 農歌도 興 업서 들'리고 '世情모롤 한숨은 그칠주롤 모'르게 되었다는 표현으로 드러나 있다. 이러한 恨의 발생 원인은 시행 '흐르 아젹 블릴 쇼도 못 비러 마랏거든'으로 직접적인 제시가 이루어져 있으며, '쇼보'의 '볏보십'이 좋은 것이 '앗가온' 일이 되었다는 화자의 진술에서도 확인해볼 수 있다. 이 진술 시점에서 화자에게 있어 소를 빌리기 위해 이웃과 대화하였던 일이 하루 아침나절 부릴 소조차 빌리지 못하는 자신의 무력한 처지를 자각하게 하는 사건으로 자리하게 되었음이 드러난다. 이후 시행에 출현한 '쇼보' 곧 쟁기는 소를 몰아 밭을 갈기 위해 사용될 것인데, 화자는 앞서 소를 빌리는 데 실패하였으므로 그 쓰임새가 함께 상실되고 말았다. 곧 화자에게 '이내 恨'을 발생케 한 직접적인 원인은 이상적인 삶의 방식을 지향하는 자세를 관철하지 못하도록 하는 절대적인 경제적 빈곤 상황에 있으며, 그것이 작품 안에서 '어와 긔 뉘신고 ~ 혈마 어이홀고' 행의 소를 빌리러 이웃을 방문하는 상황과 그 실패의 묘사로 드러나 있는 것이다.

본 단락은 그 의미상 다시 '蝸室에 드러간돌 ~ 興 업서 들리느다'와 '世情 모론 한숨은 ~ 후리쳐 더뎌 두쟈'로 나눌 수 있다. '蝸室에 드러간

---

10) 『蘆溪先生文集』 본 〈陋巷詞〉에서 '출하리 첫 봄의~알리 잇사 사라오랴' 구절은 삭제되었다.

돌 ～ 興 업서 들리ᄂᆞ다'는 '蝸室에 드러간돌 ～' 행을 중심으로 하여 나
머지 행들이 해당 행에 종속된 형태로 나타나고 있으나, 단순한 순차적
연결은 아니며 '北牕을 비겨 안자 ～ 이내 恨을 뵈아ᄂᆞ다'와 '終朝 惆悵ᄒᆞ
야 ～ 興 업서 들리ᄂᆞ다'가 각각 북창에 비겨 앉은 상황과 먼 들을 바라
보는 상황을 병렬적으로 제시하고 있다. 이들은 상호간에 유사한 통사 구
조를 띠어 동일한 위계에서 다루어지며, 내용적으로도 동시에 발생하고
있는 것이 두 단계로 분리되어 병렬 제시되었다고 이해함이 타당하다. 또
'無情한 戴勝'와 '즐기는 農歌'는 과 같은 표현은 우리 시가에서 반복적으
로 활용되었던 '화자의 (일반적으로 부정적인) 심리 상태를 이해해주지 못
하는 대상으로서의 새/노래'에 해당하는 상관물로 등장하고 있다. '世情
모른 한숨은 ～ 후리쳐 더뎌 두쟈' 행 역시 '世情 모른 한숨은 ～' 행을
중심으로 하고 있는데, '앗가온 쇼보는 ～ 후리쳐 더뎌 두쟈'의 행은 '世
情 모른 한숨'에 속하는 것으로서 제시되었으므로 이 지점에서 행 사이의
관계가 보다 명료하게 드러난다.


### (3) 江湖 흔 쑴을 - 삼긴대로 살렷노라

江湖 흔 쑴을 ᄭ우언지도 오리러니,
口腹이 怨讐이 되야 어지버 니젓더다.[11]
瞻彼 淇燠혼디 綠竹도 하도 할샤.
有斐 君子들아 낙디 ᄒᆞ나 빌려스라.
蘆花 깁픈 곳애 明月淸風 벗이 되야,
님지 업손 風月江山애 절로절로 늘그리라.
無心한 白鷗야 오라ᄒᆞ며 갈아ᄒᆞ랴.[12]

---

11) 『蘆溪先生文集』 본 <陋巷詞>에는 '口腹이 爲累ᄒᆞ야 어지버 이져쩌다'로 기술되어 있다.

다토리 업슬슨 다문 인가 너기로라.

본 단락은 江湖閑情과 安分知足을 노래한 여러 시가들이 활용해왔던 표현들이 두드러진다. 江湖, 明月淸風, 風月江山과 같은 관념적인 공간을 비롯해, 노계와 동시대 인물인 고산 윤선도(孤山 尹善道, 1587~1671) 또한 활용한 바 있는[13] '無心한 白鷗'와 같은 표현도 등장한다. 이는 또한 물질적 빈곤에 대한 화자의 태도가 관념적 가치에 대한 지향의 형태로 기울어졌다는 지표가 될 것이다.

이 시점에 이르러 화자의 현실 극복에 대한 방법론은 대대적인 전환을 맞는다. 화자는 봄갈이를 위한 소를 빌리려 하나 끝내 빌리지 못한 일로 인해 밭을 가는 것을 포기하고 '有斐君子'들에게 '낙디 ᄒᆞ나'를 빌려 '江湖 ᄒᆞᆫ 쭘'을 실현하는 방향으로 노선을 변경한다. '蘆花 깁픈 곳애 明月淸風 벗이 되야 님지 업슨 風月江山'에서 '절로절로 늘'고자 한다고 밝히고 있는 화자의 진술은, 현실적 극복 방안을 탐색하던 앞서의 모습과는 사뭇 다르다. 비록 때를 놓치긴 했으나 농사를 지어보려 소를 빌리러 이웃을 찾아갔을 시점의 화자는 현실적 해결에 대한 의지가 남아 있었던 것으로 보이나, '허위허위-설피설피'의 실패 이후 보다 관념적인 삶의 지향이라는 형태로 그 태도가 변화하였다는 것이다.

조동일(1994)은 이 작품에 대해 '사대부로서의 지위가 보장되어 있지 않고, 농민으로 살아가는 데에 만족할 수 있는 여건도 갖추지 못하였으므로, 양쪽에서 소외되어 있는 괴로움을 절실하게 그렸다'고 평가하였다. 대체로 후대의 연구자들 역시 이러한 관점의 연장선상에서 본 단락 이후로

---

12) 『蘆溪先生文集』본 〈陋巷詞〉에는 '無心ᄒᆞᆫ 白鷗야 오라ᄒᆞ며 말라ᄒᆞ랴'로 기술되어 있다.
13) 無心ᄒᆞᆫ 白鷗ᄂᆞᆫ 내 좃ᄂᆞᆫ가 제 좃ᄂᆞᆫ가, 尹善道, 〈漁父四時詞〉; '無心ᄒᆞᆫ 白鷗'의 원 출전은 仙人有待乘黃鶴 海客無心隨白鷗, 李白, 〈江上吟〉

<陌巷詞>가 제시하고 있는 관념적 삶에 대한 지향점을 해석하였다. 임진
왜란 이후 경제적으로 몰락한 향반(鄕班)인 노계가 안빈낙도를 지향하는
것은 언뜻 사리에 맞지 않는 것처럼 보이기도 한다. 당장의 먹을 것을 구
하지 못한다면 안빈낙도는 결국 허울로만 남을 것이다. 그럼에도 노계는
본 단락부터 작품의 결말부까지 유교 이데올로기적으로 경화된 태도를
취하며 이상화된 유자(儒者)의 엄숙한 삶의 모습을 추구하겠다는 다짐을
이어가고 있다.

  그러나 한편으로 그러한 다짐의 표현 사이에는 현실적 여건들에 대한
불만과 울분이 곳곳에 자리하고 있다. 비단 본 단락뿐 아니라 소를 빌리
는 것에 실패한 이후의 상황과 심경을 묘사하고 있는 작품 후반부 전체에
걸쳐 그러한 경향은 유지되고 있다. 다음 단락의 '이제야 쇼 비리 盟誓코
다시 마쟈.'와 같은 표현은 어떻게 보더라도 소를 빌리는 일에 실패하지
않았더라면 출현하지 않았을 것이며, '口腹이 怨讐이 되'었다거나 '이시면
粥이오 업시면 굴물망정 / 남의 집 남의 거슨 전혀 부러 말렷스라'와 같은
현실 여건이 어려움이 고려된 표현들이야말로 화자가 비록 안빈낙도의
삶을 지향할 것을 다짐하고는 있으나 그 심리적 기저에는 자신의 경제적
어려움에 사고가 경도되어 있음을 반증하는 것과 다르지 않다. 작품의 결
말부인 다음 단락에서도 이러한 경향은 유지되고 있다.

> 이제야 쇼 비리 盟誓코 다시 마쟈.[14]
> 無狀한 이 몸애 무슨 志趣 이스리마논,
> 두세 이렁 밧논를 다 무겨 더뎌 두고,
> 이시면 粥이오 업시면 굴물망정,
> 남의 집 남의 거슨 전혀 부러 말렷스라.

---

14) 『蘆溪先生文集』 본 <陌巷詞>에서 해당 구절은 삭제되었다.

니 貧賤 슬히 너겨 손을 헤다 물너가며,
남의 富貴 불리 너겨 손을 치다 나아오랴.
人間 어니 일이 命 밧긔 삼겨시리.
가난타 이제 주그며 ᄀᆞᄋᆞ며다 百年 살랴.
原憲이는 몃 랄 살고 石崇이는 몃 히 산고.
貧富 업시 다 주그니 주근 후에 던이 업다.15)
貧而 無怨을 어렵다 ᄒᆞ건마는,
내 살ㅣ 이러호ᄃᆡ 셔른 ᄯᅳ던 업노왜라.16)
簞食 瓢飮을 이도 足히 너기로라.
平生 호 ᄯᅳᆺ이 溫飽애ᄂᆞᆫ 업노왜라.
太平 天下애 忠孝를 일을 삼아
和兄弟 朋友有信 외다 ᄒᆞ리 져글션졍17)
그 밧긔 남은 일이야 삼긴 ᄃᆡ로 살렷노라.

본 단락에서 화자는 '이시면 粥이오 업스면 굴물망졍 남의 집 남의 거슨 젼혀 부러'워 하지 말자고 다짐한다. '남의 집 남의 것'은 넓게 이해할 경우 소를 빌리려다 좌절하였다는 본래의 목적을 포함하여 '나에겐 결핍되었으나 타인은 충족하고 있는' 모든 대상물들을 지칭하는 것이다. 이로부터 벗어난다는 것은 또한 소를 빌림으로써 수행하고자 했던 '春耕'으로부터의 이탈이기도 하다. 이 단계에서 화자는 물질적 빈곤을 현실적으로 해결하려는 노력으로부터 완전히 벗어나게 되었다. 동시에 인간 세상의 모든 일이 이미 정해져 있으니 '簞食瓢飮'도 족히 여기면서 살고자 한다는 운명론적 현실 수용의 태도 역시 보이고 있다. 이는 '太平 天下애 忠孝

---

15) 『蘆溪先生文集』 본 〈陋巷詞〉에서 '가난타 이제 주그며~주근 후에 던이 업다' 구절은 삭제되었다.
16) 『蘆溪先生文集』 본 〈陋巷詞〉에는 '닉 生涯 이러호ᄃᆡ 설온 뜻은 업노왜라'로 기술되어 있다.
17) 『蘆溪先生文集』 본 〈陋巷詞〉에는 '和兄弟 信朋友 외다 ᄒᆞ리 뉘 이시리'로 기술되어 있다.

롤 이롤삼아 和兄弟 朋友有信'하며 그 밖의 나머지 일은 상관하지 않고 '삼긴 딕로' 살겠다는 다짐으로 이어지며 <陋巷詞>는 마무리된다.

본 단락 역시 典故에 기초한 한문 표현들이 다수 등장한다. 지금까지 <陋巷詞>의 전체 표현들을 살펴본 바, 이러한 한문 시어들은 2.(1)에서 행의 구성에 밀도 있게 영향력을 끼쳤던 한문 표현들이나 본 장의 '江湖 훈 꿈을 ~ 다문 인가 너기로라'에 출현한 한문 표현들처럼, 화자가 관념적 가치 지향의 태도를 드러낼 때에 그 표현에의 출현 빈도가 집중되고 있다. 주지한 바, 이러한 한문 표현의 출현 증가 경향은 시어 혹은 표현이 그 전달하고자 하는 시상에 알맞은 형태로 출현한 것으로 볼 수 있을 것이다.

## 3. '허위허위-설피설피' 표현의 성격과 의의

### (1) '허위허위-설피설피'의 談話 標識的 기능성

<陋巷詞>는 화자의 외적 현황과 내적 정서를 주관적으로 진술하는 서술이 주를 이루고 있다. 또한 이를 가장 효과적으로 형상화할 수 있는 일인칭 서술 시점이 작품 전반에 유지되고 있으며, 이는 특히 화자와 이웃 간의 대화라는 상황을 제시하고 있는 소를 빌리는 담화 묘사 부분에서 두드러진다. 다만 해당 부분에서는 <陋巷詞>에서 일관되게 드러나는 내적 정서의 주관적이고도 직접적인 진술이 배제되어 있으며, 화자와 이웃 간의 대화 상황과 환경 묘사 등을 통해 화자의 심정을 독자가 자연스럽게 유추할 수 있도록 하였다. 이는 이러한 유추의 과정을 통해 독자로 하여금 소를 빌리는 상황에서의 화자가 처한 상황을 따라가며 공감의 정도에

깊이를 더할 수 있도록 유도하는 효과를 지닌다.

〈陋巷詞〉는 그 시상을 마무리하는 지점에 이르러 지향해야 할 삶의 모습을 제시하며 현실 극복의 의지를 보여 주고 있는데, 여기서 주목할 점은 화자가 밭이나 논을 다 묵히고 굶을망정 소를 빌리지 말 것을 다짐하고 있다는 것이다. 가령 '이제야 쇼 비리 盟誓코 다시 마쟈'와 같은 표현은 명백히 그 내용에 해당하는 작품 내 담화 묘사 부분을 염두에 둔 것이다. 그런데 화자는 앞서 春耕을 더 이상 신경 쓰지 않고 '후리텨 더뎌 두'기로 결심하였다고 밝힌 바 있다. 〈陋巷詞〉의 전체 맥락을 고려할 때 화자는 현실적인 어려움을 계속 문제시하며 이에 얽매이는 것이 아니라 이러한 현실을 내적인 다짐을 통해 관념적으로 극복하려 하고 있으므로, 이 지점에서 굳이 소를 빌릴 것을 다시 언급할 필요는 없었다. 오히려 이를 생략하고 일관된 현실 극복의 의지를 드러내는 것이 그 다짐의 군건함을 드러내는 데에는 효과적이었을 것이다. 그러나 구태여 이를 해치면서까지 반복해서 소를 빌리지 않겠다고 언급했다는 것은, 전면에 드러난 표현과는 달리 화자는 春耕을 팽개쳐 던져두지 못하였으며 시상을 마무리해야 할 단계에 이르러서도 소를 빌리는 일이 화자에게 중요한 과제로 남아 있다는 현실적 측면이 반영된 결과로 보아야 할 것이다.

소를 빌리지 못한 이후 화자가 보이는 정서적 대응 역시 주목할 만하다. 도입부에서의 곤궁한 현실에 대한 화자의 심경 제시는 모든 貧煞이 내 집에 모여 있으며 貧寒한 인생이 천지간에 나뿐이라는 서술에 그치고 있다. 그러나 소를 빌리는 데에 실패한 뒤로는 잠을 이루지 못하고 벽에 기대어 밤을 지새우는 심경 묘사를 적지 않은 길이로 하고 있다. 농사를 짓지 못하는 먼 들을 바라보며 한숨을 내쉬고 빌리기로 되어 있는 소도 못 빌렸으니 술을 먹고 취할 수 있겠느냐고 자조하고 있으며 이제는 소용없게 된 쟁기를 일찍 팔지 못하였음을 한탄하고 있다.

곧 화자는 <陋巷詞>에서 제시된 모든 현실적 여건들 중 소를 빌리지 못한 일종의 실패를 화자가 가장 심각하게 받아들이고 있는 것이다. 화자는 곤궁한 현실의 극복을 위해 소를 빌리러 갈 수밖에 없었고, 그것이 실패로 돌아감으로써 화자의 '恨'의 정서는 극대화되었다. 또 <陋巷詞>는 소를 빌리는 과정을 묘사한 그 전단계에서는 곤궁한 현실을 부정하고, 소를 빌리지 못하고 귀환한 뒤의 상황 및 심정 묘사에 이르러서야 관념적 해결로 현실 문제에 대응하는 방향으로 화자의 초점 전환을 드러내고 있다. 전환의 단계에서 소를 빌리러 이웃을 방문한 일과 그 실패 상황은 충분히 비중 있게 다루어졌고, 이는 해당 묘사 이후 화자가 처한 물질적 문제에 대해 현실적 대응이 아닌 관념적 차원의 해결을 모색하는 흐름으로 이어지는 <陋巷詞>의 시상 전개 수순을 합리화하고 있다.

언어와 표현의 차원에서 살펴보았을 때, '허위허위-설피설피' 담화가 갖는 의의는 그 담화가 작품을 두 단계로 나누는 위치에 존재하고 있다는 점으로부터 추동된다. 앞서 해당 담화 묘사 과정에서 안정적으로 유지되고 있던 4음보 규칙이 유이하게 파괴된 지점인 '親切호라 너긴 집의 ~' 행과 '헌 먼덕 수기 스고 ~' 행의 의미를 강조한 바 있다. 이들 시행은 그 의미상 해당 행들 사이에 전개된 담화 상황의 묘사를 여닫는 위치에 있다. 여기에 더해 서술층위 결합이 연장되어 있어, 시행의 호흡을 늘임으로써 그 담화 상황 묘사의 여닫는 기능을 보다 수월히 수행할 수 있도록 도왔다. 그 크기로 인한 돌출과 보다 많은 내용이 시행 안에 담김으로서 획득되는 정보량에서 다른 시행과 확연히 차이를 보이며, 연속적으로 이어져오던 가사 시행 전개의 흐름을 잠시 끊음으로써 해당 시행들의 주목도를 높인 것이다.

또 다른 두드러지는 특징은 단연 담화 상황에의 돌입과 상황 해소라는 장면 전환이 '허위허위'와 '설피설피'라는 의태어의 동원에 의해 이루어지고 있다는 점이다. 이들 시행에는 '허위허위', '설피설피'라는 의태어 표현이 삽입되어 있는데, 의태어에 의한 동작감 형성과 같은 표현상의 특징들은 歌唱은 물론 吟詠, 律讀의 환경에서도 시적 화자가 소를 빌리기 위한 대화 상황으로 진입하고 다시 이탈하는 장면 전환의 표지로써 기능하게 한다. '허위허위'도 '설피설피'도 모두 본 작품에서 이상적인 형태로 제시되었던 丈夫의 행동거지를 묘사한 것이라고 보기에는 어려운, 대체로 당당하지 못하며 갈피를 잡지 못한 채 기력이 없는 모양새를 그리는 인상을 감상자로 하여금 받게 하는 표현들이다. 나아가 '허위허위'는 소를 어떻게든 빌려야 함에도 스스로 염치가 없음을 부끄러워하는 마음과 남에게 신세를 지지 않고서는 농사조차 지을 수 없는 빈궁한 생활 여건에 대한 한탄이, '설피설피'는 체면을 차리지 못한 부끄러움을 감수하며 이웃을 찾아왔으나 소를 결국 빌리지 못하였다는 절망감에서 갈피를 잡지 못한 뒤섞인 심정이 그 표현으로부터 추출된다. 이러한 언어 표현과 인상, 화자 심리와의 연결은 다시 화자가 소를 빌리기 위해 이웃의 집으로 '나아가고' 대화 이후 소를 빌리지 못하게 되었다는 현실을 수용하며 '물러나는' 실제 동작과 이어지며 해당 시행의 장면 전환 기능 및 묘사의 구체성을 강화한다.

## (2) '거동보소'로부터 살핀 '허위허위-설피설피'의 의의

'거동보소'는 판소리와 판소리계 소설, 그리고 이로부터 영향을 받은 고전소설에서 사용되는 관용어구로, '거동보소'가 출현한 뒤로는 묘사대상의 행위나 차림새에 대한 상세한 진술이 뒤따른다. 곧 판소리계 문학에서 '거동보소'라는 표현은 등장인물의 행위나 차림새에 대한 묘사의 표지로서 기능하는 것이다. 그런데 판소리계 문학을 비롯해 많은 경우 등장인물의 행위와 차림새 등을 묘사하려면 묘사의 대상이 되는 해당 인물이 서술의 초점 안으로 포섭되어야 한다. 특히나 공연이 연출되는 무대를 상정하고 있는 판소리의 경우 서술 초점이 집중하고 있는 장면 안으로 인물이 등장하지 않으면 외양과 언술이 묘사되기 힘들다. 다시 말해 서술 초점 안에 등장인물이 진입하면서 해당 인물이 진입 당시의 상황에 맞는 행위를 이루게 되고, 그 행위에 대한 묘사가 '거동보소'라는 표지 이후 뒤따르게 된다는 것이다.

> 놀부놈의 **거동 보소.** 성낸 눈을 부릅뜨고 볼을 올려 호령하되.
> "너도 염치없다. 내말 들어 보아라. … 겻섬이나 주자 한들 큰 농우(소)가 네 필이니 너 주자 고 소를 굶기랴. 염치없다."
> 흥부놈아 하고, 주먹을 불끈 쥐어 뒤꼭지를 꽉 잡으며, 몽둥이를 지끈 꺾어 손재승의 매질하듯  원화상의 법고 치듯 어주 쾅쾅 두드리니, 흥부 울며 이른 말이,
> "애고 형님 이것이 웬 일이요 … 우리 형제 어찌하여 이다지 극악한고"
> 탄식하고 돌아오니, 흥부 아내 **거동 보소.** 흥부 오기를 기다리며 우는 아기 달래올 제 (…후략…)

위는 <흥부전> 중 흥부가 놀부의 집에 찾아가 구걸하는 장면의 일부인데, '거동보소'의 출현이 해당 장면을 주도하는 인물인 놀부에게 맞춰져 있다. 다음으로 따라오는 '거동보소'는 흥부의 처에게 맞춰진 것으로, 다른 장면으로 이미 전환된 뒤 출현한 것이다. 장면의 중심인물에게 묘사가 집중되고 그것이 '거동보소'라는 표지로 주목도를 높이고 있으며, 새로이 '거동보소'가 출현하면서 초점의 전환에 대한 지시까지도 수행하고 있다. 이상의 논의에서 보듯 '거동보소' 표지가 출현하는 것은 '거동을 보아야 하는' 상황, 곧 '거동보소'의 묘사 대상인 등장인물이 활약하는 장면

묘사의 전제와 맞닿아있다.

인물에 대한 묘사가 필요한 상황으로의 진입을 지시하는 표지 형태의 표현은 판소리계 문학에서는 '거동보소'와 같은 형태로 관습화되었다. 가사와 판소리는 그 창작 및 향유의 시기가 크게 분리되지 않는 만큼, 가사 갈래 안에서 '거동보소'와 다른 뿌리를 둔 상황 묘사로의 진입을 지시하는 표지가 존재하기는 힘들 것이다. 다음은 각각 상정하고 있는 대상에 대한 묘사를 그 작품 구성의 중심으로 삼고 있는 가사 작품 <愚夫歌>와 <庸婦歌>의 첫머리이다.

> 니 말슴 狂言인가 **져 화상을 구경허게**
> 흥보기도 슳다마는 **저 婦人의 擧動보소**

두 작품 모두 대상이 되는 인물을 구체적으로 묘사하기 전인 작품의 도입부에, 앞으로의 내용이 제시된 대상에 대한 묘사로 구성될 것임을 지시하는 언어 표현이 등장하고 있다. <庸婦歌>는 직접적으로 '거동보소'를 사용하고 있으며, <愚夫歌>의 경우 구체적인 표현에는 차이가 있으나 '거동보소'의 의미 맥락과 상통하고 있다. 다만 이들 작품은 단일 대상에 집중되는 묘사를 첫머리에서 이끄는 표지로써 기능할 뿐 상황을 전제하는 형태의 묘사에 대한 표지는 아니다. 이는 <愚夫歌>와 <庸婦歌>가 갖는 작품 내적인 한계이기도 하지만, 이들 작품이 '져 화상을 구경허게' 혹은 '저 婦人의 擧動보소'라는 표현을 묘사의 앞에 오게 한 것은 판소리계 문학과의 갈래 교섭에 의한 것이라는 추정 역시 가능할 것이다.

<陋巷詞>의 '허위허위-설피설피'는 담화 상황 내의 인물에게 집중하도록 유도하는 기능을 수행한다는 점에서 기능적으로는 이들과 거의 동일하다. 다만 이미 서사성이 강한 갈래 안에서 사용되었던 '거동보소'와

같은 표지들은 담화상황으로의 도입과 같은 기능을 담당할 필요가 없다. 이들의 초점은 특정 장면 안에 존재하는 인물 그 자체, 그리고 그 인물의 행동거지와 외양과 같은 부분이다. 반면 서정 갈래에 속하는 가사 작품 <陋巷詞>는 본디 개인의 서정을 노래하는 것이 주가 되는 작품인 만큼 담화상황으로 돌입하는 국면 자체에 큰 의미가 실린다. 두 표지들 모두 표지 이후에 출현하는 인물을 향한 보다 높은 집중도를 요구하지만, 표지하고 있는 목적 자체는 다소간의 차이가 존재하는 것이다.

곧 갈래 자체에 성격적 차이가 존재하기에 <陋巷詞>의 '허위허위–설피설피'가 '거동보소' 계열 표지 표현과 직접적으로 구별되는 지점이 발생하게 된다는 것인데, 가장 큰 원인 중 하나로는 서술 시점을 들 수 있다. 판소리계 작품들을 비롯해 <愚夫歌>와 <庸婦歌> 등은 대상에 대한 묘사를 시도하고 있는 주체가 묘사 대상과 분리된 제3의 인물이지만, <陋巷詞>는 화자 자신이 스스로의 처지를 묘사하는 데에 중점을 둔 작품이다. 때문에 묘사를 이끌어내는 데에 있어 '저 자의 거동을 보아라'와 같은 표현을 시도하기 어려운 것이다.

표현을 구성하는 언어에도 나름의 차이가 존재한다. '허위허위–설피설피'는 그 성격상 '(대상의)거동을 보아라'라는 지시문과는 확연히 구별되는 의태어라는 언어적 성격을 지닌다. 무거운 발걸음을 내딛으며 나아가는 모양새와 기운이 빠진 채 느른한 발걸음으로 물러나는 모양새를 의태어로 표현한 것이 표지적 기능을 수행하고 있는 만큼, 이들은 지시 그 자체에만 목표하는 바가 있는 '거동보소'와는 차별화된다. 작품 안에서 화자의 모습을 묘사하는 동시에 그 상황에서의 심리 상태를 간접적으로 전달하고 있는 표현이 담화 상황 진입에의 표지 역할까지 수행하고 있는 것이다. 다만 이는 '거동보소'가 판소리계 문학에서 상당 기간에 걸쳐 관습화된 표지인 반면, '허위허위–설피설피'의 경우 단일 작품 내에서 특수한 목적을 가지고 사용된 표현임을 감안할 필요가 있다.

　앞서 언급한 <愚夫歌>와 <庸婦歌>에서는 <陋巷詞>와는 달리 판소리에서 쓰이는 언어적 지표들을 적극적으로 수용하여 사용하고 있다. <愚夫歌>, <庸婦歌>의 시가사적 위치를 함께 고려해본다면, 이들 작품에서의 '거동보소' 계열 표지의 활용은 판소리계 문학 작품들과 그 작자층 및 향유층이 중첩되는 과정에서 갈래 간 교섭이 깊이 이루어진 반증이 된다. 그렇다면 또한 <陋巷詞>의 '허위허위-설피설피'는 아직 판소리와 갈래 간 교섭이 적극적으로 이루어지기 전 관습화되지 않은 특정 작가 개인의 창의적 표현으로 볼 수 있을 것이다.


## 4. 결론

　노계 박인로 작 <陋巷詞>는 전체적으로는 1행 4음보격이 연속하는 율문의 구성을 따르면서도, 그 시상 전개의 필요에 따라 내용상의 단위를 형성하는 양상을 보였다. <陋巷詞>에 나타난 이들 개별 단위 내부에서는 의미를 집약하는 주제부로서 기능하는 지배적인 시행과 이에 종속적인 시행들의 결합을 통해 시상 전개가 이루어지는 것이 일반적이었다. '허위허위-설피설피' 담화의 상황을 묘사하는 지점에 이르러서는 담화의 시적 수용과 변용이 두드러지게 발생하였으며, 시어와 표현을 동원해 대화 상황으로의 진입과 이탈을 표지하기도 하였다. 함축성이 다소 결여된 典故에 근거한 한문 표현이 빈번하였다고는 하나, <陋巷詞> 내에서 이들이 동원된 지점은 화자가 관념적 가치 지향의 태도를 드러낼 때에 집중되었다는 점을 확인할 수 있었다. 그러나 본론에서 작품을 실제로 살핀 바와 같이 <陋巷詞>는 궁극적으로는 관념적 가치 지향보다는 그 지향의 과정에서 화자가 겪고 있는 현실적인 어려움을 드러내는 문학적 작업 자체에 있는 것으로 보아야 할 것이다. 이는 『蘆溪先生文集』에서 삭제되었던 보다 노골적이고 직설적인 표현들을 함께 고려할 때 더욱 타당성을 얻는다.

본고에서는 특별히 <陋巷詞>의 이해에 있어, 그간 '소 빌리기'로 요약 지칭되었던 담화 상황 자체에 대한 지대한 관심에서 살짝 비켜서서 해당 담화를 여닫고 있는 '허위허위-설피설피'라는 표현에 집중하였다. 해당 표현은 담화 상황으로의 도입과 종료를 지시하는 표지의 역할을 수행함과 동시에, 그 자체로 인물의 행동거지와 심리상태를 직간접적으로 전달하는 효과를 함께 가지고 있다. 이는 아직 가사 갈래가 판소리계 문학 작품들과 직접적인 갈래 간 교섭이 없던 상태에서 인물 묘사를 위해 어떠한 언어와 표현을 선택하여야 하는가라는 문학적 고민에 대한 노계의 결론이라고 해도 좋을 것이다. '허위허위-설피설피'의 성립으로 인해 소를 빌리러 이웃을 찾고, 그것이 좌절되어 집으로 돌아가기까지의 화자가 처한 상황과 심리 상태에 보다 쉽게 접근할 수 있게 되었으며, 서정 갈래에서 복수의 인물이 대화하는 상황을 작품 안에 자연스럽고 교묘하게 삽입할 수 있었던 만큼, <陋巷詞>를 이해하는 데에 있어 '허위허위-설피설피'의 중요성은 적지 않다.

# 참고문헌

『警世說』
『蘆溪集』
『蘆溪歌集』
『蘆溪先生文集』

류해춘, 『가사문학의 미학』, 보고사, 2009.
성호경, 『조선시대 시가연구』, 태학사, 2011.
이상보, 『蘆溪詩歌研究』, 이우출판사, 1978.
조윤제, 『朝鮮詩歌史綱』, 동광출판사, 1937.
최재남, 『서정시가의 인식과 미학』, 보고사, 2003.

김기탁, 「노계가사의 현실인식-누항사를 중심하여」, 영남어문학 7, 1980.
김광조, 「「陋巷詞」에 나타난 '歎窮'의 意味」, 고전과 해석 2, 고전문학한문학연구학회, 2007.
김문기, 「노계 박인로의 문학사상」, 영남어문학 15, 1988.
김용철, 「「陋巷詞」의 자영농 형상과 17세기 자영농 시가의 성립」, 한국가사문학연구, 집문당, 1996.
김유경, 「「陋巷詞」에 나타난 사실주의 양상」, 연세어문학 24, 연세대 국문과, 1992.
김현주, 「'거동보소'의 談話論的 解釋」, 판소리연구 6, 판소리학회, 1995.
박삼찬, 「「陋巷詞」의 제작의도」, 영남어문학 15, 1988.
박연호, 「「陋巷詞」의 우의성과 그 의미」, 개신어문연구 28, 개신어문학회, 2008.
박현숙, 「박인로의 「陋巷詞」 연구」, 국어국문학 157, 국어국문학회, 2011.
우응순, 「朴仁老의 '安貧樂道' 意識과 自然」, 한국학보 41, 일지사, 1985.
이동찬, 「「陋巷詞」에 나타난 사족의 가난체험과 의식의 변화」, 한국민족문화 14-1, 부산대 한국민족문화연구소, 1999.
정병욱, 「이조후기시가의 변이과정고」, 창작과비평, 1974 봄.
최현재, 「在地士族으로서 朴仁老의 삶과 「陋巷詞」」, 국문학연구 9, 국문학회, 2003.
_____, 조선중기 재지사족의 현실인식과 시가문학, 선인, 2006.
최상은, 「安分과 嘆窮, 이념과 현실의 거리」, 한민족어문학 43, 한민족어문학회, 2003.
_____, 「蘆溪歌辭의 창작기반과 문학적 지향」, 한국시가연구 11, 한국시가학회, 2002.

# 설득적 담화로서의 〈만언사〉의 언어와 표현

윤 예 전

## 1. 들어가며

우리는 살아가면서 수많은 글을 읽고, 쓰며 향유한다. 무엇인가를 기록하는 것은 인간의 본능이며, 기록은 자신의 상황·정서·바람 등 다양한 요소를 끌어내어 표상화된 내용들을 표면화하도록 한다. 본고에서 주목하고자 하는 작품 〈만언사〉는 '유배(流配)'라는 형벌의 기록을 중심으로 한다. 유배가사는 최초의 유배가사인 조위(曺偉)의 〈만분가(萬憤歌)〉에서부터 가장 마지막에 창작된 유배가사인 채구연(蔡龜淵)의 〈채환재적가(蔡宦再謫歌)〉까지 다양한 작품이 창작되었다. 조선 전기와 후기 유배형에 처해진 자들의 상황과 감정을 담으면서 전개되었으며, 시간이 지나 다양한 변모 양상을 보이게 된다. 대표적으로 조선 전기의 유배가사 속에서는 관습화된 연군 의식이 드러나는 반면, 조선 후기의 유배가사에서는 개별적인 인간의 정서와 유배지에서의 혹독한 상황이 특징적으로 드러난다.

〈만언사〉는 정조 대에 대전별감(大殿別監)을 지낸 중인 신분의 인물 안도환(安道煥)[1]이 추자도(楸子島)에 유배를 떠나 지은 작품으로 알려져 있으며, 작품에 대해 가람본, 연세대본, 버클리본, 국립도서관본, 연대 규호소

적본 등의 여러 이본이 존재한다. 본사인 <만언사>와 함께 <만언답사(萬言答詞)>, <사부모(思父母)>, <사백부(思伯父)>, <사처(思妻)>, <사자(思子)>가 연작을 이루고 있으며, 조선후기 가사의 주요 특징으로 지목되는 서사화(敍事化)[2] 양상을 전면적으로 보여준다. <만언사>는 유배를 떠나는 것에 대해 불만을 가지지 않고, 임금의 은혜를 칭송하며, 유배 생활에 대한 내용을 서술하고, 회귀에 대한 간절한 마음을 직접적으로 드러내는 것 등으로 정리된 특징[3]을 가지고 있어 지속적으로 연구의 대상이 되어 왔다.

　'유배'라는 형벌의 본질적 특징이 인간의 고독(孤獨)인 만큼, 이를 극복하기 위해 <만언사>에서는 '추자도'라는 구체적인 공간 내에서 작가 '안도환'이 구체적인 심회를 풀어내어 향유자와 소통하고자 한다. 또한 이러한 소통의 시도와 더불어 소통의 시도가 열매를 맺는 실질적인 '해배(解配)'를 이끌어내고자 한다. 즉, 향유자가 화자의 심정에 공감하고, 마음을 알아주는 데에서 그치지 않고 진정으로 화자가 원하는 결과가 나올 수 있도록 움직이기를 바라는 것이다. 이는 <만언사>의 가장 마지막 행에서 직접적으로 드러나며, 이에 이르러 <만언사>는 설득적 담화의, 그리고 목적 문학적인 성격을 강하게 드러낸다.

　따라서 본고에서는 이러한 <만언사>가 가지는 적극적인 설득의 성격을 탐구하고, 설득을 위해 사용하였던 표현 전략에 대해 살피고자 한다. 개인의 '공감'이라는 마음의 움직임에서 그치지 않고 향유를 위한 '공동체'를 형성하며, 그 '공동체'를 기반으로 절대적 권위자의 '서용(敍用)'이라는 적극적인 행동까지 이끌어냈던 방식에 대하여 작품의 표현을 중심으

---

1) 가람본에서는 '안됴원'으로 되어 있으나, 안도은(멱남본)·안도원(동양문고본, 버클리본), '안조환' 등 다양하게 기록되어 있다. 본고에서는 『일성록』과 『승정원 일기』의 표기인 '안도환'을 따른다.
2) 조동일, 『한국문학의 갈래 이론』, 집문당, 1992, 19면.
3) 정기철, 『한국 기행가사의 새로운 조명』, 역락, 2001, 159면.

로 더 자세히 고찰하고자 한다.

## 2. 〈만언사〉의 유통과 수용, 그리고 설득의 기반에 대하여

　〈만언사〉가 가지는 설득력의 성격을 밝히기 위해서는 우선 작자의 실제성부터 고찰될 필요가 있다. 작자로 알려진 '안도환'은 정조 때의 대전별감인 인물로 알려져 있다. 이러한 작자의 실제성에 대하여서는 연구자들마다 다른 견해를 보인다. 다만 1752년(영조 28년)부터 1910년(순종 4년)까지의 국정 사항을 기록한 『일성록(日省錄)』의 기사 내용에서 그와 유사한 내용을 찾을 수 있다.

> 　정조 5년 신축(1781, 건륭) 4월 6일(기유) 안도환(安道煥)을 추자도(楸子島)에 정배(定配)하였다.
> 　정조 5년 신축(1781, 건륭) 4월 6일(기유) 형조가 아뢰기를, "죄인 안도환을 추자도로 배소(配所)를 정하였으니, 즉시 압송(押送)하겠습니다."4)

　위와 같은 기사의 내용을 참고로 하였을 때 '안도환'으로 기록되어 있는 인물은 〈만언사〉의 창작자로 알려진 '안도환(안도은, 안도원 등)'과 같은 인물일 가능성이 높다. 이러한 실제성에 대하여 최현재(2014)5)에서는 『승정원일기』의 기록을 통해 기사에 기록된 '安道換'이 〈만언사〉의 저자이며, 나로도에 이배되기부터 해배되기까지의 4개월의 기간 동안 〈만언사〉가 서울에까지 전달되고 홍행하여 해배되었다고 보기는 다소 어렵지

---

4) 출전은 한국고전번역원 DB의 『일성록』 자료.
5) 최현재, 「≪만언사≫의 복합적 성격과 현실적 맥락에서의 의미」, 『한국시가연구』 제37권, 한국시가학회, 2014.

만, 유배 관련 기록과 가람본의 후기가 대체로 일치하고 있어 작자는 기록의 '안도환'으로 확정될 수 있다고 하였다.[6] 반면 육민수(2013)[7]에서는 <만언사>라는 작품을 '여항-시정 문화권'이라는 특정 문화권에서 공동으로 발생시킨 작품으로 보았다. 즉, 작가성이 상실되어 사대부와 서민의 신분에 구애받지 않고 사설이 짜이고 여러 구성과 표현으로 흥미성이 더해졌다고 보고 있다.

이러한 점을 고려하였을 때 본고에서는 우선적으로 설득의 주체가 존재한다는 전제하에 <만언사>의 작자를 『일성록』과 『승정원일기』에 공통적으로 기록되어 있는 인물로 두고 논의를 진행하고자 한다. <만언사>의 이본은 총 12종으로, <만언사>의 다양한 이본이 생성되고 세책까지 이루어졌다는 것은 당대 <만언사>가 가지고 있는 흥행의 위상을 알려주는 것이기도 하다. 즉, <만언사>는 추자도에서 창작된 직후, 서울에 있는 누군가에게 전해지고, 마침내 여러 계층의 사람들에게 전파되면서 굉장한 인기를 얻은 작품이다. 이와 더불어 <만언사>의 독서물로서의 흥행은 기존의 가사와는 다른 특이점을 가진다는 것을 방증한다.

<만언사>가 창작된 이후 전해지는 양상은 <만언사> 가람본의 후기에서 찾아볼 수 있다. 이 후기에서는 '안도환'은 '됴원'으로 기록되어 있으며, <만언사>를 읽었던 궁녀들과 왕의 반응이 기록되어 있다.[8]

---

6) 이를 비롯하여 윤성현(2005), 정인숙(2009), 최홍원(2015)에서는 작가가 정조 때의 대전별감을 지냈던 실존 인물인 '안도환'임을 전제하고 논의를 전개하고 있다. (이에 대하여서는 윤성현, 「동양문고본 만언사 연구 : 세책 유통의 정황과 작품 내적 특징을 주로 하여」, 『열상고전연구』 제21집, 열상고전연구회, 2005; 정인숙, 「연작가사 『만언사』의 특징과 중인층 작가의 의미 지향」, 『한국언어문학』 제69집, 한국언어문학회, 2009; 최홍원, 「<만언사>의 재미, 흥미와 소통의 의미」, 『고전문학과 교육』 제30집, 한국고전문학교육학회, 2015 참조.)
7) 육민수, 「<만언사>의 담론 특성과 텍스트 형성」, 『동양고전연구』 제52집, 동양고전학회, 2013.
8) 연구에 따라서는 <만언사>의 후기 역시 실제 사건이 아닌 허구적으로 형상화된 사건으로 보기도 하지만, 본고에서는 '안도환'이라는 인물이 겪은 실제 사건으로 보고 논의를 진행하

정묘조의 디젼별감 안조원이 용뫼 빅승셜이요 풍치 동인ㅎ며 문장 필법
이 사람을 놀니고 쏘 언변이 유여ㅎ고 춍명 영오ㅎ야 (…중략…) 졔쥬 졀
도의 졍비ㅎ시나 평싱 싱젼 의사치 말나 ㅎ신 고로 싱완홀 긔약이 업스니
글을 지여 본가의 보니니 됴원의 숙모와 샤춘누의 다 디젼샹궁이라 이 글
을 보며 슬허ㅎ니 샹이 위연이 누샹의 올나 비회ㅎ시며 보시니 무수호 궁
녜 둘너 안져 호칙을 돌녀 보고 두낫 샹궁은 오열체읍ㅎ고 모든 궁녀는
손펵쳐 간〃 졀도ㅎ며 혹 탄식ㅎ고 칭찬ㅎ야 자못 분〃ㅎ거늘 샹이 고이
히 녀기사 환시로 ㅎ여곰 그 칙을 가져오라 ㅎ사 익혀 드르시고 지은 사
람을 무르시니 알외되 죄인 안도원의 글이라 알외오니 그 문장의 긔틀과
변사의 지담을 시로이 사랑ㅎ사 즉일 방송ㅎ시고 즉시 옛 소임을 쥬사 쳔
문의 근시ㅎ사 쳔은의 호탕ㅎ심과 도원의 지죄 일셰의 유명ㅎ더라[9]

— 〈만언수 단〉, 규장각한국학연구원 소장 가람본 후기

위의 후기에서 볼 수 있듯, 〈만언사〉를 1차적으로 향유하였던 향유
자[10]는 본래 가족 구성원에 해당되는 '숙모'와 '샤춘누의'이다. 이에 더하
여, 2차적으로 '궁(宮)'이라는 공간의 특수한 공간성과 더불어 '궁녀(宮女)'
라는 특정한 사회 집단 체계의 구성원들이 향유하였다. 2차적 향유를 거
친 이후 작품이 최종적으로 도달하는 지점은 3차적인 향유자인 '상'이다.
또한, 〈만언사〉의 가장 마지막 두 행[11]을 고려했을 때, 작자가 원래 도
달하고자 했던 향유자는 '상'이라고 볼 수 있다. 즉, 작가인 안도환이 '서
용(敍用)'을 위해 염두에 둔 궁극적인 향유자는 '상'에 해당되는 왕인 것이

---

고자 한다.

9) 〈만언수 단〉, 규장각한국학연구원 소장 가람본 후기.

10) 본고에서는 '수용자'라는 표현이 아닌 '향유자'의 표현을 사용하고자 한다. '수용(收用)'은
거두어들인다는 의미가 강한 반면, '향유(享有)'의 경우 자발적으로 이본을 창작하고 또
작가가 존재하지 않더라도 공동체 내에서 자발적으로 담론을 형성하는 과정까지 포함할
수 있기 때문이다.

11) '千事萬事 蕩滌하고 그만저만 用하사/끊어진 옛因緣을 고쳐잇게 하옵소서'

다. 이는 <만언사> 전체가 1차적 향유자, 2차적 향유자, 마지막의 3차적 향유자까지 고려한 표현으로 이루어져 있다는 것을 의미한다.12) 또한 이를 세책으로 향유했었다는 사실은 작가가 대중적인 향유까지를 의도하지 않았다고 하더라도 작품이 당대의 정서와 향유자의 취향에 맞아 떨어지는 작품이었음을 알려준다.

더 나아가 <만언사> 전체는 향유자의 수용(收用)에만 그치지 않는 작품이라고 할 수 있다. 즉, '수용(收用)'이라는 '받아들임'의 단계를 넘어 그 생각을 받아들여 실질적으로 움직이는 데까지 나아가도록 한다. 이는 <만언사> 전체가 하나의 오락적인 작품에서 그치는 것이 아닌 설득의 힘을 가진 작품이라는 것을 의미한다. 그 설득의 힘은 "그 문장의 긔틀과 변사의 지담을 시로이 사랑ᄒ사"와 관련되어 있다. '문장의 기틀'과 '재담'이 바로 '서용(敍用)'이라는 행동을 직접적으로 이끌어내는 기제가 되는 것이다. 또한 '설득'은 바로 '궁녀들'이라는 사회적인 '공동체'를 기반으로 이루어진다. <만언사>라는 하나의 시가 작품이 특수한 향유 공동체를 형성하고, 개인으로서는 이룰 수 없는 설득을 이루어냈다는 것은 주목할 만한 지점이다.

또한 <만언사>의 유통은 이본에 따라 자수의 변화와 단어의 변화가 있을 뿐 대체적으로 비슷한 길이의 작품이 전해지고 있다. 이는 <만언사> 전체가 하나의 소설적인 작품으로 이해되면서도 분절적으로 나누어져 전승되지 않았음을 의미한다. 조선 후기 가사는 소설적으로 변모하게 되는데, 서영숙(1998)13)에서는 개성적 인물이 형상화되고, 주인공의 생애

---

12) 최홍원(2015)에서는 <만언사>는 그 글을 읽게 되는 향유자를 염두에 두었고, 궁궐까지를 염두하여 청자 지향적인 진술을 하였다고 보았다. 또한 <만언사>가 당대의 수용자를 고려하여 수용자의 흥미를 불러일으키고, 수용자와의 소통을 추구한다는 점은 본고의 견해와 맞닿아 있는 지점이다.(최홍원, 앞의 책, 12~13면 및 32면.)

13) 서영숙, 「조선후기 가사의 소설화 양상」, 『한국시가문화연구』 제5권, 한국시가문화학회,

가 일대기적으로 제시되는 것을 그 변화로 들었다. 이는 <만언사> 역시 유배형에 처해 극심한 빈곤을 겪으며 그에 대해 해결을 추구하면서도 유배지 생활에 적응해가는 주인공과, 그 주인공의 생애가 제시된다는 점에서 매우 유사하다. 즉, <만언사>는 일정한 목표를 달성하기 위해 창작되었으면서도 소설과 같이 대중에 유통되었으며, 결과적으로는 4차적 향유자인 대중을 포함하여 조선 후기 사회의 온 계층을 하나의 공동체적 자장 내에 편입시킨 작품으로 볼 수 있다. 따라서 앞서의 후기처럼 <만언사>가 <만언사>만의 공동체를 형성하고, 또 그 공동체를 기반으로 설득에 성공한 전략에 대해 면밀하게 파악하는 것[14]은 조선 후기의 시가를 더욱 풍부하게 감상할 수 있는 발판을 마련할 수 있도록 할 것이다.

## 3. <만언사>의 설득적 표현 전략

### (1) 관계 지향적 표현을 통한 향유 공동체의 형성

<만언사>를 비롯하여, 문학작품은 창작되어 향유자의 손으로 넘어가는 순간, 작가의 영향권 안에서 굉장히 멀리 벗어나게 되었다고 하더라도 과언이 아니다. 수용미학의 대표 학자인 볼프강 이저(Wolfgang Iser)는 텍스트에 내재되어 있던 '효과구조'와 향유자의 '경험구조' 간의 상호작용을

---

1998.

14) 본고에서는 <만언사>의 표현을 안도환의 의도적인 전략으로 보고 있다. 기존까지의 유배 가사에서는 개인이 자신의 심정을 호소하거나, 혹은 송주석(宋疇錫)의 가사 <북관곡>과 같이 타인이 유배자의 심정을 대신 표현함으로써 자신의 괴로움을 호소하려 했다면, <만언사>의 경우 공동체의 힘을 활용한다. 공동체의 설득은 개인의 설득보다 더 큰 효과를 지니며, 안도환의 경우 이러한 효과를 의도한 것으로 파악하였다.

통해 텍스트는 하나의 작품이 된다[15]고 하였다. 즉, <만언사> 역시도 창작되어 향유자에게로 전승되는 동시에 권한은 모두 향유자에게 넘어가게 된다.

이 단계에 앞서 전제되는 것은 형성된 공동체는 설득에 있어 개인에 비해 강한 힘을 발휘하게 되며, '궁녀' 혹은 '두셋의 궁녀'가 아닌 '무수한 궁녀'의 향유 현장을 지켜본 '상'에 의해 설득에 성공하게 된다는 점이다. 따라서 <만언사>의 설득적 표현은 전략적인 공동체 형성을 위한, 그리고 절대적 권위를 지닌 자에 대한 표현이라고 볼 수 있으며 이는 기존까지의 개인적 토로와 호소를 중심으로 한 유배가사와는 차별적인 지점을 형성하는 것이기도 하다. 또한, 이러한 '설득'은 향유자의 '이해' 더 나아가서 공동체를 형성하는 매개가 되는 표현을 기반으로 하여 형성된다.

## 1) 부름과 의문을 통한 문제 의식 공유

<만언사>의 첫 행은 '어와 벗님네야 이내말삼 들어보소'[16]로 시작된다. 이러한 구조는 최초의 사대부 가사로 평가되는 <상춘곡(賞春曲)>의 첫 행과 유사하다. '나'라는 화자[17]가, '벗님네'라는 드러나지는 않았지만 화자와의 관계가 특정되어 있는 청자에게 말을 건네는 것이다. 이를 통해 <만언사> 전체가 일종의 담화적 구조를 가지고 있음을 드러낸다.[18] 또

---

15) 이은정, 『현대시학의 두 구도』, 소명출판, 1999, 331면.
16) 이후 서술되는 <만언사>의 본문 내용은 모두 임기중, 『가사문학주해전집』, 아세아문화사, 2005에 수록된 것을 따른다. <만언사>에는 여러 이본이 있으나, 선본(善本)이라고 여겨지는 가람본은 순국문으로 표기되어 있기에 가람본보다는 한자가 표기되어 의미 파악이 용이한 본문을 활용하고자 한다.
17) 본고에서는 작가의 실제성에 따라 '화자'를 '작가'인 '안도환'과 동일시하여 서술하도록 한다.
18) 이는 '가사'의 갈래적 속성에 대한 기존의 연구와 맥을 같이한다. 정재찬(1993)에서는 최

한 '벗님네'라는 표현은 화자의 입장에서는 자신과 친밀한 관계를 가지고
있는 사람을 의미하는 것이라고 하더라도, 향유자는 자신을 '벗님'으로
치환한다. 즉, 내포되어 있는 화자와의 관계는 조정되고 향유자는 화자가
만들어낸 공동체의 자장(磁場)으로 편입되어 상상의 공간19)을 구축한다.

화자는 이 행을 통해 앞으로 자신의 사정을 늘어놓기 위해 향유자의 이
목을 집중시키고 있으며, 그러면서도 '내포된 화자'와 '내포된 향유자 혹
은 드러난 향유자' 사이의 관계를 형성하고 있다. 이러한 양상은 여러 가
사 작품 속에서 면면이 이어져 온 것으로 정철의 〈속미인곡〉을 비롯하
여 동일한 유배가사 갈래의 작품인 김진형(金鎭衡)의 〈북천가〉와 채구연
(蔡龜淵)의 〈쵀환지젹가〉의 첫 행에서도 확인할 수 있다.

[A] 어와 네여이고 이내ᄉ셜 드러보오

— 송강 정철, 〈속미인곡〉

[B] 세상 사람들아 이내 말슴 들어보소

— 김진형, 〈북천가〉

[C] 어화 친구네야 팔ᄌ타령(八字打令) 드러보소

— 채구연, 〈**쵀환지젹가**〉

초의 사대부 가사로 평가되는 〈상춘곡〉에 대해 서정적 담화와 서술적 담화가 함께 있는
것으로 분석하였으며, 조세형(1996)은 가사 갈래 자체가 화자가 자신의 내면을 자신의 언
어로 드러낸다고 보았다.(이에 대해서는 정재찬, 「담화 분석을 통한 가사의 장르성 연구 :
[상춘곡(賞春曲)]을 중심으로 한 문학교육적 연구」, 『선청어문』 제21권, 서울대학교 국어
교육과, 1993; 조세형, 「송강가사의 대화전개방식 연구」, 서울대학교 석사학위논문, 1996
을 참고하였다.)
19) 김영수(2000)에서는 소설 갈래에 대해 작가와 향유자가 '상상의 공화국'을 함께 만들고 있
다고 보았다. 위와 같이 '유배가사'라는 특정한 갈래 속에서, 서사성이 강한 〈만언사〉 내
에서 형성되는 화자의 사연이 만들어내는 공간 역시도 작가가 만들어내고 향유자가 참여
하며, 그 이후 향유자 역시 다시 만들어가는 곳이라고 판단된다.(김영수, 『한국문학 그 웃
음의 미학』, 국학자료원, 2000, 175면.)

위와 같이 각 행에서는 향유자가 '네', '세상 사람들', '친구네'로 지칭되어 있다. 이러한 지칭 방식은 정재찬(1993)[20])에서 논의된 바와 같이 소통에 관여되면서도 가사의 장르성을 구성하는 요소의 하나로 분석되었다. 즉, 위와 같은 구성을 지닌 <만언사> 역시도 이러한 소통 방식을 취하여 향유자와 공동의 관심 영역을 형성한다.

이와 더불어 <만언사>에서는 의문형 어미의 사용이 빈번하게 확인된다. 대표적으로 [13] "남대되 그러한가 내홀로 이러한가"를 들 수 있는데, '-ㄴ가'라는 의문형 어미를 사용하여 향유자에게 묻는 형식을 취한다. 이는 향유자에게 자신의 삶을 되돌아보게 하고, 그 삶 속에서 존재했던 경험을 물음의 방식으로 이끌어내는 담화적인 전략이라고 볼 수 있다. 화자가 향유자의 동의 혹은 상상을 필요로 하지 않는다면, '남대되 그러하다' 혹은 '내홀로 이러하다'와 같은 평서형으로 종결되거나 '남대되 그러하도다', '내 홀로 이러하도다'와 같은 감탄형으로 종결되어야 한다. 하지만 '-ㄴ가'라는 의문형 종결어미로 끝맺은 것은 '다른 문장 형식에 비해 수신자의 존재를 가장 명확하게 의식하며, 발신자로 하여금 수신자를 글 속으로 초청하도록 하는' 의문문의 효과[21]를 염두에 둔 것으로 볼 수 있다. 여기에서 형성되는 공감의 틀은 이후에 제시되는 유배 전 생활과, 유배에서의 화자의 모습을 효과적으로 이해하도록 하는 포석을 놓는 것으로 해석 가능하다.

<만언사> 전체의 종결 어미를 분석했을 때 이는 더욱 분명해진다. 임기중(2005)에 수록된 본문을 중심으로 하여 파악한 종결 어미의 수는 모두 461개이다. 이 중 의문형 어미는 196개로, 전체 어미의 약 42.5%를 차지

---

20) 정재찬, 앞의 책.
21) 정소연, 「학술적 글쓰기와 대중적 글쓰기에 나타난 수사의문문의 양상과 설득효과 비교연구(1)」, 『수사학』 제13집, 한국수사학회, 2010, 253~254면.

한다. 이는 '유배'라는 특수한 상황에 놓인 화자가 자신의 특수한 상황을 향유자에게 직접적으로 체험할 수 있도록, 그리고 향유자가 직접 자신의 상황과 감정을 상상할 수 있도록 하는 계기를 만드는 것으로 볼 수 있다. 즉, 빈번한 의문형 어미 사용을 통해 공통된 자장(磁場) 속의 향유 공동체를 생성하여 결속시키는 것으로 볼 수 있다.

## 2) 보편적 세계인식과 대응 양상을 통한 공감 추구

〈만언사〉를 자체를 하나의 구조로 파악하는 경우 '화자의 유배 생활에 따른 심리적 혹은 외부적 갈등 혹은 문제의 발생과 그에 대한 해결의 시도'로 종합해 볼 수 있다. 또한 〈만언사〉에서 유배 상황에서의 이야기는 각각의 계절의 단위22)로 분할된다. 이러한 계절 단위 속에서는 어떠한 문제 혹은 내·외적 갈등이 발생하며, 이를 해결하기 위해 특정한 행동을 하는 인과적 서사 구조를 보인다. 예를 들어, 화자의 유배 이전의 생활에서, '어머니의 죽음'이라는 운명과 빚는 외적 갈등은 '입신양명과 효칙(效則)의 의지'를 내비치며 공부하는 것으로서 해결된다. 또한 경박한 한양 생활을 하며 부정(不正)한 행위를 통해 삭관퇴거를 당하고 옥에 갇힐 때는 천은(天恩)에 의해 목숨을 건졌다는 마음가짐으로 내적 갈등을 해결하려 한다. 이와 같은 갈등과 해결의 구조는 유배 상황 속에서도 여실하게 드러난다. 하지만 각 장면에서 발생한 문제에 대해 해결을 '시도'하기는 하지만 문제 자체가 직접적으로 해결되지는 않는다. 〈만언사〉라는 작품이 끝나기까지는 '해결의 시도'만이 보이게 된다. 작품에서는 문제에 대한

---

22) 〈만언사〉의 경우 각 계절적인 표지에 따라 '여름-가을-겨울-봄-여름'의 구조를 가지면서 전개된다. 이러한 계절적 표지는 〈만언사〉 전체가 하나의 사시가(四時歌)적 특성을 지니고 연속적으로 창작되었음을 의미하는 것으로 볼 수 있다.

'해결' 자체가 나타나지 않는다. 이는 최종적인 문제 해결은 화자의 '서용
(敍用)의 희구'가 아니라 '실제적인 서용(敍用)'에 있기 때문이다.

추자도에 도착한 안도환은 주거지를 정하기 위해 계속해서 정처없이
돌아다닌다.23) 여기에서 드러나는 화자의 내적 갈등은 내치는 집에서 구
차하게나마 빌붙어 있는 것24)으로 어느 정도 해결이 되는 양상을 보인다.
또한 주인에게 직접적으로 박대를 당하는 장면에서는 자신을 자책하면서
실질적인 노동을 통해 박대를 피하려 하고, 급기야 동냥을 시도하여 보리
를 얻어 돌아온다.25) 또한 겨울이 되어 심한 추위에 생활고를 느끼고 심
화된 외로움을 느끼는 상황에서는 직접 대나무를 잘라 낚싯대를 만들고,
선인(先人)들이 지냈던 방식처럼 안빈낙도(安貧樂道)의 무심(無心)함을 찾고자
하기도 한다.26) 화자의 모습은 유배 이전과 이후 모두 갈등이 발생하는
상황에서 어떠한 방식으로 해결해 나가느냐에 대한 것에 초점이 맞추어
져 있다고 볼 수 있다. 이러한 갈등과 갈등에 대한 해결은 <만언사>의
서사성27)에 힘입어 인생의 세세한 국면에서 마주치는 난점(難點)들에 대응

---

23) "어디로 가잔말고 뉘집으로 가잔말고/눈물이 가리우니 걸음마다 엎더진다/이집에가 依持
　　하자 家難하다 핑게하고/저집에가 主人하자 緣故있다 칭탈하네"
24) "등밀어 내치는집 苟且히 빌어있어"
25) "아마도 할일없어 生涯를 생각하고/고기낚기 하자하니 물머리를 어찌하고/나무베기 하자
　　하니 힘모자라 어찌하며/자리치기 신삼기는 모르거든 어찌하리/어와 할일없다 동냥이나
　　하여보자/(…중략…)/그집사람 눈치알고 보리한말 떠서주며/가져가오 불상하고 謫客동냥
　　例事오니/當面하여 받을제는 마지못한 致事로다"
26) "곧은대 베어내어 가지쳐 다듬오니/발가웃 낚싯대라 좋은품이 되리로다/청올치 꼬은줄에
　　낚시메어 둘러메고 /이웃집 아희들아 오늘이 날이좋다/새바람 아니불고 물결이 고요하여/
　　고기가 물때로다 낚시질 함께가자/(…중략…)/낚시를 들이치고 無心히 앉았으니/銀鱗玉尺
　　이 절로 와 무는고나/구타야 取漁하랴 自醉를 取함이라/낚대를 떨떠리니 잠든 白鷗 다 놀
　　란다/白鷗야 나지마라 너잡을 내아닐다/네본대 靈物이라 내마음 모를소냐"
27) 이는 조선후기 가사의 서사화와 맞닿아 있다고 볼 수 있다. 조선후기 가사는 서사적 성격
　　을 강하게 지니며 장편화되었기 때문에 서정시적인 성격을 가지면서도 서사시적인 성격을
　　가진다고 할 수 있다. 또한 내면적인 충효(忠孝)의 관념보다도 궁핍한 생활의 묘사를 함께
　　드러내고 있으므로 현상적인 것에 관심을 보이는 서사화된 후기 가사의 면모를 보여준다

하는 인간 본연의 생활 양상을 보여준다.

이와 더불어 '갈등-해결 시도'의 전체적인 구조 속에서 드러나는 화자의 태도는 매우 역동적인 양상을 보인다. '벗님네'에게 말을 거는 화자는 유배지에서 얻은 삶의 궤도로부터의 깨달음을 "飜覆도 測量업다 昇沈도 하도할사/남대되 그러한가 내홀로 이러한가"로 드러낸다. 총체적인 국면에서 얻은 인생의 '승침(昇沈)'이 한 번으로 끝나지 않고 곳곳에 드러나며, 형상화되는 것을 볼 수 있다. 이러한 '승(昇)'과 '침(沈)'의 양상은 화자의 정서와 태도로부터 드러나는데, 대표적인 양상은 아래와 같다.28)

> [A] [1] 어와 벗님네야 이내말삼 들어보소
> [2] 人生 天地間에 그아니 느껴온가
> [3] 平生을 다살아도 다만지 百年이라
> [4] 하물며 百年이 반듯기 어려우니
> (…중략…)
> [12] 已往일 생각하고 卽수일 헤아리니
> [13] 飜覆도 測量업다 昇沈도 하도할사
> [14] 남대되 그러한가 내홀로 이러한가
> [15] 아모리 내일이나 내亦是 내몰래라
>
> [B] [97] 다오르면 나려오고 가득하면 넘치나니

위에서는 [4] "하물며 百年이 반듯기 어려우니", [13] "飜覆도 測量업다 昇沈도 하도할사", [14] "남대되 그러한가 내홀로 이러한가" 그리고 [97]

---

고 할 수 있다. (조선후기 가사의 특성과 관련하여서는 조세형, 「조선후기 문학의 표현특성과 그 문학사적 의미」, 『고전문학과 교육』 제27집, 한국고전문학교육학회, 2014, 216~217면 참고)

28) 이하 서술되는 가사 원문 인용 부분의 대괄호([ ]) 안의 숫자는 4음보를 1행으로 하여 연구자가 〈만언사〉의 각 행에 순서대로 번호를 표기한 것이다.

"다오르면 나려오고 가득하면 넘치나니"에서 인생의 보편적인 양상을 표현한 것이 드러난다. 즉, 사람의 인생을 의미하는 '百年' 동안 늘 바른 행동만 하고 지내기는 어려우며, 실수를 할 수도 있고 자신처럼 죄(罪)를 지을 수도 있다는 것이다. 또한 풍요로웠던 인생이 절정에 달하면, 꼭대기에서 내려올 수밖에 없고, 풍성한 삶은 넘쳐서 과분(過分)해질 수밖에 없다는 것으로 인생의 진리를 표현하려 한다.

이는 자신의 죄를 합리화하는 것으로도 볼 수 있지만 사람들 모두에게서 발생할 수 있는 보편적인 양상을 보편적인 표현으로 나타낸 것으로 보는 것이 더욱 적합하다. 또한 [13]에서 직접적으로 표현되는 '昇沈'은 <만언사> 내에서 화자의 핵심적인 정서와 태도의 구조를 형성하는 요소이다. 화자는 [13]에서 드러난 바와 같이 유배지에서의 여러 국면에 대해 '昇'과 '沈'에 해당되는 정서와 태도로서 대응한다. 즉, 이러한 양상이 일희일비(一喜一悲)처럼 보일 수 있지만, 이는 모두 어떠한 갈등 상황에 마주하여 생기는 인간 보편의 감정이라는 것이다.29)

　　[A] [428] 一刻三秋 더디가니 이苦生을 어찌할고
　　　　[429] 柴扉에 개짖으니 나를놓을 官門인가
　　　　[430] 반겨서 바라보니 황어파는 장사로다

---

29) 최홍원(2015)에서는 안도환이 작품 속에서 겪는 사건들이 부침(浮沈)의 구조를 이루고 있다고 보았다. 또한 이러한 부침(浮沈)이 표현되는 것은 유배의 과정을 거친 이후의 행복한 삶을 예상하게 한다고 설명하였다. 이와 함께 삶에 대한 부침은 삶에 대한 통찰 및 교훈으로 이어진다고 분석하였다.(최홍원, 앞의 책, 2015, 23~26면 및 31~33면.) 본고에서는 '昇沈'의 구조를 사건으로 주목하기보다는 작자가 세계에 대해 대응하는 정서의 체계에 해당되어 작품의 세세한 지점에서 연속적·순환적 구조를 이룬다고 보았다. 또한 이러한 구조는 작자의 감정의 폭을 늘였다 줄였다 하면서 인생에서 보편적으로 일어날 수 있는 감정 구조를 보여주는 것으로 해석하였다. 또한 염은열(2011)에서는 이에 대해 작가가 가지는 내면의 심리를 의미한다고 언급하였다.(염은열, 「자기 위안을 위한 이야기로 본 <만언사>의 특징과 의미」, 『문학치료연구』 제19집, 한국문학치료학회, 2011, 26면.)

[431] 바다에 배가오니 赦文갖은 官船인가

[432] 일어서서 바라보니 고기낚는 漁船이라

　

[B] [591] 설음에 싸였으니 날가는줄 모르더니

　　[592] 혜엄없는 아해들은 묻지도 않은말을

　　[593] 한밤자면 除夕오니 떡국먹고 웃노자네

　　[594] 兒孩말을 信聽하랴 如風다이 들었더니

　　[595] 남녘이웃 북녘집에 糯餠소래 들리거늘

　　[596] 손을꼽아 헤어보니 오늘밤이 除夕일다

　　　　　　　　　　(…중략…)

　　[603] 그려도 설이로다 배부르니 설이로다

　　[604] 故鄕을 떠나온지 어제로 알았더니

　　[605] 내離別 내苦生이 隔年事 되었고나

　　[606] 어와 섭섭하다 正初問安 섭섭하다

　

대표적으로 위의 (가)와 (나)에서 '昇'과 '沈'의 정서 구조가 역동적으로 나타난다고 볼 수 있다. 위의 [428]에서부터 [432]까지는 화자가 마을 주민들로부터 조롱을 당하면서까지 동냥을 한 후의 장면이다. 화자는 유배지에서 괴로운 삶을 보내며 자신을 이러한 처지에서 구출해줄 조정의 은혜를 기다린다. 그러한 은혜의 표상이 '官文'과 '赦文갖은 官船'으로 집약되어 드러난다. 이때 [429]와 [431]은 해배(解配)에 대한 희망인 '昇'과 연결된다면, [430]과 [432]는 그 희망이 좌절된 '沈'에 해당된다. '희망-절망'의 구조로 짜여진 이러한 양상은 감정 변화의 폭을 크게 만들며 화자가 느끼는 절망감의 깊이를 더 깊게 만든다고 볼 수 있다.

또한 (나)에서는 유배지에서 설을 맞이한 화자의 정서를 표현한다. 음식을 먹을 수 있다는 기대감을 표현한 [593], 음식을 먹은 후의 반응을 나타낸 [603]에서는 '배부르니'라는 포만감을 느끼는 '승(昇)'의 상태를 보인

다. 반면, 생활에 대한 설움을 드러내는 [591]과 더불어 '승(昇)'의 감정 상
태에서 부모를 생각하자 [604]에서 [606]에 이르는 정서적 '침(沈)'의 상태
를 보인다. 이처럼 <만언사>에서는 화자의 세부적인 정서적 측면에서도
'昇'과 '沈'의 반복 구조가 드러나며, 결과적으로는 '飜覆도 測量업다 昇沈
도 하도할사'로 회귀한다. 앞에서 살핀 '갈등-해결'의 이야기 구조와 정
서적인 '승침(昇沈)'의 구성은 모두 인간사의 보편적인 내용을 드러내며 이
를 읽는 향유자에게 자신의 상황과 상황에 따른 정서를 반추하도록 한다.

### 3) 전고의 활용을 통한 정서 체험 유도

<만언사>에는 이전까지의 문학 작품에서 사용되어 있는 표현과 다양
한 이야기가 전고(典故)로 등장한다. 이러한 '전고(典故)'의 사용에 대해서는
육민수(2013)와 윤성현(2005)에서 논의되었으며, 이 중 윤성현(2005)에서는
전고 및 고사의 출처를 함께 밝히고 있다. 두 연구에서는 <만언사>의 전
고 및 고사 사용에 대해 각각 "여항-시정 독서물의 특성이면서 대중적
교양을 함양하도록 하는 사설"과 "작가와 향유자 사이에서 쌍방향 커뮤니
케이션을 수행하는 요소"30)로 분석하고 있다. 전고를 사용함으로써 대중
의 교양 수준을 확인하고 길러주며 작가와 향유자가 서로 소통하도록 한
다는 것31)이다.

하지만 <만언사>에서 전고를 사용하는 것은 향유자의 교양을 길러주
기 위한 언어적 요소나 비밀스러운 의미를 발견하는 기제로만 보기는 어

---

30) 육민수, 앞의 책, 299-301면; 윤성현, 앞의 책, 225~230면.
31) 기존의 연구에서는 소통의 매개가 된다는 견해는 제시가 되었지만, 구체적으로 어떠한 지
   점에 대해 소통하는 것인지 분명치 않게 제시가 되었다.(육민수, 앞의 책.) 본고에서는 그
   구체적인 양상을 분석하여 중점적으로 살피고자 한다.

렵다. 왜 하필 그 정서와 상황을 표현하기 위해 그 전고를 사용하였는지를 본다면, 오히려 전고의 사용은 작가가 표현하고자 하는 정서와 상황을 극명하게 보여주기 위한 것이라고 볼 수 있다.[32] 전고를 읽는 향유자가 체험하는 정서가 작자의 정서와 동일시되어야 하기 때문이다. <만언사>가 '해배(解配)'라는 결과를 이끌어내기 위해 '공동체'에 대한 '설득'을 시도한 작품인 만큼, 효과적으로 내면을 표현할 수 있는 것을 전고로 사용한 것이다. 이는 작가의 정서를 강조하면서도 향유자에게 작가가 의도한 정서를 추론하고, 결과적으로 체험할 수 있도록 한다.[33]

> [A] [163] 卽今으로 볼양이면 天下이다 물이로다
> [164] 바람도 쉬어가고 구름도 멈쳐가네
> [165] 나는새도 못넘을데 제를어이 가잔말고

---

32) 이는 다산 정약용(茶山 丁若鏞)의 글 중 <이인영을 위해 준 글[爲李仁榮贈言]에서도 드러난다. "이렇게 힘쓰고 힘써 도(道)를 바라면서 사서(四書)로 나의 몸을 채우고 육경(六經)으로 나의 지식을 넓히고, 제사(諸史)로 고금의 변에 달통하여 <u>예악형정(禮樂刑政)의 도구와 전장법도(典章法度)의 전고(典故)를 가슴속 가득히 쌓아 놓아야 하네.</u> 그래서 사물(事物)과 서로 만나 시비와 이해에 부딪히게 되면 나의 <u>마음 속에 한결같이 가득 쌓아온 것이 파도가 넘치듯 거세게 소용돌이쳐 세상에 한번 내놓아 천하 만세의 장관(壯觀)으로 남겨보고 싶은 그 의욕을 막을 수 없게 되면 내가 하고 싶은 말을 하지 않을 수 없게 되네.</u>[勉勉望道, 以四書居吾之身, 以六經廣吾之識, 以諸史達古今之變, 禮樂刑政之具, 典章法度之故, 森羅胸次之中, 而與物相遇, 與事相値, 與是非相觸, 與利害相形, 卽吾之所蓄積壹鬱於中者, 洋溢動盪, 思欲一出於世, 爲天下萬世之觀, 而其勢有弗能以遏之, 則我不得不一吐其所欲出]"에서 구체적인 전고의 효용성을 살필 수 있다. '전고(典故)'는 교양을 쌓기 위한 내용보다도 그것을 쌓아두었다가 창작 활동에서 쌓아 둔 것을 거세게 쏟아내는데, 이때 전고는 자신의 생각을 효과적으로 표현하는 매개체인 것이다. 즉, 단지 지식 수준을 평가하는 기준이 아닌 풍부한 표현의 원동력인 것이다.(원문과 번역문은 한국고전종합 DB 『여유당전서』 활용, 밑줄은 인용자.)

33) 서명희(1999)에서도 고사(古事)의 쓰임에 대해 설명하고 있다. 고사(古事)는 시에서 사용되었을 때 고사와 시적 상황을 동일시하게 하며, 의미를 수립하거나 정서를 표현하는 데에 영향을 미치는 것으로 분석하고 있다.(서명희, 「用事의 언어 문화론적 연구」, 서울대학교 석사학위논문, 1999, 15~17면.)

[B]  [393] 새벽서리 치는날에 외기러기 슬퍼우니
　　[394] 孤客이 먼저듣고 임생각이 새로워라
　　[395] 보고지고 보고지고 임의얼골 보고지고
　　[396] 나래돋힌 鶴이되어 날아가서 보고지고
　　[397] 萬里長天 구름되어 떠나가서 보고지고
　　[398] 落落長松 바람되어 불어가서 보고지고
　　[399] 梧桐秋夜 달이되어 비초여나 보고지고
　　[400] 粉壁紗窓 細雨되어 뿌려서나 보고지고

　대표적으로 [A]와 [B]는 각각 화자가 추자도로 떠나는 배 위에서 유배
지를 바라보며 읊은 부분과, 동냥 이후 주인의 비웃음 소리를 듣고, 임을
생각하며 읊은 부분이다. 두 부분에서, '구름'과 '새([B]에서의 '鶴')'는 중복
되어 등장한다. 이와 더불어 [A]의 [164]는 사설시조의 한 대목과 유사하
다. "ᄇ룸도 쉬여 넘는 고기 구름이라도 쉬여 넘는 고기/山眞 水眞이 海東
靑 보ᄅ미도 다 쉬여 넘는 高峯長城嶺 고기/그 너머 님이 왓다 ᄒ면 나는
아니 한 번도 쉬여 넘어가리라"라는, 당시 조선후기 시가 문화에서는 익
숙하게 받아들여 향유했던 작품이다. 이는 윤성현(2005)에서 논한 바와 같
이 작가가 자신의 무의식 속에 있던 작품의 구절을 자연스럽게 끌어 온
것34)으로, 단순히 표면적 어구만을 끌어온 것보다는 정용목(1984)에서 지
적한 바35)와 같이 향유자의 정서 체험을 통한 공감을 얻기 위해 의도적으
로 사용한 것이다.
　여기에 더해 향유자는 전고로 인용된 부분에서만 즐거움을 느낀다고

---

34) 윤성현, 앞의 책, 226면.
35) 정용목(1984)에서는 시조에서 사용된 전고 양상을 분석하면서 전고를 사용하는 것은 과거
　　의 말이나 일을 통해 "관념(觀念)을 증명(證明)하"기 위함이라고 보았다.(정용목, 「古時調에
　　나타난 典故 硏究 : 珍本 『靑丘永言』을 中心으로」, 『숭례어문학』 제1권, 명지대학교 숭례
　　어문학회, 1984, 83면.)

보기 어렵다. 오히려, 부분에서 나타나는 정서를 풍성하게 향유할 수 있도록 하는 것은 원(原) 텍스트의 맥락이다.36) 즉, 이는 조선후기 장편가문소설이나 국문장편소설이 향유되는 과정에서, 전고(典故)의 사용을 통해 서사가 풍부해지고 향유층 내의 공유 지식을 가지게 되었다는 점37)과 같다. 조선 후기의 시대적 상황 속에서 세책을 통해 널리 향유되었던 소설처럼, <만언사>에 사용된 전고와 타 작품의 구절 역시 소설에서의 전고와 같은 사회적 역할을 수행했을 가능성이 있다.

[A]는 단순히 '바람도 쉬어가고 구름도 넘어가는' 거리에 있는 추자도(楸子島)를 묘사하는 행으로만 볼 수 없다. 사설시조의 전체 장(章) 구성을 보았을 때, 바람과 구름이 모두 쉬어가는 고개는 높은 고개를 의미하지만, '님'이 오기만 하면 그 모든 역경을 극복하고 한 번에 넘어가겠다는 초극(超克) 의지를 보여주는 것으로 보아야 한다. 따라서 [A]는 추자도에 도착하고 난 이후에도 해배(解配) 혹은 '서용(敍用)'이라는 화자가 생각하는 '님'이 온다면, '유배'의 상황 역시도 초극할 수 있다는 의지를 드러낸 것으로 보아야 할 것이다.

이러한 맥락에서 [B]에서는 '~보고지고'를 반복하여 임에 대한 그리움을 심화하면서 네 개의 시어를 제시한다. 시어는 '鶴-구름-바람-달-細雨'의 순서로 배치되어 있으며, 이러한 배치는 수직(달, 細雨)과 수평(학, 구름, 바람), 비접촉과 접촉의 대응 관계를 이루기 위한 배치로 볼 수 있다. 또

---

36) 이 부분에 대해서는 임종욱(2002)의 논의에서 한문교육적 측면을 통해 다룬 바 있다. 임종욱(2002)에서는 전고를 학습하는 것은 조각조각으로 분리된 지식을 학습하는 것이 아니라, 그 전고가 근거하고 있는 원텍스트에 대한 학습 역시 이루어지는 것이라고 보았다.(임종욱, 「한문 교육에서의 용사전고(用事典故)의 활용 방안 시론」, 동국대학교한국문학연구소, 『한국문학연구』 제25권, 2002, 260면.)

37) 최수현, 「국문장편소설의 전고(典故) 운용 전략과 향유층의 독서문화 연구」, 『한국고전연구』 제36권, 한국고전연구학회, 2017, 148~149면.

한, 이를 [A]와 연결 짓는다면 '초극의 시도'와 '초극'의 상관관계를 보인
다고도 할 수 있을 것이다. '학'과 '구름'은 화자가 되기를 소망하는 대상
이다. 이 대상은 일정한 거리를 이동하는 과정을 거쳐 임과의 만남에 도
달하고자 한다. 하지만 화자가 인식하는 추자도는 [A]와 같은, 바람과 구
름도 한달음에 가지 못하고 심지어 '나는새'도 넘지 못하는 곳이다. 따라
서 '학'과 '구름'의 시도는 추자도의 환경에 대한 인식 속에서는 불가능한
시도이다.

　하지만 '달'과 '細雨'는 임이 자신을 볼 수 있고, 자신 역시 임을 볼 수
있는 것을 의미하며, 송강 정철(松江 鄭澈, 1536~1593)의 가사 <속미인
곡>38)에서 나타나는 '낙월(落月)'과 '구준비'처럼 작품 속에서 초월적인
대상을 통해 물리적 제약을 극복하고 임을 만나려 하는 의지를 드러내는
매개체로 기능한다.39) 따라서 [399]의 달은 화자의 의지를 반영한 상징이
며, [400]의 '細雨'는 닿고자 하는 대상과의 일정한 거리를 전제하는 '달'
과 달리, 거리를 직접적으로 좁히는 상징이다. '달'이 정신적인 사랑의 매
개체라면, '가랑비[細雨]'는 자신의 회포를 가까운 거리에서 전달할 수 있
는 매개로, 유배 이전의 상태로 복귀하려는 치열한 욕망의 상징이다.

　이렇듯 전고(典故) 및 다른 작품과의 영향 관계는 향유자에게 있어 '昇'
과 '沈'의 반복이라는 화자의 인생사의 구조를 드러내면서도 전통의 맥락
속에서 생성된 정서를 체험하도록 하는 직접적인 기호의 역할을 수행한

---

38) <속미인곡>과의 연관성은 '보고지고'의 반복 사설을 비롯하여 [642]의 "사공은 어듸가고
　　뷘빈만 믜여는고"에서도 찾아볼 수 있다.(<속미인곡>의 30행 "샤공은 어듸 가고 뷘 비만
　　걸렷는고"와 연결된다.)
39) '달[月]'의 경우 우리나라 고전시가에서는 풍요로움, 보편성, 수심을 드러내는 것, 이별이
　　나 만남의 배경, 임을 보고자 하는 화자와 임 사이의 매개물로서 작용한다.(이에 대해서는
　　송지언, 「'달' 소재 애정시가의 비교와 문화 교육」, 『고전문학과 교육』 제28집, 한국고전
　　문학교육학회, 2014 참고.)

다. 더 나아가서는 작가와 향유자 사이의 공통적인 향유 맥락을 형성하며,
이는 향유자가 작가가 형성하고자 하는 정서를 간접적으로나마 체험하도
록 함으로써 공감을 통한 공동체를 형성하는 매개로 볼 수 있다.

## (2) 개성적 표현을 통한 특수한 향유 기제 형성

위와 같이 〈만언사〉에서 공동체를 형성하기 위해 삶에서 일어날 수
있는 보편적인 일을 제시하고, 보편적인 감정에 대해 진리적인 표현을 사
용하여 공감을 이끌어냈다면, 타 유배가사와는 다른 개성적 표현을 사용
하는 양상도 보인다. 이러한 표현들은 향유자들에게 작가의 정체성을 분
명하게 드러나도록 하면서도, 작품 자체에 몰입[40]하도록 한다.

### 1) 인물의 형상화 방식과 역할의 부여 양상

이전의 유배가사와 비교하여 〈만언사〉에서 두드러지게 드러나는 점은
마치 소설과 극 갈래처럼 각 인물의 역할이 다른 작품에 비해 분명하게
부여되어 있다는 점이다.[41] 또한 여러 인물의 형상화 과정에서도 개성적
인 표현과 방식이 드러난다. 이는 조선 후기 가사의 관습적 구성 방식이
면서도,[42] 다른 유배가사와는 다른 〈만언사〉의 특징적인 지점[43]이다.

---

40) 개성적 표현과 몰입 간의 관계에 대해서는 설성경(2002)의 연구가 대표적이며, 여기에서
   는 〈춘향전〉의 개성적 표현이 결과적으로 작품의 주제를 효과적으로 드러내도록 하면서
   도 작품 속에 향유자들이 몰입할 수 있는 바탕을 마련해준다고 보았다.(설성경, 「춘향전의
   개성적 표현에 대한 연구」, 『연세교육과학』 제42집, 연세대학교 교육대학원, 2002, 84~
   85면.)
41) 윤형덕(1976)에서는 〈만언사〉에서 인물의 배역(配役)이 부여되는 것을 연출자로서의 능
   력이라고 보았다.(윤형덕, 「「만언사」 연구」, 단국대학교 석사학위논문, 1976, 186면.)
42) 서영숙(1994)에서는 〈노처녀가〉, 〈과부가〉, 〈노인가〉, 〈노부인가라〉, 〈우부가〉, 〈용

<만언사>의 화자는 서울에서의 향락적 생활 속에서 살았던 자신의 모습
을 다음과 같이 표현하고 있다.

   [A] [59] 千金駿馬 換少妾은 少年놀이 더욱조타
     [60] 自矜陌上 繁華聲은 나도잠간 하오리라
     [61] 이전마음 전혀잊고 豪心狂興 절로난다
     [62] 白馬王孫 貴한벗과 遊俠輕薄 다따른다

   [B] [88] 繁華富貴 고쳐하고 錦衣玉食 다시하여
     [89] 長安途上 너른 길로 肥馬輕裘 다닐적에
     [90] 疎卑親戚 强爲親은 예로부터 일렀나니
     [91] 여기가도 손을잡고 저기가도 반겨하니
     [92] 立身도 되다하고 揚名도 하다하리
     [93] 萬事如意 하여시니 摸非天恩 모를소냐

  [A]에서 나열되는 '千金駿馬', '換小妾', '少年놀이' 등의 단어들은 모두
주인공이 한양 생활에서 이루었던 유흥적이고 향락적인 생활 양식을 가
리킨다. 이때의 화자는 '자긍(自矜)'심에 차 있으며, 광흥(狂興)에 감싸여 장

---

  부가>, <거사가>와 같은 인물을 중심으로 하는 가사를 조선후기 가사에 나타나는 특징
  으로 지적하였다.(서영숙, 「조선후기 인물중심 가사의 서술방법 연구」, 『국어국문학』 제
  112권, 국어국문학회, 1994.) <만언사> 역시 이러한 구성을 가지고 있지만, 다른 유배가
  사에서 화자의 심정과 억울함을 호소하는 것을 중심으로 했다면, <만언사>에서는 이러
  한 호소보다도 화자의 행동과 상황이 중심이 되는 소설적인 특성을 강하게 가진다고 볼
  수 있다.
43) 유배가사 중에서 자신의 실제 처지를 강하게 드러내는 작품은 『금강중용도가』, <만언
  사>, <북천가>, <채환재적가> 네 편이며 이외의 유배가사에서는 역할을 가진 인물이
  등장하기보다는 자신의 유배에 대한 억울함이나 연군(戀君)과 같은 정서를 곡진하게 드러
  내거나 유배를 떠나는 노정(路程)에 집중한다. 따라서 인물과 다른 인물이 마치 소설의 등
  장인물처럼, 혹은 극(劇)의 인물처럼 등장하는 것은 <만언사>의 두드러진 특징이라고 볼
  수 있다.

안의 경박자들과 함께 생활한다. 또한 [B]에서의 화자는 스스로에 대해 [91]과 같이 어디를 가든 반김을 받는 사람이라고 표현한다. 이러한 성공 가도를 걸어 왔던 화자에게 유배형이 내려진 이후, 화자가 새로운 공간인 '추자도'에 도착하여 가장 먼저 생각난 감회는 '寂寂하기 太甚하다'이다. 즉, 이전까지 화려한 생활과 대비하고 있으며, 이는 '四面으로 돌아보니 날알리 뉘있으라'로 극대화된다. 여기에서 향유자는 화자가 '萬事如意' 하였던 때를 벗어나 정반대의 상황에 놓여 고통을 겪을 것임을 추측할 수 있다.

작품 속 화자는 유배지 속에서 이방인(異邦人)에 해당된다. 화자는 그러한 환경에서 끊임없이 유배자로서의 자신을 확인한다. 한양과 유배지의 생활에 대한 비교, 유배지 주민들과 자신의 비교, 풍요와 빈곤의 비교 등 의·식·주 차원의 다양한 비교를 통해[44] 기존까지와는 다른 자아 정체성에 대한 혼란을 겪고 유배자로서의 인식에 도달하는 과정을 거친다. 이 때 화자가 처한 곳은 '앎'의 공간이 아닌 '무지(無知)'의 공간이다. 즉, 여기에서 바로 '무지'와 '부적응'에 의한 풍자와 희화화가 일어나면서 <만언사>만의 특수한 향유 기제를 형성한다. 이러한 희화화는 '주인'과 마을 사람들이라는 타자의 등장으로 인해 촉발된다. 즉, 화자는 그들의 풍속을 야만하다고 여기며 타자화하지만, 결국 그들에 의해 타자화된다.[45]

---

44) 대표적으로는 화자가 자신의 처지를 구체적인 사물을 통해 제유적으로 드러내면서 극명하게 비교하는 부분을 들 수 있다. "등밀어 내치는집 苟且히 빌어있어/玉食珍饌 어데가고 麥飯鹽漿 對하오며/錦衣華服 어데가고 懸鶉白結 하였는고"에서 화자는 인간 삶의 기본적인 조건인 주·식·의를 차례차례 비교하며 자신의 처지를 부각하고 있다. 비교되는 소재 역시 '玉食-麥飯', '錦衣華服-懸鶉白結'로, 현재의 빈(貧)한 처지를 짐작하게 하면서도 그 처지를 강조하는 역할을 한다.

45) 이와 관련하여 최상은(2003)에서는 화자가 섬 사람들을 희화화하였지만, 그들의 비아냥을 들으며 동일한 생활을 했다는 점에서 결과적으로는 자신이 희화화되었다고 보았다. 하지만 본 논의에서는 안도환이 섬 사람들을 곧바로 우스꽝스럽게 만들기보다는 자신과는 이질적이고 자신보다는 격이 낮은 사람들로 보았기에 이질성에 초점을 맞추어 '타자화'라는

[A] [277] 건너집 나그네는 政丞의 아들이요
　　[278] 判書의 아우로서 나라에 得罪하고
　　[279] 絶島에 들어와서 이전말은 하도말고
　　[280] 여기사람 일을배와 고기낚기 나무베기
　　[281] 자리치기 신삼기와 보리동냥 하여다가
　　[282] 主人糧食 보태는데 한군데는 무슴일로
　　[283] 하로이틀 몇날되되 공한밥만 먹으려노
　　[284] 쓰자하는 열손가락 꼼작이도 아니하고
　　[285] 걷자하는 두다리는 움작이도 아니하네

[B] [314] 고기낚기 하자하니 물머리를 어찌하고
　　[315] 나무베기 하자하니 힘모자라 어찌하며
　　[316] 자리치기 신삼기는 모르거든 어찌하리
　　[317] 어와 할일없다 동냥이나 하여보자

[A]에서는 주인이 등장하여 화자의 행동에 대해 꾸짖는다. 주인은 '타자'인 '건너집 나그네'가 [280]~[281]에 걸쳐 행했던 것을 들어 [284]~[285]에 이르는 화자의 행동을 비난한다. 즉, '열손가락', '두다리'라는 신체를 움직여 일을 하지 않고 '밤낮으로 우는소리 한숨지고 슬픈소리'만 내는 화자의 모습은 어촌의 가난한 집의 가장인 주인이 보았을 때는 '政丞의 아들', '判書의 아우'도 아닌 군식구이다. 당연히 불만을 가질 만한 상황이었던 것이다.46) 비난을 들은 화자는 주인의 말처럼 '고기낚기 나무

---

용어를 사용하였다.(최상은, 「유배가사 작품구조의 전통과 변모」, 『새국어교육』 제65권, 한국국어교육학회, 2003, 463면.)

46) 여러 유배일기에 기록된 상황에 따르면, 조선시대의 어촌은 가난한 곳이었으며, 섬에 유배객들이 많아지자 모두들 주인이 되기를 꺼려했다고 한다. (조수미, 『조선후기 한글 유배일기 연구』, 경진출판, 2016, 138~146면 참조.) 이러한 환경에서 밤낮으로 울고 있는 유배객인 안도환에게 호의를 보였으리라 보기는 어렵다.

베기 자리치기 신삼기'를 실행해보지만 실패한다. 섬의 상황에 무지한 채로 감정에 심취한 화자가 결국 비난의 소리를 듣고 나서도 실패하여 결국 '동냥'의 상황에 빠지는 것은 그 자체로 화자가 풍자되는 시상 전개이다. 화자가 무지함으로 인해 우스꽝스러운 모습을 보이는 것은 그 다음의 소위 '다리타령' 부분에서도 드러난다.47)

[330] 사립문을 드자할가 마당에를 섯자하랴
[331] 철없은 어린兒孩 소같은 젊은계집
[332] 손가락질 가라치며 귀향다리 온다하니
[333] 어와 고히하다 다리指稱 고히하다
[334] 구름다리 징검다리 돌다리 토다리라
[335] 春正月 十五夜 上元야 밝은달에
[336] 長安市上 열두다리 다리마다 바람불어
[337] 玉壺 金樽은 다리다리 杯盤이요
[338] 積聲 歌曲은 다리다리 風流로다
[339] 웃다리 아래다리 석은다리 헛다리
[340] 鐵物다리 板子다리 두다리 돌아들어

---

47) '다리타령'의 경우 기존의 연구에서도 주요하게 다루는 지점이다. 염은열(2011)에서는 주인의 강요로 나간 활동으로, 활동 이후 주인의 조롱으로 화자가 상처를 받는 부분으로 보았다. 또한 이 부분이 해학으로 이어지면서 웃음으로 눈물을 닦는 부분이라고 보았다. 육민수(2013)에서는 이러한 '다리 타령'을 여항-시정 문화권에서 형성된 표현 기법이라고 분석하였다. 또한 윤성현(2005)에서는 이 부분을 자기를 희화화하는 기법으로 보면서 '자학과 해학의 클라이맥스'로 보았다. 이나향(2008)에서는 '다리타령'에서 나타난 다리들이 모두 그 특성에 맞게 오르고 내리는 등의 동작상이 표현되어 있다고 분석하였다. 그리고 정인숙(2008)에서는 웃음을 자아내며 자신의 상황을 더욱 비극적으로 만들어내며 자기 정체성을 확인하는 공간이라고 보았다.(염은열, 「자기 위안을 위한 이야기로 본 <만언사>의 특징과 의미」, 『문학치료연구』 제19집, 한국문학치료학회, 2011, 25면; 육민수, 앞의 책, 297면; 이나향, 「조선 후기 가사의 교육적 가능성 검토-만언사」에 나타난 재현의 인식을 중심으로-」, 『배달말교육』 제29권, 배달말교육학회, 2008, 16면; 정인숙, 「<만언사>에 나타난 자전적 술회의 양상과 그 의미」, 『한국시가연구』 제25권, 한국시가학회, 2008, 150면.)

[341] 中村을올라 광통다리 굽은다리 水標다리

[342] 孝經다리 馬廛다리 아량위 겻다리라

[343] 도로올라 中學다리 다리나려 향다리요

[344] 東大門안 첫다리며 西大門안 학다리

[345] 南大門안 수각다리 모든다리 밟은다리

[346] 이다리 저다리 今始初聞 귀향다리

[347] 수종다리 습다림가 天生이 病身인가

[348] 아마도 이다리는 失足하여 病든다리

[349] 두 손길 느려치면 다리에 가까오니

[350] 손과다리 머다한들 그사이 얼마치리

[351] 한층을 조곰높혀 손이라나 햐여주렴

화자가 동네를 돌아다니며 동냥을 시도할 때 '아해'와 '계집'이 나타나 다리타령을 늘어놓는다. [335]에서의 "春正月 十五夜 上元야 밝은달에"는 화자가 배경지식으로 가지고 있는 '다리[橋]'를 떠올렸을 때 구축되는 시간적 배경이다. 이후의 [339]부터 [345]까지 '반 행+반 행'의 구조를 통해 혼란스러움의 깊이를 더하면서 다리와 그 속성을 열거한다. '위/아래'가 나누어진 다리, 돌아 들어가는 다리, 올라가는 다리, 내려가는 다리 등 각 속성에 따라 행의 구조를 나눌 수 있다. '귀양다리'라는 유배 온 사람을 낮춰 부르는 표현의 일부인 '다리'를 화자가 이미 알고 있던 건축물인 '다리[脚]'로 바꾸어 연쇄적으로 생각을 풀어나가는 과정인데, 금천교, 수교다리, 수표다리, 효경다리 등이 이어진다. 이는 화자가 유배를 떠나기 전 한양에서 즐거운 경험을 했던 다리를 열거한 것인데, 화자가 대전별감이라는 특정한 위치48)에서 유홍을 주도했던 사람이었음을 반영하는 표지

---

48) 대전별감(大殿別監)은 조선시대 왕명 전달과 궁궐의 열쇠 보관 등의 업무를 맡은 관직으로, 대전별감은 그 중에서도 임금을 모시고 궁궐 일을 담당하는 것을 맡았다. 기방의 주도권을 잡았으며, 화려한 누비로 만든 복식으로 놀이를 주도하는 역할을 했다. 별감의 복색

이다. 그러면서도 '열두다리'라는 특정한 수의 다리를 언급하는데, 정월에 열두 개의 다리를 밟으면 다리병이 걸리지 않는다는 세시풍속[49]과 연결된다.

　화자가 아이들이 이야기하는 '다리'를 이해하지 못하는 것은 어찌 보면 배경지식의 차이로 인한 당연한 결과이다. 하지만 이러한 당연한 무지 속에서 희화화가 발생한다. 화자의 '다리'는 '다리[橋]'를 지나 '다리[脚]'로 흘러간다. 여전히 화자가 '귀향다리'의 의미를 알지 못한 것이며, '귀향을 온 자신의 신체 중의 다리'로 착각한 것이다. 그렇기에 '습다리', '전다리', '병든다리'라는 비참한 자신의 물리적 처지를 드러내기도 하고, '손[手]'과 '다리(脚)' 사이의 거리를 들어 동음이의어인 '손[客]'의 대우를 해달라고 호소하는 것이다. 이는 화자의 의도보다도, 새로운 환경에서 새로운 정체성에 처하게 된 화자에게 발생하는 지식의 불일치와 무지, 그로 인한 타자화로 빚어지는 희화화에 해당된다고 볼 수 있다.

　이처럼 〈만언사〉 속에서는 여러 인물들이 제각기 자신의 역할을 가지고 화자의 삶 속에 개입한다. 주인의 비난으로 인해 화자의 행동이 촉발되며, 아해와 계집으로 인해 화자의 무지가 폭로된다. 이러한 인물의 형상화와 결과적인 자기 풍자와 희화화는 〈만언사〉를 읽는 향유자들이 '손펵쳐 간〃 졀도'하고 '탄식ᄒ고 칭찬'했던 이유이면서도 〈만언사〉를 읽는 특이적인 향유 요소로서 작용한다.

---

은 〈한양가〉에서도 묘사되는데, "이리져리 얼거미고 별감의 거동보쇼/난번별감 빅여명이 밉시도 잇거니와/치장도 놀늑올ᄉ 편월샹토 밀화동곳/디ᄌ동곳 셕겨꼿고 곱게쓴 평양망건/외겸바기 디모관ᄌ 상의원 ᄌ지팔ᄉ"로 나타나 있다.

49) 서울에서는 대광통교(大廣通橋)를 중심으로 차례로 열두 개의 다리를 도는 '답교놀이'가 있었으며, 이날 다리를 밟으면 일년 내내 다리에 병이 없고 열두 다리를 건너면 열두 해의 액땜이 된다는 기술이 전해진다.(조완묵, 『우리 민족의 놀이문화』, 정신세계사, 2006, 21~22면.)

## 2) '만언(萬言)'의 제목과 향유자의 수용

<만언사>가 1차적 향유자에서 시작하여 3·4차적 향유자에 이르기까지 공동체를 형성하고 설득력을 가질 수 있었던 것을 <만언사>에 나타난 표현 양상에서 찾을 수 있다면, 과연 3차적 향유자인 '상'이 연관될 수 있었던 특징적인 것은 무엇이었는지에 대한 의문이 남게 된다. 간곡한 호소와 비참한 처지, 그리고 자신을 타자화함으로써 얻는 공동체의 힘도 있겠지만, <만언사(萬言詞)>라는 제목에서 드러나는 효과 역시 살필 수 있다. 타 유배가사의 제목은 정서를 암시하거나,50) 여정을 암시하거나,51) 작가의 경험을 제시하는52) 유형으로 나누어진다. 하지만 <만언사(萬言詞)>의 경우 위의 경우처럼 다른 작품과 같은 계열로 묶어 분류될 수 없다. 즉, '만언(萬言)'이 독특한 표지로서의 역할을 수행하는 것이다.

본고에서 활용한 <만언사>의 본문을 기준으로 하였을 때, 글자수는 총 10,832자이다.53) 실제적으로 대략 '만언'의 길이를 가진 작품이지만, 정쟁(廷爭)이 아닌 자신의 죄(罪)로 인해 유배를 떠난 죄인의 신분에서 서용(敍用)을 설득하기 위해 단순한 글자수를 제목으로 붙였다고 보기는 어렵다. 이는 사대부가 직간(直諫)을 위해 개인 혹은 공동으로 왕에게 올렸던 '소(疏)'의 전통과 연결지어 생각해볼 수 있다.

만사(萬事), 만인(萬人), 만경(萬頃), 만물(萬物) 등 다양한 표현에서 '만(萬)'

---

50) 최초의 유배가사 <만분가>를 비롯하여 <속사미인곡>, <별사미인곡>, <홍리가(鴻罹歌)>, <자도가(自悼詞)>가 이에 해당된다.
51) 함경도 삼수(三水)로 유배를 가 지은 이광명의 <북찬가>와 함경도 명천으로 가면서 지은 김진형의 <북천가>가 여기에 해당된다.
52) 채구연이 두 번째 귀양을 가 창작한 <채환재적가>와 김이익이 지은 <금강중용도가>가 해당된다.
53) 이는 임기중(2005)에 수록된 본문을 한글과 컴퓨터 프로그램에 타이핑하여 옮긴 후 문서 정보를 통해 확인한 내용이다.

은 숫자 그대로의 의미보다도 '많은'의 의미로 사용된다. 또한 상소(上疏)에 있어서도 이 '만언'은 상징적인 의미로 사용되었다. 〈만언봉사(萬言奉事)〉는 우부승지(右副承旨)에 올랐던 이이(李珥)가 선조 임금에게 올린 상소로, 당시 정치의 폐단을 개혁할 것을 강력히 요구한 것이었다. 이후 조헌(趙憲)이 올린 〈만언소(萬言疏)〉, 인조 대의 청나라에 대한 대책을 지적한 윤휴(尹鑴)의 〈만언소(萬言疏)〉 등 수많은 문인들의 만언소(萬言疏)가 존재했다. 즉, '만언'이라는 단어는 사회적·역사적 맥락 속에서 단순히 '만(萬)' 자의 '말[言]'이 아닌 어떠한 것을 개혁하고, 변화시키고 계책을 강구하려는 의지를 드러내는 상징처럼 기능했다고 볼 수 있다.54) 〈만언사〉를 '유배(流配)'라는 상황을 개혁하고, '서용(敍用)'이라는 결과를 이끌어줄 것을 간청하고 있는 '시가 형식의 소(疏)'로 확대해서 볼 여지가 있다. 또한 전달이 직접적 전달이 아닌 공동체에 의한 간접적인 전달로 이루어진 것 역시 왕의 노여움을 피하기 위한 처사로 볼 수 있다. 제목은 표면적으로 10,000자가 조금 넘는 글자수는 '만언'이 가지는 실질적인 상징성을 일차적으로 가리기 위한 요소가 되는 것이다.

〈만언사〉의 표현 방식 역시 문인들의 상소문과 일치하는 부분을 찾아볼 수 있다. 천은(天恩)을 지속적으로 강조하고,55) 고사(古事)를 지속적으로 인용하고 있으며,56) 종결 부분에서는 자신이 해배되어야 하는 간절한 이

---

54) 실제로 12,000자에 달하는 이이(李珥)의 〈만언봉사〉의 경우에도 글자수로서의 '만언'이 아닌 상징적인 의미를 가진 단어로서의 '만언'을 사용한 것으로 볼 수 있다. 대전별감의 직책은 왕과 직접적으로 접촉할 수 있었으며, 상소문을 올리는 과정에서 대전별감에게 전달하기도 했으므로 안도환이 이러한 상소의 전통을 인지하는 것 역시 무리는 아니었을 것이다.(신동준, 『조선의 왕과 신하, 부국강병을 논하다』, 살림, 2007, 488면.)

55) "[85] 罔極天恩(망극천은) 가이업서 喜隙還悲(희극환비) 눈물난다/[86] 어와 過分하다 天恩도 過分하다/[87] 宮任兼帶(궁임겸대) 罔極天恩, 생각사록 過分하다", "[93] 萬事如意, 하여시니 摸非天恩(모비천은) 모를소냐", "[115] 어와 聖恩이야 가지록 罔極하다", "[187] 天恩, 입어 남은목숨 마자盡케 되겠고나 등에서 찾아볼 수 있다."

56) "[174] 不老草 求하려고 三神山을 찾아가니"부터 "[181] 긴고래 잠간만나 白日昇天(백일승

유를 들어 표현하고 있다. 즉, 문인들의 상소문과 같이 도입-전개-종결의
구조[57]로 자신이 유배를 가게 된 이유와 유배지에서의 생활, 해배에 대한
염원을 나타내고 있는 부분에서도 유사한 지점을 찾을 수 있다. 그러므로
<만언사>라는 작품을 단순한 장편 가사가 아닌 향유자에 대한 설득력을
갖추기 위해 제목의 표현부터 고려한 전략적인 담화로 보는 것이 적합하
다. 또한 이러한 상징성을 통해 '만언'이라는 표현에 익숙한 상을 공동체
내에 편입시킬 수 있었던 것으로 볼 수 있다.

## 4. 나가며

본고에서는 안도환(安道煥)이 유배지인 추자도(楸子島)에서 창작한 유배가
사 <만언사(萬言詞)>를 설득 담화로 보고 이 가사가 수많은 사람들에게
설득력을 발휘한 연유에 대해 언어와 표현을 중심으로 파악하는 것을 목
적으로 하였다. <만언사>가 공동체에 의해 왕에게 전달되었다는 것을 보
여주는 후기를 통해 공동체를 통해 전달되어 설득에 성공했음을 알 수 있
다. 이러한 설득의 기반을 '궁녀들'로 표현되는 공동체로 보았을 때, 향유
공동체를 구성할 수 있는 요소를 작품 속에서 찾을 수 있었으며, 이는 다
음과 같다.

먼저, <만언사>가 가지는 향유 공동체를 형성하는 관계 지향적 표현에
관한 것이다.

---

천) 하랴는가"에 이르는 8개의 행에서 유배지로 떠나는 절망감을 진시황의 불로초(不老草)
　고사, 아황(娥皇)과 여영(女英)의 고사, 진나라 장한(張翰)의 농어회 고사, 이백(李白)의 고
　사 등을 사용한다.
57) 오인환·이규완, 「상소의 설득구조에 관한 연구」, 『한국언론학보』 제47권, 한국언론학회,
　2006, 28~34면.

첫째, 〈만언사〉의 첫 행에서 향유자를 부르는 표현을 사용하는 것과, 작품 전체에서 의문형 어미를 빈번하게 사용하는 것이다. 이를 통해 향유자의 이목을 집중시키면서도 향유자가 자신의 삶을 반추(反芻)하여 공통된 경험을 이끌어낼 수 있도록 한다.

둘째, 〈만언사〉에는 "飜覆도 測量업다 昇沈도 하도할사/남대되 그러한가 내홀로 이러한가"를 중심으로 자신의 일생과 유배지에서 얻은 경험들을 통해 향유자를 작품의 자장(磁場)에 편입시키고 있다. 즉, 자신의 경험을 인간사 보편으로 적용되는 진리로 만듦으로써 '昇沈'이라는 보편적인 감정의 굴곡을 드러내어 향유자를 끌어들인다.

셋째, 〈만언사〉에는 다양한 전고(典故)가 사용되어 향유자의 발견을 필요로 한다. 이러한 전고의 사용은 교양 확인 차원에서 그치는 것이 아니라, 향유자가 작품 내에서 느껴지는 정서를 체험하도록 하는 매개체로서 적극적으로 기능한다. 특히 본고에서 살핀 사설시조의 활용에서는 원작의 맥락 속에서 생성되는 의미를 파악함으로써 작품에서 드러내고자 하는 그리움까지 함께 체험할 수 있다고 보았다.

위와 같이 〈만언사〉에서는 설득의 공동체를 형성하기 위해 인간 보편의 깨달음을 이끌어내는 표현법을 사용했다면, 개성적인 표현을 통해 특수한 향유 지점을 형성하기도 한다.

첫째, 인물에 대해 역할을 부여하고 있으며 각 역할을 통해 〈만언사〉의 화자가 자신을 희화화하는 양상을 그려낸다. '주인'은 화자를 박대하고, '아해'와 '계집'은 화자를 조롱한다. 이러한 지점에서 화자는 억지로 노동을 시도하는 인물이면서도 무지(無知)로 인한 희화적인 면모를 노출하기도 한다.

둘째, 〈만언사〉의 제목은 여타 유배가사의 제목과 비교했을 때 굉장히 특이한 지점이다. '만언(萬言)'은 단순히 '만 개의 글자'가 아닌 이전의 '만

언소'의 맥락과 그 세맥(細脈)을 같이하며, 실제의 10,000여 개의 글자는
이러한 상징성을 감추기 위한 요소로 해석된다.

이처럼 <만언사>는 어떠한 공동체를 형성하고, 이를 통해 결국에는 왕
에게 자신의 절망적인 상황을 변화시켜 줄 것을 요청하는 설득력을 갖춘
작품으로 파악할 수 있다. 이와 같은 본고의 연구 내용은 <만언사>에 대
해 매우 범박하게나마 다양한 해석 지점을 만들 수 있을 것이며, 이 점에
서 본고의 의의를 찾고자 한다.

# 참고문헌

<단행본>
김영수, 『한국문학 그 웃음의 미학』, 국학자료원, 2000.
신동준, 『조선의 왕과 신하, 부국강병을 논하다』, 살림, 2007.
이은정, 『현대시학의 두 구도』, 소명출판, 1999.
임기중, 『가사문학주해전집』, 아세아문화사, 2005.
정기철, 『한국 기행가사의 새로운 조명』, 역락, 2001.
조동일, 『한국문학의 갈래 이론』, 집문당, 1992.
조수미, 『조선후기 한글 유배일기 연구』, 경진출판, 2016.
조완묵, 『우리 민족의 놀이문화』, 정신세계사, 2006.

<연구 논문>
서명희, 「用事의 언어 문화론적 연구」, 서울대학교 석사학위논문, 1999.
서영숙, 「조선후기 인물중심 가사의 서술방법 연구」, 『국어국문학』 제112권, 국어국문
　　　학회, 1994.
서영숙, 「조선후기 가사의 소설화 양상」, 『한국시가문화연구』 제5권, 한국시가문화학회,
　　　1998.
설성경, 「춘향전의 개성적 표현에 대한 연구」, 『연세교육과학』 제42집, 연세대학교 교
　　　육대학원, 2002.
송지언, 「'달' 소재 애정시가의 비교와 문화 교육」, 『고전문학과 교육』 제28집, 한국고
　　　전문학교육학회, 2014.
염은열, 「자기 위안을 위한 이야기로 본 <만언사>의 특징과 의미」, 『문학치료연구』 제
　　　19집, 한국문학치료학회, 2011.
오인환·이규완, 「상소의 설득구조에 관한 연구」, 『한국언론학보』 제47권, 한국언론학
　　　회, 2006.
육민수, 「<만언사>의 담론 특성과 텍스트 형성」, 『동양고전연구』 제52집, 동양고전학
　　　회, 2013.
윤성현, 「동양문고본 만언사 연구 : 세책 유통의 정황과 작품 내적 특징을 주로 하여」,
　　　『열상고전연구』 제21집, 열상고전연구회, 2005.
윤형덕, 「「만언사」 연구」, 단국대학교 석사학위논문, 1976.
이나향, 「조선 후기 가사의 교육적 가능성 검토-만언사』에 나타난 재현의 인식을 중심

으로-」, 『배달말교육』 제29권, 배달말교육학회, 2008.

임종욱, 「한문 교육에서의 용사전고(用事典故)의 활용 방안 시론」, 동국대학교한국문학
　　연구소, 『한국문학연구』 제25권, 2002.

정소연, 「학술적 글쓰기와 대중적 글쓰기에 나타난 수사의문문의 양상과 설득효과 비
　　교연구(1)」, 『수사학』 제13집, 한국수사학회, 2010.

정인숙, 「<만언사>에 나타난 자전적 술회의 양상과 그 의미」, 『한국시가연구』 제25권,
　　한국시가학회, 2008.

정인숙, 「연작가사 『만언사』의 특징과 중인층 작가의 의미 지향」, 『한국언어문학』 제69
　　집, 한국언어문학회, 2009.

정용목, 「古時調에 나타난 典故 硏究 : 珍本 『靑丘永言』을 中心으로」, 『숭례어문학』 제1
　　권, 명지대학교 숭례어문학회, 1984.

정재찬, 「담화 분석을 통한 가사의 장르성 연구 : [상춘곡(賞春曲)]을 중심으로 한 문학
　　교육적 연구」, 『선청어문』 제21권, 서울대학교 국어교육과, 1993.

조세형, 「송강가사의 대화전개방식 연구」, 서울대학교 석사학위논문, 1996.

조세형, 「조선후기 문학의 표현특성과 그 문학사적 의미」, 『고전문학과 교육』 제27집,
　　한국고전문학교육학회, 2014.

최상은, 「유배가사 작품구조의 전통과 변모」, 『새국어교육』 제65권, 한국국어교육학회,
　　2003.

최수현, 「국문장편소설의 전고(典故) 운용 전략과 향유층의 독서문화 연구」, 『한국고전
　　연구』 제36권, 한국고전연구학회, 2017.

최현재, 「≪만언사≫의 복합적 성격과 현실적 맥락에서의 의미」, 『한국 시가연구』 제37
　　권, 한국시가학회, 2014.

최홍원, 「<만언사>의 재미, 흥미와 소통의 의미」, 『고전문학과 교육』 제30집, 한국고
　　전문학교육학회, 2015.


<인터넷 자료>
『일성록(日省錄)』, 한국고전번역원 데이터베이스.
『여유당전서』, 한국고전번역원 데이터베이스.
「만언ᄉ 단」, 규장각한국학연구원 소장 가람본.

# 잡가 〈선유가〉의 언어와 표현
## 노랫말의 형성과 그 의미

안 세 연

## 1. 들어가며

잡가(雜歌)는 근대를 전후로 하여 향유된 노래로서 양반 사대부들이 향유했던 전아한 가곡과 민초들이 향유했던 소박한 민요 사이에 걸쳐 있는 장르이다. 잡가는 조선후기에서 근대에 이르는 시기에 전문적인 가창집단에 의해 구연되었고 시정문화의 형성과 발전에 따라 대중적 인기를 얻게 되면서 근대 대중가요의 효시가 된 장르로 알려져 있다. 잡가는 지역적으로 경기잡가 서도잡가 남도잡가로 분류된다. 경기잡가는 서울의 청파동 사계축이 중심이 된 12잡가(坐唱)와 교역이 활성화된 서울의 오강(五江)을 중심으로 구연된 입창(立唱)이 있으며, 서도잡가는 상당부분 경기잡가와 중복되면서도 서도 특유의 레퍼토리가 다양하게 전해지고, 남도에는 이보다 수는 적으나 남도 특유의 가락에 실려 전승되는 남도잡가가 있다.[1]

주지하다시피 〈선유가〉는 경기 12잡가,[2] 즉 서울・경기 지방의 대표

---

1) 김종진, 「잡가의 종교성과 세속성」, 『불교학보』 57, 2011, 295~297면.
2) 12잡가는 〈달거리〉, 〈방물가〉, 〈선유가〉, 〈소춘향가〉, 〈십장가〉, 〈유산가〉, 〈적벽가〉, 〈제비가〉, 〈집장가〉, 〈출인가〉, 〈평양가〉, 〈형장가〉의 12곡을 말한다.

적인 잡가에 속하는 노래로 알려져 있다. 또한 물놀이·뱃놀이를 노래했다는 <선유가>는 산놀이를 노래한 <유산가>와 함께 '유람(遊覽)노래'라는 성격을 같이하는 노래이다. 실제 당대에 유람이 성행했음을 생각한다면, 유람 성격의 노래를 지닌 이 두 작품이 모두 12잡가로서 유행할 수 있었음은 그 까닭을 의심할 여지가 없다. 도시의 경제가 성장하면서 문학과 예술의 향유방식에 변화를 가져왔고, 도시유흥의 전성기라고 불릴 만큼 전환기 특유의 역동성을 보여준 것이 바로 19세기라고 할 수 있는데, <선유가>의 작품이 19세기와 연관성이 깊음을 고려해볼 수 있다.[3]

잡가 <선유가>는 『신구시행잡가』(1914), 『증보신구잡가』(1915), 『무쌍신구잡가』(1915), 『신구유행잡가』(1915), 『신찬고금잡가』(1916), 『특별대증보신구잡가』(1916), 『증보신구시행잡가』(1916), 『조선잡가집』(1916), 『시행증보해동잡가』(1917), 『조선신구잡가』(1921), 『남녀병창유행창가』(1923), 『대증보무쌍유행신구잡가』(1925), 『정선조선가요집』(1931)[4]의 총 13개의 잡가집에 실려 있다. <선유가>의 창작 시기는 확실하지 않다. 다만 '잡가집'이 당대 유행하는 노래를 모아놓은 것인 만큼, 다양한 잡가집에서 보이는 <선유가>의 분포는 1910년대에서 1930년대에 이르기까지 이 노래가 상당히 많은 인기를 끌었던 레퍼토리임을 알게 한다.

<선유가>의 연구로 12잡가 안에서의 논의[5]와 명창을 중심으로 하는

---

3) 물론 <선유가>가 19세기에 창작되었다는 언급은 없으나 잡가의 출현 시기를 고려하고, 또 20세기 초 잡가집에 실릴 정도로 유행했던 노래임을 본다면, 서울에서 유행했던 레퍼토리에 속하는 노래로서 19세기의 시대적 상황에서 탄생한 노래이면서도 서울의 도시적 성장에 굉장히 큰 영향을 받은 작품인 것을 추측할 수 있다.

4) 『정선조선가요집』에는 <선유가> 노랫말을 두고 '선유가' 혹은 '가세타령'이라고 명명하고 있다.

5) 이춘희 외, 『경기12잡가 : 근대 서민 예술가들의 노래』, 예솔, 2000.; 정경숙, 「경기 12잡가 연구」, 중앙대학교 석사논문, 2000.; 김외순, 「경기잡가에 관한 연구」, 대구가톨릭대학교 석사논문, 2003.; 송은주, 「12잡가의 시대적 변화 연구-20세기 초의 12잡가와 현행 12잡가를 중심으로」, 이화여자대학교 박사논문, 2011.

민요에서의 논의6) 그리고 긴 잡가의 선율 분석으로 논의7)한 것을 들 수 있는데, 이들은 대체로 음악에 집중하여 연구된 것이었다. 시가(詩歌)쪽의 논의8)도 있으나 〈선유가〉 작품에 집중한 연구는 찾아보기 어렵다는 한계를 가진다. 이처럼 〈선유가〉의 현재까지의 연구는 진척되지 못한 상태로 판단되는데, 산놀이와 물놀이의 전통이 꽤 오래되고 또 유람이 성행해 왔던 것을 생각한다면, 더 적극적으로 해명될 여지가 있어 보인다.

산유람을 노래한 〈유산가〉는 산에서의 유람이 사설에 직접적으로 드러나 있으므로 그 유람의 성격이 어떠하였을지 추측 가능하며, 〈유산가〉로 불리게 된 근거로서의 사설을 어느 정도나마 직접적으로 확인할 수 있다. 그러나 〈선유가〉는 직접적으로 물과 관련된 사설을 갖고 있지 않으며, 다만 후렴 속에 "배를 타고 놀러 가세"라는 구절이 있으므로 '선유가'로 이름이 지어지게 된 것이라고 추측되어 왔다.9) 추측건대 사설 전반적으로 물놀이와의 직접적인 관련성이 떨어진다는 〈선유가〉의 성격은 연구를 진행함에 있어 상당 부분 한계로 작용했던 것으로 보인다. 그러나 〈선유가〉가 '12잡가' 안에 속한 만큼 그에 대한 위상을 해명하기 위해서는 한층 심층적인 문제의식을 갖고 접근할 필요가 있음이 분명하다고 판단된다.

---

6) 방인숙, 「명창 이은주의 경기민요 연구」, 남부대학교 석사논문, 2011.

7) 백자인, 「경기 긴잡가 선율 분석 연구 : 〈선유가〉, 〈출인가〉를 중심으로」, 동국대학교 석사논문, 2012.

8) 안세연, 「행선가류 시가의 유형별 특성과 시대적 변모양상 연구」, 이화여자대학교 석사논문, 2016.

9) 전승되고 있는 서울의 긴 잡가 12곡 중의 한 곡이다. 산놀이를 주제로 한 〈유산가(遊山歌)〉와 대비되는 것으로서 노래의 후렴구를 보면 "배를 타고 놀러가세"라는 내용이 있어 〈선유가〉라고 한 것 같다. 그러나 가사의 내용으로 볼 때는 물놀이와 관련된 줄거리는 없다. 〈선유가〉의 음악형식은 약간 복잡하다. 즉 두 가지의 선율형태를 가진 후렴구가 한 가지 선율형태를 가진 메기는 소리 사이에 번갈아 삽입되어 있다. (선유가(船遊歌), 『국어국문학자료사전』, 한국사전연구사, 1998.)

따라서 본 연구를 통해 12잡가 내에서 <선유가>를 살피고자 한다. <선유가>의 노랫말의 구성을 살피고 노랫말의 내용에 주목함으로써 사랑과 이별의 사설을 갖게 된 배경을 살피도록 한다. 이로써 더 나아가 '선유가'로 명명되었지만 '물'과 관련성이 없어 보이는 이유를 범박하게나마 밝히고, 그 의미를 살펴볼 것이다.

## 2. 경기12잡가와 <선유가>의 형성

1914년 6월 10일 평양에서 발간되어 현전하는 최초의 잡가집인 『신구잡가』와 약 4개월 차이로, 1914년 10월 9일 서울(경성)에서는 『신구시행잡가』가 발간된다.

| | | | | |
|---|---|---|---|---|
| 적벽가 | *수심가 | 성주풀이 | 사시풍경가 | *방아타령 |
| 유산가 | 신제청춘가 | 맹인덕담경 | 악양루가 | 난봉가 |
| 제비가 | 길군악 | 새타령 | *단가별조 | 판염불 |
| 소춘향가 | 원부사 | 바위타령 | 강호별곡 | 앞산타령 |
| 집장가 | 화류가 | 토끼화상 | 몽유가 | 뒷산타령 |
| 십장가 | 사미인곡 | 단가소상팔경 | 짝타령 | 자진산타령 |
| 형장가 | 배따라기 | 사친가 | 육자백이 | |
| 선유가 | 맹꽁이타령 | 안빈낙도가 | 산염불 | |
| 가진방물가 | 꼼보타령 | 초한가 | 아리랑 | |

평양 간행본 『신구잡가』에 수록된 작품 목록과 서울 간행본인 『신구시행잡가』에 수록된 작품 목록을 비교해 보면 제목이 겹치는 곡이 몇 가지 있으나, (*표시부분) 두 노래의 사설은 같지 않고, 제목만 같다. 또한 사설

이 비슷한 경우는 있어도 사설도 온전히 같은 작품은 없고, 『신구잡가』에
수록된 〈스거리라〉, 〈줍거리라〉, 〈경발님이라〉와 『신구시행잡가』에
수록되어 있는 〈압산투령〉, 〈뒤산투령〉, 〈자진산투령〉의 사설 일부가
겹칠 뿐이다.10)

이처럼 겹치는 작품이 거의 없음을 보이는 것은 비슷한 시기에 간행된
두 잡가집이지만 지역의 특성에 따라 향유되는 노래가 전혀 달랐음을 의
미한다. 다시 말하면 잡가집이 평양에서 처음 발간된 것은 사실이나 서울
(경성)에서 간행된 잡가집과는 큰 영향관계가 없었음을 의미하는 것이라고
할 수 있으며, 평양과 다른 성격의 잡가가 서울에서 유행하고 인기가 있
었음을 보여주는 것이다. 현 경기 12잡가 중 8곡인 〈선유가〉, 〈소춘향
가〉, 〈십장가〉, 〈유산가〉, 〈적벽가〉, 〈제비가〉, 〈집장가〉, 〈형장
가〉가 평양 간행본 『신구잡가』에서 보이지 않으나 서울 간행본 『신구시
행잡가』에서 보이는 것도 이를 뒷받침한다.

한편 20세기 초 잡가집이 간행되지만 그 노래들이 이미 이전 시기인
19세기에 만들어지고 불렀음을 가정한다면, 이처럼 현 경기 12잡가의 노
래는 19세기 서울의 도시적 성장, 시정 음악의 활성화와 관련되어 있는
것으로 판단된다. 이때 판소리 〈춘향가〉와 관련이 깊은 노래들이 서울
간행본 잡가집에 대거 등장하고, 이후 이들의 노래가 경기 12잡가의 노래
로 편승되는 것은 19세기가 판소리의 예술적 성장이 획기적으로 이루어
진 시기였다는 것과 닿아 있다고 할 수 있다.11) 뿐만 아니라 지규식이

---

10) 이에 대한 내용은 "이민, 「1910년대 평양부 간행 잡가집의 지역적 특성 연구」, 이화여대
    석사논문, 2013."에서 자세히 연구한 바 있다.
11) 판소리의 예술적 성장이 획기적으로 이루어진 시기는 송흥록・모흥갑・고수관・염계달
    등 소위 전기 8명창이 활동하던 19세기 전기였다. 이 시기는 유가 행사(遊街行事) 등을 통
    해 판소리와 양반층의 만남이 보편화되어 판소리의 예술적 기반의 무게중심이 이미 양반
    층으로 기울어졌고, 신위(申緯)・송만재(宋晚載)・이유원(李裕元) 등 뛰어난 감식안의 소유

1891년부터 1911년까지 썼다는 『하재일기』에 경기도 출신의 판소리 가 창자들과 연행 활동이 기록되어 있는 것을 확인[12]할 수 있는 것도 20세기 이전에 이미 서울·경기 지역에서 판소리가 유행했다는 근거가 된다. 즉 이와 같은 19세기의 판소리의 성장은 서울 간행본 잡가집 내에 판소리와 영향관계가 큰 노래들이 들어오는 계기를 마련했다고 볼 수 있다.

한편 19세기 서울의 음악계는 예도적(禮度的) 음악계와 시정(市井)의 음악계라는 이원적 구도를 토대로 하고 있었다. 예도적 음악계와 달리 시정의 음악계는 음악을 통한 감각적 쾌락과 이윤의 교환이 가능하다는 전제 하에 형성된 음악계였기 때문에, 다양한 음악적·사회적 배경을 갖는 사람들이 참여했고, 자유롭게 음악이 발달하고 있었다. 이 경우 예술적 완성도보다는 음악 향수에 대한 비용을 어느 정도 감당할 수 있는가의 여부에 따라 달라졌다. 즉 19세기 시정음악에서 실제로 사계축 가객, 세악수, 기생, 삼패, 창우, 사당과 거사 등과 같은 음악가들이 시정음악의 생산에 적

---

자들이 판소리에 특별한 관심을 내보이기 시작한 때였다. 판소리 창자가 특출하게 잘 부르는 대목이 더늠인데, <춘향가>는 다음의 뛰어난 더늠의 적층적 집적체이다. 장자백의 '광한루경', 김세종의 '천자 뒤풀이', 이석순의 '춘향방 사벽도', 김창록의 '팔도 담배가', 송광록의 '긴사랑가', 고수관의 '자진사랑가', 박만순의 '사랑가', 모흥갑·박유전·성민주·유공렬의 '이별가', 정정렬의 '신연맞이', 진채선의 '기생 점고', 전상국의 '공방망부사', 장수철의 '군로사령', 조기홍의 '십장가', 염계달의 '남원 한량', 송흥록·이날치·한경석·송재현·임방울의 '옥중 망부사', 박만순의 '옥중 몽유가', 오끗준의 '봉사 해몽', 성창렬의 '장원 급제', 송업봉의 '어사 남행', 황호통의 '만복사 불공', 황해천의 '농부가', 송만갑의 '농부가', 강재만의 '어사와 방자 상봉', 백점택·이동백·김녹주의 '박석티', 허금파의 '옥중 상봉', 임창학의 '어사 출도' 등이 <춘향가>의 예술 세계를 풍요롭게 했던 주옥같은 더늠들이다. (김석배, 「<춘향가>의 성장과 발전」, 『판소리의 세계』, 문학과지성사, 2000.)

12) 경기도 양근(楊根) 분원공소의(分院貢所) 공인(貢人)인 지규식이 1891년부터 1911년까지 썼다는 『하재일기』에는 1891년 4월 21일 "명창 가동(歌童, 조양운을 일컬음.)이 남한산성에 와서 머물고 있어 박지사에게 편지를 보내어 불러오게 하였다."는 기록을 시작으로, 양근의 김만성, 여주의 김기종, 이천의 한유학과 더불어 최만억 등이 판소리 창자로 새롭게 거론되고 있다. (김종철, 「『하재일기』를 통해 본 19세기 말기 판소리 창자와 향유층의 동향」, 『판소리연구』 32집, 2011.)

극적으로 참여한 것을 볼 수 있고, 이들의 음악은 기부(妓夫)나 상인(商人) 등의 조정을 거쳐 적당한 비용을 부담할 수 있는 감상자들에게 향수되었던 것이다.13)

19세기에 서울의 시정음악이 활성화되는 것은 서울의 도시적 성장과 무관하지 않다. 서울은 17세기 말부터 눈에 띄게 변화된다. 도시로 대거 유입된 농민들이 도시의 하층민으로 정착하게 되고, 더불어 상공업의 발전과 함께 상공인이 새로운 부의 담당자로 부상하게 되는데, 이러한 지위 상승은 도시의 양적 성장을 견인하게 된다.14) 또 서울의 도시적 성장은 유흥공간의 다양화를 가져오게 된다. 수상교통의 중심지였던 경강(京江) 지역을 중심으로 술집 등 다양한 유흥가가 발달할 수 있었는데, 음식점, 기방, 색주가 등 여가를 소비하는 공간 등이 등장하는 것을 보여준다.15) 즉 도시유흥 실체를 구성했던 문학과 예술의 각 영역이 상업적 시스템 안으로 들어가면서 급격히 상업 문화의 성격을 띠게 되는 것과 무관하지 않다.16) 이와 같은 다양한 유흥 문화가 상업 문화로 변화되면서, 향유층은 이러한 문화를 소비할 수 있는 경제적 부를 가진 계층으로 자연스레 이동됨을 볼 수 있다. 유흥 문화가 특정한 계층에 국한되지 않고 넓게 확대되는 모습을 보이게 되는 것이다.

이러한 상황 속에서 경기잡가가 발생하게 되었음을 알 수 있는데, 대개 경기잡가는 19세기 중엽에 발생한 속요로, 사계축의 소리꾼들이 부르던

---

13) 권도희, 「20세기 전반기의 민속악계 형성에 관한 음악사회사적 연구」, 서울대학교 박사학위논문, 2003. 참조.
14) 박애경, 「19세기 도시유흥에 나타난 도시인의 삶과 욕망」, 『국제어문』 27, 국제어문학회, 2003, 288~290면.
15) 강명관, 「조선 후기 서울의 중간계층과 유흥의 발달」, 『민족문학사연구』 2, 민족문학사회, 1992, 182~185면.
16) 박애경(2003), 앞의 논문, 291면.

노래로 알려져 있다는 것과도 무관하지 않다. 사계축은 지금의 서울 만리동·청파동 일대를 가리키는 지역으로 이곳에서 농사를 짓거나 수공업에 종사하던 이들 중에서 이름난 소리꾼이 많이 나왔기 때문에, 예전에는 '사계축 소리꾼'이 유명하였다고 한다. 그러나 사계축 소리꾼 외에도 문안과 문밖을 비롯하여 청계천 상류 지역을 가리키던 우대(도성 안의 서북쪽 지역으로 지금의 인왕산 부근)와 아래대(청계천 하류에 해당하는 동대문과 광희문 지역) 및 왕십리·뚝섬 등에도 소리꾼들이 있었다.[17]

한편 도시유흥을 주도한 부류를 왈자 부류[18]라 일컫는데, 이들 중에서도 왈자의 중심적 계층은 중인층이라 할 수 있다. 이들은 궁중과 중앙관청에 소속되어 일정한 권력을 소유하였고, 중인 계층의 특수성을 이용하여 막대한 부를 축적하였다. 이들 중 별감, 정원사령, 포도청군관, 금부나장 등은 기부(妓夫)로서 기생과 예능인을 부림으로써 19세기 유흥계에 막강한 영향력을 행사한 바 있다.[19]

이에 대해 알 수 있게 하는 자료가 <게우사(무숙이 타령)>이다. <게우사>에서 알 수 있듯이 이 당시 왈자부류가 돈으로써 뱃놀이(선유놀음)을 즐겼던 것을 보여준다. 유흥의 저변화, 다양화는 두 가지 조건을 필요로 하는데, 여가를 소비할 수 있는 '도시의 경제적 부'가 하나라면, 다른 하나는 관의 구속에서 자유로운 '민간 예능인'이라 할 수 있다. 이 둘이 더해지면서 문학과 예술의 향유에서 신분적 귀속성이 현저히 약화된 것이다.[20] 상층의 문화였던 뱃놀이를 이렇듯 하층에 속한다고 할 수 있는 중

---

17) 경기잡가(京畿雜歌), 『한국민속예술사전 : 음악』, 국립민속박물관.
18) 왈자의 부류는 당하천총, 내금위장, 선전관, 비변랑, 도총 경력 등의 양반 무반직, 역관, 경아전층, 액예(별감) 등의 중인층과 시전상인 등으로 구성된다.
19) 이지하, 「고전소설에 나타난 19세기 서울의 향락상과 그 의미」, 『서울학연구』 36, 서울시립대학교 서울학연구소, 2009, 167면.
20) 박애경(2003), 위의 논문, 292면.

인계층이 자유로이 향유하는 상황은 도시의 경제적 부가 있었기 때문에 가능했던 것이었다.

　〈게우사〉에는 주색과 놀음에 빠진 무숙이가 주인공으로 등장하는데, 서울의 시정 세태 중에서도 유흥의 풍속을 반영하고 있다고 할 수 있다. 〈게우사〉에는 뱃놀이라 할 수 있는 선유놀음에 대한 내용도 언급되어 있다. 〈게우사〉를 통해 '무숙이'가 뱃놀이를 즐겼으며, 조선 후기에는 뱃놀이가 사치적인 유흥의 하나로 자리 잡고 있었음을 알 수 있다. '무숙이'는 앞서 밝힌 왈자 부류로 일컬어지는 계층으로, 이전 시기 뱃놀이를 즐기던 상층의 계층이 아니며 이 시기 상공업의 발달과 함께 성장하게 된 계층이다. 즉 조선 초·중기 상층의 전유물이었던 뱃놀이가 보다 하층에까지 확대되어 돈이 있는 사람이라면 누구나 즐길 수 있는 풍류의 하나로 변하게 된 것을 볼 수 있는 것이다. 뱃놀이는 볼거리가 화려하고, 음악과 노래 또한 화려했던 놀이였으므로 돈이 많은 상층에 국한될 수밖에 없었다면 이때에 와서는 돈이 많은 상공인층이 등장하면서 상위의 계층이 아닌 사람들 또한 뱃놀이를 즐길 여력이 되었음을 보여준다.[21] 즉 〈게우

---

21) 밋친 광인 무슉니가 션유긔게 츠릴 젹의, 훈강 ᄉ공 쑥셤 ᄉ공 ᄒ인시겨 급피 불너 유션 들을 무어뉘되 광은 준득 숨십발니요 쟝은 오십말식 무어뉘되 믈 훈 졈 드지 안케 민프 ᄀᆞ치 줄 무으라 미 일명 쳔양식 너여 준니 양 셤 ᄉ공 돈을 탁 쥬야 지쵹 비를 무고 슘남의 졔일 광디 젼인보 힝급피 불너 슈모 칠팔인을 호ᄉ시겨 등디ᄒ고 좌우편 도감포슈 급피 불너 손두노름 긔게 시화복 식탈 션유 쩌 디령ᄒ라 이쳔양식 너여쥬고 졍업 동막 챵 화동 목골 흠열 셩불 일등 그ᄉ 명챵 ᄉ당 골노 쎼여 이숨십명 급쥬 노와 불너오고 손두 노름ᄒ는 쩌는 총영쳥 공인 등디ᄒ고 노름날 틱일ᄒᄂᆞ 츄칠월 긔망일니라. 븜쥬우어 힝션 홀졔, 빅포즁막 셔양포며 몽긔숭숭 구름 츠일 화빅문셕 쳥ᄉ등농 슈팔연을 브려쏫고 슘슘돗 고족치워 좌우 갈너 쩍 부치고 보긔판 빗기 디여 강ᄉ 육지 슘어 노코 좌우손 망셕츔은 구름 쇽의 넘노난 듯 ᄉ당 그ᄉ 집진 쇼리 벽공의 낭즈ᄒ고 관아일셩 노피 ᄒ여 어부ᄉ로 화답ᄒ고 셔빙구 훈강니며 악구경 도라드러 동젹강 노들니며 용손 숨기 셔강니며 양화도 흐리져어 니슈용 분연니요 슘손묘 가외도라, 가련약게빅구즁니면 공양충ᄑ근빅구라, 젹벽강니 안니면 치셕강니 비길손냐. 만경충파 흐리져어 일ᄉ쳥풍 드러온니 츈풍숨월 호 시졀의 쳥홍니 호탕ᄒ니 양유은 쳔만죠요 운무은 졔숨식을 ᄉ쥭쇼리 곳시오, 민날이는 아희더른 흑션흑후 닷토난 듯, 고기줍는 어부더른 디쇼어를 낙거 너여 회도 치고 탕도 ᄒ여

사>는 비록 실제의 기록은 아니지만 이와 같은 상황이 당대의 공공연한 상황이었음을 감안한다면, 잡가 <선유가>가 이러한 상황속에서 등장했음을 함께 볼 수 있다.

## 3. 〈선유가〉의 사랑, 이별의 구현과 노랫말의 구성

### (1) 〈선유가〉의 단위구분과 다양한 노랫말의 구성

<선유가>는 경기12잡가 중 다양한 장단을 지닌 노래로 알려져 있다.[22] 따라서 여기에서는 장단의 변화를 중심으로 <선유가>를 나누고, 반복구의 삽입을 통해 어떤 형식으로 사설이 구성되어 있는지, 또 어떤 노랫말이 차용되었는지 등을 보고자 한다.

<선유가>는 주지하는 바와 같이 "가세 가세 자네 가세 가세가세 놀러

---

슬토록 머근 후의, 명충 광디 각기 소중 ᄂᆞ는 북 드려 노코 일등 고슈 숨슈인을 팔가라 쳐 ᄂᆞ갈 졔, 우츙디 화초투령, 셔덕염의 풍월셩과 최셕황의 ᄂᆞ포께, 권오셩의 원담소리, 하언담의 옥당소리, 손등명니 짓거리며 방덕희 우레목통, 김흥득의 너울가지, 김셩옥의 진양조며 고슈관의 안일니며 조관국의 흔거셩과 됴포옥의 고등셰목, 권슘득의 즁모리며 황희쳥의 즈응셩과 님만엽의 시리며 모홍갑의 아귀셩, 김졔쳘니 긔화요초, 신만엽의 목지죠며 쥬덕긔 가진 쇼리, 송항록 즁항셩과 송계학니 옥규셩을 츠례로 시염홀 졔, 송흥녹의 그동 보소. 쇼연 힝낙 몹쓸 고셩 빅슈는 난발ᄒᆞ고 희소은 극셩ᄒᆞ듸, 괴질은 춤 약ᄒᆞ나 긔운은 읍실 망졍 노즁 곡귀셩의다 단졍셩 노푼 소리 쳥쳔빅일니 진동ᄒᆞᆮ. 명충 소리 모도 듯고, 십여일 강손의서 슬미즁니 ᄂᆞ게 놀고 각기 쳐ᄒᆞᆼ을 젹의 좌우편 도감포슈 각 쳔양식 쳐ᄒᆞᆼ고, 스당그스 모도 불너 미일명 각 빅양식 치힝 츠려 다 보니고, 명충 광디 모도 불너 육본 말 치ᄒᆞᆼ고 미일명 칠빅양식 시힝츠려 ᄃᆞ 보니고 비반의 먹던 음식 허다ᄒᆞᆫ 음식 즁의 손숨즁과ᄒᆞ 밥죠튼. 그 갑신들 오죽ᄒᆞ랴. 출몰 ᄒᆞ기 슈을 논니 숨만 숨쳔 오빅양니라.(<게우사>, 438~441면.)

22) <선유가>의 장단은 '느린도드리장단'으로서 반복구 1이 8장단, 반복구 2가 6장단, 원마루가 각각 4장단으로 되어 있으며, 음계는 경기소리의 특징인 5음음계로서 특히 솔·도·미 3음이 두드러진다.

를 가세 배를 타고 놀러를 가세 지두덩기여라 둥덩둥덩 둥지루 놀러를 가세"와 "동삼월 계삼월아 회양도 봉봉 돌아를 오소 에남아 에일 손이 돈 밧소" 두 개의 후렴구가 지속적으로 반복되어 나오는 노래이다. 다음은 〈선유가〉 사설 전문과, 사설에 따른 단위구분이다.[23)

• **사설**

가세 가세 자네 가세/ 가세 가세 놀러를 가세/ 배를 타고 놀러를 가세
지두덩기여라 둥덩둥덩 둥지루 놀러를 가세

앞집이며 뒷집이라/ 각위 각집 가인네들은/ 장부 간장을 다 녹인다
동삼월 계삼월아/ 회양도 봉봉 돌아를 오소
에남아 에일 손이 돈 받소
가던 임은 잊었는지/ 꿈에 한 번 아니 온다/ 내 아니 잊었거든/ 넌들 설마 잊을쏘냐
가세 가세 자네 가세/ 가세 가세 놀러를 가세/ 배를 타고 놀러를 가세
지두덩기여라 둥덩둥덩 둥지루 놀러를 가세

이별이야 이별이야/ 이별 이(離)자 내던 사람/ 나와 백 년 원수로다
동삼월 계삼월아/ 회양도 봉봉 돌아를 오소
에남아 에일 손이 돈 받소
살아 생전 생이별은/ 생초목에 불이로다/ 불 꺼줄 이 뉘 있음나

가세 가세 자네 가세/ 가세 가세 놀러를 가세/ 배를 타고 놀러를 가세
지두덩기여라 둥게둥둥 둥지루 둥덩 덩실로 놀러를 가세

나는 죽네 나는 죽네/ 임자로 하여 나는 죽네/ 나 죽는 줄 알 양이면/ 불 원천리 하련마는

---

23) 표는 "송은주(2011), 앞의 논문, 107~108면."을 재구성한 것이다.

동삼월 계삼월아/ 회양도 봉봉 돌아를 오소
에남아 에일 손이 돈 받소
박랑사 중 쓰고 남은 철퇴/ 천하장사 항우를 주어
깨치리라 깨치리라/ 이별 이(離)자를 깨치리라
가세 가세 자네 가세/ 가세 가세 놀러를 가세/ 배를 타고 놀러를 가세
지두덩기여라 둥게둥둥 둥지루 둥덩 덩실로 놀러를 가세

• **단위구분**

| | 사설 | 단위 구분 | |
|---|---|---|---|
| 1 | 가세 가세~(배를 타고)놀러를 가세 | **반복구 1** | 도입 |
| 2 | 앞집이며 뒷집이라~ 장부간장 다 녹인다 | 원마루1 | |
| 3 | 동삼월 계삼월~에남아 에일손이 돈 받소 | 반복구 2 | 1 |
| 4 | 가던 임은 잊었는지~설마 잊을 소냐 | 원마루2 | |
| 5 | 가세 가세~ (배를 타고)놀러를 가세 | 반복구 1 | |
| 6 | 이별이야~날과 백년 원수로다 | 원마루3 | |
| 7 | 동삼월 계삼월~에남아 에일손이 돈 받소 | 반복구 2 | 2 |
| 8 | 살아생전~ 불 꺼줄이 뉘 있음나 | 원마루4 | |
| 9 | 가세 가세~(배를 타고) 놀러를 가세 | 반복구 1 | |
| 10 | 나는 죽네~불원천리 하련마는 | 원마루5 | |
| 11 | 동삼월 계삼월~에남아 에일손이 돈 받소 | 반복구 2 | 3 |
| 12 | 박랑사중~이별 두자 깨치리라 | 원마루6 | |
| 13 | 가세 가세~배를 타고 놀러를 가세 | **반복구 1** | |

위의 '단위구분'은 <선유가> 노랫말을 나누어 표로 정리한 것으로, 이에 따라 2번, 4번, 6번, 8번, 10번, 12번은 <선유가>의 원마루[24])이며, 나머지는 반복구인 것을 알 수 있다. '선유가'의 반복구는 두 가지로 나뉘는

---

24) '원마루'는 노래의 본 바탕을 이루는 부분으로, 후렴(後斂)의 대칭어로 쓰인다. 원마루의 가사는 매 절마다 바뀌고, 가락도 대체로 다양하게 전개된다. 토속민요(土俗民謠)의 경우 원마루는 독창자의 메기는 소리이고, 후렴은 반대로 합창의 받는 소리에 해당한다. (송방송, 『한국음악용어론』 권4, 1669면.)

데, 반복구 1은 1번, 5번, 9번, 13번에 반복구 2는 3번, 7번, 11번에 나타난다. 단위를 구분하여 살펴보면 우선 노래 2절에 반복구 1, 2를 한 마루로 구성하고 있음을 알 수 있다. 이때 반복구 1을 도입 부분에 먼저 부르면서 노래의 시작을 알리고 있음도 보이는데, 끝날 때에도 동일하게 반복구 1이 사용된 것은 특기할 만하다. 1, 2, 3 각각의 단위가 끝날 때, 즉 각마루가 끝날 때에도 반복구 1을 사용하고 있지만, 전반적으로 보아도 반복구 1로 끝나고 있음을 볼 수 있어, 수미상관 형식을 취했음을 알 수 있게 한다. 이것은 노래 전체적으로 형식이 통일되도록 하며, 또 안정된 구조로 보이도록 만드는 장치임을 볼 수 있다.

다시 말하면 반복구 1과 반복구 2의 첨가가 음악적 장치로서 곧 한 마루를 형성하는 데에 기여한다고도 볼 수 있는데, 이러한 구성은 '민요적 구성', 즉 독창자가 부르는 '메기는 소리(선소리)'와 여러 사람이 합창으로 받아 부르는 '받는소리(뒷소리)'의 형식과도 닮아 있는 것으로 보인다. 비록 <선유가>를 처음에 누가 어떻게 불렀는지 알 수는 없으나 창자(唱者)가 달라지면서 반복구의 삽입이 자연스럽게 이루어지는 '민요적 구성'을 취했다고 볼 수 있겠다.

또 원마루 한 개마다 이루어지는 반복구 1과 2의 끊임없는 반복은 <선유가>에서의 운율을 형성해나가는 데에도 일조한다. 특히 반복구 1은 동일한 행의 반복에서 나타나는 운율뿐만 아니라 '자네'와 '가세'라는 단어 단위의 반복과 '둥게둥둥'이나 '둥지루'와 같은 음성상징어의 사용에서도 운율이 드러남을 알 수 있다. 이것은 곧 반복구 1이 있음으로써 '배타고 놀러간다'는 노래의 상황을 지속적으로 상기시킴과 동시에 운율감을 형성하게 되는 것이다.

한편 앞서 조선 초·중기에는 문화와 예술의 향유 구조가 신분에 따라 구획되는 모습을 보였다면, 이처럼 19세기에 들어와서는 중인층이 문화 향유의 중심이 되면서 예술을 확장하는 방식으로 이끌어 오게 됨을 볼 수 있었다. 이와 더불어 <선유가>에서 반복구 2에 해당하는 '에남아 에일 손이 돈 받소' 대목은 주목할 만하다. 이것은 실제 놀이판에서 잡가가 불리던 중간에 누군가가 '돈'을 받고 다니는 것을 말해주는 것이라고 추측할 수 있다. 당시 <선유가>를 듣고 있는 사람들에게 돈을 낼 것을 은근슬쩍 권유하는 대목이었음을 알 수 있게 하는데, 이는 도시 안에서의 공연이 '상업화된 공연양식'을 지니고 있다는 상황과 무관하지 않다. 즉 19세기에 문화와 예술을 즐기려는 사람들은 계층과 무관하며, 유흥에 소비할 정도의 경제력을 지니고 있는 이들이라면 누구라도 문화와 예술을 향유할 수 있는 자격이 되었다는 것을 방증한다.

이처럼 도시유흥이 상업문화와 굳건히 결합했던 현실은 참신함보다는 익숙한 것을 선호하는 경향을 더욱 조장하는 모습으로 나타난다.[25] 이 시기에는 신작을 창작하기보다는 기존에 존재하고 있던 작품을 어떻게 수용하는지, 또 각 작품에서 어떻게 다양한 노랫말을 취하여 짜 맞춰 가는지 볼 수 있기도 하다. 이것은 19세기 들어와 문화 및 예술 향유자들의 입맛에 맞는, 당대 유행하던 각종 노래 대목을 가져오는 것으로 나타나는데, 이를 <선유가>에서도 찾아볼 수 있다.

우선 "박랑사중 쓰고 남은 철퇴 천하장사 항우를 주어 깨치리라 깨치리라 이별 이(離)자를 깨치리라" 대목은 남도민요로 알려져 있는 <흥타령>과 관련이 깊음을 볼 수 있다. 애절한 느낌을 지닌 유절 형식의 노래이며, 그리움을 주제로 한다는 <흥타령>에서의 "헤~ 박랑사 중 쓰고 남은 철퇴를 천하장사 항우를 맡기어 이별 별자를 깨뜨려볼 거나 아이고 데고 허허 음 성화가 났네 헤~" 대목과 일치하는 것을 볼 수 있다. 이전에

---

25) 박애경(2003), 앞의 논문, 259면.

는 민요의 유행이 지역에 기반하고 있었다면, 이 시기에 들어서 민요의 유행이 더 이상 지역과 상관없이 이루어지고 있음을 알 수 있는 것이다. 또 "나는 죽네 나는 죽네 임자로 하여 나는 죽네" 부분은 판소리 〈춘향가〉 중 사랑가 대목과 관련이 높은데, 이몽룡에게 가지 말라고 호소하는 춘향이의 목소리를 볼 수 있기도 하다. 이렇듯 첨가된 노랫말들은 또한 우리나라 전통적인 말하기 방식으로 보이기도 하는데, 이는 운율감을 형성하는 데에 일조한다. '깨치리라 깨치리라 이별 이(離)자를 깨치리라'나 '나는 죽네 나는 죽네 임자로 하여 나는 죽네'와 같은 'A-A-B-A'구조는 이 노랫말이 우리나라의 언어와 표현과도 닿아 있는 동시에 운율감을 느끼게 만드는 장치가 되는 것이다.

한편 "장부 간장 다 녹인다"는 노랫말은 〈소춘향가〉에서 이몽룡이 춘향이에게 말하는 대목이기도 하고, 민요 〈강강술래〉에서 볼 수 있는 표현이기도 하여 꽤 자주 쓰였던 일상적인 말이었음을 볼 수 있다. 또 "살아 생전 생이별은 생초목에 불이로다."와 같이 〈선유가〉에 속담을 집어넣음으로써 이처럼 예부터 오는 굉장히 친숙한 구절을 통해 사람들 누구에게나 노래의 의미가 쉽게 다가갈 수 있도록 했다는 점도 특기할 만하다.

이처럼 도시 유흥의 규모는 각기 다르지만 민요와 시조, 판소리가 잡가의 레퍼토리 안으로 포섭되는 것을 볼 수 있는 19세기의 상황 속에서, 잡가 전반적인 〈선유가〉 하나의 작품 내에서도 각종 장르의 노랫말이 수용되는 상황을 볼 수 있다. 〈선유가〉의 사설에서 또한 있는 것이기도 하다. 이처럼 19세기에 들어와 예술 문화를 향유하는 것은 이전 시기의 작품들이 한 데 섞인 것이라 할 수 있다. 즉 이렇듯 "도시유흥은 다양한 장르의 시가가 가창물로 평등하게 공존하는 일종의 개방적 장(場)인 동시에 상호 이질적인 장르와 텍스트가 자연스럽게 넘나드는 '섞임'의 장"26)이 된 것이다. 그리고 잡가 〈선유가〉에서도 이를 확인할 수 있다.

## (2) '물'과 '사랑·이별'의 정한(情恨)

<선유가>는 제목과 다르게 내용상 배 띄워 노는 모습의 줄거리를 갖지 않는다는 점이 특기할 만하다. 따라서 제목이 선유(船遊)인 뱃놀이를 일컫고 있음에도 사설에서는 어떤 방식으로 놀았는지, 어디에서 놀았는지, 혹은 어떻게 뱃놀이를 즐기게 되었는지 등에 대한 구체적인 실상은 나와 있지 않다. 표면적으로 제목이 선유가인 것과 사설에서 물에 배를 띄웠다는 것이 드러나 있으므로, 노래가 지어진 배경이 뱃놀이이며 처음에 지어졌을 때 이처럼 뱃놀이를 하면서 노래를 불렀을 것이라고 추측할 뿐이다.[27] 뱃놀이를 연상시킬 수 있는 "가세 가세 자네 가세 가세가세 놀러를 가세 배를 타고 놀러를 가세 지두덩기여라 둥덩둥덩 둥지루 놀러를 가세"의 후렴구를 제외하면 나머지 사설은 모두 사랑과 이별로 구성되어 있는 것으로 확인된다. 그렇다면 <선유가>의 사설이 '사랑'과 '이별'의 주제를 갖게 된 원인은 무엇이며 어떤 배경에서 창작되고 향유된 것일까. 그것은 도시적 성장의 배경과 함께 '물'과 '배 띄우기'에 관련된 여러 노래의 전통·역사와 더불어 그 노랫말 형성과 향유를 추측해볼 수 있다.

앞서 조선 초·중기에는 상위의 계층이 즐길 수 있던 놀이이자 유흥이었던 뱃놀이도 이때 오면 돈 많은 사람이라면 누구나 즐길 수 있는 놀이가 되었음을 살펴보았다. 즉 더 이상 뱃놀이는 상층의 전유물이 아니며, 아래 계층으로 점차 그 뱃놀이의 향유가 내려오게 된 조선 후기 상황이 있었음을 보았다. 이러한 배경 속에서 <선유가>의 내용적 측면이 형성되었다고 볼 수 있다. 즉 <선유가>가 19세기 도시적인 서울의 배경과 함께 뱃놀이의 담당층 변화라는 상황이 함께 복합적으로 작용된 결과물임을

---

26) 박애경(2003), 위의 논문, 296면.
27) 안세연(2016), 앞의 논문, 105면.

추측할 수 있다.

잡가는 도시 유흥공간과 맞물려 성장한 시가의 하나이며, 당시 유행한 노래들이 '잡가'로 정착되고 후에 잡가집에 수록되었다는 특징을 가진다. 이것은 잡가가 당시 도시의 대표적 예인 집단이었던 잡가패 혹은 사당패라 불리는 이들의 레퍼토리와도 관련이 깊음을 알게 한다. 잡가패 혹은 사당패라 불리는 이들은 하층민의 예술을 담당하는 층으로, 거리의 연예인이었던 이들이 도시 하층민의 문화적 욕구에 부합하는 순발력을 갖고 있었다는 것과 이들이 당시 유행하는 노래를 빠르게 습득해 나갔다는 사실은 잡가가 19세기를 거쳐 20세기의 예술을 단적으로 보여준다는 의미가 된다. 이러한 연유로 <선유가>는 당대 서울의 유흥과 풍류를 잘 보여준다고 할 수 있으며, 문화 예술이 도시 유흥 공간에서 상업 문화로 변한 상황28)도 <선유가> 노랫말을 통해서 볼 수 있다. 즉 <선유가> 사설이 서울과 경기 지방의 유흥을 엿볼 수 있게 한다는 것이다.

다시 말하면 제목이 '선유가'이지만 그 사설 안에는 배를 띄운다는 내용만 들어 있을 뿐 어떻게 뱃놀이를 했는지에 대한 단서를 찾기 힘들다는 점, 그 내용을 살펴보면 사설 전반적으로 남녀 간의 사랑과 이별 이야기가 주된 내용임을 알 수 있는 점은 당시 19세기 애정과 욕망을 직접적으로 드러내는 작품29)이 많았던 것과도 상통하는 것이라 할 수 있다. 즉 19

---

28) 후렴에서 지속적으로 "동삼월 계삼월아/ 회양도 봉봉 돌아를 오소/ 에남아 에일 손이 돈 받소"가 드러난다는 점이 이를 방증한다.

29) 다음은 '애정'이라는 정서적 영역까지 물질로 거래되는 세태를 풍자적으로 보여주는 작품이다.
　都련任 날 보려 홀제 百番남아 달녀기를
　高臺廣室 奴婢田畓 世間什物 쥬마 쳐 盟誓ᄒ며 大丈夫 마 헷말 ᄒ랴 이리져리 조춧더니
　지금에 三年이 다 盡토록 百無一고 밤마다 불녀야 단잠만 ᄭᅵ이오니
　自今爲始야 가기난커니와 거러 달희고 닙을 빗죽ᄒ리라
　애정의 문제가 이처럼 전면에 등장하는 것은 이념에 의해 은폐되었던 욕망의 노출을 의미한다고 할 수 있으며, 공적인 영역, 사적인 영역을 장악해 왔던 중세적 이념과 가치의 균

세기 도시적 성장과 더불어 애정의 문제가 전면적으로 다루어지기도 하고, 당대 소설에서도 '사랑'을 다룬 이야기가 향유되는데[30], 이렇듯 잡가에서 도시적인 성장과 함께 '사랑'의 주제를 두드러지게 다루게 되는 것도 무리가 아니다. 뿐만 아니라 앞서 살펴보았듯 12잡가에 속해있는 노래들이 대체로 <춘향가>와 관련이 있었다는 배경과 함께 보았을 때, 이렇듯 12잡가에 속해있는 <선유가>가 <춘향가>와 직접적인 관련은 없다고 해도 '사랑'이라는 주제 측면에서 공통되는 면이 있다는 것이다. 다시 말하면 화려하게 이루어진 뱃놀이가 곧 유흥을 즐기는 장이었다는 사실, 즉 조선 후기의 뱃놀이가 향락과 유흥의 도구였다는 사실은 <선유가>가 뱃놀이를 연상시키는 제목을 지니고 있음에도 불구하고 내용상 여정이나 주위 풍경을 읊는 데에 관심이 없고, 오롯이 애정의 문제에만 주력하여 노래했다고 해도 전혀 어색하지 않도록 만든다.

한편 '물'의 이미지는 전통적으로 '이별'과 직접적인 연관이 깊다. 우리의 역사 속에서도 실제 물가에서의 여러 이별을 볼 수 있으며,[31] 실제 박지원은 『열하일기』에서 '물'과 '이별'의 관련성을 이야기하기도 했다.

> 이별의 괴로움은 하나는 가고 하나는 떨어지는 때의 괴로움보다 더한

---

열을 증명하는 것이라 할 수 있겠다. (박애경(2003), 위의 논문, 305~306면.)

30) <절화기담>과 <포의교집>은 19세기에 창작된 것으로 추정되는 한문소설로, 길이는 둘 다 중편 소설 정도에 해당한다. 이 두 작품은 일단 남녀의 애정에 관한 이야기인데, 만남이 가능했던 것은 18,19세기 서울의 세태, 풍속이 있었기 때문이다. (김경미, 조혜란 역 『19세기 서울의 사랑-절화기담, 포의교집』, 2016.)

31) 그 중 특별한 예로는 명-청 교체기였던 수로조천 때의 상황은 물가에서의 이별을 구체적으로 보여주던 생생한 체험이자 경험으로 남아있다. 특히 바닷길을 이용한다는 것은 배가 떠나면서 배에 타 있는 사람도 육지에 있는 사람도 점점 멀어져 나중에는 보이지 않게 되는 순간까지 직접 경험한다는 것을 의미하며, 더 슬픈 감정을 함께 지니게 되는 것이기 때문이었다. 더욱이 수로로 명나라에 사행을 떠난 사신들이 물에 빠져 죽는 경우는 다반사였던 까닭에, 바다는 점차 죽음의 길로 인식될 수밖에 없었다. (안세연(2016), 앞의 논문 참조.)

것이 없다. 대개 이러한 이별에 있어서는 벌써 그 땅이 그 괴로움을 돋우는 것이니, 그 땅이란 정자(亭子)도 아니며, 누각(樓閣)도 아니며, 산도 아니며 들판도 아니요, 다만 물을 만나야만 격에 어울리는 것이다. 그 물이란 반드시 큰 것으로 강과 바다거나 또는 작은 것으로 도랑과 개천이어야 됨은 아니고, 저 흘러가는 것이라면 모두 물일 수 있을 것이다. 그러므로 천고에 이별하는 자 무한히 많건마는 유독 저 하량(河梁)을 일컫는 것은 무슨 까닭일까. 결코 소무(蘇武)·이릉(李陵)만이 천하의 유정(有情)한 사람이 아니건만 특히 그 하량이란 곳이 이별하는 지역으로 알맞았던 것이며, 그 이별이 그 지역을 얻었으니 괴로움이 가장 심한 것이다.[32]

물길을 이용한다는 것은 육로를 이용하는 것보다 훨씬 큰 위험이 도사리고 있는 방법이었다. 특히 조선은 고려에 비해 선박술과 항해술이 떨어지는 것으로 보이는데, 이 때문에 물가에서의 이별은 다시 볼 수 있을 것이라고 기약하기 어려운 이별이기도 했다. 박지원 또한 위와 같이 물가에서의 이별이 굉장히 큰 슬픔이라고 말한 바 있다. 위의 기사에서 박지원은 '물'과 '이별'이 깊은 연관 관계를 지니고 있음을 말하고 있는데, 이별에서는 '땅'이 그 슬픔과 괴로움의 정한(情恨)을 돋우는데, 그 '땅'이란 곧 다름 아닌 '물'이라는 것이다. 박지원에 의하면 이별이 더욱 슬프고 괴로운 것은 다름 아닌 그 지역이나 장소, 곧 '물'이라는 곳을 얻었기 때문이다.[33] 이렇듯 물가에서의 이별에 슬픈 감정이 심화될 수밖에 없는 것은

---

32) 苦莫苦於一行一留之時. 其別離之時. 地得其苦. 其地也非亭非閣非山非野. 遇水爲地. 其水也不獨大而江海. 小而溝瀆. 逝者皆水也. 故千古別離者何限. 而獨言河梁者. 何也. 非蘇李獨爲天下有情人也. 特河梁別得其地也.-원문 및 번역문은 한국고전번역원DB (http://db.itkc.or.kr/).

33) 실제 '물가'와 관련된 작품들에서도 여러 이별의 모습을 확인할 수 있다. 이를테면 우리에게 익숙하고 또 잘 알려진 작품인, 고려시대 문신 정지상이 지은 시 〈송인(送人)〉에서는 친구를 떠나보낸 마음을 읊고 있는데, '물'과 '이별'의 연관성이 감정을 심화시키며 곧 작품의 미학을 돋우는 데 일조함을 볼 수 있다. 또 고대가요인 〈공무도하가〉와 고려속요인 〈서경별곡〉에서도 각각 물에서 임과 헤어짐을 볼 수 있고 상당부분 슬픔의 정감과 함께 하고 있음을 볼 수 있는 것이다.

다시 만날 수 있을지 없을지 확신이 없는 상황에 처해있기 때문인 것이다. 물가에서의 이별은 그 장소가 '물'이라는 측면에서부터 공간 자체에서 불러일으켜지는 정한이 있던 것이다. 이와 같은 '물'의 전통적인 이미지는 애정문제를 전면적으로 다루는 서울의 도시적 상황과 함께 <선유가>에서 '사랑하는 연인과의 이별'로 굳어지게 된다. 이처럼 <선유가>에서 실제 '배를 띄우고 노는' 장면이 보이지 않으면서도 동시에 오히려 '이별'의 주제와 관련성이 깊어 보이는 것, 특히 남녀간의 이별이 두드러지게 보이는 것은 '물'이 가지고 있는 전통적인 이미지가 당시 서울에서 유행했던 '사랑'과 함께하게 된 것이라고 할 수 있다.

이처럼 <선유가>는 그 제목의 뜻으로는 '배를 타고 놀러가는 노래'라는 뜻을 지니지만, '사랑'의 노랫말을 갖고 있음은 19세기의 서울의 도시적 성장과 더불어 '사랑'이 대두된 것과 무관하지 않음을 볼 수 있다. 더욱이 전통적인 작품들에서 나타난 '물-이별'의 연관성을 생각한다면 여기에 '이별'의 노랫말이 더하여지는 것 또한 이질적이지 않다. 더욱이 '선유'가 남녀 간의 애정문제로 적극 발전하게 되는 것은 19세기의 뱃놀이가 더 이상 사대부의 풍류가 아닌 향락과 유흥의 장을 대표했기 때문이며, 예술이 경제적 논리에 의해 중인층, 시전의 상인과 한량같은 평민 부호들의 입맛에 맞도록 재편된 결과인 것이다. 즉 <선유가>는 서울의 도시적 성장과 노래의 성격이 맞물려 있음과 동시에 '물'과 관련된 전통적 소재인 '이별'의 주제를 갖고 있는, 19세기 말의 복잡한 양상을 띠는 노래인 것이다.

## 4. 나가며

본고는 경기 12잡가로 분류되는 〈선유가〉의 노랫말의 구성과 그 내용 형성에 대해 살핌으로써 지금까지 면밀히 파악되지 못했던 〈선유가〉에 대해 보다 적극적으로 해명해보고자 하였다. 〈선유가〉는 주지하다시피 배를 띄우며 놀았다는 내용과 직접적으로 관련된 사설을 갖고 있지 않고, 다만 후렴 속에 "배를 타고 놀러 가세"라는 구절이 있어 '선유가'라는 이름이 지어졌을 것이라고 추측되어왔을 뿐이었다. 그러나 본고는 〈선유가〉는 그 형성에 19세기의 도시적 상황 속에서 문화·예술이 재편되는 배경을 염두에 두어야 한다는 것, 사랑과 애정문제를 적극적으로 다루던 당대의 노래 성격과 함께 '물-이별'의 전통적인 성격을 함께 보아야 한다는 것을 밝혔다.

잡가집 중 최초로 평양에서 간행된 『신구잡가』(1914)를 비롯한 이하 평양에서 간행된 잡가집들에서 〈선유가〉가 발견되지 않는다는 점과 달리 최초의 잡가집 『신구잡가』와 비슷한 시기에 서울에서 간행된 『신구시행잡가』(1914)에는 〈선유가〉가 수록되어 있으며, 이하 서울 간행본 잡가집에서는 〈선유가〉를 발견할 수 있다. 또 평양에서 간행된 잡가집들과 서울에서 간행된 잡가집들을 비교하면 그 작품 수록 목록이 상당부분 다름을 알 수 있다. 이것은 평양과 서울에서 불리고 유행하는 레퍼토리가 확연히 다르다는 것을 보여주며, 〈선유가〉가 서울 지역을 배경으로 갖는 노래라는 것을 알 수 있게 한다. 즉 20세기 초 잡가집이 간행되지만 그 노래들이 이미 이전 시기인 19세기에 만들어지고 불렸음을 가정한다면, 이처럼 〈선유가〉를 비롯한 경기 12잡가의 노래들은 19세기 서울의 도시적 성장, 시정 음악의 활성화와 관련되어 있는 것으로 판단되는 것이다.

19세기 서울은 문화와 예술이 재편되고 있던 시기였다. 전대와 비교되지 않을 정도로 도시 유흥이 저변화되고 도시 유흥의 중심은 경제력이 있는 사람들이 되었던 것이다. 중인층과 하급 무반, 평민 부호 등 누구라도 경제력이 있으면 문화·예술의 향유자가 되었다. 이에 따라 뱃놀이도 더 이상 양반들의 전유물이 아닌 도시 유흥을 주도한 이들에 의한 뱃놀이로 재탄생되며, <선유가>는 이러한 상황에서 탄생한 노래가 된다. 이때 <선유가>의 노랫말을 살피면 애정문제가 적극적으로 전면에 나타나는데, 이는 서울의 도시적 상황에서 나타나는 시가들에 애욕과 물욕이 공공연히 보이는 것과 성격을 같이한다. 시가가 이전의 양반 향유자들에서 벗어나 19세기의 문화·예술을 주도하는 변화된 향유자들의 입맛에 맞게 변화되는 모습을 볼 수 있는 것이다.

한편 경기 12잡가를 살펴보면 대체로 판소리 <춘향가>와 관련이 깊다. <선유가>도 어느 정도 판소리 <춘향가>와 관련이 있는 것으로 보이는데, "나는 죽네 나는 죽네 임자로 하여 나는 죽네" 부분은 이몽룡에게 가지 말라고 호소하는 춘향이의 목소리를 볼 수 있는 '사랑가'의 대목과 관련이 있는 부분이기도 하다. 이처럼 판소리 <춘향가>와 관련있는 노래들이 서울 간행본 잡가집에 대거 등장하고, 이후 이들의 노래가 경기 12잡가의 노래로 편승되는 것은 19세기가 판소리의 예술적 성장이 획기적으로 이루어진 시기였다는 것과 닿아 있다고 할 수 있다.

이와 같이 <선유가>, 더 나아가 <선유가>가 속해있는 경기 12잡가가 판소리와 깊은 연관성을 가진다는 것은 더 분석하고 고찰해야 할 문제이다. 이를 풀어내어야 온전히 경기 잡가에 대한 단서를 마련할 수 있을 것으로 보인다. 다만 본고는 <선유가>를 밝히는 데에 주력하여, <선유가>와 12잡가의 관련성, 더 나아가 12잡가와 판소리와의 관련성에 대해서는 후고를 기약하고자 한다.

# 참고문헌

『조선왕조실록』
『평양지』
강명관, 『조선시대 문학예술의 생성 공간』, 소명출판, 1999.
김경미, 조혜란 역 『19세기 서울의 사랑-절화기담, 포의교집』, 2016.
이응백 외, 『국어국문학자료사전』, 한국사전연구사, 1998.
이춘희 외, 『경기12잡가 : 근대 서민 예술가들의 노래』, 예솔, 2000.
정재호·이창희 역주, 『한국고전문학전집 31-잡가(雜歌)』, 고려대학교 민족문화연구원, 2003.
최정훈·오주환, 『조선 시대 역사 문화여행』, 북허브, 2013.

강명관, 「조선 후기 서울의 중간계층과 유흥의 발달」, 『민족문학사연구』 2, 민족문학사회, 1992.
고석규, 「18·19세기 서울의 왈짜와 상업문화-시민사회의 뿌리와 관련하여」, 『서울학연구』 13, 서울시립대 서울학연구소, 1999.
권도희, 「20세기 전반기의 민속악계 형성에 관한 음악사회사적 연구」, 서울대학교 박사학위논문, 2003.
_____, 「20세기 초 서울음악계의 성격과 대중음악 형성에 관한 연구」, 『서울학연구』 22, 서울시립대 서울학연구소, 2004.
김석배, 「<춘향가>의 성장과 발전」, 『판소리의 세계』, 문학과지성사, 2000.
김외순, 「경기잡가에 관한 연구」, 대구가톨릭대학교 석사논문, 2003.
김윤희, 「<게우사>의 작품세계와 창작기반」, 『우리어문연구』 27, 우리어문학회, 2006
_____, 「무숙이타령과 19세기 서울 시정」, 『판소리의 정서와 미학』, 역사비평사, 1996
김종진, 「잡가의 종교성과 세속성」, 『불교학보』 57, 2011.
김종철, 「자료 해제 : <게우사>의 자료적 가치」, 『한국학보』 17, 1991.
_____, 「『하재일기』를 통해 본 19세기 말기 판소리 창자와 향유층의 동향」, 『판소리연구』 32집, 2011.
박애경, 「조선후기 시조에 나타난 도시와 도시적 삶」, 『시조학논총』 16, 한국시조학회, 2000.
_____, 「19세기 도시유흥에 나타난 도시인의 삶과 욕망」, 『국제어문』 27, 국제어문학회, 2003.

방인숙, 「명창 이은주의 경기민요 연구」, 남부대학교 석사논문, 2011.

백자인, 「경기 긴잡가 선율 분석 연구 : <선유가>, <출인가>를 중심으로」, 동국대학교 석사논문, 2012.

변성환, 「판소리 단가의 개념과 범주」, 『어문학』 97, 2007.

송은주, 「12잡가의 시대적 변화 연구–20세기 초의 12잡가와 현행 12잡가를 중심으로」, 이화여자대학교 박사논문, 2011.

안세연, 「행선가류 시가의 유형별 특성과 시대적 변모양상 연구」, 이화여자대학교 석사학위논문, 2016.

이   민, 「1910년대 평양부 간행 잡가집의 지역적 특성 연구」, 이화여대 석사논문, 2013.

이지하, 「고전소설에 나타난 19세기 서울의 향락상과 그 의미」, 『서울학연구』 36, 서울시립대학교 서울학연구소, 2009.

이형대, 「어부형상의 시가사적 전개와 세계인식」, 고려대학교 박사학위논문, 1998.

정경숙, 「경기 12잡가 연구」, 중앙대학교 석사논문, 2000.

조혜란, 「조선후기 유흥 서술 연구」, 『한국고전연구』 3, 한국고전연구학회, 1997.

# 『조선민요선』 속 서정성의 언어 및 표현

이 민 규

## 1. 서론

국권 피탈기에 민요를 예술적인 창조를 가능하게 해주는 전형(典型)으로서 인식하는 시각이 김억을 시작으로 등장했으며, 이후 1920년대에 민요에 기반했다고 자칭하는 민요시들이 활발하게 창작되었다.[1] 이러한 민요에 대한 열풍 속에서 민요들을 채록하여 수집한 민요집들도 출간되게 되었다. 김소운의 『조선구전민요집(朝鮮口傳民謠集)』은 1933년에 출간되었으며,[2] 이에 이어 임화의 『조선민요선(朝鮮民謠選)』이 1939년에 출간되었다.

임화의 『조선민요선』은 앞서서 출간된 김소운의 『조선구전민요집』을 참고하였다. 하지만 이 『조선민요선』을 살펴보면, 임화가 『조선구전민요집』의 민요들을 그대로 옮겼다기보다는 나름의 기준을 갖추고 선별하였음을 알 수 있다. 먼저 『조선민요선』은 『조선구전민요집』과는 다르게 책

---

1) 민요시라는 명칭을 처음으로 사용한 사람은 김억일 개연성이 높다. 그러나 김억은 시(詩)와 가(歌)를 구분하지 않았으며, 이 갈래의식의 결핍은 김억만의 문제가 아니었다.(박경수, 『한국 근대 민요시 연구』, 한국문화사, 1998, 24~26면.)
2) 『조선구전민요집』은 1926년에 연재한 『조선농민가요(朝鮮農民歌謠)』를 증보한 민요집이다. (허성일, 「金素雲의 研究」, 성균관대학교 석사학위논문, 1988, 10~11면.)

명에서부터 전집(全集)이 아니라 선집(選集)임을 표방하고 있다. 또한 『조선
민요선』은 『조선구전민요집』과는 다르게 민요들을 채록된 지역이 아니라,
주제별로 분류하고 있다. 이로 보아 『조선민요선』에는 비록 명시되지는
않았지만, 민요들을 선별하며 분류하는 나름의 기준이 있음을 알 수 있다.
임화의 『조선민요선』은 1947년에 고정옥의 『조선민요연구(朝鮮民謠研究)』
가 출간될 때까지, 민요를 주제별로 분류한 대표적인 연구였다.

본고는 『조선민요선』에 선별된 「서정가(抒情歌)」를 살펴봄으로써, 『조선
민요선』 속 민요의 서정성이 어떠한 언어와 표현으로서 드러나는지를 살
펴보겠다. 하지만 『조선민요선』에는 서정성을 정의내리는 문장을 찾아보
기 힘들다. 따라서 본고는 먼저 『조선민요선』의 민요관부터 살펴보며, 민
요관을 통해서 서정성을 설명하겠다. 한편 『조선민요선』의 서정성은 『조
선민요선』의 민요관과 당대 다른 민요 연구들의 서정성까지도 함께 살펴
보아야 대비되는 면모들을 살펴볼 수 있다. 『조선민요선』 편찬에 관여한
임화와 이재욱이 『조선민요선』에 관해서 남긴 기록이 적을 뿐만 아니라,
그들이 민요에 관해서 남긴 기록조차도 많지 않다. 그러므로 『조선민요선』
의 서정성은 먼저 임화와 이재욱이 남긴 기록뿐만 아니라, 당대의 다른
연구들까지도 함께 살펴보아야, 대비되는 명확한 점들을 파악할 수 있다.

## 2. 「서설」에서의 민요관

『조선민요선』의 서정성을 알기 위해서는, 먼저 『조선민요선』의 민요관
이 어떠한지부터 살펴보아야 한다. 『조선민요관』의 민요관은 「서설」에서
드러난다. 이재욱의 역할을 주요하게 보는 연구에 따르면 임화가 민요에
관련된 활동을 했다는 흔적은 발견되지 않는다. 그러므로 이 연구는 이재

욱이 「서설」을 작성했을 뿐만 아니라, 『조선민요선』을 편찬하는 데에 전반적으로 큰 영향을 끼쳤다고 본다.3) 그러나 『조선민요선』 내에서 이재욱이 해설인 「서설」을 작성하는 일 외에 편찬에까지 깊게 개입했다는 증거는 찾아보기 힘들다. 이재욱은 『영남전래민요집』을 홀로 집필하기도 했는데, 『조선민요선』과 『영남전래민요집』은 동일한 지역들을 다루고 있음에도 불구하고, 그 지역들에서 채록된 민요들은 서로 겹치지 않는다. 아래는 『조선민요선』에서 「서정가」로 분류된 민요들이 다른 민요집들에 어떻게 실려 있는지를 조사한 표이다.

| 민요명 | 지역명 | 『조선구전민요집』 수록 여부 | 『영남전래민요집』 수록 여부 |
|---|---|---|---|
| 모시도포 | 군위 | X | X |
| 댕기 | 대구 | X4) | O |
| 月下花 | 경주 | 미채록 지역 | X |
| 상추밭 | 진주 | X | X |
| 鞦韆 | 진주 | X | X |
| 長日 | 진주 | X | X |
| 총각노래 | 부여 | O(총각노래 : 74면) | 미채록 지역 |
| 큰 아기 | 남해 | O(비녀당기 : 340면) | 미채록 지역 |
| 좌수별감 | 울진 | X | 미채록 지역 |
| 김활양 | 울진 | O(부요 : 492면) | 미채록 지역 |
| 반달 | 진주 | X | X |
| 노처자 | 진주 | O | X |
| 총각색시 | 삼수, 풍산 | O(늙은 처자 : 559면) | 미채록 지역 |
| 배좌수딸 | 평원 | O(배주사딸 : 440면) | 미채록 지역 |
| 은실금실 | 영동 | X | 미채록 지역 |
| 달내 | 경성 | O(달내달내 : 3면) | 미채록 지역 |
| 달 | 영일 | O(달이 쩟네 : 177면) | 미채록 지역 |
| 강실도령 | 공주 | O(강실도령 : 75면) | 미채록 지역 |

---

3) 배경숙, 『이재욱과 영남전래민요집 연구』, 국학자료원, 2009, 39 · 65~66면.

표를 보면 알 수 있듯이 『조선민요선』의 「서정가」 중에서 이재욱의 『영남전래민요집』에 수록된 민요는 <댕기> 1곡뿐이다. 이 <댕기>는 『조선구전민요집』에는 없으며, 『영남전래민요집』에는 수록되어 있다. 다만 <댕기>는 『영남전래민요집』의 군위 지역란에 수록되어 있는데, "대구지방에도 성행하는 것"이라는 설명도 함께 달려있다. 이로 보아 이재욱은 이 <댕기>를 군위뿐만 아니라 대구에서도 채록했던 듯 하며, 『조선민요선』이 <댕기>의 채록 지역을 '大邱'라고 표기한 이유도 여기서 찾을 수 있다. 다만 이 표기 외에 『조선민요선』과 『영남전래민요집』 간의 자료적인 연관성을 찾기란 힘들다.

그 외 민요들은 모두 『영남전래민요집』이 아니라 『조선구전민요집』으로부터 발췌해왔다고 보인다. 영남에 속하는 지역에서 채록된 민요들이라고 할지라도 <댕기>를 제외하고는 『영남전래민요집』에서 찾아보기 힘들다. 즉 『조선민요선』은 이재욱의 『영남전래민요집』보다도 더 많은 민요들을 김소운의 『조선구전민요집』에서 차용해왔다. 그렇다고 해서 김소운이 『조선민요선』의 편찬에 직접 개입했다고 볼 수는 없다. 임화는 『조선민요선』 「예언(例言)」에서 김소운에게 감사를 표시하면서도 김소운이 기여한 정도를 명확하게 한정 짓는다.

　　둘째는 여태껏 刊行된 民謠集의 들지않은 새資料를 살려보고 싶은데서 編纂되었다. 또한 나 個人으로 보면 年來로 틈틈이 關心해 오던 民謠工夫의 一所産이기도 하다. 이러한 意味에서 李在郁, 金台俊, 方鐘鉉, 金思燁 여러분의 도음을 얻었고 金素雲氏의 勞作에서 얻음이 많었으며 特히 金台俊氏所藏의 濟州島民謠 全篇과 李在郁氏의 解說을 附錄으로 收錄하였다.5)

---

4) 동명이지만 노랫말이 다른 민요가 대구 지역란인 166면에 실려있다.
5) 임화, 『조선민요선』, 학예사, 1939, 3면.

기존에 알려져 있지 않은 자료들을 소개하고 싶어서 여건상 다른 이들의 도움을 받지 않을 수 없었다고 임화 스스로 밝히고 있다. 임화는 '金素雲氏의 勞作'인 『조선구전민요집』을 많이 참고했으며, 김태준에게서 '濟州島民謠 全篇'를 제공받기도 했다. 임화는 김소운에게 감사 인사를 표시하면서, 김소운의 역할이 자료를 제공하는 수준에 그침을 명시한다. 더불어 임화는 이재욱에게도 감사 인사를 표시하면서, 이재욱의 역할이 '解說'을 작성한 수준에 그침을 명시한다.

이처럼 자료적인 연관성 속에서, 그리고 「예언」에서의 설명 속에서 이재욱이 『조선민요선』의 편찬에 큰 영향을 끼쳤다고 볼 수 있는 기록을 찾기란 힘들다. 이재욱의 학문적 성향은 『조선민요선』의 주제별 분류와 상충되는 면도 있다. 이재욱은 1929년 잡지 『신흥(新興)』 창간에도 참여하면서, 사회주의와 민족주의의 대안으로 향토학 연구에 매진하게 되었으며,[6] 조윤제와 김태준이 교수 임용 문제로 다투는 모습을 보며 서지학쪽으로 연구 방향을 틀어서,[7] 『영남전래민요집』에서 민요들을 지역별로 분류하게 되었다. 특히 주제별 분류는 애당초 문학 작품에서 형상을 인식의 내용이 아니라 인식의 특수한 방식으로 보아야만 가능한 구분법임을 감안해본다면,[8] 이재욱의 학문적 성향은 『조선민요선』의 주제별 분류와는 상응하지 않는다.

그러한 이재욱이 작성한 「서설」은 임화가 비판했던 형식주의까지도 담고 있다. 민요의 시형과 조율을 중시하는 형식주의는 사실 이광수의 연구

---

6) 배경숙, 앞의 책, 2009, 35면.
7) 배경숙, 앞의 책, 2009, 25면.
8) 임화는 형상에 내재된, '누구의'와 '어떠한'을 설명해주는 '구체성'을 강조하며 김억이 강조한 '격조시형'을 비판했다.(최서윤, 「자유시, 그리고 '격조시형'이라는 '장치'의 탄생」, 『비교한국학』 22, 국제비교한국학회, 2014, 406면.) 임화의 주장은 김억의 형식주의에 반한다고 볼 수 있다.

에서부터 시작되었으며,9) 김억에게도 나타난다. 이 형식주의는 당대 식민지 조선 지식인들에게는 널리 공감대를 얻고 있었고, 『조선민요선』도 이 형식주의로부터 크게 탈피하지는 못 했다.

朝鮮民謠의 形式은 日本歌謠가五七調가基本形이되여있는것과같이 四言二句一聯 다시말하면四四調가基本形이라하겟다. 그리고 朝鮮民謠의曲調는 西洋의그것과는判異해서 音의高低에關係됨이적고 音節의長短에影響을받음이많다한다.10)

시가(詩歌)의 고정(固定)한 형식(形式)-서양시와 한시의 형식과갓튼것은 니름니다-갓튼 것은 엇더한 점으로는 정리(整理)된 질서(秩序)잇는 형식미는 잇을지모르겟습니다 만은 시인의 복밧쳐나오는 감정(感情)의 내재「리듬」은 그대로표백(表白)하기는 어려울것임니다. 그뿐아니고 이러한 고정된 형식은 그나라의 언어의 성질(性質)에따라 그러케된것이기 때문에 엇더한 언어를 물론(勿論)하고 이러한 형식과갓튼시형을 밟는다하면 첫재에 밟을 수도업거니와 그것보다도 이러한어리석음을 한 인사(人士)도 업을것임니다. 나라마다 시형(詩形)이 다 다른 것은 무엇보다도 언어의 성질에 기인(起因) 된것인줄암니다.11)

첫 번째 인용문은 이재욱이 작성한 『조선민요선』「서설」의 일부이다. 「서설」은 민요를 일본의 가요와 비교하면서 4·4조가 민요의 고유한 형식임을 강조한다. 이재욱은 안확을 인용하면서 4·4조는 조선어의 "生理上呼吸의强弱으로있는 天然的口拍子에基因"한다며 자신의 주장을 보강한

---

9) 박혜숙, 『한국 민요시 연구』, 형설출판사, 1992, 17면.

10) 임화, 앞의 책, 1939, 261면.

11) 최서윤, 앞의 논문, 2014, 393면에서 재인용.(김억, 「작시법」, 『조선문단』 7호-12호, 1925.)

다. 「서설」은 이 4·4조가 여러 조율들 가운데에서 제일 조선어에 적합하
여 대표적 형식이 되었다고 본다.[12]

두 번째 인용문은 김억이 작성한 『작시법』의 일부이다. 이 『작시법』은
4·4조를 민요의 형식으로 본 「서설」의 견해와 크게 다르지 않다. 김억에
따르면, 조선어는 영어에 비해서 음률이 풍부하지 않다. 그래서 조선어는
음절수에 의해 정형화되어야만 "음률적 효과"를 창출해낼 수 있다.[13] 이
를 통해 조선어의 구조상 4·4조라는 음수율을 형식으로 삼을 수밖에 없
다고 보는 견해가 이재욱의 「서설」과 김억의 『작시법』 사이에서 공유되
고 있음을 알 수 있다.

다만 「서설」은 4·4조가 조선어가 가진 자연스러운 형식임을 주장하면
서도, 그 조율이 전 지역에 걸쳐서, 아무런 변형 없이 천편일률적으로 나
타난다고 보지는 않는다. 「서설」은 뒤이어서 각 지역마다 민요의 형식인
4·4조가 변형된다고 보며, 이중환(李重煥)의 『팔역지(八域誌)』 「인심조(人心
條)」를 인용한다.[14]

> 우리나라 팔도 중에 평안도 인심은 순박하고 두터워서 최상이며, 다음
> 으로 경상도는 풍속이 진실하다. 함경도는 오랑캐 국경과 접해있어 백
> 성들이 모두 굳세고 사납다. 황해도는 산수가 험해서 고로 백성들이 다들
> 모질고 사납다. 강원도는 골짜기에 사는 백성이 많아서 어리석다. 전라도
> 는 마음대로 하고 교활해서 배신을 쉽게 한다. 경기 도성 밖 마을들은 백
> 성과 문물이 시들고 해졌다. 충청도는 세상의 잇속만 오로지 쫓는다. 이게
> 바로 팔도 인심의 대략이니, 이를 갖고 서민을 논할 수는 있지만, 사대부

---

12) <모숨기소리=등지=정지>와 <산유해>를 예라고 부연 설명하기도 한다.(임화, 앞의
    책, 1939, 261면.) 이 민요들은 『조선민요선』에는 수록되어 있지 않지만, 『영남전래민요집』
    에는 수록되어 있다.
13) 최서윤, 앞의 논문, 2014, 407면.
14) 이중환의 『택리지(擇里志)』를 가리킨다.

의 풍속에 이르러서는 또한 그렇지는 않다.[15]

「서설」이 인용한 이중환의 『택리지』는 향간에 떠도는 팔도의 자연적 조건에 대해서 평하는 이야기들을 인용하면서, 이 이야기들을 통해서 각 지역의 민요가 가지는 특색을 설명한다. 예를 들어 경상도는 산이 크고 험준하며, 평안도는 산이 푸르고 사나운 호랑이로 들끓는다. 그래서 경상도 민요는 위압적이고 평안도 민요는 대개 애상적이면서도 박력이 있다고 「서설」은 설명한다. 즉 「서설」은 지역의 자연적 조건에 따라서 민요가 서로 다른 감정을 담으며, 지역색까지도 반영한다고 보았다. 민요의 지역색을 인정한다면 민요의 지역색을 초월한 공통된 민족성이 인정될 수 있는지 의심될 수도 있지만, 「서설」은 이러한 의심을 물리친다.

> 따라서 民謠는다른文學的作品들과는判異해서 作者가分明치않은 것이다 다시말하면 設使, 最初에는歌才가있는一個人이唱出한것이라할지라도 時代的 空間的으로流傳되는사이에 그노래는個人的色彩를解脫하는것이常例이므로 이것을國民的合作品, 或은社會의産物이라고말하는 것이妥當한見解라고 하겠다.[16]

민요는 어느 개인의 소유물이 아니라 '國民'과 '社會'가 모두 단합하여 창출해낸 산물이다. 그렇기에 민요를 지은 개인이나 민요가 불리는 지역이 민요의 특색을 좌우할 수는 없다. 민요의 최소 단위는 개인이나 지역이 아니라 민족이다. 그러므로 민요는 지역별로 분류되는 게 아니라 주제

---

15) "我國八道中, 平安道人心淳厚爲上, 次則慶尙道風俗質實, 咸鏡道地接胡境, 民皆勁悍, 黃海道則, 山水險阻, 故民多獰暴, 江原道則峽氓多蠢, 全羅道則專而狡猾, 易動以非, 京畿都城外野邑則, 民物凋弊, 忠淸道則, 專趣勢利, 此乃八道人心之大略也, 然此從庶民而論, 至於士大夫風俗則又不然" 임화, 앞의 책, 1939, 262면에서 재인용.(『택리지』.)

16) 임화, 앞의 책, 1939, 249면.

별로 분류될 수 있다. 민족이 어떠한 주제를 어떻게 향유하는지가 민요를 분류하는 기준이 될 수 있어서이다. 여기서 「서설」의 민요관이 『조선민요선』의 주제별 분류와 부합할 수 있는 지점을 찾을 수 있다.

『조선민요선』의 「서설」에서는 지역뿐만 아니라 시대조차도 민요를 나누는 단위가 되지 못 한다.

> 그럼에도不拘하고 世間에間或, 朝鮮民謠는元始農業時代, 家內工業時代, 家長家族制度時代, 封建君主時代의産物로서 그 因襲的思想과그傳統的趣味 속에서胚胎된것인즉 임이生活樣式과 生産方法이一變한今日에는現存을不許 할骨董品에不過한다하며 그逃避的, 現狀維持的, 現狀滿足的, 偶像崇拜的, 精 神과그律調의冗漫悠長을理由로 一律로民謠硏究乃至整理를無意味化하랴는 論者가있는 것은遺憾이라고아니할수없다. 다시말하면 今後朝鮮民謠는本質 的으로硏究되여야할運命에있고 오로지이結果를通해서만 그固有의思想과精 神을究明할수있는것이요 그것을排擊할아모理由가없다고生覺한다.17)

> 新羅眞聖王때에鄕歌卽民謠를官命으로蒐集식혓는데18)

「서설」에게 민요는 '生活樣式'과 '生産方法'의 변화에도 불구하고, 민족의 고유한 '思想과精神'을 담고 있는 노래이다. 민요는 시대를 넘어서 공유되며, 그리하여 국민과 사회 공통의 감정을 담은 노래가 된다.

「서설」은 민요가 시대를 넘는다고 보았기에, '鄕歌'조차도 '民謠'라고 호칭한다. 「서설」에게 '民謠'는 지역과 시대를 넘어선 민족의 노래이다. 그리하여 '鄕歌'가 처했던 시대성은 그리 깊이 고려되지 않으며, 시대를 넘어선 현재의 노래조차도 '民謠'로 호칭될 수 있는 근거가 마련된다.

---

17) 임화, 앞의 책, 1939, 251~252면.
18) 임화, 앞의 책, 1939, 253면.

이재욱이 작성한 『조선민요선』의 「서설」에는 민요의 4·4조를 강조하는 형식주의도 나타나지만, 민요를 지역과 시대를 넘어선 민족의 노래로 정의하는 민요관도 나타난다. 김억은 5·7조는 힘있고 침울한 반면 7·5조는 반음과 전음이 조화로우며 가장 서정형에 가까운 형식이라고 규정하며, 형식에 따라서 감정이 좌우된다고 보았다.[19] 「서설」에서 민요의 감정은 김억의 형식주의에 비해서 형식에 얽매이지 않으며, 지역과 시대에도 얽매이지 않는다. 「서설」에서 민요의 감정은 오로지 민족과만 연계된다. 그래서 이재욱의 「서설」은 임화의 문학관과는 차이점이 있음에도 불구하고 그 접점을 마련하여, 『조선민요선』의 '解說'로서 실릴 수 있게 된다. 이 접점을 바탕으로, 「서설」의 민요관에 따라서 『조선민요선』은 감정의 수준을 품평하지 않고, 애욕적 감정까지도 서정성으로서 수용하게 된다.


## 3. 애욕적 감정을 담은 서정성의 언어 및 표현

임화는 고유문화가 외래문화에 의해서 부정되지만, 그 두 문화의 교섭을 통해서 과거의 고유문화가 다시 당대에 '전통(Tradition)'으로서 부활한다고 역설했다.[20] 이 때문인지는 몰라도 당대 유행하던 <춘향전>과 교섭한 흔적을 보이는 민요인 <달내>는 『조선민요선』에서 「서정가」로 선별되어 실리게 된다.

---

19) 최서윤, 앞의 논문, 2014, 408면.

20) 임화 저, 김외곤 편, 「조선 문학 연구의 일 과제」, 『임화전집 2 : 문학사』, 박이정, 2001, 380면.

달내달내 수달내 / 금병안에 큰행길 / 그림같은 말을타고 / 천지고개 넘
어가니 / 옥사정아 문열어라 / 춘향얼굴 다시보자 <달내>[21]

<달내>는 어휘나 어구를 반복하는 민요의 기본적인 표현법처럼,[22]
'달내'라는 단어를 반복하며 운율감을 더한다. <달내>의 노랫말은 춘향
의 옥살이를 소재로 다루고 있음을 알려준다. 하지만 <달내>는 춘향을
소재로 삼은 잡가인 <소춘향가>나 <십장가>, <형장가> 등과 노랫말을
공유하지는 않는다. <달내>와 이 잡가들은 그저 소재만을 공유할 뿐, 그
이상 갈래적인 교섭을 보이지는 않는다.[23]

<달내>는 『조선구전민요집』에도 실려있는데, 노랫말이 약간 다르다.
『조선구전민요집』에는 마지막 구절이 '춘향이얼골 다시보자'라고 되어 있
다. 이로 보아 <달내>가 『조선구전민요집』에서 『조선민요선』으로 옮겨
지면서, 노랫말을 4·4조에 맞추기 위해서 '이'라는 한 음절을 탈락시켰
음을 알 수 있다.

임화는 근대 이전의 문학이 국민문학으로 정의될 수는 없을지라도, 상
업자본의 발달에 의한 시민적 의미의 인생관이 투영하였다고 보았다. 이
미 조선후기부터 국권 피탈기까지 유행하던 상품인 <춘향전>이 대표적
예시였다.[24] 이런 <춘향전>에 대한 인식 속에서 임화는 <달내>를 '전
통'으로서 부활할 과거의 고유한 문화로 보고 민요의 서정성을 찾으려했
다고 볼 수 있다. 이 <달내>에서 서정성을 찾는 시각은 앞서 살펴보았듯
이, 지역과 시대에 구애받지 않는 『조선민요선』의 민요관을 그대로 답습

---

21) 임화, 앞의 책, 1939, 28면.
22) 최철, 『한국민요학』, 연세대학교 출판부, 1992, 133면.
23) 설화들이 고전소설이 되었다가 민요로 파생되는 경우는 <춘향전>, <별주부전>, <심청
전> 등에서 폭넓게 나타난다.(임동권, 『한국민요논고』, 민속원, 2006, 292~293면.)
24) 임형택, 앞의 책, 2014, 31면.

하고 있는 셈이다.

하지만 모든 당대 지식인들이 임화처럼 <춘향전>을 바라보지만은 않았다. 고정옥도 임화처럼 민요를 주제별로 분류하였다. 고정옥은 우선 순수민요(純粹民謠)를 「서정요(抒情謠)」와 「서사요(敍事謠)」로 양분하고, 「서정요」에서 문학의 전형을 찾아야한다고 보았다.25) 고정옥은 이 「서정요」에서 연애(戀愛)와 관련된 민요가 대부분이라고 보고,26) 연애에 관련된 민요를 모두 「정가(情歌)」로 분류하였다.27) 고정옥은 <춘향전>과 함께 이 「정가」를 언급하면서, 임화와는 상반된 평가를 내놓는다.

> 原始人의 戀情이 肉體의 直前에 있음에 反해서, 文明人의 그것은 肉體에
> 서 멀면 멀수록 高尙하다고 생각되는 所以다. …… 朝鮮民謠의 情歌가 西洋
> 의 밸러드 其他의 그것보다 文學的으로 훌륭한지 與否는 둘째두고, 戀愛
> 그 自體에있어, 그다지 크고 崇高하고 아름답다고 할수는 없다. 하기는 春
> 香의 貞烈 은 그 忍從性에있어 쥴리에트의 그것보다 强할지도 모른다. 그
> 러나 春香의 사랑은 本質的으로는 어디까지던지 儒敎道德의 權化로서 偉大
> 한것이지, 人間自然의 感情에서 赤裸裸하게 용소슴쳐 올은게 아니다. ……
> 旣成道德이 송두리째 빠져달아나는날 朝鮮에도 偉大한 戀愛文學이 나올것
> 인가.28)

고정옥은 원시인의 연애는 육체와 가깝지만, 문명인의 연애는 육체와 멀수록 고상하다고 본다. 그래서 고정옥이 보기에 조선의 '情歌'는 애욕적이어서 가치 있다고 볼 수 없다. 그 애욕적 감정을 담고 있다고 보이는

---

25) "民謠의 窮極의 典型을 우리는 抒情謠에 求하는것이다." 고정옥, 『조선민요연구』, 수선사,
    1947, 44면.
26) 고정옥, 위의 책, 1947, 99면.
27) 고정옥, 앞의 책, 1947, 257면.
28) 고정옥, 앞의 책, 1947, 257~258면.

<춘향전>조차도 유교 윤리로부터 벗어나지 못 했다. 임화가 <춘향전>
에게서 상업적인 시민정신을 발견했다면, 고정옥은 <춘향전>에서 유교
윤리를 보수적으로 준수하는 열녀정신을 발견한다. 고정옥이 보기로는
민요의 「정가」는 애욕적이거나 유교 윤리를 준수해서 가치 있다고 할 수
없다.

　반면 고정옥은 장시조에 있어서만큼은 연애를 사실적이고 구체적이며
자연스럽게 '영발(詠發)'한 표현을 조선문학사상 최초의 사실주의적인 발전
이었다고 평가하였다.29) <춘향전>의 애욕적 감정에 부정적이던 고정옥
이 장시조에 대해서는 그 태도를 바꾼 셈이다. 이는 고정옥이 시조와 민
요에 대해서 품었던 기대치가 달랐기 때문이라고 보인다.『조선민요연구』
에서 고정옥은 향가와 시조를 상층문화의 문화 향유물로서 민요와 분리
시키면서,『조선구비문학연구(朝鮮口碑文學硏究)』에서는 민요를 다른 문학들
의 기원으로 보았다.30) 이 민요관은 향가도 민요라고 보았던『조선민요선
』의 민요관과는 큰 차이를 드러내고 있다. 고정옥이 보기로는 배척되어야
할 상층문화인 시조에서 연애를 사실적이고 구체적이며 자연스럽게 묘사
하니 높이 평가해줄 수밖에 없다. 하지만 민요는 연애를 하며 품는 애욕
적 감정을 자유롭게 표현하는 대신, 전형으로서 품격을 갖추고 있어야한
다. 고정옥에게 민요를 연구해야 할 목적은 새로운 문화 풍조를 일으키기
위해서였다.31) 그러한 고정옥에게 민요에 담긴 연애를 하며 품는 애욕적

---

29) 김용찬, 「고정옥의 시조관과 『고장시조선주』」, 『時調學論叢』 22, 한국시조학회, 2005,
　　277면.
30) 임경화, 「"민족"에서 "인민"으로 가는 길 : 고정옥 조선민요연구의 보편과 특수」, 『동방학
　　지』 163, 연세대학교 국학연구원, 2013, 280면.
31) "民謠의 蒐集 乃至 硏究의 세가지 動機·目的이라고 生覺한다. / 첫째 目的은, 當時 歐羅巴
　　文學에 있어 形式美에 置重하여 生氣있는 內容을 喪失한 擬古典主義의 反動으로 일어난
　　로맨티씨즘에, 그 形式的·精神的·素材的 基礎를 提供키 爲한 것이다." 고정옥, 앞의 책,
　　1947, 1~2면.

감정은 이미 「정가」에 대한 설명에서도 살펴보았듯이 천박할 뿐이다. 고정옥이 보기로는 민요는 문명인의 연애처럼 고상해야한다. 그리고 「정가」는 그러한 고정옥의 기대치를 충족시켜주지 못 한다.

결국 민요를 바라보는 서로 다른 민요관이 민요에 담긴 애욕적 감정에 대한 평가조차도 엇갈리게 했다고 볼 수 있다. 『조선민요선』의 지역과 시대를 넘어선, 민족 공통의 노래로서 민요를 보는 민요관은 연애를 하며 품는 애욕적 감정까지도 민요가 자유롭게 표현하게끔 한다.

달을 소재로 한 민요들에서도 임화와 고정옥은 시각차를 보인다. 달은 민요에서도 워낙 흔한 소재이기에, 그 양도 방대하다. 그 중 '달아 달아 밝은 달아 이태백이 놀던 달아'라는 구절은 여러 민요들에서 흔히 보인다.[32] 이 구절을 갖고 있지는 않지만 달을 소재로 삼은 민요 <달>은 『조선민요선』에서 주제에 따라서 「서정가」로 분류된다. 한편 고정옥은 달을 소재로 삼은 민요들을 그 노랫말의 성격에 따라서 '달노래'로 분류한다.[33] 즉 달을 소재로 삼은 민요를 바라보는 민요관이 임화와 고정옥 사이에서 다르고, 그에 따라서 서로 다른 민요가 선별된다.

> 달이떴네 달이떴네 / 채수밖에 뜬달으노 / 재-ㄱ상에 후-ㄴ답고 / 융문 놓고 홍문놓고 / 실건댈라 문에놓고 / 금 봉 자 살구낭게 / 이슬같은 저처자가 / 누신간을 녹일라고 / 저리곱게 생겼는고 / 순임금의 딸일는가 / 만임금의 첩일는가 / 건너삼보 삼볼른가 <달>[34]

---

32) 『조선구전민요집』에는 이 구절을 담았거나 유사한 민요들이 여러 지역에 걸쳐 발견된다. (김소운, 『조선구전민요집』, 제일서방, 1933, 42면.)

33) "自然을 노래한 것을, 打令은 아니나, 打令의 性格을 가졌다고 해서, 여기 넣기로 한것인대 事實인즉 꽃(花)을 除外하면 달(月)外에는 顯著한 것이 없다. 朝鮮사람의 달에 對한 信仰·親愛·讚歎은 實로 놀랠만 하기 때문에 項을 特設하는 바이다." 고정옥, 앞의 책, 1947, 168면.

34) 원문에도 "재-ㄱ상에 후-ㄴ답고"라고 표기되어 있다. ; 임화, 앞의 책, 1939, 23~24면.

달이떴네 달이떴네 / 시청바다 달 떴네 / 시청바다 떴는달아 / 한이방은
어데가고 / 저달뜬줄 모르신고 / 南門밖에 妾을두고 / 절융포를 떨쳐입고 /
밤낮우로 가시고서 / 저달귀경 않하시네35)

<달>은 『조선민요선』에 실려있으며, 그 아래의 곡명 없는 달노래는
『조선민요연구』에 실려있다. 두 민요들은 모두 달을 소재로 "달이떴네 달
이떴네"라는 구절을 공유하면서도, 다른 언어와 표현을 담고 있다. <달>
의 화자는 한 '처자'를 보고 애욕의 감정을 느끼며, 『조선민요연구』의 달
노래 속 화자는 달 구경을 하지 않는 '한이방'의 모습을 말하고 있다. 『조
선민요연구』의 달노래가 자연을 찬탄하는 표현을 담고 있다고 보기는 힘
들지만, 적어도 애욕 같은 감정을 담고 있지 않음은 확인해볼 수 있다. 이
로 보아 같은 후렴구를 공유하는 달을 소재로 삼은 민요를 다루면서도,
임화와 고정옥 간에 다른 감정을 담은 민요를 선별했음을 알 수 있다. 임
화의 『조선민요선』에서는 달을 소재로 한 민요 2곡이 추가로 「서정가」로
분류되어 있다. <월하화>와 <반달>은 <달>보다 더 애욕적인 감정을
갖춘 노랫말을 담고 있다.

달알에 피는꽃아 / 仁愛山 빛인꽃아 / 監司아들 太白山아 / 아전의딸 馬
潭春 / 너와나와 사자하네 / 대를심어 대를심어 / 玉담안에 대를 심어 / 임
의대는 王대나무 / 이내대는 설대나무 <월하화(月下花)>36)

진주단성 안사랑에 / 징기두는 저남아야 / 배꽃같은 너의 누이 / 반달같
은 나를돌아 / 네가무슨 반달이야 / 초생달이 반달이지 / 초생달만 반달인
가 / 그믐달도 반달일세 <반달>37)

---

35) 고정옥, 앞의 책, 1947, 168~169면.
36) 임화, 앞의 책, 1939, 16~17면.

<월하화>는 청춘남녀가 만나 서로에게 반하고서 추파를 주고 던지는 표현의 민요이다. <반달>은 대화체로 서로를 짓궂게 놀리는 표현의 민요이다. <월하화>와 <반달> 모두 애욕적 감정을 가식 없이 자유롭게 표현하고 있다. 그리고 <월하화>와 <반달>은 달을 소재로 삼은 민요이면서도, 함께 「서정가」로 분류되어 있다. <월하화>와 <반달>이 달을 소재로 삼았다는 점보다는, 애욕적 감정을 자유롭게 표현하고 있다는 점이 이 민요들을 분류할 때 더 크게 작용하는 셈이다.

이 민요들을 통해서 임화와 이재욱의 『조선민요선』에서 서정성이란 애욕적 감정과 그 애욕적 감정의 언어와 표현임을 알 수 있다. 다른 민요들에서는 <월하화>, <반달>에서 나타났던 남녀가 서로를 희롱하는 언어와 표현이 더 자극적으로 드러난다.

> 뒷밭에라 당패숨겨 / 당패캐는 저큰아가 / 머리좋고 키도크다 / 비내주께 나랑사자 / 댕기주께 나랑사자 / 비내댕기 열닷량에 / 요내몸을 잡힐소냐 <큰 아기>[38]

> 은실금실 오색당실 / 두손에다 갈라쥐고 …… 은실금실 엉키여서 / 오색문의 곱게놓아 / 너구나구 머리맡에 / 무지개가 어리였네 <은실금실>[39]

<큰 아기>는 당패캐는 연인을 희롱하는 언어와 표현을 담고 있으며, <은실금실>은 은실과 금실이 엉키면서 서로 희롱하는 언어와 표현을 담고 있다. 이외에도 상추밭에서 본 아녀자를 희롱하는 <상추밭>,[40] '임'

---

37) 임화, 앞의 책, 1939, 21면.
38) 임화, 앞의 책, 1939, 19면.
39) 임화, 앞의 책, 1939, 23면.
40) "아츰이슬 상추밭에 / 불똥것는 저큰아가 / 불똥이사 꺽네마는 / 고흔손목 다적신다 // 넘의종이 아니드면 / 이내첩을 삼을것을 / 엎다총각 그말마라 / 넘의종도 속량하면 / 百姓되

과 그네놀이하는 <추천>,[41] '임' 만날때까지 기나긴 해지나가기를 기다리는 <장일>,[42] 댕기를 갖고 연인을 희롱하는 <총각노래>,[43] '좌수별감딸'을 희롱하는 <좌수별감>,[44] '노처자'를 희롱하는 <노처자>,[45] '앞마을 색시'와 '뒷마을 총각'이 서로 못 만나고 죽었다는 <총각색시>[46] 등의 민요들이 애욕적 감정을 여과 없이 드러내는 언어와 표현을 갖추고 있다. 이 민요들이 모두 「서정가」로 분류되었다는 점이, 『조선민요선』의 서정성이 어떠한 언어와 표현으로서 드러나는지를 알려준다.

한편으로는 『조선민요선』의 서정성이 위와 같은 언어와 표현을 갖출 수 있었던 점은 바로 「서설」의 민요관이 고정옥의 민요관과는 달랐기 때문이기도 하다. 즉 『조선민요선』의 서정성은 단순히 민요의 노랫말만 가지고 분석하기는 힘들며, 「서설」의 민요관이 다른 지식인들의 민요관들과는 얼마나 다른지를 살펴보아야 심층적으로 분석할 수 있다. 그러므로 『조선민요선』의 서정성이 어떠한 다른 성격에 따라서 언어와 표현을 갖추는지를 분석하기 위해서는, 다른 연구들을 계속 함께 살펴보아야 한다.

---

기 아조쉽다" 임화, 앞의 책, 1939, 17~18면.

41) "저건너 황새봉에 / 청실홍실 그네매여 / 임과날과 올러뛰여 / 떨어질가 염려로다" 임화, 앞의 책, 1939, 18면.

42) "질고질다 질고질다 / 오늘해가 질고질다 / 오늘해가 어서가면 / 임의품에 잠을자네" 임화, 앞의 책, 1939, 18면.

43) "머리머리 밭머리 / 돔보따는 저런아기 / 머리끝에 듸린댕기 / 공단인가 대단인가 / 공단이건 나좀주게 / 뭘함라고 달라는가" 임화, 앞의 책, 1939, 18~19면.

44) "좌수별감 딸볼라고 / 열두단장 뛰넘다가 / 쉰양짜리 권쾌재야 / 반만거라 쌔트렸네" 임화, 앞의 책, 1939, 19면.

45) "알금삼삼 늙은처자 / 단장밑에 앉아운다 / 네가울면 무엇하나 / 나를따라오려무나 / 만단심회 다버리고 / 날만따라 오려무나" 임화, 앞의 책, 1939, 21면.

46) "앞마을 색시 / 앞마을의 늙은처자 / 뒷마을의 늙은총각 / 둘의마음 다를네라 …… 오월이라 단오날에 / 뒷마을에 늙은총각 / 그네뛰다 죽었다오 / 섯달이라 그믐날엔 / 앞마을의 늙은처자 / 널뛰다가 죽었다오" 임화, 앞의 책, 1939, 21~22면.

## 4. 이야기성을 포괄한 서정성의 언어 및 표현

김소운은 민요에 서사(敍事)라는 개념을 찾아냈으며, 김소운에게 서사는 긴 이야기였다.[47] 고정옥은 「서사요(敍事謠)」를 민요 속에 이야기나 문답이 있어 민족설화·고대소설·창극·민담 등과 연관되고 형식상 장형인 민요로 정의했다.[48] 그래서 고정옥은 전설·민담·소설 등에서 유래한 민요들을 서사요에서도 「전설요(傳說謠)」로 분류했다.[49] 고정옥은 <춘향전>에서 파생된 민요들도 「전설요」로 분류하는데, 앞에서 다룬 <달내>는 포함되지 않는다.[50] 이번에는 고정옥은 뒤에서 이몽룡이 암행어사가 되어 출두하는 <춘향전>의 대단원에서 조선문학의 희망적 구성을 발견할 수 있다고 추켜세운다.[51] 다만 이 <춘향전>을 「부요(婦謠)」의 희망적 결말과 비교하면서 추켜세웠기에,[52] <춘향전>의 가치를 인정했다기보다는 「부요」의 가치를 내세우기 위해서 쓰인 서술로 보인다.

고정옥은 <춘향전>에서 파생된 민요들에 이어서 설화에서 파생된 민요들을 「전설요」에 분류하며 <배좌수딸>도 실어놓았다. 그런데 이 <배좌수딸>은 『조선민요선』에서는 「서정요」로 분류되어 있다.

> 배나무골 배좌수딸 / 례장밧구 죽었구나 / 고것밖에 못살 것을 / 남의례
> 장 웨받었노 / 떡동이는 웨받었노 / 떡동이받을것을 죽동이밧구 / 잔채상
> 받을것을 술상을밧누나 / 초록니블 덮을것을 / 잔디닢을 덮구자구 / 원 앙

---

47) 조동일, 『서사민요연구』, 啓明大學校出版部, 1983, 18면.

48) 고정옥, 앞의 책, 1947, 44면.

49) 고정옥, 앞의 책, 1947, 220면.

50) 고정옥, 앞의 책, 1947, 224~225면.

51) 고정옥, 앞의 책, 1947, 300면.

52) 고정옥은 여성이 원시사회 이후부터 남성에 비해 사회적 열세에 처해있었기에, 불평과 원차(怨嗟)를 민요로 풀어냈다며 「부요」를 애찬한다.(임경화, 앞의 논문, 2013, 271~272면.)

침 베구잘걸 / 숫대베게 베구자구 / 홍마우전 포단깔걸 / 칠성판53)을 깔았
구나 <배좌수딸>54)

　Ⅰ 배나무골 裵座首딸 / 머리좋고 실한處女 / 禮장받고 죽었더라 / 七푼八
푼 다줄게니 / 네머리를 나를다고 // Ⅱ 조곰조곰 더살더면 / 떡동고리 받을
것을 / 죽동이가 웬말인가 // Ⅲ 조곰조곰 더살더면 / 求景軍이 滿堂할걸 /
弔喪軍이 웬말인가 // Ⅳ 조곰조곰 더살더면 / 가마둔채 울리울걸 / 喪輿둔
채 웬말인가 // Ⅴ 조곰조곰 더살더면 / 새新郞과 마주설걸 / 지부왕55)과 마
주섰네 // Ⅵ 조곰조곰 더살더면 / 하포포단 깔고놀걸 / 칠성판이 웬말인가
// Ⅶ 조곰조곰 더살더면 / 草綠니불 덮고잘걸 / 삼베니불 웬말인가 // Ⅷ
조곰조곰 더살더면 / 鴛鴦衾枕 베고잘걸 / 돌벼개가 웬말인가56)

『조선민요선』에 실린 <배좌수딸>은『조선구전민요집』에 실린 <배좌
수딸>57)을 차용해왔다. 『조선민요선』 <배좌수딸>은 『조선민요연구』
<배좌수딸>에 비해서 언어와 표현이 축약되고 구절수와 분량도 줄어들
었다. 그래서『조선민요선』 <배좌수딸>은 그 이야기의 줄거리가 자연스
럽게 전달된다. 한편『조선민요연구』 <배좌수딸>은 "조곰조곰 더살더면"
이라는 후렴구를 반복하기에, 노래로서의 율격은 살아있지만 이야기의 전
달력이 떨어진다. 또한 앞서 설명했던 형식 즉 율격의 문제에서는 오히려
『조선민요선』 <배좌수딸>보다도『조선민요연구』 <배좌수딸>이 더 엄
격하다.『조선민요연구』 <배좌수딸>은 4 · 4조를 엄격하게 지키는 반면
에, 『조선민요선』 <배좌수딸>은 언어와 표현이 축약되다보니 일본의

---

53) 칠성판은 5푼 정도 두께에 북두칠성 모양의 구멍을 7개 뚫어 옻칠하여 관 속의 시체를 고
　　정시키는 송판이다.
54) 임화, 앞의 책, 1939, 22면.
55) 염라대왕을 이른다.
56) 고정옥, 앞의 책, 1947, 226~228면.
57) 김소운, 앞의 책, 1933, 440면.

7·5조와 유사해지기도 한다. 앞서 이재욱은 「서설」에서 4·4조가 민요에 강제적으로 준수된다기보다는, 여러 조율들 가운데에서 조선어에 가장 적합해 대표적 기준이 되었다고 설명하였다. 따라서 『조선민요선』 <배좌수딸>의 7·5조와 이재욱의 민요 형식에 관한 정의는 상충되지 않는다. 오히려 『조선민요선』 <배좌수딸>은 『조선민요연구』 <배좌수딸>에 비해서 이야기 전달을 위해서는 불필요한 후렴구가 탈락하면서, 더 효율적인 언어와 표현으로서 이야기를 전달하고 있다.

형식의 차이를 넘어서 『조선민요선』과 『조선민요연구』의 <배좌수딸>들은 동일한 주제의식을 가지고 있음에도 불구하고,[58] 『조선민요선』에서는 「서정가」로, 『조선민요연구』에서는 「전설요」로 분류된다. 『조선민요선』의 「서정가」는 앞서 살펴보았듯이 연애를 하며 품는 애욕적 감정과 그 감정의 언어와 표현으로서 정의될 수 있다. 그런데 <배좌수딸>에는 연애를 결혼으로서 실현시키지 못 하고 죽었다는 비극적인 이야기까지 담겨있다. 이 이야기는 '배좌수딸'이라는 구체화된 주인공을 통해서 전달되므로, 『조선민요선』은 <배좌수딸>을 「결혼·가정에 관한 가요」가 아니라 「서정가」로 분류한다. 한편 『조선민요연구』에서도 <배좌수딸>은 「전설요」가 '남요(男謠)'에 속하기에 부녀자들의 민요인 「부요」로부터 분리되어 있다. 고정옥은 이 <배좌수딸> 주인공의 아버지가 배좌수이므로, 『장화홍련전』의 영향 아래 <배좌수딸>이 생겨났으리라고 추측한다.[59] 고정옥

---

58) 남북한 합작으로 2006년에 완간된 『조선향토대백과』에는 서로 다른 주제의식을 담은 <배좌수딸>들이 실려있다. 안주에서 채록된 <배좌수딸>은 『조선민요선』 <배좌수딸>과 주제의식이 동일하며, 『조선민요연구』 <배좌수딸>과 구절까지도 동일하다.(조선과학백과사전출판사, 『조선향토대백과 3』, 평화문제연구소, 2005, 291면.) 반면 평양에서 채록된 <배좌수딸>은 배좌수가 워낙 아끼다가 새신랑이 죽어 홀로 과부가 된다는 내용을 담고 있다.(조선과학백과사전출판사, 『조선향토대백과 1』, 평화문제연구소, 2005, 66면.) 다만 그 외에 가창자의 정체와 환경 그리고 가창현장에 관한 정보를 얻을 수는 없으므로 본고에서는 <배좌수딸> 내용상의 차이점을 확인하는 데에서 논의를 그치려 한다.

에게 조선의 소설은 <춘향전>이 그랬듯이 유교 윤리를 준수하는 남성들의 문화매체였기에, 민요가 여성적인 색채를 가지고 있을지라도 소설과 관련되어 있다면 '남요'로 분류된다. 그러므로 소설이라는 서사물로부터 파생된 민요 <배좌수딸>은 서사물과의 관계 속에서 「전설요」로 분류된다. 하지만 서사물과 같지는 않은 민요이기에, 그 민요의 특색을 살리기 위해서 후렴구가 빠지지 않는다.

결국『조선민요선』이나『조선민요연구』 모두 <배좌수딸>에서 이야기에 관심을 가지고 있다. 하지만『조선민요선』은 <배좌수딸>의 이야기가 주는 비극적 감정에,『조선민요연구』는 <배좌수딸>의 이야기가 어디로부터 비롯되었는지에 관심을 가지는 차이도 있다.『조선민요선』은 민요를 민족 공통의 감정을 담는다고 보기에, 이야기의 출처보다도 이야기의 감정이 우선시되는 셈이다. 이 차이에 따라서『조선민요선』과『조선민요연구』에서 <배좌수딸>의 분류는 각각 달라진다. 그리고 이 차이에 따라서 이야기의 비극적 감정을 전달하기 위해서『조선민요선』에서는 후렴구가 보이지 않으며,『조선민요연구』에서는 서사물로부터 파생된 민요임을 드러내기 위해서 후렴구가 보이게 된다. 민요관의 차이가 언어와 표현의 차이로 이어진다.

민요관의 차이가 분류의 차이로 이어지지만, 언어와 표현의 차이로서 나타나지는 않는 경우도 있다. 아래는 그 사례들이다.

바다바다 한바다가 / 뿌리없는 낭기섰네 / 가지수는 열두가지 / 잎에수는 삼천잎이 / 동쪽으로 벋은가지 / 해도열고 달도열네 / 해문올라 겉을대고 / 달문올라 안을대고 / 놀러가세 놀러가세 / 김활양의집이 놀러가세 / 김활양은 어듸로가고 / 일간초옥 다비였고 / 하도심심해 산에올라 / 풀

59) 고정옥, 앞의 책, 1947, 228면.

을보니 / 풀은피여 청산되고 / 꽃은피여 화산됐데 / 생각나니 / 임에생각
뿐이로다 <김활양>[60]

　바다바다 한바다에 / 뿌리업는 낭기섰네 / 가지수는 열두가지 / 닙헤수
는 삼천닙히 / 동쪽으로 뻐든가지 / 해도열고 달도열엇네 / 해문을나 것흘
달고 / 달문을나 안을대고 / 놀너가세 놀너가세 / 김활냥집이 놀너가세 /
김활냥은 어듸로가고 / 일간초옥 다비엿는고 / 하도심 〃 해 산에올나 / 풀
을보니/ 풀은피여 청산되고 / 꽂은피여 화산됏데 / 생각나니 / 님의생각 쑨
이로다 <부요> 1859[61]


　<김활양>의 노랫말은 『조선민요선』과 『조선구전민요집』에서 크게 다
르지 않으며, 이야기를 전달하는 언어와 표현도 그대로 이어진다. <김활
양>의 이야기는 창조 설화를 연상하게 한다. '뿌리' 없는 나무가 바다 위
에 서있고, 그 나무에서 뻗은 가지가 해와 달을 연다. 그 뒤에 '김활양'의
집으로 놀러간 화자는 산에 올라가 풀과 꽃이 핀 모습을 보면서 '임'을
그리워한다. <김활양>은 마지막 구절에서 '님'을 향한 감정을 드러낸다.
그 감정에 따라서 <김활양>은 『조선민요선』에서는 「서정가」로 분류된
다. 하지만 <김활양>은 『조선구전민요집』에서는 <부요>라고 명명된다.
김소운이 보기에 <김활양>은 부녀자들 사이에서 전래되던 민요였으며,
따라서 출처에 맞게 명명되어야 했다.
　앞서 살펴본 <배좌수딸>의 경우에 임화는 이야기가 주는 감정을, 고정
옥은 그 이야기의 출처를 중시했다. <김활양>의 분류에서도 이와 비슷한
양상이 반복된다. 임화의 『조선민요선』은 <배좌수딸>이나 <김활양> 같
은 민요에서 이야기를 읽어냈음에도 불구하고 이야기가 주는 감정을 기

---

60) 임화, 앞의 책, 1939, 24~25면.
61) 김소운, 앞의 책, 1933, 492면.

준으로 삼아서, 「서정가」로 분류했다. 그래서 『조선민요선』이 전제하고 있는 서정성이란 이야기성과는 대립적이라기보다는, 이야기성까지도 포괄하고 있다. 다른 「서정가」들도 이야기성을 포괄하기는 마찬가지다.

모시道袍 시도 도 / 시가시에(三鑄) 말라내여 / 실경우에 얹어노니 / 앉았다네 앉았다네 / 문지한치 앉았다네 / 항구로가네 항구로가네 …… 올라가는 科擧선비 / 내리가는 科擧선비 / 우리선비 안오든가 / 오기사 오데마는 / 七星板에 실려오데 / 아이고답답 내八字야 …… 너는죽어 제비되고 / 나는죽어 낭키되고 …… 너랑죽어대가되고 / 나랑죽어분대되어 서울이라 지치달라 / 황구사 사랑앞에 / 꽃밭에 만네보세 <모시도포>62)

빠젓다네 빠젓다네 / 정상감사 맏딸애기 / 비단댕기 빠젓다네 / 조였다네 조였다네 / 金通引이 조였다네 / 通引通引 金通引아 / 빠진댕기 날을주소 …… 通引通引 金通引이 / 정상감사 딸볼라고 / 열두담장넘치다가 / 쉰냥짜리 금쾌자를 / 반만잡아 밀치도다 …… 使道앞에 굽니다가 / 발질에 쨋다하오 / 그레일러 안듣거든 / 훗날지역다시오소 / 뒹경뒹경 왕뒹경에 / 사심지에 불을밝혀 / 물멍지 당대실로 / 흠솔없이 내해줌세 <댕기>63)

강실강실 강실도령 / 강실책을 옆에끼고 / 삼간초간 지나가니 / 동실동실 동서방에 / 망내딸이 대문밖에 / 쓱나서서 저기저기 / 저도련님 우리집에 / 하루저녁 자고가세 …… 백년이나 살을손가 / 만년이나 살을손가 <강실도령>64)

<모시도포>는 과거길에 나섰다가 죽어서 돌아온 서방의 장례식까지 치르며 사랑을 다짐하는 언어와 표현을 담고 있다. "올라가는 科擧선비 /

---

62) 임화, 앞의 책, 1939, 13~15면.
63) 임화, 앞의 책, 1939, 15~16면.
64) 임화, 앞의 책, 1939, 24~25면.

내리가는 科擧선비 / 우리선비 안오든가"라는 표현을 통해서 서방을 향한 화자의 애잔한 심정을 드러낸다. <댕기>는 "빠젓다네 빠젔다네"나 "通引 通引 金通引아" 같이 특정 표현을 반복하면서, 이야기의 중요한 사건과 인물을 부각시킨다. <강실도령>은 '강실'이라는 발음을 반복하면서, 이야기의 주인공인 '강실도령'을 청자들이 자연스레 받아들이게 해준다.

<모시도포>, <댕기>, <강실도령> 모두 특정 언어와 표현을 반복하면서 청자가 이야기를 자연스럽게 받아들일 수 있도록 도와준다. 그리고 이 민요들은 그 이야기를 맥락을 갖추어 전달하기 위해서, 장형의 노랫말로 구성되어 있기도 하다. 이처럼 『조선민요선』의 「서정가」는 이야기의 전달을 위해서 반복되는 표현을 갖춰있기도 하고, 아니기도 하다. 결국 중요한 점은 『조선민요선』의 서정성이 이야기성을 포괄하며, 이를 위해서 여러 언어와 표현을 갖춘다는 데에 있다.

『조선민요선』의 서정성이 이야기성을 포괄하면서 광의적이다보니, 『조선민요선』의 서사성도 그에 맞추어 광의적이다. 『조선민요선』에서 「서사가요(敍事歌謠)」로 분류된 민요들 중에는 <강강수월래>와 <녹두새야>가 있다. <강강수월래>는 부녀자들을 단결시키는 제의이자 놀이로서의 사회적 기능을 가지고 있다.[65] 한편 <녹두새야>는 동학농민운동의 전봉준을 다룬 민요 <파랑새야>의 변이형으로 보인다. 다만 <녹두새야>는 한시로도 기록되어 있었기에 동학농민운동 이전부터 존재해왔으며, 동학농민운동으로 인해서 노랫말이 개사되었다고도 한다.[66] <강강수월래>와 <녹두새야>에 어떠한 이야기가 담겨있다고 보기는 힘들다. 그 외에 <옹

---

65) 서해숙, 「강강술래의 생성배경과 기능」, 『남도민속연구』 3집, 남도민속학회, 1995, 50~51면.

66) 김도형, 「동학민요 파랑새노래 연구」, 『한국언어문학』 67, 한국언어문학회, 2008, 233~234면.

기장사>, <배사공놀이>등의 민요들도 『조선민요선』에는 「서사가요」로 분류되어 있는데, 이 민요들도 이야기를 담고 있지는 않다. <옹기장사>는 옹기장사꾼을 비롯한 여러 장사꾼들의 거동을 언어유희로 재밌게 꾸며내고 있으며,[67] <배사공놀이>는 처녀들이 쌍그네를 밀면서 부르는 민요라는 설명이 주석으로 달려있다.[68] 즉 『조선민요선』의 <서사가요>는 여러 사건들을 담은 민요들이며, 따라서 『조선민요선』의 서사성도 이야기를 넘어서 사건의 서술이라는 의미를 갖고 있다.

임화와 동시대인이었던 김소운과 고정옥에게 서사성은 기본적으로 이야기였다. 고정옥은 이 서사성에 기반해서 순수민요를 크게 「서정요」와 「서사요」로 양분하기까지 했다. 하지만 『조선민요선』의 서사성은 이야기조차도 넘어서, 사건의 서술이라는 의미로까지 확장된다. 그에 맞게 『조선민요선』의 서정성은 연애를 하며 품는 애욕적 감정을 넘어서, 이야기로까지 확장된다. 『조선민요선』도 고정옥처럼 민요를 「서정가」와 「서사가요」로 구분하지만, 「서정가」와 「서사가요」를 민요를 이분화시키는 가장 큰 부류로 설정하지는 않는다. 『조선민요선』에서 서정성과 서사성은 여러 주제들 중의 하나일 뿐이며, 광의적이기에 서로 대립하지도 않는다. 『조선민요선』의 서정성은 당대 다른 지식인들이 생각했던 서정성과도 큰 차이가 있는 셈이다.

---

67) "옹기장사 옹기짐지고 / 옹동거리고 넘어간다 / 사발장사 사발짐지고 / 왈그락달그락 넘어간다" 임화, 앞의 책, 1939, 168면.

68) "배사공아 배밀어라 / 초록같은 물결우에 / 옌족같은 배나간다 / 달을따서 안바치고 / 해를따서 거죽하고 ...... ▲이노래는西朝鮮地方處女들이쌍그네를될제에줄을한줄씩노나등이기고마조서서추천을하며돌기좋게부룹니다." 임화, 앞의 책, 1939, 174~175면.

## 5. 결론

지금까지 본고는『조선민요선』에서 민요관과 서정성이 무엇인지를 살펴보고, 그에 따른 언어와 표현까지도 함께 살펴보았다.『조선민요선』은 민요를 지역과 시대를 넘어선 민족의 노래로 정의했고, 그에 따라서 민요의 지위와 성격도 결정되었다. 이 서정성은 연애를 하며 품는 애욕적 감정과 그 감정의 진술한 표현으로 정의될 수 있는데,『조선민요선』의 민요관에 따른 결과였다. 이 서정성은 이야기를 담은 장형의 민요에게도 보인다는 점에서, 이야기성까지도 포괄하고 있다.

『조선민요선』은 근대 민요집 중 주제별 분류를 시도한 몇 안 되는 경우에 속한다고 볼 수 있다. 그렇기에『조선민요선』의 서정성이 주제별 분류에 어떻게 속하는지를 살펴볼 필요가 있었다. 본고가 살펴본『조선민요선』의 서정성은 당대 다른 지식인들이 생각했던 서정성과는 큰 차이가 있었다. 특히 고정옥은 민요의 서정성을 서사성과 구분지으며, 「서정요」를 문학의 전형으로 내세우려했다. 하지만『조선민요선』의 서정성은 고정옥의 서정성과는 대조적으로 이야기성까지도 포괄하고 있었다. 그렇다고 해서『조선민요선』의 서정성이 순전히 임의적이라고 볼 수는 없다.『조선민요선』의 서정성은『조선민요선』의 민요관과 연관되어 있었다. 임화와 이재욱과는 다른 고정옥의 민요관은 민요에서의 애욕적 감정마저도 서로 다르게 평가하게끔 만들었다. 바로 그 서로 다른 민요관이 민요의 서정성과 서사성조차도 다르게 정의내리게 했으며, 그에 따라서 다른 언어와 표현이 드러났다.

본고는『조선민요선』에서 민요관이 어떻게 민요에서 서정성을 도출하여 분류하는지, 그리고 그 분류조차도 당대 다른 연구들과는 차이나는지를 살펴보았다. 이렇게 근대 지식인들이 민요의 서정성을 바라보는 시각은 민족주의적이라고 단순화시키기에는 복잡하다. 비록 본고는『조선민요선』의 일부인 「서정가」 항목만 집중적으로 살펴보았지만, 본고가『조선민요선』에 대한 이해에 도움을 주었기를 바란다. 다만 본고는 민요관과 서정성의 관계를 고찰하면서, 언어와 표현을 좀 더 심도 깊게 분석하지 못했다. 본고의 이러한 한계는 후속 연구에서 보완되어야 한다.

## 참고문헌

1. 자료
고정옥, 『조선민요연구』, 수선사, 1947.
김소운, 『조선구전민요집』, 제일서방, 1933.
임  화, 『조선민요선』, 학예사, 1939.

2. 단행본
박경수, 『한국 근대 민요시 연구』, 한국문화사, 1998.
박혜숙, 『한국 민요시 연구』, 형설출판사, 1992.
배경숙, 『이재욱과 영남전래민요집 연구』, 국학자료원, 2009.
임동권, 『한국민요논고』, 민속원, 2006.
임화 저, 김외곤 편, 『임화전집 2 : 문학사』, 박이정, 2001.
조동일, 『서사민요연구』, 啓明大學校出版部, 1983.
조선과학백과사전출판사, 『조선향토대백과 1』, 평화문제연구소, 2005.
최  철, 『한국민요학』, 연세대학교 출판부, 1992.

3. 논문
김도형, 「동학민요 파랑새노래 연구」, 『한국언어문학』 67, 한국언어문학회, 2008.
김용찬, 「고정옥의 시조관과 『고장시조선주』」, 『時調學論叢』 22, 한국시조학회, 2005.
서혜숙, 「강강술래의 생성배경과 기능」, 『남도민속연구』 3, 남도민속학회, 1995.
임경화, 「"민족"에서 "인민"으로 가는 길 : 고정옥 조선민요연구의 보편과 특수」, 『동방
        학지』 163, 연세대학교 국학연구원, 2013.
최서윤, 「자유시, 그리고 '격조시형'이라는 '장치'의 탄생」, 『비교한국학』 22, 국제비교
        한국학회, 2014.
허성일, 「金素雲의 研究」, 성균관대학교 석사학위논문, 1988.

# 〈게우사〉와 〈남원고사〉에 드러난 언어와 표현

박 소 영

## 1. 들어가며

판소리 열두 마당 중, 신재효에 의해 판소리로 부르던 여섯 편의 작품을 개산(改刪)하여 모은 전승 판소리 여섯 마당(변강쇠가 포함)을 제외한 나머지 비전승(실전) 판소리 여섯 마당 <배비장타령>, <강릉매화타령>, <옹고집타령>, <장끼타령>, <무숙이타령(왈자타령)>, <숙영낭자타령>, <가짜신선타령>은 주류가 아님에도 불구하고 작품 양상이나 주제, 소재, 등장인물 등 다양한 방면의 연구와 논의가 현재까지 활발히 이루어져왔다.

본고는 전승되지 않은 판소리 여섯 마당 중, <무숙이타령(왈자타령)>의 사설 정착본으로 알려진 <게우사>[1]를 선정하여, 같은 시기 1860년대 서

---

1) <게우사>는 1890년에 필사된 국문소설(1책)로 박순호 소장본이 유일본으로 전해졌으나, 박 교수 소장본은 파손 상태로 낙장(落張)이 다소 있는 결본인데 반해, 2016년 국악음반박물관에서 가로 19cm, 세로 29.3cm 크기의 한지 묶음 총 62쪽에 완전한 필사본 작품 <게우사>가 발굴되었으나, 아직 공개되지 않아 확인할 수 없다. 박순호 소장본을 중심으로 살펴보면, 현전하는 <게우사>의 내용은 1860년대에 성립된 것으로 보인다. 따라서 이 작품 속에 반영된 연행 예술 정보는 19세기 초·중엽의 것으로 볼 수 있다.

울의 세책(貰冊)가에서 유행하던 이본 <춘향전>으로 알려진 <남원고
사>2)와의 비교 고찰을 통하여, <게우사>의 작품에 관한 논의와 더불어
두 작품 간의 동이점을 밝히고, 두 작품에 나타난 언어와 표현 양상을 살
펴보고자 한다.

먼저, 80여 종이 넘는 <춘향가>의 이본으로<남원고사>를 선정한 까
닭은, 필사본 <춘향전>가운데 가장 오래된 것이라는 점이 첫 번째 이유
이며, 두 번째로 <남원고사>에는 정철의 <사미인곡>이나, 이현보의
<어부사> 같은 노래를 비롯한 많은 노래가 들어 있기 때문이다. 다음으
로 <게우사>가 19세기 서울을 배경으로 하고 있으므로, 비교 연구에 있
어 두 작품의 시대적 상황, 배경이 동일한 조건에 놓여 논의될 수 있다는
점이 세 번째 이유이다. 19세기는 흔히 도시유흥의 전성기라고 불린다.
도시유흥의 성장은 심미화, 다양화된 여가가 본격 자리 잡으며, 생활과 여
가가 분리되는 징후로 해석할 수 있다.3) 이러한 도시의 형성 동인은 상업
의 발달로 인한 부의 증식이 가능해짐에 따라, 기존의 신분 제도와 자본
이 직결되던 형태에서 벗어나 지금 우리가 알고 있는 도시 자본주의의 형
태를 나타내기 시작한데서 기인한다. 서양으로부터의 다양한 문물의 수입
이 이루어지면서 물적 자원이 풍부해지고 사물에 대한 개인의 관심이 수
집이라는 치(痴)와 벽(癖)으로까지 확장되어 일종의 유행을 형성하게 되었
는데, 이 분위기 또한 도시 문화가 왕성해지게 되는 요인이 되었다. <게

---

2) <남원고사>는 1864년에서 1869년 사이에 기록된 것으로 추정되는 국문으로 된 <춘향전>
   이본(異本)의 하나로, 5권 5책의 필사본. 전체 분량이 약 10만 자 정도가 되므로, 20세기 이
   전의 <춘향전>으로서는 가장 장편이다. 그래서 완판 84장본 <열녀 춘향수절가>보다 약
   30년이 앞서며, 작품의 양도 두 배 이상이 되는 이 작품을 <춘향전>을 대표하는 대본으로
   평가하기도 한다. 현재 프랑스 파리 국립동양어대학교에 소장되어 있다.
3) 박애경, 「19세기 도시유흥에 나타난 도시인의 삶과 욕망」, 『국제어문』 제27집, 국제어문학
   회, 2003, 285면.

우사〉와 〈남원고사〉는 이러한 시대적 배경이 기저에 깔려있다는 점에서 유사하다. 다만, 〈남원고사〉는 서울이 아닌 '남원'을 배경으로 하므로, 등장인물이나 사설에서 다소 차이를 보인다. 네 번째로 〈게우사〉의 여주인공 '의양'이 기녀 신분인 만큼, 〈남원고사〉에서는 여주인공 '김춘향'의 신분 또한 기녀로 제시되고 있으므로 캐릭터가 매우 유사하여 좀 더 명확한 비교 양상을 밝히는 논의에 적합하리라 기대하기 때문이다.

그러나 두 작품이 각각 〈남원고사〉는 판소리계 소설로 분류되고, 〈게우사〉는 판소리 사설 정착본으로 분류되므로, 문학 작품 분류에서 서로 차이가 있다는 점을 미리 밝힌다. 하지만 이러한 분류법은 아직 연구자 간에 많은 논란이 있고, 어느 특정 한 분류로만 정의할 수 없다는 것이 현재 판소리와 판소리계 소설에 대한 학계의 입장이므로 단정지어 제시할 수 있는 사안은 아니다.[4]

그럼에도 불구하고 〈춘향가〉와 〈무숙이타령(왈자타령)〉의 판소리 사설로 두 작품을 선택하는 것은, 각각의 작품이 위의 네 가지 이유로 전승 판소리와 비전승(실전) 판소리에 대한 가장 효과적인 연구가 가능하리라 판단하였기 때문이다. 차후 대상 텍스트 선정에 관한 논의는 선행 연구를 면밀히 검토하여 보완할 것을 미리 말씀드린다.

---

4) 이윤석, 『남원고사 원전 비평』, 보고사, 1990, 26~27면.
"근원설화 → 판소리 → 판소리계소설" 도식을 정밀하게 검토해보면, 눈에 띄는 문제가 하나 둘이 아니다. 판소리를 조선후기의 새로운 창법의 산물로 생각하지 않고, 이야기를 노래로 부르는 세계적인 보편성을 갖는 예술장르로 생각한 것이라든가, 전체의 이야기를 노래로 하는 것이 아니라 이야기의 한 부분을 노래 부르는 것이 판소리임에도 불구하고, 20세기에 들어와서 창극의 형태로 불린 것을 판소리의 원형이라고 생각한 것 등은 다시 검토해야 할 문제이다. 논란이 되었던 〈적벽가〉의 문제에서, 『삼국지연의』라는 소설을 근원설화로 파악할 수 있는가 하는 문제는 반드시 재검토해야 할 것이다.

## 2. 〈게우사〉와 〈남원고사〉 주제 의식 및 등장인물

먼저, 〈남원고사〉는 기존에 잘 알려진 〈춘향전〉와 같은 골자를 이루므로 따로 언급하지 않고, 〈게우사〉의 줄거리를 정리하여 제시하자면 아래와 같다.

① 서울의 대방 왈자 김무숙이와 평양에서 내의원(內醫院) 기녀로 선상 (選上)된 의양이 왈자들의 청루 모임에서 첫 만남을 갖는다.
② 의양에게 반한 무숙이는 거금을 들여 속량시켜 첩으로 삼는다.
③ 그 후, 주색잡기와 노름으로 방탕한 생활이 계속되자 의양은 무숙의 본처, 노복 막덕이, 무숙의 친구 대전별감, 평양 경주인 등과 공모하여 무숙의 개과천선을 위한 계획을 꾸민다.
④ 의양은 무숙을 구박하여 내치며 본처가 있는 집에 돌아가게 한다.
⑤ 어느날 생계를 위해 날품팔이를 하던 무숙은 막덕이를 만나, 다시 의양과 재회하지만 의양은 자신의 집 중노미로 삼는다.
⑥ 의도적으로 무숙이를 고생시키던 의양은 무숙이의 친구 대전별감과 놀아나는 모습을 연출한다.
⑦ 자결을 시도하는 무숙을 보고 놀라, 그간의 거짓 계략을 밝히고 마음을 바로잡게 한다.

〈춘향가〉를 바탕으로 한, 〈남원고사〉의 줄거리와 비교해보았을 때, 해결되지 않는 궁금증은 두 가지다.

첫째, 〈게우사〉의 주제가 여성 의양에 의한 무숙이의 개과천선이라면, 〈남원고사〉는 여성 춘향에 의한 이도령의 출세라는 점에서 유사하지 않은가? 여기서 '출세'의 의미는 이도령의 과거급제만을 의미하는 것은 아니다. 극중 기녀 춘향의 열렬한 수절을 통해 극으로 치닫는 당시 변사또의 악랄한 행위나 탐관오리에 대한 반감이 급상승되는 효과를 가져왔고,

이도령의 어사출두가 더욱 마땅하고도 강렬한 악당 처치로 그려져 큰 효과를 거둔 것은 사실이다. 그리고 결과적으로는 "샹이 드르시고 희한이녁이샤 격절칭찬ㅎ시되 져의 뎡졀 지귀ㅎ다 만고의 드믄일이로다"5) 하고 춘향뿐 아니라 이도령의 이름을 조정에까지 알리게 되니, 춘향의 고절(高節)이 이도령의 출세에 기여한 바가 의양의 무숙이의 개과천선을 위한 노력과 그 공이 비슷하다고 생각된다. 그러나 의양이 무숙을 속여 무숙이의 개과천선을 그려냈다면, 이도령은 자신의 암행어사 신분을 숨기고, 거지 꼴로 춘향을 속이고 있다는 점에서 속이는 사람과 속임을 당하는 대상이 서로 정반대라는 점이, 두 작품의 큰 차이라 하겠다.

둘째, 이야기 중 남자주인공이 '거지'가 된다는 설정이 〈게우사〉와 〈남원고사〉에 나타나고 있다는 점에서 유사하다.

> 무슉긔 거동 보소. 입을거시 업서논니 막덕기 큰져고리를 허리 나게 입고. 의양의 떠러진 가리바디을 입고 안저 허리가 몹시 실린 즉, 기가족을 두루고 화롓불만 쬐고 안저신이 더벙머리 눈을 각금 가리운이 더강이를 내두르며 손까락으로 ㄱ리마를 타고6)

> 즉일 발힝ㅎ올 격의 어젼의 하직ㅎ고 집에 도라와 고스당 허비ㅎ고 부모의게 하직ㅎ고 금의룰 다 바리고 쳘더 업슨 헌 파립에 미명실노 쓴을 ㅎ고 당만 남은 헌 망건의 갓풀관ㅈ 됴희당쓴 졸나 미고 다 쩌러진 뵈도포롤 모양업시 거러입고 칠푼쓰리 목분합쯰롤 흉복통을 눌너미고 하여진 맛부치롤 웃다님으로 잘근 미고 변쥭 업슨 ㅅ송션을 손의 쥐고 남디문을 니다라서 군관 비장 셔리 반당 녕니흔 군 퇴츌ㅎ여 변복시겨 남 모르게 션송ㅎ고 암힝으로 ㄴ려갈 졔7)

---

5) 이윤석(1990), 356면.
6) 김종철, 「게우사」, 『판소리연구』 5, 판소리학회, 1994, 449~450면.
7) 이윤석(1990), 265면.

<게우사>의 무숙이가 의양의 집에서 종노릇을 하게 되는 장면으로, 무숙이의 거지처럼 불쌍한 행색을 드러내는 대목이다. 그러나 <게우사>에서의 거지는 타의에 의한 것이나, <남원고사>의 이도령의 거지가 되는 설정은 이른바 '왕자와 거지' 이야기처럼 결과적으로 이도령이 암행어사로 다시 변신하게 된다는 점에서 자의에 의한 선택이므로 그 결과도 <게우사>의 개과천선이라는 목표와는 다른 방향으로 나아간다. 여기서 더욱 주목할 것은 타인에 의한 무숙이의 거지되기는 여성들에 의해 이루어진다는 점이다.

> 춘향이 어미 불너 잇고 어마니 니 말 듯소 셔방님이 뉴리걸식홀지라도 관망의복이 션명호여야 남이 천디롤 아니호고 정훈 음식을 먹이느니 셔방님이 날 다려갈 제 쓰려호고 장만호엿던 의복 초록공단 겻막이며 보라더단 쇽격고리 남무디단 핫치마며 진홍갑스 홋치마 빅방슈쥬 고쟝바지 더셜 후릉 너른바지 돈피즈알 갓격고리 양피볼찌 갓토슈며 삼승 두 필 함농 쇽의 드러시니 그것 모도 드러니여 헐가 방미 탕탕 파라 셔방님 통냥갓 외올망건 당빅도포 져스슈건 장만호여 드리고 옷졉선 호 즈로 빈혀궤의 드러시니 한편의는 막막슈전비빅노롤 그려 잇고 쪼 훈 편의는 음음화 목젼 황괴 그려시니 날 본다시 줘시계 드리고 니 말디로 부디 호여쥬오[8]

<남원고사>속 춘향이처럼 서울로 떠난 이도령을 기다리고, 또 거지꼴이 된 이도령을 괜찮다고 하는 순종적인 여성상은 <게우사>에서 찾아볼 수 없다. 그렇다면 <게우사>가 전승되지 못한 까닭은 여성 의양과 본처의 담합으로 시작된 여성들에 의한 무숙이의 개과천선이 적나라하게 주제 의식으로 부각되었기 때문에, 당시 남성 독자층이나 사회 통념상 수용할 수 없었기 때문으로 추정해 볼 수 있다.

---

8) 위의 책, 313~314면.

다음으로 두 작품 속 등장인물은 어떠한 차이를 보이는가? 남성주인공
의 신분, 경제, 직업뿐만 아니라 여성주인공, 주변인물의 모습에서도 서로
다른 양상을 보인다.

| | 〈게우사〉 | 〈남원고사〉 |
|---|---|---|
| 남성 주인공 | 김무숙, 왈자,9) 할아버지부터 부를 이룬 중산층 | 이도령, 암행어사, 양반가 |
| 여성 주인공 | 의양, 의원 소속 기녀10) | 김춘향, 관아 소속 기녀 |
| 주변 인물 | 무숙의 처, 막덕이, 대전별감, 평양경 주인등 | 변사또, 방자, 향단, 춘향어미 등 |

무숙이의 태생은 양반가로 추정되나 현재는 왈자 패거리와 어울려 다
니는 서울 한량, 백수인 반면 이도령은 과거 급제를 통해 암행어사가 되
고 집안도 부유한 번듯한 양반가 자제이다. 여성 주인공은 둘 다 기녀라
는 점에서 신분은 같으나, 평양 출신으로 떠돌이 생활을 하는 의양과 달
리, 남원에서 친어미와 함께 집에서 살고 있는 춘향은 양반 여성에 가까
운 모습(아버지가 양반이라는 점도 중요하다)이다. 그렇기에 이도령이 하인 방
자를 두듯, 춘향이도 향단이가 있다. 반면, 무숙에게는 하인은 없고 대전
별감, 평양 경주인 등이 친구로 등장하는데, 이들은 왈자는 아니고 일반
양반가 자제들이다. 의양에게도 일을 도우는 막덕이가 있는데, 이야기 중
막덕이는 거지꼴로 도시 잡부로 일하는 무숙이를 다시 의양에게 데려다

---

9) 왈자, 이들의 활동무대는 도박장, 술집, 기생방 등 유흥가를 무대로 각종 금전과 이권을 챙
   겼던 것을 보면 조선시대 검계나 지금의 조폭이나 크게 다를 것이 없었던 것 같다. 또한 이
   들이 있는 집 자제들도 있어 막대한 자금력과 인력동원을 이용하여 도박장이나 술집, 기방
   등의 이권을 차지하고 자신들의 부하들을 시켜 세력권 유지와 질서 확립에 노력했다는 것
   을 알 수 있다. <한국학자료센터> 참조.
10) 왕의 의복과 궁중의 일용품을 공급하던 관청을 상의원(尙衣院)이라 하고, 이곳에 소속된
    침선비(針線婢)는 지방에서 올라온 선상기(選上妓)로서 침선 이외에도 기생 영업을 하였다.

주는 연결자 역할을 한다는 점에서 향단과 비슷한 역할을 한다.

이러한 등장인물의 차이에서 오는 의문은 변사또 역할을 하는 인물 즉, <게우사>에는 왜 악인(惡人)이 등장하지 않는가 하는 점이다. 그 이유는 무숙이가 왈자이기 때문에 남자 주인공 자체가 이미 악인형 인물로 설정되어 있고, 주제가 무숙이의 개과천선이므로 여타 악인형 인물의 등장을 필요로 하지 않기 때문이다. 다시 말해, 춘향과 이도령의 사랑을 방해하는 방해꾼이 등장해야만 고난과 역경을 딛고 이루어지는 둘의 사랑이 더욱 아름다워지는 반면, 무숙이의 개과천선을 위해서는 무숙이의 고난과 역경을 보여주는 것이 극중 재미와 서사 전개에 적합하기 때문에 악인형 인물의 등장이 필요하지 않다.

이상의 이유로 <게우사>가 <남원고사>에 비해 극적인 상황 연출이나, 대중의 공통된 관심인 '사랑'이라는 요소가 등장하지 않고, 한 남자의 성장기를 보여주고 있으므로 판소리 사설로서도 대중의 관심을 덜 받게 되었으리라 생각된다.


### 3. 〈게우사〉와 〈남원고사〉 속 언어와 표현

<남원고사>는 남녀의 사랑을 주제로 한 이야기를 구성해나가고 있으므로, 사랑을 나누거나 위험에서 여주인공을 구해내 사랑을 성취하는 서사 구조가 골자를 이룬다. 이야기 사이사이로 주인공들이 대화를 나누는 장면을 통해, 특징적인 언어와 표현을 살필 수 있는데, <남원고사>에서는 사랑이 싹트는 대목이나 사랑을 나누는 대목, 이별 후 다시 만나 재회하는 장면 등 긍정적인 상황에서 리듬이나 운율을 드러내는 언어와 표현이 주로 사용된다는 것을 확인할 수 있다.

춘향이 홀 일 업셔 권쥬가 호여 슐 권홀 졔

"잡으시오 잡으시오 이 슐 한 잔 잡으시오 이 슐 한 잔 잡으시면 슈부다남(壽富多男)호오리라 이 슐이 슐이 아니오라 한무뎨 승노반의 니슬 바든 거시오니 쓰나 다나 잡으시오 인간영욕 혜아리니 묘창히지일쇽이라 슐이나 먹고 노스이다…"11)

연호여 부을 젹의 니도령의 쥬량이 너른지라 무한 먹어쥰다

"쫄쫄 부어라 풍풍 부어라 쉬지 말고 부어라 노지 말고 부어라 바스락 바스락 부어라 왼 병의 치온 슐이 뉴령이가 먹고 간지 반병일시 격실호다 마즈 부어라 먹즈고나…"12)

위 대목은 춘향이와 이도령이 첫날 밤을 보내는 장면에서 흥취를 북돋기 위해 서로 술을 권하는 장면이다. 춘향이 "잡으시오/잡으시오/이슐한잔/잡으시오"는 마치 민요의 기본 형식인 AABA 구조를 따르는 듯한 느낌을 준다. 또한 "이슐한잔/잡으시면/수부다남/하오리다"로 이어지면서 전체 4·4조 리듬을 형성하는데, 한 편의 민요를 노래하는 느낌을 준다. 춘향의 이러한 '잡다'라는 동사를 반복함으로서 전반적인 리듬감을 형성하는 것은 술 마시는 대목의 이도령의 화답에서도 또한 나타난다. "쫄쫄 부어라/풍풍 부어라/ 쉬지말고 부어라/ 놀지말고 부어라/ 바스락 바스락 부어라"로, 춘향의 '잡다'와 이도령의 '붓다'가 동질한 운율을 형성해내고 있다. 이는 두 남녀의 화답이라는 장면 상황에 걸맞게 같은 어법으로 일치를 이루는 화창(和唱)이 된다.

춘향이 혼미듕의나 음성이 귀의 익고 말쇼리 슈상호지라 눈을 잠간 드

---

11) 이윤석(1990), 117면.
12) 위의 책, 120면.

러 치여다보니 슈의어시 미망낭군이 정녕ᄒ다 천근갓치 무겁던 몸이 우화
이등션이라 한 번 쇼쇼 쮜여올나 드립더 덤셕 안고 녀산폭포의 돌 구으듯
데굴데굴 구을면서

"얼스 조흘시고 이거시 꿈인가 상신가 젼셩인가 이싱인가 아모랴도 모
로깃니 조화옹의 작법인가 천우신조ᄒ엿는가 <u>조흘 조흘 조흘시고 어스 셔
방이 조흘시고</u> 세상 스람 다 듯거라 쳥츈금방 괘명ᄒ니 쇼년등과 <u>즐거온
일</u> 동방화쵹 노도령이 슉녀 맛나 <u>즐거온 일</u> 쳔니타향 고인 만나 <u>즐거온
일</u> 삼츈고한 감우 만나 <u>즐거온 일</u> 칠십노인 구디독신 싱남ᄒ여 <u>즐거온 일</u>
슈삼쳔니 졍비죄인 디샤 만나 <u>즐거온 일</u> 세상의 즐거온 일 만컨마는 이런
일도 ᄯᅩ 잇는가 실낫ᄀᆺᄐᆞᆫ 니 목슘을 어스 낭군이 살녓고나 <u>조흘 조흘 조
흘시고</u> 져리 귀히 되엿고나 어졔날 유걸긱이 오늘날 슈어시라 어졔 잠간
맛낫실 졔 조곰이나 일ᄶᅵ오지 그디지도 쇽여는고 허판스의 용훈 졈이 쳔
금이 ᄲᅡ리로다…"13)

위 대목은 이도령의 어사출두 이후, 춘향 어미가 신이나 춤을 추며 노
래하는 대목이다. 거지꼴로 찾아온 사위가 돌연 암행어사가 되어, 옥살이
하던 자신의 딸을 구해내며 자신의 앞에 나타나게 된 그 기쁨은 절로 노
래가 흘러나오게 한다. "얼쑤 좋을시고!"로 시작되어 "꿈인가/생시인가/전
생인가/이생이가/아무래도/모르겠다"라며 언어유희를 통한 자신의 흥분된
감정을 적극적으로 드러내고 있다. 또한 "좋을/좋을/좋을시고!"를 중간 중
간 반복하여, 자신의 딸이 구사일생 한 것과 어사 사위를 맞게 된 기쁨을
숨김없이 반복적으로 나타내고 있다. 이 대목에서는 '좋다'의 수많은 반
복이 나타나고, '즐거운 일'을 줄줄이 나열하여 그 중 가장 큰 즐거움이
바로 이런 일, 지금 자신에게 일어난 일이 가장 즐겁다를 강조하는 효과
를 보여준다.

---

13) 앞의 책, 348면.

  반면 〈게우사〉에서는 그 내용과 주제가 〈남원고사〉와 상이한 만큼, 주목할 만한 언어와 표현도 다른 상황에서 드러난다. 주로 무숙이를 평가하는 사설 대목이나, 무숙이의 처지를 설명할 때 강하게 나타나는데 아래와 같은 예를 통해 살펴 볼 수 있다.

  돈은 써도 슈가 익고 안니 써도 슈가 잇넌듸 열양 쓸 듸 천양 쓰고 천양 쓸 듸 흔양 쓴니 젹실인심 무슉니요 블의 심스무슉니라.[14]

  왈자 혹은 한량, 백수 무숙이로 불리는 인물인 만큼, 무숙이의 인물평에 관한 사설이 작품 전반을 차지한다. 위 예문 중, 무숙이가 의양과 만난 후 사치와 노름에 더 깊게 심취하여 돈을 써대는 모습을 사설로 풀어 놓은 대목은 '돈은 써도 수가 있고/ 아니 써도 수가 있는데/ 열 냥 쓸데 천 냥 쓰고/ 천 냥 쓸데/ 한냥 쓰니/ 적실인심 무숙이요/ 불의 심사 무숙이라'로 동사 "쓰다"를 반복적으로 나열하고 있다. 이는 무숙이의 돈 쓰는 행위에 대한 비판을 적나라하게 드러내는 효과를 준다.

  한편, 의성어를 사용한 감각적인 언어 표현을 사용한 대목도 주목할 만한데, 아래 대목을 통해 확인할 수 있다.

  "낫 독기비 져긔 간다."
  더벙머리 느더펄펄펄 가리바지 다리식의 승슝니는 드렝드렝, 니리져리 부드치며 허리도 막 기가쥭은 츈바람의 너울, 보션읍시 민발바당 발고락을 오구리고 덩검덩감 모빅니로 일모황혼 겨문날의 쳐즈의 집을 츠져가니, 남의 첩실있는 처자 썩 들어가 볼길없어 굴뚝에다 밑을 대고 동지섣달 불개떨듯 사지를 한데 모고 오동고려 앉았으니, 천하잡놈 이아닌가.[15]

---

14) 김종철(1994), 436면.
15) 앞의 책, 453면.

본처와 의양의 계략에 빠진 후, 갈 곳 없는 무숙이가 의양을 떠나 찾아가는 곳은 본처와 자식들이 있는 집이다. 가진 재산을 탕진한 것도 모자라 빚더미에 나앉아 집으로 돌아가는 모습을 묘사하기를, 더벅머리는 "느더펄펄"하고, 가래바지 다리 사이 승숭이는 "드렁드렁"하고, 이리저리 부딪히며 허리도 막 개가죽은 찬바람에 "너울대며", 버선없이 맨발다당 발고락을 오므리고 "덩검덩감" 모백이로 일모황혼 저문 날에 처자의 집을 찾아간다. 거지꼴이 된 처량한 모습을 강조하기 위해 의성어를 사용한 것으로 생각되며, 그 행색에 대한 사설을 길게 늘어놓으며 무숙이의 처지가 기존과 급격하게 변화되었다 것을 다시 한 번 확인할 수 있게 하는 효과를 갖는다. 또한 광대놀음의 한 대목처럼 그 모습이 묘사되고 있어, 앞으로의 사건 전개가 어떠한 방향으로 나아가게 될지, 극적 긴장감을 형성하는데 기여하는 바가 크다.

### (1) 〈게우사〉와 〈남원고사〉 속 언어 변용과 그 의미

〈게우사〉와 〈남원고사〉에는 시조와 가사, 잡가까지 기존의 작품들을 이야기 곳곳에 배치하여, 이야기의 배경이 되어주거나 주인공의 심경을 대변하는 등 다양한 문학적 효과를 거두고 있다. 물론 기존 작품을 그대로 차용하는 것도 있지만 몇몇 대목에서는 이야기의 주제의식이나 분위기, 상황에 따라 알맞게 변용하여 제시하고 있는데, 기존의 작품이 주는 느낌과는 또 다른 독특한 분위기를 형성하게 된다.

먼저 〈게우사〉에는 〈청구영언(靑丘永言)〉에 수록된 수유동 구천폭포를 관망하면서 지은 시가 등장한다. 이는 당시 무숙이 살던 곳이 한양이므로, 〈게우사〉의 작품 초반에 배경을 설명하면서 이 시조를 인용하고 있는 것으로 보인다.

이때는 어느 땐고 낙양성 방화시로구나. 초목군생이 각유자락 ①*처처마다 봄빛인데* 관자오륙 동자 칠팔 문수 중흥으로 백운봉 등임하니 공북삼각은 진북무강이요, 장부의 흉금은 운몽을 삼킨 듯 구천은폭의 ②*진금(塵襟)* 을 게친 뒤에, 행화방초 ③*경양노(徑陽路)로* 취흥이 도도하여 손길을 마주잡고, ④*억기 미름 게트름의* 답가 일성 행유하고, ⑤*청류고당 높은 집에 어식비식* 올라가니 좌반에 앉은 왈자 상좌에 당하천총 내금위장 소년 출신 선전관 비별낭의 도총경력 앉아 있고, 그 지체 바라보니 각영문 교련관에 세도하는 중방16)이며, 각사 서리 북경 역관 좌우포청 내행군관 대전 별감 울긋불긋 당당홍의 색색이라.17)

<歷代時調全書> 472

낙양성리(洛陽城裏) 방춘화시(方春和時)에 초목군생이 개자락(皆自樂)이라. 관자(冠者) 오륙인과 동자 육칠 거느리고 문수중흥(文殊中興) 백운봉(白雲峰) 등림(登林)하니 천문(天門)이 지척이라. 공북(拱北) 삼각(三角)은 진국무강(鎭國無疆)이오. 장부의 흉금에 운몽(雲夢)을 삼켰는 듯 구천은폭(九天銀瀑)에 진영(塵纓)을 씻은 후에 행화방초(杏花芳草) 석양로(夕陽路)로 답가 행휴(踏歌行休)하야 태학(太學)으로 돌아오니 증점(曾點)의 영귀고풍(詠歸高風)을 미쳐 본 듯하여라.

기존의 <청구영언>에 수록된 시조의 구천 은폭은 지금의 수유동 구천 폭포를 가리키는 것으로, 옛 선비들은 비가 오기를 기다려 구천 폭포를 탐방하고 시조를 지었다고 한다. 그러나 <게우사>에서는 무숙이의 처지나 왈자 집단의 분위기에 맞게 변용하고 있는데, 먼저 ①에서는 '곳곳마다 봄빛인데'라는 계절 봄을 더욱 강종하여, 연회가 열리는 왈자 모임 장소로 발걸음을 옮기는 무숙이의 들뜬 마음을 배가시키는 효과를 준다. ②

---

16) 중방(中房)은 고을 원님의 시중드는 사람을 말한다.
17) 앞의 책, 420~421면.

에서는 기존의 "진영(더러워진 갓끈)"에서 '진금(티끌로 더러워진 옷깃)'으로
바꾸었는데, 무숙이 양반이나 올바른 선비의 행색은 아니므로 갓끈으로
비유하기 보단, 옷깃으로 바꾼 것으로 보이는데 적절한 변용이라 생각 된
다. ③은 완전히 변용되어 나타난 대목으로, 기존의 "석양로"에서 "경양
로"로 바뀐 길을 제시하고 있고, 무숙이가 흥에 취해 ④어깨를 들썩거리
며 게트름까지 하며 길을 걷는 모습을 형상화하고 있다. 이는 무숙이의
조신하지 못한 행태나 우스꽝스러운 한량의 모습을 제시하는 것으로, 기
존의 시조가 선비 혹은 양반들의 이미지에 알맞는 어휘나 묘사를 사용하
는 것이므로 달라질 수밖에 없는 대목이다. 그 결과 목적지도 서로 다를
수밖에 없는데, <청구영언> 속 시조에서는 구천폭포를 지나 태학(太學)으
로 돌아가는 반면, 무숙이는 잔치가 열리는 ⑤청류고당 높은 집으로 이리
저리 기웃거리며 올라가는 것이다. 이처럼 기존의 시조를 차용하여 무숙
이가 지나온 한양 길을 적절하게 묘사하고 있지만, 그 내용에는 변개를
가하여 <게우사>작품에 걸맞은 새로운 시조로 재해석 혹은 재구성하여
나름의 풍미를 거두고 있다 하겠다.

    <남원고사>에서는 이도령이 아버지를 따라 한양으로 돌아가자, 춘향
이 홀로 남아 정철의 <사미인곡>사설을 풀어놓는 대목을 살펴 볼 수 있
다. 춘향은 이 가사를 인용하여, 긴긴 넋두리로 사랑하는 님에 대한 그리
움을 절절히 묘사하고 있는데, 기존의 <사미인곡>을 그대로 읊지 않고,
일부분 변용한 흔적을 찾아 볼 수 있다.


    "… 이 몸이 숨길실 졔 님을 조ᄎ 숨겨시니 삼성의 연분이며 하ᄂᆞᆯ 마ᄎᆞᆯ
    일이로다 나 ᄒᆞ나 쇼년이오 님 하나 날 괴실 졔 이 마음 이 ᄉᆞ랑은 견줄
    디 젼혀 업다 평싱에 원ᄒᆞ오디 ᄒᆞᆫ디 예ᄌᆞ ᄒᆞ엿더니 ①그 덧셰 어이ᄒᆞ여
    각지동셔 그리ᄂᆞᆫ고 엇그졔 님을 뫼셔 광한뎐의 올낫더니 그 덧셰 무슴 일

노 하계의 나려온고 올 젹의 비슨 머리 허트런지 오릭도다 연지분도 잇건
마는 눌 위흐여 고이 홀고 (…) 곳 지즈 시닙 나즈 녹음이 어린 젹의 나유
는 젹막흐고 슈막이 뷔여셰라 부용당 거러두고 공작병 둘너시니 갓득에
시름흔듸 희는 어이 기도던고 원앙금침 쩨쳐너여 삼싁실 푸러너여 금쳑의
견조와셔 님의 옷술 지어너니 슈품도 조커니와 졔도도 ㄱㅊ홀시고 ②황함의
담아두고 님 계신 듸 바라보니 산인가 구름인가 머흠도 머흘시고 ③ 옥누
의 혼즈 안즈 슈졍렴 거든 날의 동영에 달 돗고 북극의 별이 뵈니 님 본
듯 반가오믹 눈물이 졀노 난다…"[18]

먼저, ①에서는 "늙거야 므스일로 외오 두고 그리는고"를 변용하여, 지
금 현재 춘향이 이도령과 이별하여 거리가 멀어졌다는 사실을 부각시키
는 효과를 가져온다. '그 동안에 어이하여 각자 동쪽 서쪽에서 서로를 그
리워하고 있는가'라고 한탄하는 대목은 기존의 '늙어서 무슨일로 외따로
두고 그리워하는가'의 의미와 달라지고 있는 부분이다.

②에서는 "산호수 지게 우희 백옥함의 다마두고 님의게 보내오려 님 겨
신 듸 브라보니 산인가 구름인가 머흐도 머흘시고"를 변용하여 '황함(黃函)
에 담아두고 임 계신데 바라보니 산인가 구름인가 험하기도 험하구나'라
고 서술하고 있는데, 기존의 "백옥함"은 '황함'으로, "님에게 보내오려"는
제외되었다. 황함에 옷가지를 담아두고 보내겠다는 의지보다는 님 계신
곳을 바라보고라고 서술되고 있는데, 이는 이도령이 있는 곳에 가지 않고
여기서 남아 이도령이 올 때까지 기다리겠다는 의지가 더욱 분명해지는
효과를 만들어낸 것이라 볼 수 있다.

③은 기존의 <사미인곡>에서 "천리만리 길희 뉘라셔 츳자갈고 니거든
여러두고 날인가 반기실가 흐르밤 서리 김의 기러기 우러 녈"이 빠져있는

---

18) 이윤석(1990), 168~170면.

대목이다. 이는 앞서 언급한 것처럼, 이도령이 반드시 남원, 춘향이 있는 곳으로 돌아오리라 믿기 때문이다. 또한 지금 이 대목을 노래하는 장면의 상황이 이도령이 한양으로 올라가는 이별의 장소이므로, 찾아가겠다는 서술이 제외된 것으로 보인다.

## (2) 〈게우사〉와 〈남원고사〉 표현 양상 비교

〈게우사〉는 기존에 원전이 되는 설화나 작품이 없는 것으로 알려져 있는데, 그렇기에 기존의 유행하였던 작품들을 인용하거나 영향을 받은 흔적을 작품 곳곳에서 살 필 수 있다.

> 의양이 정신이 아득하여 면경채경 화류문갑 각종 장판에 내부드지며
> "여보여보 김서방님 놀음도 수가있고 돈쓰기도 수가 있지. (…중략…) 요
> 자식아 잡자식아 쓸개없는 김무숙아. 알심많고 멋아는 일 너와 삼생원수
> 로다. 안고수비네 큰수란 네집 처자 피가나니 <u>가성고처 원성고[19]를 널 두
> 고 이름이라."[20]</u>

의양이 무숙이와 한창 사랑 놀음에 빠졌다가 정신이 문득 들어 무숙이의 행태를 비판하며 꾸짖는 대목이다. 이 장면에서 의양이 무숙에게 거침없는 욕설을 퍼부으면서, "가성고처 원성고를 널 두고 이름이라"라고 말

---

19) 〈춘향가〉에서 이어사가 지은 시 중 한편.
　　본관 생일잔치에 찾아간 어사는 운봉 옆으로 가 주안상을 받고, 권주가를 부르게 하는 등
　　갖가지 밉살스러운 짓을 한다. 그런 어사를 쫓아내기 위해 본관이 시 한 수씩 짓자고 제
　　안하고, 어사는 "금준미주(金樽美酒)는 천인혈(千人血)이요, 옥반가효(玉盤佳肴)는 만성고
　　(万姓膏)라. 촉루락시(燭淚落時) 민루낙(民淚落)이요. 가성고처(歌声高処) 원성고(怨声高)
　　라"라는 시를 지어 주고, 바로 어사출도를 한다.
20) 앞의 책, 442면.

하는 대목이 있는데, 이는 기존의 <춘향가>에서 전해져오던 이도령이 어사 신분을 숨기고, 탐관오리들이 모인 자리에서 그들을 꾸짖기 위해 지은 시 한 수 중 부분을 차용한 것이다. 이러한 대목을 통해 <게우사>가 이미 기존에 불리던 혹은 전해지던 가사나 잡가, 판소리 등의 영향을 받은 작품임을 확인할 수 있다.

다음은 <게우사>와 <남원고사>에 등장하는 '사랑가' 사설을 비교해 볼 수 있는데, 이 사설 또한 기존의 <춘향가>에 포함된 '사랑가'의 영향을 받았으리라 추정된다.

> "사랑 사랑 사랑이야. 연분이라 하는 것은, 삼생(三生)의 정함이요, 사랑이라 하는 것은, "칠정(七情)의 중함이라. 월로의 정한 배필, 홍승(紅繩)으로 맺었으며, 요지(瑤池)의 좋은 중매, 청조(靑鳥)가 날았구나. 사랑 사랑 사랑이야, 백곡진쥬(百斛眞珠) 사왔으니, 부자의 흥정이요, 천금준마 바꾸면, 문장의 취흥이라. 무산신녀 행실 없어, 양대(陽臺) 운우(雲雨) 찾아가고, 탁문군은 과부로서, 개가장경 부끄럽다. 사랑 사랑 사랑이야…"
>
> — 신재효본 〈춘향가〉[21]

> 스랑가로 지낼젹의 (무숙의 호탕심스 섬섬약질 의양의 태도 바드득 니스랑) 동정 칠백월하추의 무산같이 높은스랑 목낙무변슈연천木落無邊水連天에 충희처럼 너른스랑 동정호 추월달이 교교히 비친스랑 만중폭포 물결갓치 굽이굽이 도는스랑 왜목앉고 입맞추며 서로안고 보는 모양 쵸싱편월初生片月 정신이라 이연분이 스랑을 산봉수절잊을소냐. 대방 왈자 무숙이요 천생 알심 의양이라. 하상견지 늦었던가 봉황곡을 지어내어 탁문군을 안어본 듯 강남의 얼피 수천의 옥골당기 끝에 진주 옷고름에 밀화당도 새벽바람 연차온더 너를 보니 그만알라 날아가던 학선이도 네 태도를 당할소냐 대단 족두리 비단 발막 녹의홍상 가화차려 무릉동 찾아가 어주축수

21) 신재효 지음·강한영 교주, 『신재효와 판소리 여섯바탕집』, 앞선책, 1993, 24면.

나린물에 거주없이 띄웠으면 홍도벽도 무색하고 교차보데 비겨띄고 벽화
관을 너울씨워 사각봉에 앉혔으면 천생 선녀로 아니보는 놈은 그 제미 붙
을 놈이로다. <u>스랑스랑 스랑이야</u>.22)

　　이러트시 슈작ᄒ며 쳔금이나 어든드시 즐겁기도 긔지업고 깃부기도 측
냥업다 셔거라 보자 안거라 보ᄌ 아장아장 건니거라 보자 이러트시 스랑
ᄒ며 어루는 거동 홍문연의 범증이가 옥결을 ᄌ조 드러 항장 불너 픠공을
죽이랴고 큰 칼 ᄲᅡᆺ혀 들고 검무츄어 어루는 듯 구룡소 늙은 룡이 여의쥬
룰 어루는 듯 검각산 빅익호가 송풍나월 어루는 듯 머리도 <u>ᄲᅳ</u>다듬고 옥슈
도 쥐여보며 등도 두드리며 <u>어우화 니 스랑이야 야우동창의 모란ᄭᅩᆺ치 펑
퍼진 스랑 포도 다리 넛출ᄭᅩᆺ치 휘휘츤츤 감긴 스랑 방댱 봉너 산셰ᄭᅩᆺ치
봉봉이 소슨 스랑 동히 셔힝 바다ᄭᅩᆺ치 구뷔구뷔 깁흔 스랑 이 스랑 져 스
랑 스랑 스랑 스랑겨워 스랑가ᄒ며 이러트시 노니더니</u>…23)

위 세 작품은 순서대로 신재효본 <춘향가>와 <게우사>와 <남원고
사> 속 사랑가 대목이다. 전반적으로 세 작품의 차이는 크지 않아 보인
다. 다만, 기존 <춘향가>보다 뒤의 두 작품 속 사랑가에 훨씬 더 많은 한
문식 어투나 남녀의 사랑을 다룬 고사를 활용한 언어 표현이 두드러진다
는 것이 특징적이다. 또한 <남원고사> 속 사랑가는 '큰 칼 빼 들고 검무
추며 어루는 듯, 늙은 용이 여의주를 어루는 듯'이라는 식의 훨씬 감각적
인 어휘를 활용하여 시각적이며 촉각적인 느낌을 준다는 점에서 언어와
표현 양상이 두드러진다 하겠다. 사랑가 대목에서도 <게우사>는 무숙이
에 초점을 맞춰, '천생 선녀로 아니 보는 놈은 그 재미 붙을 놈이로다'라
는 식의 구어체를 구사하고 있다는 점이 독특하다. 세 작품 모두가 '사랑

---

22) 김종철(1994), 434면.
23) 이윤석(1990), 88면.

가'를 구현해내고 있지만, 각각 작품의 특징이나 분위기에 맞게 언어 표현이 재구성되고 있다는 것을 확인할 수 있다.

다음으로 〈게우사〉와 〈남원고사〉 속 왈자 형상을 비교해 볼 수 있다.

이때는 어느 땐고. 전천화류 만발한데 청루고각 높은 집에 호탕한 왈자들이 허다히 모인 중에 남북촌 뒤떠러서 대방 왈자 김무숙이 지체로 논지하면 중촌24)의 장안 갑부로 예부탕조와 고집있고, 상하체통 명분경계 선악시이반 능소능대 백집사에 가감이오. 문필로 논지컨대 과문육체 범연찮고 간필 한 장 명필이요, 큰활 원사 편사25) 일수 십팔기가 달통하고 노래 가사 명창이오, 거문고 생황 단소 오음 육률 속을 알고, 선소리 속 멋을 알고, 계집에게 다정함과 살아끼고 돈 모르고 노름판에 소담 많고, 잡기속도 알만한데 천타하여 본 체 않고, 인기가 이러하나 부족한게 지식이요, 허랑한게 마음이라.26)

좌중에 수모수모 왈자들 대답이 대동소이한데 속 못차린 왈자들은 "이 애 무숙이 좀자식아. 동원 도리편시춘東園桃李片時春 만 네 얼어라 연연 춘초 푸르러도 왕손은 귀불귀네 아러찌. 즁진쥬將進酒 죠흔 술을 일일수경 삼백배日日須傾三百杯식 흔평싱 시쥬詩酒로만 일솜든 니젹션李謫仙은 긔경승천 騎鯨上天만 흐냐신니 두고 악쪄 못쓰넝경 왕장군지고즌王將軍之庫子로드."27)

〈게우사〉의 왈자 중, 남자주인공인 무숙이의 출신과 재주를 평가한 대목을 살펴보면, 그는 양반가 못지않은 갑부, 문필로는 명필가, 노래 가사 명창이다. 당시 한양의 도시 왈자 들은 지방의 왈자 혹은 그 이전 시기부

---

24) 중촌(中村)은 중인들의 거주지로서 지금의 종각과 광교 주변에 해당된다.
25) 편사(便射)는 편을 갈라 활쏘는 재주를 겨루는 일을 말한다.
26) 김종철(1994), 419~420면.
27) 김종철(1994), 423면.

터 존재해 온 왈자 개념에서 좀 더 확장되고 상업, 도시적 성격과 맞물려 부를 축적한 중인 계층 중 특정 소수를 가리키는 것으로 생각된다. 그렇기에 이들이 행실은 비록 상스럽고 무식해보이지만, 이미 부를 갖추었으므로 행동에 제약이 없고 신분으로부터 자유로운 입장이기에 자신의 욕구를 그대로 표출하는데 거리낌이 없었던 것으로 보인다. 연회에 모인 왈자들이 무숙이에게 의양과 부부 삼을 것을 권하면서 나누는 대화를 통해, 한문이나 고사성어를 어렵지 않게 사용하고 있다는 것을 확인할 수 있다. 이들의 대화에서 한자어나 한문 표현을 많이 사용하는 것은 자신들의 지식을 자랑하고 싶은 자의식의 표출로까지 해석될 여지가 있다.

반면, <남원고사> 속 왈자는 비교적 우리가 잘 아는 순박한 형태의 거지 형상에 가까운 모습의 왈자들로 그려진다.

> 이쎄 남원 스십팔면 왈즈드리 츈향의 믜마즌 말 풍편의 어더 듯고 구름 ᄀᆞ치 모힐 젹의 누고 누고 모혓던고 한슉이 틱슉이 무슉이 틱평이 걸보 쎄듕이 도질이 부듸치기 군집이 펄풍헌 쥰반이 회근이츅 등물이 그져 뭉게뭉게 모혀드러 겹겹이 둘너쏘고 스면으로 져희 각각 인ᄉᆞ᷃며 위로ᄒᆞᆯ 졔 그듕 ᄒᆞᆫ 스람이 드려다가 보고 밧비 ᄲᅱ여 활터흐로 단츙 올나가셔 여러 한량보고 슘을 아죠 헐덕이며 늣겨가며 목이 메여 ᄒᆞ᷃는 말이[28]

> 너희는 뒤힉셔 부츅ᄒᆞ여 오는 쳬ᄒᆞ고 등의 숀도 너허보며 졋가슘도 만져보고 썜도 엇지 다혀 만져보고 숀도 쏘흔 틈틈이 쥐여보고 온갓 맛잇는 간간흔 즈미와 은근흔 농창은 다 치고 우리는 두 돈 오 푼 밧고 모군셔는 놈의 아들놈쳐로 가면 조흔 줄만 알고 간단 말이냐 다른 스람은 아희롤 살오고 틱롤 기른 줄 아는고나[29]

---

28) 이윤석(1990), 228면.
29) 이윤석(1990), 236면.

이들은 억울하게 옥살이를 하게 된 춘향에게 약이나 먹을 것을 구해다 주며 인정을 베푸는 인물로 그려진다. 춘향의 억울한 사연을 듣고 "구름같이 모여서" 우르르 춘향을 찾아간다. 그러나 이런 순박하고 정 많은 인물이지만, 기본적인 왈자 성향인 오입 혹은 성에 대한 관심은 여실하게 드러나는데, 가령 춘향을 부축하는 척하며 몸을 더듬고 희롱하는 대목이 등장하는 대목이 바로 그러하다. 이들은 〈게우사〉 속 왈자에 비하면, 훨씬 하층민에 가까운 형상으로 보인다. 이는 아마 도시-지방이라는 지역적인 차이, 〈춘향가〉나 원전 설화를 바탕으로 창작된 작품이기에 기존의 왈자 형상을 수정 없이 재창조해낸 것으로도 생각된다. 다만, 〈남원고사〉 속 왈자들이 가사(歌辭)하나씩 하자하고 시작하는데, 춘면곡(春眠曲), 처사가(處士歌), 어부사(漁父詞), 언문책(諺文冊), 『삼국지연의(三國志演義)』, 『수호지(水滸志)』, 『서유기(西遊記)』를 줄줄이 나열하고 있다는 점은, 백과사전식 서술이 드러나는 대목으로 보여 진다. 〈남원고사〉가 기존의 서울 세책가에서 유행한 작품인 만큼, 당시 독자들의 지식 욕구를 충족시키기 위해 훨씬 더 방대한 양의 시가 작품이나 고사 등을 사용하고 있기 때문이다.

## 4. 나가며

19세기 조선 도시 문화 공간 속에서 탄생하고 유행한 판소리 사설 〈게우사〉와 〈남원고사〉의 비교 고찰을 통해, 두 작품 간의 유사점과 차이점, 그리고 언어와 표현 양상을 두루 살펴볼 수 있었다. 두 작품 모두 남녀 주인공을 중심으로 한 작품 전개 양상을 보인다는 점, 남녀의 사랑을 시작으로 사건이 발생한다는 점에서 유사하나 각 작품의 결론이 이르는 과정이나 결론이 다른 방향으로 나아간다는 점에서 큰 차이를 보인다. 그러나 작품 속 언어와 표현 양상을 살펴봄으로서, 판소리 사설 양상의 유사성이나 왈자라는 새로운 인물형이 공통적으로 등장하는 점에서 두 작품 간의 긴밀한 연결점을 재차 확인해 볼 수 있었다.

다만, 향후 판소리 사설 정착본과 판소리계 소설 간의 문학적인 입장차나 정의가 온전하지 못해 연구에 미진한 점이 많이 남았다. 향후 정의가 정립된 후에 더 많은 논의를 이어 나갈 수 있으리라 기대한다. 또한 2016년 발굴된 국악음반박물관소장본 <게우사>가 학계에 공개된다면, 기존의 논의에서 제외되었던 <게우사>의 결말 부분을 확인하여 추가적인 작품 비교를 덧붙일 수 있을 것이라 생각한다.

# 참고문헌

김종철, 「게우사」, 『판소리연구』 5, 판소리학회, 1994.
박애경, 「19세기 도시유흥에 나타난 도시인의 삶과 욕망」, 『국제어문』 제27집, 국제어
　　　문학회, 2003.
신재효 지음·강한영 교주, 『신재효와 판소리 여섯바탕집』, 앞선책, 1993.
이윤석, 『남원고사 원전 비평』, 보고사, 1990.

# 19세기 서사 양식에서 역사인물평의 언어와 표현
### 〈오호딕장긔〉, 〈셔초픽왕긔〉를 중심으로

박 혜 인

## 1. 서론

역사인물평은 본래 『사기』와 같은 역사기록에서 출발하여 몽유록(夢遊錄)이나 전(傳) 등 주로 한문 서사에서 이루어졌다. 중국의 역사서나 문학 속에서 등장하는 인물들에 대해 평을 하기 위해서는 기본적으로 그 인물과 관련한 지식이 기본적으로 전제되어야 하기에 그것을 공부할 수 있는 양반 지식인들의 문학이 중심이 될 수밖에 없었던 것이다. 그러나 『삼국지연의』나 『서한연의』와 같은 연의소설이 우리나라에 전 계층적으로 수용되면서 일반 서민들까지도 중국의 역사 인물에 대한 일정 상식을 함께 공유할 수 있게 되었다.[1] 이와 함께 중국의 역사 인물에 대한 나름의 포폄(褒貶) 또한 기존 한문 서사의 한글 이본, 판소리나 방각본 소설들에서도 찾아볼 수 있게 되었다.

---

1) 물론 이때 향유된 지식은 정사(正史)에 기반한 실제 역사적 사실이라기보다는 연의소설에 기초한 왜곡된 지식을 말한다. 일례로 본 논의에서 살펴볼 텍스트 중 하나인 〈오호딕장긔〉 또한 정사에는 없으나 나관중의 『삼국지연의』에만 등장하는 '오호대장군'을 앞세우고 있다.

본고에서는 그중에서도 도시문화가 대두되고 방각본 등의 대중 서사가 유통되던 19세기에 향유되었던 인물평의 언어와 표현을 살펴보고자 한다. 본고에서 대상으로 삼을 텍스트는 19세기 한글단편집『삼설기』에 나오는 <오호디장긔>와 <셔초픽왕긔>이다. 이 두 작품은 중국의 연의소설인 『삼국지연의』와『서한연의』의 독서체험이 바탕이 된 소설이다. 그러나 정작 작품에서는 그 속에서의 군담(軍談)이나 관련 사건들이 직접 등장하지는 않는다. 단지 오호대장(五虎大將)과 서초패왕(西楚霸王)의 인물평을 위주로 한 주인공의 발화가 대부분의 서사를 대신하고 있다. 그렇기 때문에 해당 작품은 인물평의 분석에 있어서 상당히 효과적인 텍스트라 할 수 있다. 본고는 먼저 <오호디장긔>와 <셔초픽왕긔>에서 보이는 인물평의 양상을 언어 사용과 표현 방법을 중심으로 살피고자 한다. 그리고 이 두 작품을 포함하고 있는 단편집『삼설기』와의 관계 속에서 19세기 서사양식으로서의 특징에 대해 논의하고자 한다.[2]

## 2. 인물평의 구성 및 언어 표현 분석

<오호디장긔>와 <셔초픽왕긔>에서는 오호대장과 서초패왕에 대한 작중 인물의 평가가 등장한다. 이들은 공통적으로 '역사' 연의소설인『삼국지연의』와『서한연의』속 인물들이자 실제 역사 인물들이기도 하다. 그

---

[2] 삼설기의 판본은 총 6가지나 그 중에서 <오호디장긔>이 있는 판본은 파리동양어학교본과 오한근 소장본, 서강대학교(고려대학교) 소장본이며 <셔초픽왕긔>가 있는 판본은 파리동양어학교본과 오한근 소장본뿐이다. (신희경,『'삼설기'연구』, 성신여자대학교 국어국문학과 박사 논문, 2010, 29면 참고) 이 중에서 파리동양어학교본은 현재 영인한 자료가 없는 것으로 알려졌기에 본고에서는『고소설 판각본 전집』(김동욱 편, 연세대학교 출판부, 1973, 1~27면)에 영인되어 있는 오한근소장본의 본문을 텍스트로 삼도록 하겠다.

런데 이들에 대한 평가가 작품에서 위치하는 역할은 각각 다르다. <오호
딕장긔>의 경우 오호대장군이 초포수의 궁극적 평가 대상이 되는 한 양
반(사또)과의 비교 대상으로 나타난다. 반면 <셔초픽왕긔>는 선비의 궁극
적인 평가 대상으로서 항우가 직접 등장한다. 그리고 두 작품 간의 역할
및 비중 차이는 각각의 인물평에서 나타나는 언어의 사용 및 표현 양상
에 있어서도 영향을 미치고 있다. 때문에 이 장에서는 <오호딕장긔>와
<셔초픽왕긔>에서의 인물평이 어떻게 구성되어 있는지에 대해 각각 알
아보고 그 속에서의 언어 및 표현의 양상 및 그 역할에 대해 분석해보고
자 한다.

## (1) 〈오호딕장긔〉

<오호딕장긔>는 자신을 오호대장군에 견주는 상관에게 초포수가 오호
대장에 대한 평가를 빌려 그 가당치 않음을 낱낱이 논박하는 내용으로 이
루어져 있다. 여기에서 오호대장군은 상관에 대한 비판적 평가의 비교대
상으로서 활용되고 있다. 먼저 이들 작품의 서사구조를 살펴보면 다음과
같다.

① 형조판서, 훈련대장, 포도대장을 겸한 양반(사또)이 집사 장교들을 불
러 놓고 삼국 시절이면 어디에 참예하였겠냐고 묻자 부하들은 오호
대장이 적당하다고 아부하다.
② 군사 중의 최말단인 초포수가 이 말을 듣고 반박하자 사또는 오호대
장의 전후 행적을 들어 자신이 가치 않음을 말하라고 한다.
③ 초포수는 관우의 충절을 말하면서 대장이 그보다 못함을 논한다.
④ 사또가 장비는 어떠하냐고 묻자 포수는 장비의 위세를 말하며 대장
이 그보다 못함을 논한다.

⑤ 사또가 조운은 어떠한가 하고 묻자 조운의 무예를 말하며 대장이 그
   보다 못함을 논한다.
⑥ 사또가 마초는 어떠한가하고 묻자 마초의 가문과 위엄을 말하며 대
   장이 그보다 못함을 논한다.
⑦ 사또가 황충은 어떠한가하고 묻자 황충의 용맹을 말하며 대장이 그
   보다 못함을 논한다.
⑧ 사또가 화병에도 참예치 못하겠느냐고 묻자 당시 병사의 상황을 말
   하며 힘들 것이라 말한다.
⑨ 사또가 지체 좋고 장종이니 선전관을 추천하고 자신은 교련관 재목
   이라고 하다.
⑩ 사또가 자신을 오호대장에 비한 집사들을 꾸짖고 초포수와 서로 장
   패를 바꾸라 한다.

위의 본문을 보면 ③에서 ⑨까지는 전부 초포수에 의한 사또의 인물평
으로 그 중에서도 역사인물인 오호대장에 대한 평이 ③에서 ⑦까지를 차
지하고 있다. 이처럼 작품의 대부분을 차지하고 있는 것은 인물평, 그중에
서도 역사인물평이다. 그 외 이 작품에서 거의 유일한 사건을 맡은 부분
인 ①, ②, ⑩ 또한 사또를 초포수가 평가하는 사건의 전후 상황으로 이
루어져 있다. 이는 일반적인 방각본 소설과 달리 <오호뎌장긔>의 주요
내용이 주인공의 인물평으로 이루어지고 있다는 것을 보여준다. <오호뎌
장긔>는 역사적 인물의 위대함을 들어 그렇지 못한 지금의 인물을 꾸짖
는 방법을 사용하고 있는데, 이에 따라 역사적 인물인 오호대장에 대한
평과 지금의 인물인 '사또'에 대한 평이 교차적으로 배치되면서 서로 간
의 비교 효과를 더하고 있다. 또한 이 두 인물평은 언어 사용과 구성, 표
현 방식에 있어서도 서로 다른 양상을 보이고 있다.

## 1) 대조적 성격의 언어 사용

먼저 서사의 내용적 측면에서, 역사 인물인 오호대장에 대한 평가를 할 때와 초포수의 상관(사또)에 대한 평가를 할 때 어떤 단어가 들어가는지에 대해 비교해볼 수 있다. 먼저 오호대장군과 사또의 능력 여부를 언급하면서 사용되는 단어들을 표로 정리하자면 다음과 같다.

| 오호대장군 | 사또 |
|---|---|
| • 천창만인중, 만군중, 적벽오방, 화용도, 서천, 장판사 북산, 동관 쏘홈, 강슈, 정군산 쏘홈, 뇌갓치 싸혼 냥초<br>• 하북 명장 안량 문츄, 장수 치양, 조〃, 상장이, 상장 하후걸, 십만 조병, 조〃의 병장 슈십, 하북 병장 〃합, 허다 명장, 조〃의 빅만디군, 밍장 하후연,<br>• 무수쳥농언월도, 격토마, 쳥강검, 일빅근 방천극, 삼셕궁, 쳔니마, 즈금봉시투구, 황금농닌갑, 대호, 초방지친 북파장군 마완의 손, 셔쟝퇴슈 마등의 ᄋ들, 턴마디장군 셔량도원슈 | • 딕, 종용혼 뉴진, 큰 힝길, 동니집의 불,<br>• 동니의셔 스는 놋짓쟝이 풀무듯장 ᄒᆞᆫᄂᆞ, 힝낭의 즈식 세 살 먹은 것, 별파진 죽게 된 놈 다여섯, 거름 쟝스 한, 쇠중스 ᄒᆞᄂᆞ, 넉거리 쟝부, 굿보는 스롬<br>• *형조판셔의 훈련디장을 겸ᄒᆞ고 계유과 포도디장을 겸찰(**※ 작품 서두에 등장)* |

위의 표를 보면 오호대장군이 자신의 역량을 펼친 장소로 천개의 창과 만 명의 사람들이 있는 한 가운데[千槍萬人中], 만 명의 군사들 가운데[萬軍中], 산처럼 쌓인 양초 등의 상황이나, 화용도, 북산, 정군산 등의 전장이 등장하는 것을 알 수 있다. 이러한 장소는 일반인들은 감히 범접할 수조차 없는 위험한 곳일 뿐 아니라, 보통 일상에서 경험할 일이 없는 곳이기도 하다. 이러한 장소는 연의소설의 배경으로 나온, 극히 비현실적이며 과장적으로 묘사된 곳이다. 반면에 초포수가 사또에 대해 이야기할 때 상정하는 장소는 자기의 집, 큰길가, 동리 집 등 매우 일상적이고 평범한 곳이

다. 또한 작품은 오호대장군이 '대적했던 인물'로 당시 위나라의 명장들이나 수많은 군인들을 드는 반면, 사또가 '감당하지 못하는 인물'로는 동리에서 사는 놋짓장이 풀무장이나 행랑의 세 살 먹은 자식 등 약하고 별볼일 없는 평범한 이들을 들고 있다. 그 외에도 오호대장군이 가지고 있는 여러 유명한 무기나 말들, 그리고 그들의 직위는 '형조판셔의 훈련더장을 겸후고 젼셩계쥬과 포도더장을 겸찰' 했다는 사또조차도 평범하게 만든다. 이처럼 <오호디장긔>는 오호대장군과 사또 간의 비교 속에서 사용되는 단어에서부터 이미 비범함과 평범함, 우월함과 열등함의 구분을 짓고 있다.

인물평 속 언어에서 나타나는 이러한 차별적 표현은 근본적으로 이 비교대상이 비현실적 영웅과 현실적 범인이라는 점에서부터 비롯된다. 앞서 언급했다시피 사또는 일찍이 등과하여 네 가지 벼슬을 동시에 제수 받을 정도로 능력이 있는 인물이다. 하지만 그는 위엄을 부린다 해도 동리의 놋짓장이 풀무장이 하나 집을 떠나지 않고, 그 호통에는 세 살 먹은 아이도 떨어지지 않는다. 조용한 숲에서 말을 몰다가도 다 죽게 된 놈 대여섯이 막으면 맞설 수 없고, 큰길가에서 고성대매해도 누구하나 피해가지 않으며, 불속에 들어가 좌충우돌 할 용기는 없다. 이는 일반 사람들에게는 너무나 당연한 것으로, 그가 '능력은 있으나 우리 주변에 있는 평범하고 현실적인 인물'이라는 점을 보여준다. 그러나 위엄으로 조조를 떠나가게 했던 관우, 한번 일갈하여 명장 하후걸이 말 아래 떨어져 기절하게 하던 장비, 필마단창으로 십만 조병을 시살한 조운, 조조로 하여금 몸을 숨기게 만든 마초, 양초를 불 지르고 좌충우돌하며 싸운 황충 등이 가진 '비현실적인 업적'과 비교되면서 사또의 현실적인 불가능성은 조롱거리, 비웃음거리가 된다.

오호대장군과 사또에 대한 인물평 속 언어는 그 내용뿐 아니라 언어 사

용의 태도에서도 이중적인 모습을 보여주고 있는데 이를 발췌해보면 다음과 같다

| 오호대장 | 사또 |
|---|---|
| • 츈추좌시젼 무ㅅ쳥농언월도, 쳔창만언즁, 좌츙우돌, 무인지경, 이목지소호, 심지 〃 소락,독힝쳔니, 병쵹달야, 오관참장, 쳔츄의 졀,만고츙졀, 일월동광, 봉예, 낭즁취물, 망풍귀슌, 드갈일셩, 퇴병빅만, 필마단창, 무인지경, 좌츙우돌, 만부 〃 당지용, 보젼뉴장, 빅보쳔양, 신츌귀몰, | • 집 쩌ㄴ리 흐는 놈, 별파진 죽게 된 놈, 병신ㅂ삭의 아들놈 |

이를 보면 오호대장에 대한 평에서 등장하는 언어는 비교적 한자어로 이루어진 것이 많은 것을 알 수 있다. 반면 사또를 평한 글에는 한자어가 아닌 구어체, 그 중에서도 '~하는 놈' 등의 비속어가 섞여있다. 이는 기본적으로 평가 대상인 오호대장과 사또를 향한 작품의 기본적인 태도와도 관련이 있다. 사또와 대비되고 있는 '오호대장군'은 『삼국지연의』에 등장한 공인된 영웅들로, 모든 이들이 추앙할 만한 '비현실적' 능력을 가진 인물들이다. 작품은 이러한 영웅들을 경외하는 태도를 한자어의 사용 등으로도 드러내고 있다. 반면 <오호딕장긔>에서 등장하는 사또는 비록 많은 관직을 겸한 능력 있는 인물이라고는 하나, 앞서의 대단한 영웅적 행적에 비교하면 극히 평범하기 그지없는 인물이다. 작품은 이러한 사또의 '평범함'을 극명하게 보이기 위해 평가 또한 고유어 중에서도 비속화된 언어로 표현하고 있다.[3]

---

3) 이와 관련하여 박일용은 "이러한 초포수의 평가 가운데 앞에서 행하는 오호대장의 행적과 품격 그리고 용기 등에 대한 한문 어투의 과장적 묘사는 적벽가 등에서 볼 수 있는 영웅 열사에 대한 찬탄적 묘사에 해당하며, 뒷부분의 포도대장에 대한 폄하적 평가는 판소리나

## 2) 태도의 차이를 반영한 표현

한편 <오호더장긔>에서 보이는 오호대장과 사또에 대한 평가의 차이
는 언어의 사용에서뿐 아니라 그 구성 및 표현 방식에서도 드러난다.

① [한슈정 후의 일롤 의논ㅎ올진더 / 문득 츈추좌시젼ㅎ시고 / 무ㅅ쳥
농언월도 츠사 / 원쇠 조 〃 와 빅미의셔 시살홀제 / 쳔창만언즁의 나
눈다시 드러가사 / 하북 명장 안량 문츄를 일합의 버히시고 / 젹토마
롤 두루혀 만군즁의 좌츙우돌ㅎ여 / 무인지경갓치 횡힝ㅎ시고 도라
오시니 / 조 〃 의 디졉ㅎ는 법이 <u>고더광실 / 조흔집의 / 금은보퓌 / 버
려놋코</u> / 이목지소호와 /심지 〃 소락을 극진히 ㅎ여 / <u>삼일 소연ㅎ고
일 디연ㅎ며 / 상마의 쳔금을 드리고 / ㅎ마의 빅금을 드리며</u> / 졀디
가인으로 ㅅ후ㅎ되 / 금셕갓튼 마음을 변치 아니ㅎ시고 / 한슈졍 후
인을 글너 문의 걸고 / 디장부의 거취롤 분명히 ㅎ시며 / 두 숙시의
거장을 호위ㅎ여 독힝쳔니ㅎ실졔 / <u>병촉달야ㅎ시고 / 오관참장ㅎ시
고</u> / 〃 셩호 북소릭의 쓰로는 장ㅅ 치양을 일합의 버히시고 / 부귀롤
초기갓치 녀기시며 / 디의롤 온젼히 ㅎ시니] [<u>쳔츄의졀과 만고츙졀
이 일월동광이라</u>] // [격벽오방의 군령장을 두시고 / 화용도 좁은 길
의 조 〃 롤 노ㅎ시니 / 이는 젼일 은혜롤 싱각ㅎ시니] [<u>위엄이 화ㅎ의
진동ㅎ눈지라</u>] / 조 〃 의 간웅으로도 허도롤 쩌느 그 봉예롤 피ㅎ여
ㅅ오니

② ㅅ되 아모리 딕의셔 위엄을 니신들 / 동니의셔 ㅅ는 놋짓장이 풀무
ㄷ장 ㅎ느히느 집쩌느리 ㅎ는 놈이 잇습느니잇가

본문은 <오호더장긔>에서 초포수가 관우와 사또를 비교한 첫 평가로

---

탈춤 등에 등장하는 시정의 욕설을 동원한 풍자적 담화에 해당하는 것이라 할 수 있을 것
이다"(김병국 외, 『장르교섭과 고전시가』, 월인, 1999, 397면)라고 보면서 이러한 특징을 궁
극적으로 판소리체와 연관하여 보고 있다.

①역사 인물에 대한 사적과 평가를 길게 늘어놓은 뒤, ②그와 비교하여 현실 속 사또의 모습을 짧게 언급하는 구도로 내용을 끝맺고 있다. 가장 먼저 확인할 수 있는 부분은 분량의 차이로, 오호대장군에 대한 평가가 주를 이루고 있고 사또에 대한 평가는 마지막 한두 줄로만 처리하고 있음을 확인할 수 있다. <오호뎌장긔>에서 보이는 인물평의 구성은 오호대장군이라는 역사 인물의 행적을 칭송하는 것에 비중을 두고 마지막에 이와 비교하면서 사또는 '그렇지 않다'는 점을 짧게 강조하는 것으로 이루어져 있다.

한편 인물평을 이루고 있는 문장이 어떻게 구성·표현되는지에 대해서도 살펴볼 수 있는데, 이때 확인할 수 있는 것은 오호대장군에 대한 평과 사또에 대한 평에서 주로 쓰이는 어투가 서로 다른 양상을 보이고 있는 것이다. 이는 인물평을 구성하고 있는 성격과도 관련이 있다. 먼저 오호대장군에 대한 평은 크게 행적의 소개(A)와 그에 대한 평가(B)로 이어지고 있다. 그중 행적의 소개(A)는 인물평에서 가장 많은 분량을 차지하고 있다. (A)는 전체적으로 통일된 율격을 가지고 있다고는 할 수 없으나 "고뎌 광실 / 조흔집의 / 금은보뷔 / 버려놋코"와 같이 4·4의 리듬을 가진 구절이 등장하고 "삼일 소연ᄒ고 / 오일 디연ᄒ며", "샹마의 쳔금을 드리고 / ᄒ마의 빅금을 드리며", "병촉달야ᄒ시고 / 오관참장ᄒ시고" 등과 같이 앞뒤에 대구를 이루는 구절을 배치하여 반복적 운율을 의도하는 한편, 자연스레 추가 내용을 넣을 수 있게 했다. 그리고 그러한 열거 끝에는 "쳔츄의졀과 만고 츙졀이 일월동광이라"나 "위엄이 화ᄒ의 진동ᄒᄂ지라" 등의 평가(B)를 통해 앞서 반복구절을 통해 이어지던 내용을 정리하고 있다. 반면 사또에 대한 평은 "스되 아모리 독의셔 위엄을 닉신들 / 동니의셔 스ᄂ 놋짓장이 풀무듯장 ᄒᄂ히ᄂ 집쩌ᄂ리 ᄒᄂ 놈이 잇습ᄂᄂ니잇가" 이 한 문장뿐이다. 그러나 여기에서도 전반부는 오호대장군의 행적을 패러디하여 범상한 상황으로 바꾸어 제시하는 부분(A), 후반부는 그러한 행동에서 예측되는 결과 및 평가(B)로 이루어진다. 그 분량에 있어서는 적으나 행적과 평가라는 구성에 한해서는 앞서 많은 비중으로 언급되는 오호대장군에 대한 역사평과도 일대일로 대응되는 것이다.

이러한 구성적 특징은 오호대장군과 사또에 대한 평에서 주로 쓰이는 어미와도 관련이 있다. 작품에서 주로 사용되는 연결/종결어미를 정리해 본다면 다음과 같다.

| 오호대장군 | 사또 |
|---|---|
| • -ㅎ시고, -ㅎ며<br>• -ㅎ사, -ㅎ여<br>• -ㅎ실졔<br>• -시니, -여스오니 | • 아모리 -신들/시ᄂ<br>• -은 고ᄉㅎ고/고ᄉㅎ옵고<br>• -옵셔도 |
| • -ㅎᄂ지라, -이라 | • -이 잇습ᄂ니잇가/잇습ᄂ니잇가<br>• 듯습치 못ㅎ엿ᄂ이다 |

여기에서 먼저 오호대장군의 평과 관련한 어미를 보면, "-사", "-할졔", "-코", "-ㅎ여", "-시니", "-시며" 등의 연결어미로 끝나는 경우가 많다. 이들 연결어미는 보통 내용을 '열거'할 때 주로 쓰이는 어미로 특히 판소리체 소설에서 배경이나 행위 등의 묘사에서 구절의 반복을 위해 많이 사용된다. 여기에서는 오호대장군의 '행적' 묘사를 위해서 사용되고 있는데, 이는 작가의 일차적 목적이 이들 역사 인물의 사적(史蹟)을 전개해 나가는데 있음을 보여준다. 그와 함께 "-ㅎᄂ지라", "-이라" 등의 종결어미가 함께 나타나는 것을 볼 수 있다. 이러한 종결어미들은 앞서의 연결어미를 통해 이어지던 행적들의 열거를 멈추고 이에 대한 평가를 강조하는 역할을 한다.

한편 사또에 대한 평을 보면 사또의 행동을 가정하는 대목에 "아모리 - 신들/시느", "-은 고스ᄒ고/고스ᄒ옵고" 등의 표현이 주로 사용됨을 알 수 있다. 그런데 보통 이러한 표현은 부정적 결과를 상정할 때 사용된다는 점에서 작품 자체가 그러한 사또의 행동에 부정적인 태도를 가지고 있음을 보여준다. 함께 이어지는 "-이 잇습느니잇가/잇습느니잇가", "듯습치 못ᄒ엿느이다" 등 또한 이러한 부정적 태도를 함께 나타내는 표현이라 할 수 있다.

## (2) 〈셔초픠왕긔〉

〈셔초픠왕긔〉는 우연히 우미인의 집에 들어가 거기에서 항우를 만난 선비가 그의 사적을 들어 꾸짖고 떠나게 하는 내용으로 이루어져 있다. 능력이 있으나 불우한 선비가 역사적 인물을 만나 그 인물과 수작하고 포폄하는 내용은 몽유록에서 자주 등장하는 것으로, 이런 점에서 〈셔초픠 왕긔〉는 입몽 및 각몽이 없을 뿐 그 외 내용만 보면 마치 몽유록과도 비슷해 보인다.[4] 먼저 〈셔초픠왕긔〉에 대한 서사구조를 살펴보면 다음과 같다.

① 옛날에 기질이 준수하고 담대한 선비가 명산대천을 유람하다가 산속에서 길을 잃고 우미인의 집에 들어서게 된다.
② 초패왕이 군사들을 거느리고 풍우같이 들어와 선비를 포박하고 술을 마신 후 선비를 꾸짖는다.

---

4) 이와 관련하여 해당 작품을 몽유록에서 연원을 둔 작품으로 보는 시각도 있다. 하지만 몽유록에서 가장 기본적인 소재인 몽유구조가 전혀 없으며 몽유록 내 포폄에 해당하는 선비의 인물평 부분도 몽유록에 비하면 많이 축소되어 있으므로 이를 두고 몽유록이라 보기에는 무리가 있다고 본다.

③ 선비는 두려워하지 않고 초패왕의 죄를 말하고 여전히 사람을 업신
여기고 위력으로 제어하기를 일삼으며 선비와 수간초옥을 다투는 것
을 꾸짖는다.
④ 초패왕은 눈물을 흘리며 달아나다.

앞서 분석했던 <오호디장긔>와 비교해볼 때, 서사 속 인물평의 비중과
관련해서는 <셔초픠왕긔> 역시 비슷한 양상을 보이고 있다. 위의 본문을
보면 <셔초픠왕긔>의 인물평은 ②에서 ③까지로, 네다섯 차례에 걸쳐
인물평과 비교가 이어지던 <오호디장긔>와 달리 여기서는 서초패왕 항
우에 대한 선비의 단 한 번의 인물평이 작품 전체를 이루고 있다. 이는
서초패왕 항우 스스로가 <셔초픠왕긔>의 작중인물이자 중심 인물평의
대상이기 때문이다. 이 작품에서는 한 명에 대한 인물평이 해당 작품의
주된 내용이기 때문에 특별히 다른 평가와의 대비는 없다. 대신 선비가
인물평을 시작하면서 항우에게 "니 장군 싱시의 젼후사젹을 낫〃치 니르
리니 즈셔이 드르라"라고 한 것처럼 항우의 역사적 행적들이 순차적으로
이어지는 가운데 언어의 사용과 구성, 표현 등에서 일정한 경향을 드러내
고 있다.


## 1) 권위적 성격의 언어 사용

<셔초픠왕긔>에서는 앞서 말했듯 항우의 사적이 순차적으로 이어지고
있는데, 특히 그것을 풀어가는 언어에 있어서 한자어를 많이 사용하는 등
구어체보다는 문어체를 중심으로 이야기를 풀어나가고 있다. 그 외에도
작중인물이자 평가의 대상인 서초패왕에 대한 인물평 중에서 특히 주목
할 만한 점은 다음 두 가지의 특정이다

- 충효, 인의예지, 삼강오상, 사성부귀가 지텬, 화복길흉이 졍쉬, 시운, 불의, 십죄, 만고의 역신, 슈원슈구
- 족히 기성명이라, 역발산기기세, (엇지 초군이 〃럿틋 만흐뇨), 천작지 얼은 유가위, 자작지얼은 불가탈,

먼저 <셔초픽왕긔>의 인물평에서는 충효나 인의예지 등의 도덕적 가치를 가리키는 언어를 사용하는 것이 잦고 상벌의 결과로 사용되는 화/복, 길/흉, 사/생 등의 의미를 가진 용어들이 등장한다. 앞서 <오호더장긔> 중 오호대장군에 대한 평가에도 한자어는 많았지만 <셔초픽왕긔>에서처럼 도덕적 성격을 가진 언어가 많이 등장하는 것이 없다는 점을 생각할 때 특징적이다. <셔초픽왕긔> 속 언어에서 드러나는 이러한 성격은 이 글 전체를 이루고 있는 글의 분위기와도 상통한다. 이와 관해 작품 속에서 그 일부를 보면 바로 다음과 같다.

대쟝쥐 세상의 쳐ᄒ미 / 츙효로 근본을 삼아 / 인의예지를 반셕갓치 직희며 / 삼강오상을 사슈갓치 말게 ᄒ여야 / 가히 사롬이라 니를 거시오 / 쏘ᄒᆫ 사셩부귀가 지텬ᄒ고 / 화복길흉이 졍쉬잇거늘

해당 본문은 인물평이 시작되는 첫 부분으로 <셔초픽왕긔>에서는 본문과 같이 대장부라면 마땅히 해야 할 일에 대해 훈계하듯이 언급하는 것으로 인물평이 시작되며, 그 마땅한 행동을 하지 못한 인생에 대한 비판으로 '항우'를 들고 있다. 이러한 시각은 같은 평이라도 그 '능력'에 대해 주로 평가했던 <도호더장긔>의 주인공과는 달리 그 '도덕성'에 대한 지적이라는 점에서 새롭다. 이것이 항우의 인물평에 앞서 나열되었다는 것은 '도덕을 기준으로' 항우를 평가하겠다는 선비의(작품의) 전제를 뜻하기도 한다. 이러한 전제 속에서 항우에 대한 인물평은 그가 십 죄를 범하고,

의제를 죽인 것에 대한 도덕적 비판으로 이어지게 된다.

한편 <셔초픽왕긔>의 인물평에서 찾아볼 수 있는 언어의 특징은 바로 "족히 기성명이라", "역발산기긔세" 등 다른 글이나 항우 스스로 한 말을 발췌한 인용구가 많다는 점이다. 이러한 인용구는 보통 많은 이들에게 유명하게 향유되었던 어구로 여기서는 항우에 대한 인물평을 좀 더 신뢰성 있게 만들어주는 역할을 한다.

## 2) 비판적 태도를 반영한 표현

앞서 언급했듯이 <셔초픽왕긔>는 그 언어사용에서부터 도덕적 성격을 강조한 언어를 다수 사용하면서 권위적으로 훈계하는 내용으로 이루어져 있으며, 특히 '대장부라면 마땅히 행해야 할 덕목'으로 그 시작을 이루고 있다. 이러한 성격은 언어뿐 아니라 표현 방식에서도 동일하게 나타난다.

① [나히 이십사셰의 / 긔병강동ᄒᆞ여 도강이닉할졔 / 강동ᄌᆞ졔 팔쳔인을 거ᄂᆞ리어 / 함양을 유의ᄒᆞ니] // [위진ᄉᆞ해 ᄒᆞᄂᆞ지라.]
② [진실기록ᄒᆞ니 쳔히 공츅지홀졔 몬져 회계티슈 은통을 버히고 공셩약지ᄒᆞ니] // [그 웅지대략을 뉘라셔 당ᄒᆞ리오] (…중략…)
③ [슬퓨다 시운이 불니ᄒᆞ여 / 룡셩요치의 즁셩이 둘너시니 / 인력으로 엇지ᄒᆞ려 / <u>범아부의 말은 옥결 쓸 고이 젼혀 업고 / 항장의 날선 칼이 둔ᄒᆞ기 층냥업다</u>] // [열ᄉᆞ밍장의 심ᄉᆞ를 어이ᄒᆞ리]
④ [갈스록 불의를 힝ᄒᆞ여 / 십죄를 범하여시니] // [이 죄를 어이하며] // [강풍의 니르러 / 의졔를 죽여시니] // [이 쏘ᄒᆞᆫ 일죄로다] // [만고의 역신되믈 엇지ᄒᆞ여 면홀손가]
⑤ 녯말의 일너시되 / <u>텬작지얼은 유가위여니와 / ᄌᆞ작지얼은 불가탈이라 / ᄒᆞ여시니</u> / 이ᄂᆞ 자작지얼이라 / 슈원슈구하잔말고

본문은 <셔초픠왕긔>의 인물평을 발췌한 것으로 각각의 구성에서도 알 수 있듯이 전체적으로 그 행적과 평가가 반복되어 나타난다는 점, 그리고 대구를 이루는 구절을 통해 반복적 운율을 의도하고 있다는 점에서는 <오호딩장긔> 속 오호대장군에 대한 평가와도 비슷하다. 하지만 앞서 <오호딩장긔>에서는 인물의 행적을 나열하는 것에 좀 더 비중을 두었다면, <셔초픠왕긔>에서는 그 행적에 대한 평가가 비교적 많이 나타난다는 점이 차이점이다. <셔초픠왕긔>에서의 대구 표현을 보면 "범아부의 말은 옥결 쓸 고이 전혀 업고 / 항장의 날선 칼이 둔흥기 층냥업다"와 같이 서로 대응되는 상황을 병렬 배치시켜 그것을 서로 잇는 것이 대부분이다. 하지만 '상황 + 평가'의 구조를 반복하는데 사용하는 경우도 볼 수 있는데 ④번이 그러하다. "갈스록 불의를 힝흥여 / 십 죄를 범하여시니 / 이 죄 어이하며 // 강풍의 니르러 / 의졔를 죽여시니 / 이 쏘흔 일죄로다" 이를 보면 '(A1+A2+B) + (A'1+A'2+B')'와 같은 대응을 통해 항우의 행사(A)와 그에 대한 평가(B)를 짧게 반복하면서 나타내고 있다. 그리고는 마지막으로 이러한 짧은 평을 바탕으로 한 총평, "만고의 역신되믈 엇지흥여 면홀손가"으로 마무리하고 있다. 한편 앞서 언어에 관한 부분에서도 언급했듯이 <셔초픠왕긔>에서는 인용된 어구가 많이 등장하는데 ⑤에서와 같이 "녯말의 일너시되"와 "-흥여시니"와 같은 표현을 통해 그 인용된 부분은 더욱 두드러지게 함으로서 항우의 비극은 자기 자신의 죄로 인한 것이라는 판단이 개인의 판단이 아닌 당대 보편적 시각에서부터 나온 것임을 보이고 있다.

이러한 <셔초픠왕긔>의 표현은 주로 사용되는 어미와도 관련이 있는데 그를 정리해 본다면 다음과 같다.

- -할제, -코, -호여, -시니, -시며
- -이라 호여, -호여시니

........................................................................................

- -호리오, -이시랴, -로다, -이라, -호뇨, -호논지라
- 어이호리, 엇지호여, 엇지호려, 엇지, -호여 무엇하리

이를 보면 <셔초픽왕긔>에서는 보통 열거에서 많이 사용되던 "-호여", "-시니", "-시며" 등의 연결어미와 마지막 평가에서 사용되는 "-호리오", "-이시랴", "-로다" 등의 종결어미로 이루어져 있음을 알 수 있다. 그중 연결어미 부분을 보면 대부분 열거에서 사용되는 어미들이 이어지고 있다. 이는 <셔초픽왕긔>의 인물평에서도 기본적으로 그가 행한 역사적 행적을 열거하는 것을 바탕으로 하고 있음을 드러낸다. 이러한 열거는 시간 순으로 제시되는 항우의 행적을 가장 자연스럽게 표현하는 방법이기도 하다. 또한 기존의 연결어미와 함께 "-이라 호여", "-호여시니" 등의 표현을 사용해 인용된 구절을 더욱 강조해주면서 그 내용의 권위를 더욱 살리고 있다. 한편 ⑤에서처럼 "녯말의 일너시되"라고 운을 띄우는 표현을 통해 시작되는 비판적 서술은 항우의 비극이 스스로의 죄로 인한 것이라는 판단이 당대 보편적 시각에서부터 나온 것임을 보이고 있다. 이는 앞서 대장부로서 마땅한 덕목을 행해야 "사싱부귀가 지텬호고 화복길흉이 졍취잇"다는 앞서의 언급과도 일치한다.

한편 종결어미에서는 앞서 제기된 항우의 행적에 대한 짧은 평가를 맺음으로써 그 행위에 대한 태도를 함께 제시하고 있는데 이때 "어이호리", "엇지호여", "엇지호려" 등의 표현이 자주 쓰이는 것을 알 수 있다. 이러한 표현은 보통 한탄조의 말에서 자주 나온다. 항우의 행적을 평가하는 내용에 한탄조의 표현을 사용했다는 점은 항우의 행적에 대한 작품의 태

도가 부정적이었음을 보여주는 것이다. 작품 초반부에서 항우가 우미인이 집에 당도할 때 항우 및 그의 휘하 군대의 모습에 대한 묘사는[5] 당대 영웅이었던 서초패왕 항우와 관련한 당시의 이미지를 드러내고 있다는 점에서 유의미하다. 그러나 정작 선비의 입을 통해 드러낸 행적의 열거 속에서는 그 영웅을 향한 무조건적인 긍정이 아니라 "엇지"라는 부사어를 통한 비판 및 한탄이 포함되어 있었던 것이다. 이러한 태도에는 그가 불세출의 영웅임에도 불구하고 스스로의 죄악으로 인해 결국 유방에게 패해 천하를 잃었다는 사실에 대한 안타까움이 내재되어 있는 것이다.

## 3. 『삼설기』의 서사적 특징과 인물평과의 관계

<오호뎌장긔>와 <셔초픠왕긔> 속 인물평에서 나타나는 언어표현의 특징은 그 역사인물평이 각각 대상과 역할에 따라 차이를 보이고 있지만 모두 『삼설기』에 실린 19세기 한글단편서사체라는 점에서 함께 두고 볼 수 있다. 『삼설기』는 한글 단편집으로 1848년에 간행된 방각본 소설이다.[6][7] 『삼설기』를 이루고 있는 작품들은 그 연원이 각각 제각각이며 그

---

5) 이처럼 <셔초픠왕긔>는 역사 인물인 항우가 직접 등장하는 작품이기에 주인공의 담화가 아닌 작품 자체에서의 보여주는 묘사를 통해서 해당인물에 대한 인식이 드러나기도 한다. "흔 쟝쉬 금은구갑의 쳘퇴를 쥐고 오츄마를 타시며 / 그 위풍은 텬지를 흔들고 긔셰당 " 흔더 / □풍폭우와 음아즐탁의 텬인이 ㅈ폐로다 / 푸른 긔치의 거문 ㅈ로 써시디 / 서초픠왕이라 흐고 / 좌우의 졔장이 옹위호여시니 / 범증과 종니민와 용겨와 쥬은 등이 쳥통갓치 옹위흐고 / 강동ㅈ졔 팔쳔인을 항오잇게 져려세고 / 나는다시 드러오니 / (…중략…) / 이는 픠왕의 순영처라"

6) 이창헌, 「단편소설집 『삼설기』의 판본에 대한 일고찰」, 『관악어문연구』 20, 서울대학교 국어국문학과, 1995, 196면 참조.

7) 『삼설기』의 이름에 대한 논의로 먼저 '3'이란 숫자의 반복과 관련이 있을 것(김태준·박희병 교주, 『증보조선소설사』, 한길사, 1997 참조), 1책단 3편씩 총 9편의 작품을 모은 것으

내용이나 구성 또한 하나의 함께 다루기에는 많이 다른 점이 많다.[8] 그럼에도 이들 작품에서 공통적으로 지적되는 바는 낭독을 전제로 하는 운율감이다. 앞서의 분석에서도 알 수 있듯이 <오호딕장긔>와 <셔초픽왕긔>는 『삼설기』에서의 다른 소설과 마찬가지로 연결/종결 어미와 대구, 병렬 등을 통해 운율감을 드러내고 있다. 작품 속에서의 열거와 반복, 그에 따른 특정 어미나 어휘의 사용 등을 통해 낭독 과정에서 자연스레 운율성을 드러내고 있는 것이다.

『삼설기』에는 송서(誦書)[9]의 대상 텍스트가 되는 「삼시횡입황천긔」와 가사를 거의 그대로 인용한 「노처녀가」가 포함되어 있다.[10] 또한 『삼설기』에 실린 작품들은 다른 방각본 소설과 달리 사건이 거의 없고 서사적 흥미소가 드러나지 않음에도 불구하고 방각본으로 출판되고 향유되었다. 이는 『삼설기』가 가지고 있는 '낭독'을 전제한 문체의 운율성이 방각본 출

---

로 '세가지 설화의 기록'이란 의미(정애리, 『'삼설기' 연구』, 이화여대 국어국문학과 석사논문, 1988 외 참조). '세 가지 이야기'에서 '짧은 이야기' 곧 단편소설이라는 의미로 변모(이창헌, 앞의 책 참조), 송서 『삼설기』로 이어지고 있는 「삼시횡입황천긔」를 가리키는 말(이창배, 『한국가창대계』, 홍인문화사, 1976 참조) 등 여러 추론이 있지만 아직 확정된 것은 없다.

8) 이러한 통일성의 부족은 『삼설기』의 판본 상황에서도 알 수 있다. 현존하는 『삼설기』는 가장 최근에 발견된 '파리동양어학교본'을 제외하고는 그 판본에 따라 전체가 아닌 일부의 작품만을 수록하고 있다. 또한 그 중 일부는 제목을 『삼설기』가 아닌 『금수전』, 『토생전』 등으로 달고 있기도 하다. (이창헌, 앞의 책, 197면 참조)

9) 이때 송서란 "고문이나 옛 소설에 가락을 넣어 구성지게 읽어 나가는 것(신희경, 앞의 책, 119면)"으로 "소설 낭독을 송서라 하였을 때는 성독처럼 자신의 공부를 위해 소리내어 읽는 것만을 의미하는 것이 아니라 듣는 사람을 의식하면서 이들이 즐길 수 있도록 전문적으로 읽는 과정(이기대, 「20세기 전반기 『삼설기』 낭독의 대중화 양상」, 『한국문학과 예술』 19, 숭실대학교 한국문학과예술연구소, 2016, 141면)"을 뜻한다. 그렇기 때문에 송서는 보통 전문 가객에 의해 연행되었는데 오늘날에는 국악계의 한 장르로 이어져 내려왔다.

10) 단 『삼설기』가 그것이 '소설화/문자화'된 상태 수록되었을지 아니면 거의 이대로 송서(誦書)에 향유되었을지는 미지수다. 보통은 전자의 경우라고 생각되나 현재 연행되는 송서 『삼설기』의 내용이 「삼시횡입황천긔」의 대목에서 별로 변하지 않고 그대로 전승되었다는 점을 볼 때(이윤석, 「『삼설기』 성격에 대하여」, 『열상고전연구』 14집, 열상고전연구회, 2001, 261~263면 참조.) 후자의 경우도 가능하다고 본다.

판의 이유일 수도 있다는 가능성을 보여준다. 『삼설기』가 향유되었을 19
세기에는 <한양가>나 <남훈태평가>와 같이 소설이 아닌 시조나 통속적
노래를 모아놓은 노래책 또한 방각본으로 출판되거나[11][12], 반대로 『춘향
전』의 이본 『남원고사』처럼 당대 유행하는 노래를 대거 삽입한 작품이
나오는 등[13] 여러 장르간의 교섭이 이루어지고 노래와 서사 모두를 오락
의 대상으로서 향유하는 모습이 등장한다. 방각본 『삼설기』의 출판 이유
또한 이러한 당대 상황 속에서 함께 고민해볼 필요가 있다.

한편 <오호디장긔>와 <셔초픽왕긔>의 인물평은 기본적으로 <오호디
장긔>의 사또나 <셔초픽왕긔>의 항우로 대변되는 상층계층의 인물에
대한 비판적 시각을 담지하고 있다. 오호대장과의 비교를 통해 사또의 평

---

11) 이와 관련하여 이윤석은 "한글소설 방각본은 19세기 초에 이미 나타나는데, <남훈태평
가>는 1863년, <한양가>는 1880년에 간행되었다는 사실은 노래책의 출판이 소설보다
늦었음을 보여준다. 그러나 방각본 업자들이 노래책을 출판했다는 사실은, 노래책 간행을
통해서도 이익을 얻을 수 있었다는 당시 상황을 알려준다. 소설 위주였던 한글방각본에
노래책이 더해졌다는 것은 한글방각본의 영역이 확대되고 있음을 보여주는 증거이기도
하다. 서민의 오락물인 한글방각본에 노래책이 들어간 것은 상업적 성격을 가진 서민의
오락이 다양한 방면으로 뻗어나가고 있음`을 아울러 보여준다."(이윤석, 「방각본 <한양
가> 연구」, 『열상고전연구』 39집, 열상고전연구회, 2014, 159~160면)고 보았다. 하지만
이와 반대로 이능우는 <남훈태평가>의 방각본 출판 이유로 '음악적 목적'만이 아니라 당
시의 이야기책에 대한 수요, 대중의 기호에 맞는 시조에 대한 수요의 확대로 보기도 했다.
(이능우, 「보급용 가집들에 대하여」, 『백영정병욱선생 환갑기념논총』, 신국문화사, 1982,
437~441면 참조)
12) "<남훈태평가> 출현은 연행 현장에서 보고 들음으로써 완성되던 시조창 감상을, '기록된
노랫말'로 변환하여 즐기려는 수요를 토대로 한다. 귀로 듣는 노래의 대용으로 '연창의 문
자화'를 요구하는 수요에 부응한 상업출판물이 바로 남훈태평가이다." 김유경, 「방각본
<남훈태평가>의 간행 양상과 의의」, 『열상고전연구』 31집, 열상고전연구회, 2010, 185면
13) "주지하듯이 『남원고사』는 1860년대에 필사된 것으로 추정되는 세책본 『춘향전』이다. 이
작품은 서울지역에서 유행했다는 점에서 서울에서 간행된 여러 『춘향전』 이본들, 곧 경판
『춘향전』의 여러 이본들과 여러 가지로 상관관계가 있을 개연성이 높다. (…중략…) 그렇
지만 『남원고사』의 경우 판소리 창본을 바탕으로 하기보다는 줄거리는 『춘향전』의 줄거
리를 활용했지만 세부적인 내용은 당시 서울에서 유행했던 유흥성이 강한 가요를 활용하
여 작품화한 것으로 보인다." 임성래, 「방각본의 등장과 전통 이야기 방식의 변화」, 『동방
학지』 122집, 연세대학교 국학연구원, 2003, 331면.

범함을 조롱하거나, 영웅 서초패왕 앞에서도 기죽지 않고 역사에서 그 잘
잘못을 따지는 것이 그러하다. 하지만 이러한 비판적 시각은 마지막이 되
면 그대로 유지되지 않는다. <오호디장긔>에서 사또를 오호대장에 이어
화병(火兵)조차도 할 수 없는 처지라며 신랄한 비판을 가하던 초포수는 마
지막에 가서 "본디 지체 조흐시고 장총으로 나려오옵시니"라는 사또의 장
점을 들어 선전관이 되어 "조흔 스복마룰 타시고 큰힝길노 오락가락"하는
것이 제일 맞는 직임이라 마무리 짓는다. 이처럼 비현실적인 역사 영웅과
의 대비가 지나자 다시 상관의 장점을 인정해주는 포수의 '누그러진' 언
행은 결국 사또를 웃음 짓게 만들면서 그들간의 '대립'을 끝낸다. 마지막
에 가서 자신을 비판했던 초포수를 승진시키는 사또의 행동은 '상층 인물
의 허세에 대한 하층 인물의 비판'으로 시작된 서사를 '고간(固諫)하는 부
하를 인정하는 상층 인물의 아량'으로 마무리짓게 만든다. 작품의 서두에
드러났던 대상에 대한 비판적 시각이 둔화되어 버리는 것이다.14)

　<셔초픠왕긔>의 경우에서도 마찬가지이다. 선비는 항우에 대한 인물
평을 통해 그를 비판적으로 바라보고 있으나 그 태도는 '조롱'이 아닌 '한
탄'으로 끝난다. 이러한 정조는 마지막에서 "이 심산 군곡의 쳐흐여 / 고
만훈 션비로 흐여곰 규간 초옥을 지악히 닷토"는 한심한 모습을 언급하며
그러한 대왕의 모습을 "붓그려 흐"는 태도로 이어져 항우로 하여금 스스
로 눈물을 흘리며 물러나게끔 하지만 그때 드러나는 정서는 통쾌함이 아
닌 쓸쓸함이다. 무엇보다도 <셔초픠왕긔>의 인물평에서 강조되는 충효
나 인의예지는 기존 질서의 전복이 아닌 수호의 성격을 가진 가치관이다.

---

14) 이러한 결과를 생각할 때 <오호디장긔>의 인물평을 포도대장(사또)와 서술자의 감정적
거리두기를 통해 풍자로만 보는 시각(김병국 외, 앞의 책, 396~397면)은 재고할 필요가
있다. 분명 오호대장과의 비교 시작에서는 이러한 감정적 거리두기로 볼 수 있으나 마지
막에 선전관으로 끝나는 초포수의 언술과 그에 대한 사또의 반응에 있어서는 이미 그에
대한 서술자의 거리를 축소시키는 것으로 보인다.

이처럼 <오호딕장긔>와 <셔초픽왕긔>의 인물평에서 나타나는 보수적·수용적 태도는 19세기 방각본 소설로서의 『삼설기』의 성격과도 관련이 있다. 방각본 『삼설기』는 서민들의 향유문학이면서도 동시에 판각(板刻)이라는 인쇄를 통해 광범위하게 유통·향유된 통속 문예물로, 한정된 독자를 상대로 했던 필사·세책본과는 달리 비교적 보수적·온건적 성격을 띨 수밖에 없었다.15) 또한 하층민들의 언어로 쉽게 향유되었지만 결과적으로 충효나 인의예지와 같은 지배질서를 다시금 재확인하는 경향이 컸다. 두 작품에서 나오는 역사 인물들 자체가 기존의 상층 문화에서 향유되었던 이들이라는 점에서도 '기존 지식을 재생산하는' 방각본의 특징이자 한계를 볼 수 있다.16)

## 4. 결론

『三說記』는 역사 인물평을 바탕으로 한 조선후기 소설집이다. 본고는 이러한 『三說記』 속 두 작품, <오호딕장긔>와 <셔초픽왕긔>를 중심으로 인물평의 내용과 양상, 그리고 그 언어 표현에 대해 알아보았다. 그리고 이러한 특징이 '낭독'을 전제로 한 방각본 소설 『三說記』가 가진 특징

---

15) 임성래, 앞의 책, 359면 참조.

16) "기본적으로 기존 지식의 참조 도서적 성격을 띤다고 할 수 있다. 이러한 사실은 새로운 서적으로 등장한 방각본이 '새로운 지식의 지평'을 마련하지는 못했다는 것을 보여준다. 즉 방각본을 통해 새로운 지식 문화가 성립·전파되지는 않았음을 보여주는 단적인 예라 할 것이다. 좀 더 자극적으로 이야기한다면, 하층에 의한 지배이데올로기의 재생산 역할을 수행했다고 평가할 수 있다. 이는 방각소설의 경우에도 확인할 수 있는데, 바로 하층 중심의 문자 문화를 성립시키긴 했지만, 소설 속에서 드러나는 이념은 충효로 대표되는 당시의 지배이데올로기였다." 류준경, 「서민들의 상업출판, 방각본」, 『韓國史市民講座』 37집, 일조각, 2005, 171면.

과 어떠한 관계가 있는지 알아보았다.

<오호딩장긔>는 역사적 인물의 위대함을 들어 그렇지 못한 현세의 인간을 꾸짖는 방법을 사용하고 있는데, 연의소설에 기반한 역사인물인 오호대장군에 대한 평가와의 비교를 바탕으로 작중인물인 사또의 인물을 평하고 있다. 오호대장군의 평에는 과장적·비현실적 대상을 가리킨, 한자어 중심의 문어체적 어휘를 쓰는 반면, 사또에 대한 평에는 일상적 현실적 대상을 가리킨 비속어를 사용하는 등 언어사용에 있어서도 이미 그 둘 간의 차이가 있었다. 또한 열거의 기능을 가진 어미를 주로 사용하여 그 행적을 길게 나열하고 있는 오호대장군의 인물평과 달리, 사또의 인물평에서는 오호대장군의 행적과 평가를 패러디하면서도 그를 향한 부정적 태도를 담지한 표현이 주로 사용되었다.

한편 <셔초픠왕긔>에서는 서초패왕 항우에 대한 인물평이 작품 전체를 이루고 있다. 이 작품은 인물평에 있어서 도덕적인 가치와 관련한 언어를 자주 등장시키면서 항우를 '도덕적 기준'에 따라 판단할 것임을 드러낸다. 또한 항우 스스로의 말이나 다른 글을 인용함으로서 그러한 가치평가의 신뢰성을 강조하고자 했다. 표현 방식에 있어서도 마찬가지인데, 행적의 나열 중에서도 좀 더 평가에 비중을 둔 구성과 표현에 힘을 쓰고 있으며, 인용에 대해 강조하는 표현을 사용하기도 했다. 특히 항우의 행적을 표현할 때 한탄을 드러내는 부사어를 사용하면서 항우에 대한 안타까움을 드러내고 있다.

『삼설기』는 <오호딩장긔>와 <셔초픠왕긔>가 포함된 19세기 방각본 소설로서 '낭독'을 전제한 문체적 특징을 가진 작품이다. 특히 다른 방각본 고소설과 달리 사건이 거의 없고 서사적 흥미소가 드러나지 않는 다는 점에서 낭독을 강조하는 독서물로 볼 수 있으며 방각본으로의 간행 또한 이 점과 관련하여 생각해볼 여지가 있다. 한편 『삼설기』 속 <오호딩장

긔>와 <셔초픽왕긔>의 결말에서 보여주는 대상에 대한 온건적 태도와
보수적 성격은 광범위하게 유통되었던 통속 문예물로서의 방각본 소설의
한계를 보여준다.

## 참고문헌

김병국 외, 『장르교섭과 고전시가』, 월인, 1999, 397면.

김유경, 「방각본 <남훈태평가>의 간행 양상과 의의」, 『열상고전연구』 31집, 열상고전
연구회, 2010.

김태준·박희병 교주, 『증보조선소설사』, 한길사, 1997.

류준경, 「서민들의 상업출판, 방각본」, 『韓國史市民講座』 37집, 일조각, 2005.

백영정병욱선생환갑기념논총간행위원회, 『백영정병욱선생 환갑기념논총』, 신국문화사,
1982.

신희경, 『'삼설기'연구』, 성신여자대학교 국어국문학과 박사 논문, 2010.

이기대, 「20세기 전반기 『삼설기』 낭독의 대중화 양상」, 『한국문학과 예술』 19, 숭실대
학교 한국문학과예술연구소, 2016.

이윤석, 「방각본 <한양가> 연구」, 『열상고전연구』 39집, 열상고전연구회, 2014.

_____, 「『삼설기』 성격에 대하여」, 『열상고전연구』 14집, 열상고전연구회, 2001.

이창배, 『한국가창대계』, 홍인문화사, 1976.

이창헌, 「단편소설집 『삼설기』의 판본에 대한 일고찰」, 『관악어문연구』 20, 서울대학교
국어국문학과, 1995.

임성래, 「방각본의 등장과 전통 이야기 방식의 변화」, 『동방학지』 122집, 연세대학교
국학연구원, 2003.

정애리, 『'삼설기' 연구』, 이화여대 국어국문학과 석사논문, 1988.

# 사랑 주제의 판소리와 잡극의 언어와 표현

## 1. 서언

육기(陸機)[1]가 『문부(文賦)』에서 "문장의 언어는 뜻을 펼치면서 그 이치를 드러내야 하네. …… 평범한 돌도 옥을 품으면 온 산에 광채 나고, 보통 물도 구슬 품으면 온 시내가 아름답네.[要辭達而理擧 …… 石韞玉而山輝, 水懷珠而川媚][2]"라 하였듯, 한 문장에서 어떤 언어를 사용하고 그 언어를 어떤 방식으로 표현했느냐는 "평범한 돌"과 "보통 물"이 "온 산"과 "온 시내"를 광내고 아름답게 하듯 매우 중요한 요소임에 틀림없다. 문장은 작자의 의도적인 가공에 따라 표현되는 것으로서, 일종의 언어를 활용한 예술이라고도 상정할 수 있을 것이다. 이와 관련하여 프랑스 시인인 샤를 보들레르(Charles Baudelaire)는 한 걸음 더 나아가 언어 예술의 리듬성에 대해 강조한다. 갈랑의 『보들레르, 시학들과 시(Baudelaire, Poetique et poesie)』에 인용된 구절을 보면 "음악과 시는 "미에 대한 사고의 발전에 지극히

---

1) 중국 서진(西晉) 시대 문인.
2) 김영문 외 4인, 『문선역주』, 소명출판, 2010의 번역을 따름.

필요한 리듬을 공유하고 있다. 보들레르에게 있어 미에 대한 감각은 리듬
의 감각과 동일시 될 수 있으며, 이 리듬에 따라 시적 상상력이 존재의
충만함을 통해 펼쳐진다. 보들레르는 리듬과 완전히 무관한 예술이란 상
상할 수조차 없었다.[3]"라 하였다. 이렇듯 한 문장에서 어떤 언어가 사용
되고 그것이 어떤 방식으로 표현되는지는 문학의 예술성을 판가름하는
기준으로, 우리는 그 특징들을 면밀히 분석해볼 필요가 있다.

　판소리는 '설(說)'과 '창(唱)'을 합하여 이야기와 가창을 중심으로 연행되
던 구비문학 장르 중 하나이다. 현재 우리가 접할 수 있는 판소리의 형식
이 어느 시기에 형성되고 발전된 것인지에 대해서는 명확히 알 수 없지
만, 그것이 광대의 노래와 몸짓을 통해 연행되고 있다는 점에서 풍부한
음악적 예술성을 지니고 있음을 알 수 있다. 판소리의 광대는 단시간 안
에 청자의 이목을 집중시켜야 했기 때문에 언어의 반복을 통해 어구를 강
조하거나 이야기의 정조(情調)에 따라 발성법을 조정하고, 때로는 몸짓 등
의 표현 방법을 활용하여 이야기를 생동감 있게 구현해냈다. 이러한 특징
들은 현재 우리가 확인할 수 있는 가장 이른 판소리 사설에서도 확인할
수 있는 부분으로, 판소리는 구전의 형태로 전해짐에도 불구하고 그것의
기본적인 틀과 짜임새가 그대로 반영되고 있다는 점에서 상당한 문헌적
가치를 지닌다.

　그런데 판소리는 이러한 외형적 특성으로 말미암아 중국유입 가능성에
대한 논의와 중국 강창문예와의 연관성에 대한 논의가 꾸준히 이루어져
왔다. 이와 관련한 선행연구를 간략히 살펴보면 다음과 같다. 판소리와 중
국문예와의 관련성을 직접적으로 언급한 학자로는 김태준(1992)을 들 수
있는데, 그는 「春香傳의 現代的 解釋」에서 『춘향전』이 중국의 『서상기』와

---

3) 김옥련, 「예술의 리듬, 문학의 리듬」, 『프랑스문화예술』 1, 1999, 58면, 원문 재인용.

『삼국지연의』의 영향을 받았을 것이라는 점을 지적했다.4) 김학주(1994)는
『한중 두 나라의 가무와 잡희』에서 송대(宋代) 이래의 강창(講唱)문학이 판
소리 창작에 영향을 주었음에 초점을 맞추어 판소리와 중국의 강창은 같
은 성질을 지닌 문예이며, 특히 강창 중에서도 고사(鼓詞)와 가장 유사함을
지적했다.5) 장주근(1981)은 판소리의 발전체인 창극이 중국 연극에서 힌트
를 얻고 발전되어 나왔다는 증언을 토대로, 창극 이전의 판소리 또한 중
국의 강창으로부터 영향을 받았을 가능성이 크다고 보았다.6) 성현자(1985)
는 판소리계 소설과 강창의 대본인 화본에는 공통된 특질이 존재함에도
불구하고 구체적인 대비연구가 이루어지고 있지 않다는 점을 지적하며,
양자 간의 유사성을 대비하였다. 이를 통해 판소리와 강창에는 유사성이
존재하지만, 내용적인 구조에 있어서 판소리의 예술성이 더 높게 나타나
고 있음을 언급했다.7) 그리고 근래에는 지수용(2002)이 판소리를 중국 곡
예의 범위에 포함시킬 수 있음을 언급하며 양자 간의 비교 연구를 진행했
다.8) 또한 정원지는 2002에 중국 고대 시가전통과 설창예술의 양식을 통
해 판소리의 발생 배경에 대해 탐색했고,9) 2009년에는 이에 이어서 판소
리 『춘향가』에 구현된 중국문학의 수용과 변용 양상에 대해 살펴어, 판소
리의 외부유입 가능성에 대한 문제를 제기하기도 했다.10)

---

4) 김태준, 「春香傳의 現代的 解釋」, 『판소리연구』 3, 1992.
5) 김학주, 『한·중 두 나라의 가무와 잡희』, 서울대학교출판부, 1994.
6) 장주근, 「韓國의 판소리와 中國의 講唱文學」, 『경기어문학』 2, 1981.
7) 성현자, 「전이와 수용 : 판소리와 중국 강창문학의 대비연구」, 『동방문학비교연구총서』 1,
   1985.
8) 지수용, 「판소리의 장르적 성격에 대하여」, 『판소리연구』 34, 2002.
9) 정원지, 「中國 古代 詩歌 傳統과 說唱藝術 樣式을 통해서 본 韓國 판소리의 發生背景에 관
   한 고찰」, 『판소리연구』 14, 2002.
10) 정원지, 「판소리 『춘향가』를 중심으로 본 中國文學의 受容과 變容」, 『중국인문과학』 42,
   2009.

이상 판소리와 중국문예의 관련성에 대한 선행연구를 대략적으로 살펴보았다. 위 논의들에서 공통적으로 제기된 문제는 판소리가 외부의 영향을 어느 정도 받았는지에 대해서는 단언할 길이 없다는 점이다. 그러므로 새로운 자료가 발견되지 않는 한, 판소리와 중국강창문학 작품의 비교만 가지고서 명확한 영향관계를 밝히기는 사실상 어렵다. 하지만 그렇다 하더라도 양자 간의 공통된 특성이 존재하고 있다는 사실을 완전히 배제할 수는 없는 바, 본고는 이들의 유사성에 좀 더 주목해 보기로 했다. 이에 판소리와 강창문학의 일종인 잡극 작품과의 비교를 통해 양자 간의 언어와 표현에 있어서 어떤 유사성이 있는지 탐색해보려 한다.

비교에 있어 잡극을 대상으로 선택한 것은 현전하는 강창문학 자료 중 잡극 텍스트가 가장 완정하다는 점이 있으며, 또한 연행의 방식으로 구성되어 있다는 점에서 판소리와의 유사성을 찾을 수 있을 것이라 보았기 때문이다. 특히 판소리와 잡극은 음악성이 풍부한 장르라는 공통점이 있으므로, 리듬을 형성하는 언어와 표현양상에 대해 살펴볼 필요성이 대두된다. 판소리의 장단, 성음, 길 등과 잡극의 궁조, 곡패 등의 활용 양상에 대한 분석을 통해 작품에 내재된 특성을 좀 더 분명하게 살필 수 있을 것이다. 분석대상은 비교의 편의를 위해 사랑을 주제로 한 판소리『춘향가』와 잡극『서상기』를 선정했다.『춘향가』는 춘향과 이몽룡의 사랑이야기를 중심으로 줄거리가 전개되고 있는데, 두 사람의 사랑이야기는 소설, 영화 등을 통해 만들어지고 회자되면서 참사랑의 모범으로 여겨진다.『서상기』는 왕실보(王實甫)의 작품으로 원진(元稹)의『앵앵전(鶯鶯傳)』을 토대로 만들어진 것인데, 작중 인물인 앵앵과 장생의 사랑이야기는 참사랑의 가치를 제시해준다는 점에 있어 중국의 사랑이야기를 대표한다. 이 작품들은 작중 인물의 고난과 역경이 두 사람의 사랑을 통해 극복되고 있다는 점에서 유사하다.

이상의 논의를 기반으로 하여 먼저 판소리와 잡극의 구연형태에 대해 간략히 언급하고, 사랑을 주제로 한 판소리와 잡극의 언어와 표현 양상을 각각 『춘향가』와 『서상기』 두 작품을 통해 살펴볼 것이다. 그런 다음 양자 간에 어떤 언어와 표현상의 유사성이 존재하는지 견주어보는 것으로 논의를 마무리하도록 하겠다.

## 2. 판소리와 잡극의 구연형태

판소리는 '說'과 '唱'의 유기적인 결합을 통해 구연되는 연행문예로 광대에 의해 구연된다. 그런데 판소리는 이야기와 노래가 함께 어우러진다는 표현적 특수성으로 인해 그것이 소설인지(李能雨), 연극이자 희곡인지(李杜鉉), 그것도 아니면 '판소리'라는 고유한 장르인지(姜漢永)와 같은 장르규명 문제는 계속 이어지고 있다.11) 그리고 이를 판가름하는 기준은 곧 판소리 사설에 활용되고 있는 언어와 표현으로, 아직 판소리 개념에 대한 정의가 명확하게 이루어지지 않은 시점에서 실제 작품 분석을 통해 그것의 실체를 파헤치는 작업은 필수적이다.

판소리의 구성 요소에 대한 논의는 명고수(名鼓手)였던 김명환(金命煥, 1913-1989)의 언급을 참고할 만하다.

……판소리 판은 "광대"와 "고수" 그리고 "구경꾼"이 모였을 때 짜여지는 것이며 소리판에서 "명창" 말을 들으려면 소리와 아니리와 발림의 적절한 구사, 즉 "너름새"를 잘하므로써 능히 관중을 웃기고 울릴 수 있어야

---

11) 이에 대한 자세한 설명은 김동욱, 『韓國歌謠의 研究. 續』, 二友出版社, 1975, 330~333면 참조.

된다. 또한 진짜 명창[12]은 "성음"이 선결조건인 것은 말할 것도 없고(목을 타고나야 하며) 올바른 "길"과 장단으로 소리를 이끌어 가야 한다. ······ 소리광대가 "성음"이 부족하게 되면 "장단"의 붙임새에 치중하게 되고 "길"을 잘못가면 소리가 물이 들어져서(염색) 들을 맛이 없게 된다.[13]

판소리를 구성하는 구조적 특징과 연행적 특징을 모두 언급한 것으로, 고수와 광대, 청중이 판소리의 판을 이루게 되며, 연행에 있어서는 노래에 해당하는 '소리'와 이야기인 '아니리', 그리고 광대의 몸짓에 해당하는 '발림' 세 요소가 유기적으로 결합하면서 이루어져야 함을 말한 것이다. 특히 "길"과 "장단"이 "소리를 이끌어"가는 중요 요소임을 강조한 부분도 주목된다. 여기서 길은 곧 선법을 말하는 것으로 우조, 평조, 계면조가 있다. 우조에 대해 정노식(鄭魯湜, 1891-1965)은 『조선창극사(朝鮮唱劇史)』에서 우조를 계면조와 대비시키면서 "기해단전(氣海丹田) 즉 배 속에서 우러나오는 소리이니 담담연(淡淡然) 온화하고도 웅건청원(雄建淸遠)한 편"이라고 설명한 바 있다.[14] 평조는 담담하고 여유 있는 느낌을 주는 악조로,[15] 우조와 비교했을 때 두드러지는 차이는 보이지 않는다. 계면조는 주로 슬픈 감정을 표현하는 것으로, 슬픔의 정도에 따라서 진계면, 단계면, 평계면의 3가지 종류가 있다고 말하고 있다.[16] 장단은 창자에 따라 분류법에 조금씩 차이를 보이고 있으나, 대체로 진양조장단, 중모리장단, 중중모리장단,

---

12) 金命煥이 말한 "진짜 명창"의 개념은 "아니리 광대"나 "화초광대"의 반대 개념인데 "아니리광대"는 사설과 재담을 위주로 하는 광대이고 "화초광대"는 발림과 차림새 용모 등에 역점을 둔 광대라고 말했다. 또한 "국악→명창→상투제침→또랑광대"의 평가치를 제시했고 국창과 명창은 실력 면에서 비슷하다고 했다. 백대웅, 『한국 전통음악의 선율구조』, 대광문화사, 1982, 14면.

13) 백대웅, 위의 책, 14~15면.

14) 이와 관련해서는 전경욱, 『한국전통연희사전』, 민속원, 2014 참조.

15) 백대웅, 위의 책, 47면.

16) 백대웅, 위의 책, 29면.

자진모리장단, 휘모리장단, 엇모리장단의 6부류로 나눌 수 있다.[17] 진양조는 판소리 장단 중 가장 느린 장단인데, 사설의 극적인 상황이 느슨하고 서정적인 대목에서 흔히 쓰이며,[18] 중모리 장단은 판소리에서 가장 많이 사용되는 장단으로 서정적인 내용이나 서사적인 내용에 두루 쓰인다. 중중모리 장단은 중모리 장단보다 좀 더 빠른 장단으로, 극적인 상황이 덩실덩실 춤이라도 나오는 대목이라든지 혹은 누가 반가운 마음으로 등장할 때 사용된다. 자진모리장단은 중중모리 장단보다 더 빠른 장단으로, 극적 상황이 무엇을 빨리빨리 열거하거나 위급한 상황이 벌어져서 서둘러야 할 대목 같은 데에 쓰인다. 휘모리장단은 신령한 존재가 등장할 때에 주로 쓰이는 장단이다.[19]

이렇듯 세분화된 판소리의 선법과 장단은 판소리의 음악적 특징을 구성하는 중요 부분으로, "성음이 부족하게 되면 장단의 붙임새에 치중하게 되고, 길을 잘못 가면 소리가 물이 들어져서 들을 맛이 없게 된다."는 김명환의 언급은 판소리의 구연 특징을 관통한 것이다.

다음으로 잡극에 대해 살펴보자. 잡극은 상고시대의 연극에서 비롯된 연행 문예로 원대(元代)에 가장 흥성했다. 그 구성에 대해 간략히 살펴보면 동작, 대사, 노래의 세 요소가 유기적으로 결합하여 이루어졌는데 여기서 동작은 '과(科)', 대사는 '빈(賓)' 또는 '백(白)', 노래는 '곡(曲)'으로, 이 셋을 흔히 '창과백(唱科白)'이라 일컫는다. 잡극은 보통 네 개의 절(折)로 이루어져 있으며, 간혹 설자(楔子)[20]를 덧붙이기도 한다. 매 절에서는 남자 역인

---

17) 장조의 분류는 최종민, 『판소리의 세계』, 문학과지성사, 2000에 제시된 분류법을 따름.
18) 이보형, 「판소리란 무엇이냐」, 『판소리 다섯 마당』, 브리태니커, 1982, 12면.
19) 장단의 분류와 특징에 대한 서술은 최종민, 위의 책에 제시된 내용을 따름.
20) 설자(원래 쐐기라는 뜻)는 서막, 또는 막간극에 해당하는 것이고 절(折)은 원대 잡극의 단락 구분인데 대개 한 극은 설자와 4절로 이루어지며 매 절에 각각의 내용에 적합한 다른 곡조가 사용된다. 이와 관련해서는 하경심, 『두아이야기/악한노재랑』, 지만지, 2008, 14면

말(末)이나 여자 역인 단(旦)의 배역을 맡은 한 사람만이 노래할 수 있으며 다른 배역의 경우 대사는 있지만 노래하는 부분이 없는 것이 일반적이다.

잡극의 음악성은 노래 부분에 활용된 궁조와 곡패(曲牌)의 활용에 따라 이루어진다. '궁조'는 작품의 매 절을 구성하는 음악적 요소 중 하나로, 하나의 절에는 하나의 궁조가 사용되며, 그 언어와 표현에 있어서도 의성어와 의태어, 쌍성, 첩운, 첩어 등 다양한 구어적 수사기교가 사용되고 있다. 특히 궁조는 판소리의 장단과 마찬가지로, 작중 인물의 노래로 불리면서 주인공의 심리를 가장 잘 드러낼뿐더러 작가의 의도까지 간파할 수 있으므로 극의 백미라 할 수 있다.[21] 이와 관련하여 왕국유(王國維)가 『송원희곡고(宋元戲曲考)』에서 "원 잡극의 가장 뛰어난 점은 사상이나 극 구성에 있는 것이 아니라 그 문장에 있다."[22]라 언급했던 만큼, 잡극의 문장을 구성하는 중심요소인 '궁조'의 언어와 표현에 대한 세밀한 분석의 필요성이 대두된다.

주덕청(周德淸)의 『중원음운(中原音韻)』에 의거하면, 원 잡극에 사용되는 궁조의 악곡은 '황종궁(黃鍾宮)', '정궁(正宮)', '대석조(大石調)', '소석조(小石調)', '선려(仙呂)', '중려(中呂)', '남려(南呂)', '쌍조(雙調)', '월조(越調)', '상조(商調)', '상각조(商角調)', '반섭조(般涉調)'의 5궁 7조로 총 12궁조라 하였다. 각 궁조의 창법에 관해서는 주덕청의 『중원음운』과 비슷한 시기에 편찬된 연남지암(燕南之菴)의 『창론(唱論)』[23]을 참고해볼 수 있다.

---

참조
21) 하경심, 위의 책, 27면.
22) 王國維, 오수경 역, 『송원희곡고 역주』, 소명출판, 2014, 412면.
23) 『唱論』은 금(金)·원(元) 시기 희곡성악을 논술한 중국고전 희곡 성악논저이다. 작자 연남지암(燕南之菴)의 이름과 생애는 문헌부족으로 지금 알 길이 없지만 이 저작이 원대 사람 양조영(楊朝英)이 태정(泰定) 원년(1324)에 편찬한 『악부신편양춘백설(樂府新編陽春白雪)』 권수(卷首)에 수록되어 있는 것으로 보아 태정 원년 이전 사람이었음을 추측할 수 있다. 燕南之菴 外 저, 권용호 역, 『중국역대곡률논선』, 학고방, 2005, 25~26면.

[표 1]

| 선려조(仙呂調) | 청신하고 아득하다[淸新綿邈] |
|---|---|
| 남려궁(南呂宮) | 감탄하고 슬퍼하다[感歎傷悲] |
| 중려궁(中呂宮) | 기복있고 번뜩이다[高下閃賺] |
| 황종궁(黃鍾宮) | 부귀하고 구성지다[富貴纏綿] |
| 정궁(正宮) | 비장하고 웅장하다[惆悵雄壯] |
| 도궁(道宮) | 소탈하고 그윽하다[飄逸淸幽] |
| 대석(大石) | 운치있고 은근하다[風流醞籍] |
| 소석(小石) | 온유하고 어여쁘다[旖旎嫵媚] |
| 고평(高平) | 시원하고 너울대다[條物滉漾] |
| 반섭(般涉) | 비장하고 좌절하다[拾掇坑塹] |
| 헐지(歇指) | 급박하고 허전하다[急併虛歇] |
| 상각(商角) | 비상하며 완곡하다[悲傷宛轉] |
| 쌍조(雙調) | 민첩하며 섬세하다[健捷激嬝] |
| 상조(商調) | 비통하며 원망하다[凄愴怨慕] |
| 각조(角調) | 흐느끼며 유장하다[鳴咽悠揚] |
| 궁조(宮調) | 고상하고 침울하다[典雅沈重] |
| 월조(越調) | 유쾌하고 냉소하다[陶寫冷笑] |

위의 궁조는 비단 잡극에만 해당되는 것은 아니고 송대(宋代)의 아악(雅樂)이나 금대(金代)의 제궁조(諸宮調) 등에도 활용되었다. 이러한 궁조의 세분화는 작품에서 궁조가 차지하는 역할의 중요성을 시사한다.

곡패는 잡극의 정조를 구성하는 요소로 각 절의 궁조 옆에 제시되어 있다. 곡패는 노래의 제목으로 잡극 작가들은 극본을 창작할 때 어떤 부분에 어떤 곡조를 사용할지 지정하게 된다. 기쁜 장면에서는 기쁨을 담는 곡조를 사용하며, 슬픈 장면에서는 슬픔을 담는 곡조를 사용한다. 그런데 곡패의 문자적 의미와 그 곡패가 가진 음악적 특성은 거의 관계가 없다.24) 초기 원래의 곡패는 시간이 흐르면서 여러 작가들에 의해 가사가 바꿔 넣어지고, 이 과정에서 곡패가 가지고 있던 원래 의미와 가사의 내용은 괴리가 생기게 되었기 때문이다. 그래서 표면상으로는 별다른 연관성을 보이지 않으며, 잡극 창작 시기에 와서는 곡패 활용의 고정된 틀이 형성되기도 했다. 다만 주목되는 점은 그것이 담고 있던 정조는 여전히 유사하게 나타나기 때문에 어떤 곡패가 어떤 궁조와 결합되었는지를 통해 작품의 정조와 그에 따른 언어와 표현 양상에 대해서도 짐작해볼 수 있다.

잡극에서의 궁조와 곡패는 판소리에서의 선법, 장단과 마찬가지로 줄거리 전개에 크게 관여한다. 이러한 점을 염두에 두고 3장에서는 각 장르의 작품에 드러난 언어와 표현 양상에 대해 살펴보도록 하겠다.

## 3. 『춘향가』와 『서상기』의 언어와 표현

### (1) 『춘향가』의 언어와 표현양상

주지하다시피 판소리는 창자가 어떤 장단과 선법을 활용하여 구연해내느냐에 따라 이야기의 정조가 달라지므로, 양자의 유기적인 결합은 그것의 예술성을 결정짓는 핵심 부분이라 할 수 있다. 판소리 장단은 작사에 앞서 가장 먼저 결정되어야 하는 요소로서 장단의 완급을 통해 정조를 형성한다면, 선법은 그것을 어떤 느낌으로 발성할 것인지를 말해주는 것으로 이 두 요소는 판소리의 음악적 성분에 속한다고 하겠다. 판소리는 작사보다 작곡이 먼저 이루어진다는 것으로 이로써 판소리에서 '창'이 가지는 위치를 짐작해볼 수 있다. 따라서 『춘향가』의 언어와 표현을 분석하는

---

24) 이창숙, 「북상기의 곡패운용」, 『문헌과 해석』 56, 2011, 143면.

데 있어서 장단과 선법이 어떻게 결합되고 있는지에 대해 우선적으로 살펴볼 것이며, 그런 다음 해당 부분에 활용된 언어와 표현이 어떤 방식으로 나타나고 있는지에 대해 분석해보도록 하겠다.

판소리는 일반적으로 슬픔의 심정을 표현하는데 있어 "계면조"의 선법을 활용해 노래 불린다.

> 옥방형상 살펴보니 앞문에는 살만남고, 뒤벽에는 외이만남아 동지섣달 찬바람은 스르르 들어부니 골속에 침질한다. 동풍이 눈을 녹여 가지에 가지 꽃이 피었으니 작작허다. 두겨어언화는 나비보고 웃난 모양은 반갑고도 설거워라. 눌과 함께 보잔 말이냐. 꽃이 지고 잎이 피니 녹음방초 시절이라, 꾀꼬리는 북이 되었고, 유상 세지 늘어진데, 구십춘광을 짜는 소리는 아름답고 설거워라. 눌과 함께 듣자는 거냐. 단오장춘은 이년녀외 푸르렀고, 추풍혼백은 설은마음 자아내야, 공산의 두겨언이느은 은은한 삼경달이의 피가 나게 슬피 울어서, 님의 귀에 들리고져.25)
>
> — 송만갑 창

『춘향가』의 옥중가 중 한 부분이다. 변사또의 수청을 거부하다 옥에 갇히게 된 춘향의 처참한 신세와 이도령을 그리워하는 애달픈 모습이 형상화된 부분으로, 계면조의 선법으로 불리고 있으며 가장 느린 장단인 진양장단으로 불린다. 여기서 진양장단은 극적인 상황이 느슨하고 서정적인 대목에서 흔히 쓰인다.26) 진양장단은 『춘향가』의 사랑가 부분에도 사용되고 있는데, 사랑가는 기쁨의 심정을 주로 노래한 부분으로 '서정적' 측면이 두드러진다는 점에서는 일치하나 그것이 어떤 조(調)로 불리느냐에 따라 드러나는 정조와 내용이 완전히 달라지므로 두 장면이 청자에게 주

---

25) 백대웅, 위의 책, 59면.
26) 이보형, 위의 논문, 12면.

는 인상은 다르다. 때문에 판소리 사설의 언어와 표현은 선법의 영향을 많이 받고 있음을 추측해볼 수 있다. 옥중가는 싸늘한 옥(獄)에 대한 묘사로 시작된다. 초라한 옥문의 형상은 앞으로 춘향이 겪게 될 고통과 암울한 날들을 암시해준다. 그리고 작중 인물의 시점은 "동지섯달 찬바람"으로 옮겨가며, 이는 다시 "동풍"으로 이어진다. "동풍"은 봄철의 따뜻함과 생명이 탄생하는 희망적인 의미를 내포하고 있으나, 후행하는 구절에서는 희망에 대한 언급보다는 "두견새"와 "꾀꼬리"를 떠올리는 장면으로 이어지면서 다시 암울한 상황이 묘사된다. 두견새는 울음소리가 매우 구슬프다고 하여 슬픔이나 한스러운 심정을 표출하는데 자주 등장하는 소재이며,[27] 꾀꼬리는 암수의 정의(情義)가 두텁다고 알려져 있어 이들이 어울려 다니는 모습과 고독한 작자의 모습의 대비를 통해 임에 대한 생각을 촉발시키는 소재로 사용된다. 옥중가에서는 두견새와 꾀꼬리를 연상시켜 옥에 갇히게 된 자신의 애달픈 처지를 부각시킨 것이다. 또한 옥중가는 진양장단으로 불리기 때문에 청자는 사설에 사용된 각 단어를 깊게 음미할 수 있다. 이는 춘향의 처지에 대한 공감을 배가시킨다.

다시 계면조와 관련한 부분으로 쑥대머리 부분을 살펴보자.

춘향 형상 살펴보니 쑥대머리 귀신형용, 적막옥방의 찬자리여 생각난 것이 임뿐이랴. 보고지고, 보고지고, 한양낭군 보고지고 오리정 정별 후로 일장수서를 내가 못 봤으니, 부모 봉양 글공부에 겨를이 없어 이러는가? 연이신혼 금슬우지 나를 잊고 이러는가? 계궁항아 추월같이 번뜻이 솟아서 비치고저. 막왕막래 맥혔으니 앵무서를 내가 어이 보며, 전전반측에 잠 못 이루니 호접몽을 어이 꿀 수 있나? 손가락에 피를 내어 사정으로 편지

---

27) 그 예로, 이조년(李兆年)은 「이화에 월백하고」 시조에서 "이화에 월백하고 은한(銀漢)이 삼경인데, 일지춘심(一枝春心)을 자규야 알랴마는, 다정도 병인 양하여 잠 못 들어 하노라."라 하여 두견새를 통해 애달픈 심정을 강조했다.

허고, 간장의 썩은 눈물로 임의 화상을 그려볼까? 이화일지춘대우에 내 눈물을 뿌렸으면, 야우문령단장성의 임도 나를 생각헐까? 추우오동엽락시에 잎만 떨어져도 임의 생각. 녹수부용채련녀와 제롱망채엽이 뽕 따는 정부들도 낭군 생각은 일반이나, 날보다는 좋은 팔자. 옥문 밖을 못 나가니 뽕을 따고 연 캐겠나? 내가 만일에 임을 못 보고 옥중원혼이 되거드면, 무덤 근처 있는 나무는 상사목이 될 것이요, 무덤 앞에 섰는 돌은 망부석이 될 것이니, 생전사후 이 원한을 알아줄 이가 뉘 있드란 말이냐? 퍼버리고 앉아 울음을 운다.[28]

—김연수 창

"쑥대머리" 또한 춘향이 억울하게 옥살이를 하게 된 서글픈 신세와 이도령에 대한 그리움을 노래한 것으로, 이 대목을 "옥중가(獄中歌)" 또는 "옥중비가(獄中悲歌)"라 일컫기도 한다. 계면조의 선법으로 이루어져 있으며 중머리장단으로 불린다. 중머리장단은 판소리에서 가장 많이 사용되는 장단으로, 서술적이고 담담하게 엮어 나가거나 서정적인 성격을 가지고 있는 대목에서 주로 쓰인다.[29] 쑥대머리는 옥중 생활로 풀뿌리처럼 헝클어진 머리에 대한 묘사로 시작된다. "보고지고"의 반복적 표현은 쑥대머리의 다른 부분과 달리 많은 글자 수를 한 마디 안에서 노래해야 하므로 리듬적 측면이 강조되며 이도령을 그리워하는 춘향의 심사가 더욱 두드러지는 효과를 준다. 이러한 그리움의 정서는 임이 자신을 찾지 않는 현실에 대한 원망으로 이어져 스스로가 불사약을 먹고 달로 도망간 항아(姮娥)[30]와 같이 고독함을 말했으며, "전전반측" 잠도 잘 이루지 못하는 처지

---

28) 최동현, 최혜진, 『교주본 춘향가』, 민속원, 2005, 307~309면.
29) 중머리장단과 관련해서는 정화영, 김광섭, 『한국의 정악과 민속악 장단』, 민속원, 2017 참조.
30) 항아는 신화적 인물로 예(羿)의 처로 알려져 있다. 서왕모(西王母)로부터 불사약 열매를 받아온 후, 예가 없는 틈을 타 혼자 먹었는데, 갑자기 몸이 가벼워지면서 달나라까지 달아나게 된다. 달에 있는 광한궁(廣寒宮)에서 홀로 살게 되었다는 이야기가 전해진다. 월궁에서

를 애달파한다. 후행하는 구절에서는 7자로 이루어진 한시 시구를 제시하
며 임을 그리는 심정을 노래하고 있는데, 이는 백거이(白居易)의 『장한가(長
恨歌)』에 나오는 구절로서 주목된다. "이화일지춘대우(梨花一枝春帶雨)"는 배
꽃 가지에 봄비가 맺혀 있는 자태라는 의미이며, "야우문령단장성(夜雨聞鈴
腸斷聲)"은 밤비 속에 애 끊는 말방울 소리가 들려온다는 의미이다. 그리고
"추우오동엽락시(秋雨梧桐葉落時)"는 가을비에 오동잎이 떨어져도 그리웠다
는 것으로, 이 세 구절 모두 당 현종(唐玄宗)이 안록산의 난리로 양귀비(楊貴
妃)와 사별하게 된 비통한 심정을 노래한 것이다. 7언 고시의 활용은 언어
와 표현 면에서 볼 때 음악적 요소인 리듬감을 부여해줄뿐더러, 춘향의
처지를 양귀비와 현종에까지 연결시킴으로써 청자로 하여금 풍부한 연상
을 유도한다. "상사목"과 "망부석"은 이도령을 기다리겠다는 춘향의 의지
가 반영된 부분으로 "상사목"에는 이승에서 못 다한 사랑을 저승에서 이
룬다는 전설이 있으며, "망부석"은 남편을 기다리다 죽어 화석이 되었다
는 전설을 이른 것이다. "쑥대머리"에 활용된 언어와 표현은 다양한 연상
작용과 리듬을 통해 이루어져 있음을 확인할 수 있었다.

다시 "춘향의 그리움"을 노래한 부분을 살펴보자.

> 갈까부다, 갈까부다. 이 따라서 갈까부다. 바람도 쉬어 넘고, 구르음도
> 수여 넘는 수진이 날진이 해동청 보라매 다 수여 넘는 청석령 고개, 이 임
> 따라 갈까부다. 하늘의 직녀성은 은하수가 막혔어도 일년일도 불현 마는,
> 우리 님 계신 곳은 무삼 물이 막혔간디, 이다아지 못가는가.[31]
>
> ─김명환 창

---

홀로 지내게 된다는 항아 이야기는 고독과 적막의 표상으로써 시의 소재로 활용되기도 한
다. 대표적인 예로 이상은(李商隱)의 「嫦娥」가 있다.
31) 백대웅, 위의 책, p.61.

춘향의 그리움을 노래한 대목으로 계면조 중에서도 슬픔의 정도가 가장 큰 진계면의 선법으로 이루어져 있으며 늦은 중머리장단으로 불린다. 진계면은 떠는 청의 떠는 정도가 다른 계면조에 비해 심하고 전반적인 억양과 표현의 굴곡이 현저하게 드러난다는 특징을 가진다. 이 부분은 이도령과 이별한 후 독수공방하며 밤낮으로 이도령을 그리워하는 부분으로, "갈까부다"라는 구절을 여러 차례 나열함으로써 그리움의 심사를 드러낸다. 여기서 흥미로운 것은 김명환 창의 악보를 살펴보면 동일한 "갈까부다"의 구절이 굴곡이 큰 음, 즉 음과 음 사이가 넓은 음표들로 구성되고 있다는 점이다. 이는 "쑥대머리"에서 동일한 단어의 반복으로 이루어진 "보고지고"부분이 음 사이가 좁은 음을 가진 음표들로 이루어져 있는 것과는 다른 것으로, 억양과 표현의 굴곡이 현저하다는 진계면의 특징이 반영된 것으로 볼 수 있다.

우조는 정노식이 『조선창극사』에서 계면조와 대비되는 것으로 상정했듯이 주로 호기 있고 위엄 있거나 품위 있고 우아한 장면에 사용되는 가락이다. 이에 대한 예시로 「느린사랑가」를 살펴보도록 하자.

만첩청산 늙은 범이 살찐 암캐를 물어다 놓고, 이는 빠져서 먹든 못허고 으르르르르 앙거려 어루난 듯, 단산 봉황이 죽실을 물고, 오동 속으 넘노난 듯, 북해 흑룡이 여의주를 물고 채운간의 넘노난 듯, 도련님이 좋아라고 춘향 허리를 에후리쳐 안고 "내사랑이야 내사랑아 어허둥둥 내사랑이야. 동정칠백월하초에 무산 같이 높은 사랑, 목란무변 수여천에 창해 같이 깊은 사랑, 생전 사랑 이러헐 적에 사후기약이 없을소냐. 너는 죽어 될 것 있다. 너는 죽어서 꽃이 되고 너는 죽어서 범나비가 되야 네 꽃송이를 내가 덥벅 물고 너울너울 넘놀거든 날인 줄로만 네가 알려무나." "아시씨요 내사 싫소." "왜 마다느냐?" "꽃이라 하는 것은 지는 때가 있사오니 그것도 내사 싫소." "그러면 좋은 수가 있다. 너는 죽어서 종로 인경이 되고,

나는 죽어서 인경마치가 되어, 저녁이면 이십팔수 새벽이면 삼십삼천 그
저 뎅, 다른 사람이 듣기에난 인경소리로 들리어도 우리 둘이 듣기에난 내
사랑 뎅 이도령 뎅, 날마다 치거들랑 날인 줄로만 네가 알려무나."32)

—박봉술 창

춘향과 이도령이 사랑을 나누는 장면을 노래한 부분으로 우조의 선법
으로 이루어져 있으며 진양조로 불린다. "만첩청산"으로 시작되는 사랑가
는 이도령 자신을 "늙은 범"으로, 춘향을 "살찐 암캐"로 표현하여 부르고
있다. "흑룡"이 "여의주"를 물고 "채운" 사이를 넘나드는 대목은 이도령
의 "호기"있는 모습을 묘사한 부분으로, 계면조에서 "두견새", "뻐꾸기"
와 같은 단어를 활용한 것과는 분명한 차이가 있다. 마찬가지로 후행하는
부분에서는 춘향을 "꽃"과 "범나비" 등으로 묘사하고 있어 청자로 하여금
긍정적 이미지들을 연상하게 한다. 판소리 청자들은 창자의 노래 가락 뿐
만 아니라 그 노래 속에 어떤 단어가 배치되고 활용되고 있는지를 들음으
로써 이야기의 정조를 쉽게 인식하고 기억할 수 있기 때문에, 창자는 이
러한 점을 충분이 인식하고 사설을 구성한다. 이는 판소리 연구에서 언어
와 표현 양상을 주의 깊게 보아야 할 필요성을 다시금 상기시켜준다.

이상 판소리 『춘향가』에 나타난 언어와 표현 양상에 대해 살펴보았다.
판소리가 장단과 선법에 의거해 그에 맞는 적절한 언어와 표현을 활용했
듯, 잡극 또한 궁조와 곡패의 결합을 통해 극에 맞는 언어와 표현을 활용
하고 있는데, 아래에서 그 구체적인 양상을 살펴보도록 하겠다.

---

32) 송재익, 『동편제 박봉술 춘향가』, 민속원, 2015, 113~115면.

## (2) 『서상기』의 언어와 표현양상

판소리와 잡극은 노래와 이야기로 이루어진다는 외형적 유사성뿐만 아
니라, 슬픔이나 기쁨과 같은 정서를 표현하는데 있어 고정된 '틀'에 의거
해 대본을 창작한다는 공통점을 지닌다. 판소리가 이야기와 어울리는 '장
단', '선법(우조, 평조, 계면조)'을 결합해 창을 했듯이, 잡극 역시 내용에 맞
는 '궁조'와 '곡패'를 배치하여 연창한다. 또한 잡극에서 궁조는 각 궁조
의 가창 특징을 가지고 활용되고 있으나, 궁조의 운용은 일정한 경향성을
가지고 있는 것이 일반적이기 때문에[33] 궁조만을 통해 작품의 정조를 파
악하기는 어렵다. 그래서 잡극 작가들은 궁조에 맞추어 이야기를 구성한
후, 이야기에 맞는 곡패를 제시함으로써 연창에 알맞은 저본의 형식을 구
성해낸다. 이러한 점을 염두에 두고 아래에서 『서상기』의 어떤 내용에 어
떤 궁조와 곡패가 사용되고 있고, 그것의 언어와 표현양상은 어떠한지에
대해 살펴보도록 하겠다.

아래는 『서상기』 중 앵앵과 장군서가 이별하는 모습을 묘사한 부분
이다.

<正宮・端正好>
碧雲天, 黃花地, 西風緊, 北雁南飛. 曉來誰染霜林醉? 總是離人淚.
[높푸른 하늘, 누런 국화 핀 땅에, 가을바람은 빠르고, 기러기 남으로 나
네. 새벽녘 서리 내린 숲 누가 취한 듯 물들였는가? 모두 이별하는 사람의
피눈물이라네.]

---

33) 『전원잡극(全元雜劇)』과 『원곡선외편(元曲選外篇)』에 수록된 원잡극 233편의 절별 궁조 운
용 상황을 분류해보면, 제1절에는 선려궁, 제2절에는 정궁・남려궁・중려궁, 제3절에는
정궁・중려궁・월조, 제 4절에는 쌍조를 주로 쓴다. 이창숙, 『다시 『동상기』를 읽고』, 「문
헌과 해석」 40, 2007, 87면 참조.

&lt;滾繡毬&gt;

恨相見得遲, 怨歸去得疾. 柳絲長玉驄難系, 恨不倩疏林掛住斜暉. 馬兒迍迍
的行, 車兒快快的隨, 卻告了相思回避, 破題兒又早別離. 聽得道一聲去也. 松了
金釧, 遙望見十裏長亭, 減了玉肌. 此恨誰知?

[만나기는 더디더니, 이별은 이다지도 빠른가! 긴 버들도 옥총마 메어둘
수 없네. 앙상한 숲이여, 지는 해 제발 붙잡아 다오. 님의 말은 느릿느릿,
나의 마차는 허겁지겁. 사랑의 가슴앓이 면하나 했더니, 초장에 벌써 이별
이라. 떠난다는 말을 듣나니, 팔찌가 헐렁해지고, 십리 장정을 바라보니,
몸이 야위는구나. 이 한을 뉘라서 알아줄꼬?]

&lt;叨叨令&gt;

見安排著車兒, 馬兒, 不由人熬熬煎煎的氣. 有甚麼心情花兒, 靨兒, 打扮得嬌
嬌滴滴的媚. 准備著被兒, 枕兒, 則索昏昏沉沉的睡. 從今後衫兒, 袖兒, 都揾幫
重重疊疊的淚. 兀的不悶殺人也麼哥! 兀的不悶殺人也麼哥! 久已後書兒, 信兒,
索與我淒淒惶惶的寄.

[떠날 수레 말 채비하는 걸 보니, 나도 모르게 부글부글 화가 나더라.
무슨 마음이 있어 꽃 달고 보조개 그려, 곱게 곱게 치장한단 말이냐! 이불
이랑 베개랑 준비하여, 흐리멍텅 잠이나 잘 수밖에. 이제부터 적삼이랑 소
매랑, 닥지닥지 눈물을 닦으리. 괴로워라, 죽도록 괴로워라! 훗날 편지랑
소식이랑, 허둥지둥 부쳐나 주오.]34)

　앵앵이 과거를 보기 위해 떠나는 장군서와 헤어지는 대목이다. 전체 5
본 중 3본 제2절에 해당하는 부분으로 궁조는 '정궁(正宮)'을 사용하고 있
으며, 총 19개의 곡패를 투곡으로 했는데, 그 중 앞 세 곡에 해당하는 부
분이다. 정궁은 판소리의 계면조와 유사한 부분으로 "비장하고 웅장함[惆
悵雄壯]"을 특징으로 한다. 곡패인 &lt;단정호&gt;, &lt;곤수구&gt;, &lt;도도령&gt;은 원

---

34) 왕실보, 양희석 역, 『서상기』, 진원, 1996, 202~203면.

곡의 내용을 알 수는 없으나 『서상기』에서 주로 사랑과 그에 따른 애달픈 정조를 주조로 함을 볼 때, 이와 유사한 정조로 이루어진 곡이었음을 짐작해볼 수 있다. <단정호> 부분은 "높은 하늘", 누렇게 진 "국화", "가을 바람", "기러기"를 통해 이별하는 시점이 가을임을 제시하고 있다. 가을 산의 단풍진 모습을 "피눈물[離人淚]"로 비유함으로써 이별의 슬픈 심정을 직접화법으로 제시했다. <곤수구>에서는 "만나기는 더디더니, 이별은 이다지도 빠른가[恨相見得遲, 怨歸去得疾]"라 하였는데, 이 구절은 당나라 시인 이상은(李商隱)의 「무제(無題)」 중 "만나기도 어려운데 이별하기도 어렵네[相見時難別亦難]"의 구절을 상기시킨다. 이어서 "지는 해를 붙잡아 다오"의 구절은 앵앵의 주도적인 행위가 돋보이는 부분으로, 자신의 감정을 직접적으로 표출하는 씩씩한 여성상이 형상화되고 있다는 점에서 주목된다.[35] "임의 말은 느릿느릿[逌逌], 나의 마차는 허겁지겁[怏怏]"의 구절은 앵앵과 장군서의 심리상태를 표현한 것으로 현재의 상황을 묘사한 것이라기보다는 이별한 후 언제 돌아올지 모르는 임을 기다리는 미래의 자신의 모습을 형상한 것이라 볼 수 있다. 이별을 앞둔 슬픔은 "팔찌가 헐렁해지고", "몸이 야위는" 신체적 변화를 통해 나타난다. <도도령>은 몸종 홍낭이 앵앵에게 단장을 하지 않은 이유에 대해 답한 부분이다. <도도령>은 다른 곡패에 비해 네 자로 된 구절이 여러 차례 등장하여 리듬감을 형성한다. "부글부글 끓이다[熬熬煎煎]", "곱게곱게[嬌嬌滴滴]", "흐리멍텅하게[昏昏沉沉]", "닥지닥지[重重疊疊]", "허둥지둥[淒淒惶惶]"이 그것으로, 이러한 중복

---

35) 왕실보 『서상기』의 전신인 전기소설(傳奇小說) 『앵앵전(鶯鶯傳)』은 당나라 시기 원진(元稹)이 창작한 것인데, 작품에 드러난 주도적인 여성형상은 唐代와 같이 유가사상이 상대적으로 약하게 나타났던 사회적·시대적 배경 속에서 가능했으리라 생각된다. 왕실보의 『서상기』가 등장한 시기는 원대로, 이 시기는 유목민족이었던 몽고족의 지배체제 하에 있었으므로 소극적인 유가적 여성형상은 약화되고 앵앵과 같은 주도적 여성상이 더욱 환영 받았을 것이다.

된 단어의 활용은 이야기꾼의 발화를 통해 청자에게 좀 더 강한 어감으로 전달되면서 애달픈 정조를 강화시키는 효과를 가져다준다. "괴로워라, 죽도록 괴로워라[兀的不悶殺人也麽哥! 兀的不悶殺人也麽哥!]" 또한 긴 구절을 반복시킴으로써 슬픈 심정이 더욱 강조된다.

다음은 상사병에 걸린 장군서 이야기를 노래한 부분이다.

<仙呂·點絳脣>
相國行祀, 寄居蕭寺. 因喪事, 幼女孤兒, 將欲從軍死.
[돌아가신 대감 제사 때문에, 사찰에 기거하였더라. 초상을 치르려다가, 어린 딸 아들, 반란군 때문에 죽을 뻔했네.]

<混江龍>
謝張生伸志, 一封書便興師. 顯得文章有用, 足見無地無私. 若不是剪草除根半萬賊, 險些兒滅門絶戶俺一家兒. 鶯鶯君瑞許配雌雄, 夫人失信, 推托別詞, 將婚姻打減, 以兄妹爲之. 如今都廢却成親事, 一個價愁糊塗了胸中錦繡, 一個價淚搵了臉上胭脂.
[고마와라 장선생 뜻을 펼쳐, 편지 한 통으로 구원군을 일으켰네. 글공부 유용함을 드러내고, 천지가 공평함을 보여주었네. 오천 반란군을 쓸어버리지 않았다면, 하마터면 온 집안이 멸족할 뻔했네. 앵앵과 장군서, 부부 되길 허락하였더라. 마님 신의를 저버리고, 엉뚱한 핑계 대시네. 혼사를 파기하고, 오누이 삼으라 하시네. 이제 백년가약 모두 없던 일로 하시니, 한 사람은 비단 가슴이 뒤죽박죽이고, 한 사람은 연지 얼굴이 눈물 범벅이라.]

<油葫蘆>
憔悴潘郞鬢有絲, 杜韋娘不似舊時, 帶圍寬淸減了瘦腰肢. 一個睡昏昏不待觀經史, 一個意懸懸懶去拈針線, 一個絲桐上調弄出離恨譜, 一個花箋上刪抹成斷腸詩, 一個筆下寫幽情, 一個弦上傳心事, 兩下裏都一樣害相思.

[초췌한 반악처럼 귀밑머리 희어지고, 두위낭 고운 자태 옛 모습 아니니, 한 사람은 허리띠 헐렁헐렁 야위어 가네. 한 사람은 비실비실 졸며 글 공부 마다하고, 한 사람은 조마조마 바느질 귀찮아하네. 한 사람은 거문고에 이별 타령이고, 한 사람은 꽃편지에 애끓는 시 썼다 지웠다. 한 사람은 붓으로 그윽한 마음 적고, 한 사람은 거문고에 심사를 전하네. 양쪽 모두 똑같이 상사병 들었구나.]36)

3본 제1절에 해당하는 부분으로, 앵앵의 모친이 장군서가 앵앵의 집안을 구해준 것에 대한 대가로 혼사를 맺어주겠다고 했으나 말을 바꾸고 도리어 이 둘을 의남매로 맺어주려는 이야기를 들은 후 충격에 빠진 대목이다. 궁조는 선려조를 사용하고 있으며 총 13개의 곡패를 투곡으로 했는데, 그 중 앞 세 곡에 해당하는 부분이다. 선려조는 "청신하고 아득하다[淸新綿邈]"는 특징을 지니는 궁조로 주로 제1절에 등장한다. 그런데 선려조의 많은 부분에서 '한탄', '걱정', '시름'의 심정이 묘사되고 있고, 이러한 특징은 선려조의 "綿邈"과도 연관이 있을 것으로 보인다. <점강순>에서는 장군서가 앵앵의 집안을 구할 수 있었던 경위에 대해 설명하고 있다. <점강순>은 남당(南唐) 풍연사(馮延巳)의 사 작품 중 "말없이 찡그리고 마음은 바람 따라 버들솜 처럼 임 곁으로 날아가네[響不語, 意憑風絮, 吹向郎邊去]"라고 하여 임을 보낸 미인의 심사를 묘사37)한 부분을 통해 애달픈 정조를 내포하고 있었음을 짐작할 수 있으나, 위 부분에서는 그러한 정조는 묘사되지 않는다. <혼강룡>에서는 앵앵의 모친이 말을 바꾼 상황에 대한 당혹감과 그로 인한 시름을 토로하고 있다. "비단가슴[胸中錦繡]"은 장군서 자신을, "연지얼굴[臉上胭脂]"은 앵앵을 말한 것이다. <유호로>에서는 혼사의 취

36) 왕실보, 위의 책, 127~129면.
37) 이창숙, 위의 논문, 144면.

소로 변화된 신체적 상황을 묘사하고 있다. "반악(潘岳)"은 서진(西晉)시기 문인으로, 장편의 「도망시(悼亡詩)」 3수를 지어 사별한 아내를 애도한 것으로 알려져 있다. "반악"은 수심이 많아 32세 때 머리가 희어졌다고 하는데, 시름 겨운 자신의 처지를 "반악"에 빗대어 표현한 것이다. "두위낭"은 당나라 기녀로 수심이 많았던 인물로 알려져 있는데, 여기서 "옛 모습을 잃어버린 두위낭[杜韋娘不似舊時]"은 앵앵을 비유한 것이다. 이어지는 구절은 "一個"의 반복적 활용을 통해 장군서와 앵앵의 심정을 교차로 배치했다.

다시 『서상기』의 월조 부분을 살펴보도록 하자.

　　<越調·鬪鵪鶉>
　賣弄你仁者能任, 倚仗身裏出身; 至如你官上加官, 也不合親上做親. 又不曾執羔雁邀媒, 獻(敝下巾) 帛問肯. 恰洗了塵, 便待要過門; 枉醃了他金屋銀屛, 枉汙了他錦衾繡.

　　[타고난 성품이라 자랑하고, 뼈대있는 양반이라 뽐내지면, 벼슬에 벼슬을 보탠들, 친척 위에 친분을 더할 수 없다오. 예물 보내 중신 세운 적 없고, 폐백 보내 납폐 한 적 없소. 여장을 풀자마자, 장가를 드시겠다고요? 금은 같은 규방을 공연히 더럽히고, 비단 이부자리 더럽히고, 비단 이부자리 괜히 때 묻히는 짓인 걸.]

　　<紫花兒序>
　紫花兒序枉蠢了, 他梳雲掠月, 枉羞了他惜玉憐香, 枉村了他(夕帶)雨尤雲. 當日三材始判, 兩儀初分; 乾坤：淸者爲乾, 濁者爲坤, 人在中間相混. 君瑞是君子淸賢, 鄭恒是小人濁民.

　　[먹구름 머리 초생달 눈썹을 공연히 욕되게 함이라. 옥과 향을 아끼는 마음을 괜스레 난처하게 함이라. 운우지정 넘쳐나는 사랑을 괜히 모욕하는 일이라. 애초에 하늘·땅·사람 삼재가 나뉠 때, 음의 양의가 처음 하늘과 땅을 나누어, 맑은 기운 올라가 하늘 되고, 탁한 기운 내려와 땅이

되고, 사람은 그 안에서 청과 탁이 뒤섞였더라. 장군서께서 맑은 기운 군
자라면, 정항 당신은 탁한 기운 소인이라.]38)

  5본 제3절에 해당하는 부분으로, 어린 시절 정혼자였던 정항이 나타나
앵앵과의 혼사를 주장하자 이를 비난하는 대목이다. 궁조는 월조를 사용
하고 있으며 총 11개의 곡패를 투곡으로 했는데, 그 중 앞 두 곡에 해당
하는 부분이다. 월조는 "유쾌하고 냉소[陶寫冷笑]적인" 특징을 가진다. <투
암순>은 정항을 비난하는 내용이 주조를 이루며, <자화아서>는 건곤의
이치에 대해 장황하게 설명하며 장군서와 정항을 각각 '맑은 기운'과 '탁
한 기운'으로 분류하여 평가하고 있다. 투암순과 자화아서는 표현 면에서
구수(句數)의 정련함과 대구법 등을 활용하고 있다. <투암순>의 첫 부분
은 7언으로 구절이 나열되어 있는데, 매 구의 마지막 네 글자가
'A+BC+A'의 형태로 이루어지면서 리듬감을 준다. 그리고 <자화아서>
에서는 처음 네 구절에서 "枉蠢", "枉羞", "枉村"을 각각 매 구의 앞에 두
어 운율미를 강화시켰으며, 말미에서도 "清者"와 "濯者", "乾"과 "坤"의
상반되는 언어가 활용되고 있다. 월조는 '유쾌하고 냉소'적인 특징을 지
니는 만큼, 다른 궁조에 비해 활용된 언어와 표현이 더욱 다양한 양상으
로 나타나고 있다.


## (3) 언어와 표현상의 유사성

  이상 사랑 주제의 판소리와 잡극의 언어와 표현을 『춘향가』와 『서상기』
두 작품을 중심으로 살펴보았다. 판소리와 잡극은 각각 구어체 한글과 한

---

38) 왕실보, 위의 책, 250~251면.

자로 이루어져 분명한 구성상의 차이를 보이고 있으나, 언어와 표현 활용 측면에서 일정한 유사성을 발견할 수 있었다. 그 내용을 정리하면 다음과 같다.

첫째, 어떤 사물을 빌려 자신의 심정을 드러낸다. 판소리 『춘향가』의 경우 "두견새", "꾀꼬리", "상사목", "망부석", "꽃", "범나비" 등의 대상을 제시하면서 "사랑"의 과정 속에 나타나는 등장인물의 심리를 묘사했으며, 마찬가지로 잡극 『서상기』 또한 "기러기", "옥총마", "들꽃" 등의 단어를 활용하여 인물의 심리를 효과적으로 전달했다. 둘째, 언어 반복을 통해 리듬감을 조성한다. 『춘향가』의 많은 부분에서 "갈까부다, 갈까부다. 이 따라서 갈까부다.", "내사랑이야 내사랑아 어허둥둥 내사랑이야."와 같은 반복적 표현이 많이 사용되고 있다. 『서상기』에서도 "부글부글 끓이다[熬熬煎煎]", "곱게곱게[嬌嬌滴滴]", "흐리멍텅하게[昏昏沉沉]"와 같이 동일한 글자를 반복적으로 나열한 부분이 자주 보인다. 셋째, 전고를 활용한다. 『춘향가』에서는 "항아", "양귀비" 등의 전고를 활용하고 있으며, 『서상기』에서는 "반악", "이상은" 등의 전고 활용을 통해 자신의 처지를 과거의 인물에 빗대어 표현한다. 넷째, 판소리의 장단과 선법, 잡극의 궁조와 곡패의 활용에 일정한 틀이 존재한다. 양자 모두 작자가 임의로 음악적 요소들을 선별하여 배치하는 것이 아니라, 정해진 틀에 따라 배치한다. 판소리에서 자진모리장단이 주로 극적 상황의 위급함을 표현하듯, 잡극에서는 계면조가 주로 슬픔을 표현할 때 사용된다.

## 4. 소결

　본고는 판소리와 잡극이 외형적 특징을 제외하고는 명확한 영향관계를 찾을 수 없다는 점을 인지하고 있었으나 양자 간의 유사성이 존재하고 있다는 사실을 완전히 배제할 수 없다고 생각되어, 이를 언어와 표현 양상의 측면에서 좀 더 세밀하게 파헤쳐보고자 했다. 이 과정에서 판소리는 구어체 한글로 이루어졌고, 잡극은 구어체 한자로 이루어 졌다는 언어 개별적 차이가 존재함을 무시할 수 없었으나, 양자 모두 '장단'과 '선법', '궁조'와 '곡패'라는 음악적 요소를 제시하여 정조를 구성한다는 공통점을 발견할 수 있었으며, 언어 활용 측면에서 어떤 사물을 빌려 인물의 심리를 표현한다거나 전고를 활용하고 있는 등의 유사성을 찾아볼 수 있었다. 이를 기점으로 연구대상의 범위를 넓혀 지속적인 비교연구를 진행한다면 판소리와 잡극, 나아가 중국 강창문예와의 연관성을 밝히는데 도움이 될 것으로 보이며, 이를 통해 판소리 고유의 특징을 좀 더 분명히 할 수 있을 것이라는 점에서 의미 있는 작업이 되리라 생각한다.

# 참고문헌

김동욱, 『韓國歌謠의 硏究. 續』, 二友出版社, 1975.

김영문 외 4인, 『문선역주』, 소명출판, 2010.

김옥련, 「예술의 리듬, 문학의 리듬」, 『프랑스문화예술』 1, 1999.

김태준, 「春香傳의 現代的 解釋」, 『판소리연구』 3, 1992.

김학주, 『한·중 두 나라의 가무와 잡희』, 서울대학교출판부, 1994.

백대웅, 『한국 전통음악의 선율구조』, 대광문화사, 1982.

송재익, 『동편제 박봉술 춘향가』, 민속원, 2015.

성현자, 「전이와 수용 : 판소리와 중국 강창문학의 대비연구」, 『동방문학비교연구총서』 1, 1985.

燕南之菴 外 저, 권용호 역, 『중국역대곡률논선』, 학고방, 2005.

王國維, 오수경 역, 『송원희곡고 역주』, 소명출판, 2014.

왕실보, 양희석 역, 『서상기』, 진원, 1996.

이창숙, 「다시 『동상기』를 읽고」, 『문헌과 해석』 40, 2007.

이창숙, 「북상기의 곡패운용」, 『문헌과 해석』 56, 2011.

장주근, 「韓國의 판소리와 中國의 講唱文學」, 『경기어문학』 2, 1981.

전경욱, 『한국전통연희사전』, 민속원, 2014.

정원지, 「中國 古代 詩歌 傳統과 說唱藝術 樣式을 통해서 본 韓國 판소리의 發生背景에 관한 고찰」, 『판소리연구』 14, 2002.

정원지, 「판소리 『춘향가』를 중심으로 본 中國文學의 受容과 變容」, 『중국인문과학』 42, 2009.

정화영, 김광섭, 『한국의 정악과 민속악 장단』, 민속원, 2017.

지수용, 「판소리의 장르적 성격에 대하여」, 『판소리연구』 34, 2002.

최동현, 최혜진, 『교주본 춘향가』, 민속원, 2005.

최종민, 『판소리의 세계』, 문학과지성사, 2000.

하경심, 『두아이야기/악한노재랑』, 지만지, 2008.

# 조선조 소동파 〈전적벽부〉의 수용

고 진 영

## 1. 서언

한국 조선조 한문학을 연구하고자 하면 北宋시인 소동파문학을 고찰한
다는 것은 필수적이고 그의 문학 조선조 문인들에게 수용되었던 과정을
살펴보는 필요가 있다. 소동파는 중국 北宋의 걸출한 문인이자 정치가이
며 예술가이다. 名은 식(軾)이고 후에 비방(朝廷)의 죄로 옥에 갇혔다가 황
주로 유배간 후, 동쪽 구릉지를 경작하여 이를 통해 동파라는 이름을 붙
였다.[1] 그가 태어난 해를 한국의 년대로 따져 보면 고려 정종 2년(1036)에
해당된다.[2] 그가 생존했던 당시 고려가 송대와 정치적 서로 사이좋게 내
왕하였다. 그리고 깊고 두터운 우의도 가지고 있었다. 소동파가 한국에 수
용된 경로를 밝히려면 즉 동파의 작품이 고려시대에 최조로 가지고 들어
온 사람, 시간 등의 정보를 정확히 꼬집으려면 꼬집을만한 근거는 삽을
수 없다.

---

1) 중국한자에서 동파(東坡)의 '동'은 동쪽의 뜻이고 '파'는 구릉지를 가리킨다.
2) 李昌龍, 「蘇東坡의 投影-」, 『통일인문학』 8, 건국대학교 인문학연구원, 1976, 8면.

그렇지만 「동파집」은 그 당시의 중국을 넘어서, 한국, 일본 等地까지 보급되었다는 역사적인 기록이 있다. 많은 문장가들은 그의 파란만장한 인생과 정치생활의 동감을 느끼고 고결한 품질을 흠모하기도 하고 이로 인하여 문학인으로서의 동파의 작품세계에 심취는 경향을 보인다. 하지만 그의 정치생애가 불운하기 때문에 죽은 후에도 신정당의 세력이 강하여 동파시집을 소지하는 것을 금지하였다. 남송조시기 되고나서야 완전히 명예를 회복하였고 그의 작품집은 더욱 널리 전파되었다.

이에 의하여 고려시대 중기에 學蘇 열풍이 돌연 나타나고, 특히 蘇東坡의 <전·후적벽부>는 李仁老 등의 고려문인들에게 큰 영향을 주었다. 단순한 수용에 그치지 않고 더 나아가 동파의 문학에 대하여 감상하고 비평하였다. 고려 후기에 程朱理學의 도입과 동파는 문학도서가 고려에 전입하는 것에 대해 편견이 존재했으므로 생긴 학문사조의 불일치현상, 대립현상은 '모소'의 열풍이 한때 물러간 원인된다. 하지만 李朝 초기에 「고문진보(古文眞寶)」는 조선조에 들어오고, 그 중에 동파의 시가 18편과 산문 16편을 포함된다. <전·후적벽부>는 문인사대부들이 애창하였고 본받고자 한 모범으로 간주한다. 문인들이 그 작품을 적극적으로 열람하였고 강에 선유하면서 <적벽부>를 세세히 새겨보게 된다. 이어 적벽선유를 묘사한 작품도 나타났고 「수궁가」 등의 판소리 작품, 한시, 가사도 창조하고 문인인 신위, 김정희, 이조목 등이 시학에서 由蘇入杜[3]의 길을 찾았다. 「수궁가」 등의 판소리에서 '적벽선유'가 인용되었고, <적벽부>를 원문과 번역을 엇섞어 가면서 부르는 창(唱)도 있고, 두메의 학동(學童)이 「고문진보」에 실린 전후를 밤에 '前赤壁賊', '後赤壁賊'이라 聲讀하여 참입한 도적

---

3) "시를 배우려면 杜甫를 공부하는 징검다리로 蘇軾을 필수로 삼았음을 規矩와 法度로 간주한다."

을 절로 물리쳤다는 민담이 생겨나기도 했다.[4]

조선시대까지 동파의 〈적벽부(赤壁賦)〉」는 널리 애송되어 "〈前・後赤壁賦〉는 천고에 회자되어 어린아이나 여자들까지 모두 다 입에서 입으로 전하여 외울 줄 안다"[5]고 할 정도였으니 줄곧 문인들의 추앙을 받았다. 조선 전기에 동파의 적벽선유를 畵題로 삼은 「赤壁賦圖」가 창작되었고, 선비들이 7월 旣望이 되면 강에서 뱃놀이를 하며 赤壁船遊를 재현하는 풍속이 생겨났다. 趙纘韓의 〈赤壁賦〉와 서거정의 「蘇仙赤壁圖」 등의 문학 작품은 모두 조선 문인들의 적벽선유 풍속을 배경으로 하면서 동파의 〈적벽부〉를 원 텍스트로 삼고 있는 유명한 문예창작이다.

조선시대에는 주자학이 주류를 이루면서 상대적 동파의 문장을 추앙하는 경향이 약해졌지만 조선시대 전체에 걸쳐 동파의 詩文을 본받아 학습하는 기풍[6]은 계속 이어진 것이다. 그래서 고려와 조선의 한문학에 대해 미친 영향을 연구하는 자료를 만만찮다. 이로써 윤호진은 동파 시문에 대한 수용 방식을 주석적, 창조적, 비판적 수용양상으로 구분하고 동파 시문에 대한 주석, 동파 시에 차운, 화운한 시나 용전으로 활용한 예, 〈적벽부〉의 글자를 집자한 시, 동파의 인물됨이나 문학 전반에 걸친 비평 등을 고찰하며 동파를 수용하는 과정에서 다양하고 새로운 한국 나름의 문화를 창조했[7]음을 밝혔다.

본고는 소동파가 황주(黃州)의 유방생활을 즐기며 손님과 長江적벽선유를 즐기면서 지었던 전 〈적벽부〉를 중심으로 분석한다. 그 작품의 언어

4) 許捲洙, 「蘇東坡詩文의 韓國的 受容」, 『中國語文學』, 嶺南中國語文學會, 14집, 1988, 49면.
5) 李昌龍, 「蘇東坡의 投影-」, 『통일인문학』 8, 건국대학교 인문학연구원, 1976, 10면.
6) 이상 고려시대 및 조선시대 문단에 끼친 동파 문학의 영향에 관한 개괄적인 설명은 허권수, 「蘇東坡 詩文의 韓國的 受容」, 영남중국어문학회, 『中國語文學』, 4집, 1988 참조.
7) 윤호진, 「韓國 漢文學의 東坡受容樣相」, 『中國語文學』, 영남중국어문학회, 12집, 1986.

와 표현 영상을 연구하여 한국 조선조 한문학 속에 어느 정도 침투되어 있으며, 조선조 문인들이 그것을 어떻게 수용, 활용하여 개성화한 후에 성공적 창작하였는가를 탐구하는 데 본고의 목적을 말할 수 있다. 이러한 문학수용을 연구하는 과정이 중국고전문학과 한국 한문학의 사이에 세워진 다리로 간주되고 두 나라의 문학연결을 엿볼 수도 있다. 뿐만 아니 한국 고전문학의 형성특색을 파악할 수 있고 그 당시에 한국 문인들의 사상, 지혜, 문학소질도 추상할 수 있다.

## 2. 소동파 〈전적벽부〉의 언어 표현

소동파는 옛 문인들의 시의 체재와 달리 새로운 소재를 잡고 산문의 요소를 따라 부(賦)라는 서술적시의 형식을 채용한다. 여기서 작가는 시의 운율을 잃어버리지 않고 압운의 시격을 맞추기도 한다. 이것은 <전적벽부>의 특징 중의 하나라고 생각한다. <전·후적벽부>, 이 두 걸작이 가히 유명해지고도 후세의 사람들에게 널리 알려서 남은 이유는 정련한 시어를 사용하여 적벽의 구운 야경을 몸소 그 곳에 가듯 묘사하는 것이다. 또한 독자들이 그의 작품을 통해 인간, 자연, 우주까지 연결하는 윤리를 탐구할 수 있다. 단 한 편이라도 소동파의 뛰어난 문학소질을 엿본다. 그는 겨우 몇 백 자로써 <전적벽부>에서 우주 가운데 인간존재의 왜소함과 이승에서 인간이 누릴 수 있는 자연의 무한한 향연에 대해 어느 누구보다 도설득력 있게 표현한다. 여기서는 운(韻)조차 쓰지 않고 있으나 기민하게 언어를 구사함으로써 보편적인 심정을 잘 그려내어, 몇 번을 읽어도 읽는 이로 하여금 최면 상태에 빠지게 만드는 듯한 효과를 거두고 있다.8)

서언에 말한다시피 본고에 전 〈적벽부〉를 중심으로 삼고 연구하기로 한다. 그러면 먼저 문장 전편을 살펴보고 이어서 작품에 언어 층위, 문장 구조, 주제 사상, 문장의 분위기 등의 표현 양상을 분석하여 여기서 작가의 언어표현 특색과 문장착상을 어떻게 호응하는지 설명하고자 한다.

아래의 번역문과 원문을 보고 전 〈적벽부〉의 언어, 표현 양상을 살펴본다.

임술(壬戌) 가을 7월 기망(旣望)에 소자(蘇子)가 손[客]과 배를 띄워 적벽(赤壁) 아래 노닐새, 맑은 바람은 천천히 불어 오고 물결은 일지 않더라. 술을 들어 손에게 권하며 명월(明月)의 시를 외고 요조(窈窕)의 장(章)을 노래하더니, 이윽고 달이 동쪽 산 위에 솟아올라 북두성(北斗星)과 견우성(牽牛星) 사이를 서성이더라. 흰 이슬은 강에 비끼고, 물빛은 하늘에 이었더라. 한 잎의 갈대 같은 배가 가는 대로 맡겨, 일만 이랑의 아득한 물결을 헤치니, 넓고도 넓게 허공에 의지하여 바람을 타고 그칠 데를 알 수 없고, 가붓가붓 나부껴 인간 세상을 버리고 홀로 서서, 날개가 돋치어 신선(神仙)으로 돼 오르는 것 같더라.[9] 이에 술을 마시고 흥취가 도도해 뱃전을 두드리며 노래를 하니, 노래에 이르기를 "계수나무 노와 목란(木蘭) 상앗대로 속이 훤히 들이비치는 물을 쳐 흐르는 달빛을 거슬러 오르도다. 아득한 내 생각이여, 미인(美人)을 하늘 한 가에 바라보도다." 손 중에 를 부는 이 있어 노래를 따라 화답(和答)하니, 그 소리가 슬프고도 슬퍼 원망하는 듯 사모하는 듯, 우는 듯 하소하는 듯, 여음(餘音)이 가늘게 실같이 이어져 그윽한 골짜기의 물에 잠긴 교룡(蛟龍)을 춤추이고 외로운 배의 홀어미를 울릴레라.

소자(蘇子)가 근심스레 옷깃을 바루고 곧추앉아 손에게 묻기를 "어찌 그러한가?" 하니, 손이 말하기를 '달은 밝고 별은 성긴데, 까막까치가 남쪽으

---

8)「소동파의 언어」수업 중에의 자료 인용.

9)「前赤壁賦」,『古文眞寶後集』, 卷八, 2012. 인터넷 자료 인용.

로 난다.'는 것은 조맹덕(曹孟德)의 시가 아닌가? 서쪽으로 하구(夏口)를 바라보고 동쪽으로 무창(武昌)을 바라보니 산천(山川)이 서로 얽혀 빽빽이 푸른데, 예는 맹덕이 주랑(周郎)에게 곤욕(困辱)을 받은 데가 아니던가? 바야흐로 형주(荊州)를 깨뜨리고 강릉(江陵)으로 내려갈 제, 흐름을 따라 동으로 감에 배는 천 리에 이어지고 깃발은 하늘을 가렸어라. 술을 걸러 강물을 굽어보며 창을 비끼고 시를 읊으니 진실로 일세(一世)의 영웅(英雄)이러니 지금 어디에 있는가? 하물며 나는 그대와 강가에서 고기 잡고 나무하며, 물고기와 새우를 짝하고 고라니와 사슴을 벗함에랴. 한 잎의 좁은 배를 타고서 술을 들어 서로 권하며, 하루살이 삶을 천지(天地)에 부치니 아득한 넓은 바다의 한 알갱이 좁쌀알이로다. 우리 인생의 짧음을 슬퍼하고 긴 강(江)의 끝없음을 부럽게 여기노라. 날으는 신선을 끼고 즐겁게 노닐며, 밝은 달을 안고서 길이 마치는 것은 갑자기 얻지 못할 줄 알새, 끼치는 소리를 슬픈 바람에 부치노라."

소자 말하되 "손도 저 물과 달을 아는가? 가는 것은 이와 같으되 일찍이 가지 않았으며, 차고 비는 것이 저와 같으되 마침내 줄고 늚이 없으니, 변하는 데서 보면 천지(天地)도 한 순간일 수밖에 없으며, 변하지 않는 데서 보면 사물과 내가 다 다함이 없으니 또 무엇을 부러워하리요? 또, 천지 사이에 사물에는 제각기 주인이 있어, 나의 소유가 아니면 한 터럭이라도 가지지 말 것이나, 강 위의 맑은 바람과 산간(山間)의 밝은 달은 귀로 들으면 소리가 되고 눈에 뜨이면 빛을 이루어서, 가져도 금할 이 없고 써도 다함이 없으니, 조물주(造物主)의 다함이 없는 갈무리로 나와 그대가 함께 누릴 바로다."

손이 기뻐하며 웃고, 잔을 씻어 다시 술을 드니 안주가 다하고 잔과 쟁반이 어지럽더라. 배 안에서 서로 팔을 베고 누워 동녘 하늘이 밝아 오는 줄도 몰랐어라.

前赤壁賦(전적벽부)[10]

---

10) 「前赤壁賦」, 『古文眞寶後集』, 卷八, 2012. 인터넷 자료 인용.

壬戌之秋 七月旣望 蘇子與客泛舟 遊於赤壁之下 淸風徐來 水波不興 擧酒
屬客 誦明月之詩 歌窈窕之章 少焉 月出於東山之上 徘徊於斗牛之間 白露橫
江 水光接天縱一葦之所如 凌萬頃之茫然 浩浩乎 如馮虛御風 而不知所止 飄飄
乎 如遺世獨立 羽化而登仙

於是飮酒樂甚 扣舷而歌之 歌曰 桂櫂兮蘭槳 擊空明兮泝流光 渺渺兮予懷
望美人兮天一方 客有吹洞簫者 倚歌而和之 其聲嗚嗚然 如怨如慕 如泣如訴 餘
音嫋嫋 不絶如縷 舞幽壑之潛蛟 泣孤舟之嫠婦

蘇子愀然正襟 危坐而問客曰 何爲其然也 客曰 月明星稀 烏鵲南飛 此非曹
孟德之詩乎 西望夏口 東望武昌 山川相繆 鬱乎蒼暢 此非孟德之困於周郎者乎
方其破荊州 下江陵 順流而東也 舳艫千里 旌旗蔽空 釃酒臨江 橫槊賦詩 固一
世之雄也 而今安在哉 況吾與子 漁樵於江渚之上 侶魚蝦而友麋鹿 駕一葉之扁
舟 擧匏樽以相屬 寄蜉蝣於天地 渺滄海之一粟 哀吾生之須臾 羨長江之無窮 挾
飛仙邀遊 抱明月而長終 知不可乎驟得 託遺響於悲風

蘇子曰 客亦知夫水與月乎 逝者如斯 而未嘗往也 盈虛者如彼 而卒莫消長也
蓋將自其變者而觀之 則天地曾不能以一瞬 自其不變者而觀之 則物與我皆無盡
也 而又何羨乎 且夫天地之間 物各有主 苟非吾之所有 雖一毫而莫取 惟江上
之淸風 與山間之明月 耳得之而爲聲 目遇之而成色 取之無禁 用之不竭 是造
物者之無盡藏也 而吾與子之所共樂

客喜而笑 洗盞更酌 肴核旣盡 杯盤狼藉 相與枕藉乎舟中 不知東方之旣白

## (1) 시어의 언어층위

전편은 총 5단락으로 이루어진다. 손[客]과 더불어 달밤에서 배를 타면
서 술을 마시고 시로 읊은 것을 통해 소자와 손의 대화를 끌어낸다. 손의
입을 빌려서 옛일을 더듬으며 오늘을 슬퍼하는 감정을 표출했다. 또한 소
자의 말 속에 초지일관한 정회(情懷)를 얻었다. 1단락에 작가는 적벽의 달
밤을 서경한다. 소동파가 四言詞의 방식을 사용하여 바람(淸風), 이슬(白露),
산(東山), 강물(水), 달(月) 등의 대자연 경관을 묘사한다. 짧은 시어를 통해

생동감 있게 그려 내고 있기 때문에 문장을 읽으면서 당시에 적벽의 산수경지를 들어가는 듯 느낌이 든다. 그리고 자연만물이나 인간의 움직임을 한 글자만 썼더라고 오묘하게 대범한 기세를 부여한다. 소동파가 명월을 미녀로 비유하고 달은 뜨는 것을 기대한다. 그리고 이는 "少焉, 月出于東山之上, 徘徊于斗牛之間"과 서로 호응하여 자신 창조한 문장 "望美人兮天一方"를 끌어낸다. 이 표현을 통해 문장의 기운과 감정을 일관시킨다. "徘徊"라는 한자어가 부드러운 달빛이 유람객에 대한 애착과 서운함을 생생하게 그려 낸다. "縱一葦之所如, 凌万頃之茫然"의 '縱', '凌' 두 글자는 배가 가는 대로 맡겨, 허공에 의지하는 이미지를 강하게 부각한다. 또는 같은 글자를 중복시켜 만든 단어를 사용되고 있는 것은 이 문장의 언어특징이라고 말할 수 있다. '浩浩' '飄飄'를 사용하여 손과 동파의 아늑아늑한 모습과 유배심경을 뱃놀이를 통해 표현한다.

2단락이 손들의 음주, 노래한 모습을 기술하고 손의 통소소리를 다양하게 비유한다. 여기서도 '渺渺' '嗚嗚' '嫋嫋'를 써낸다. 이를 통해 미인을 만나지 못한 실의와 슬픔을 나타난다. 하지만 여기서 美人은 여인이 아니라 동파의 웅심장지와 모든 아름다운 사물의 화신을 가리키는 것으로 본다. "桂棹兮蘭槳, 擊空明兮溯流光。渺渺兮予怀, 望美人兮天一方。"이 가사는 완전히 ≪楚辭·少司命≫: "望美人兮未來, 臨風恍兮浩歌"[11]의 뜻으로부터 인용되고, 더욱이 상단의 "誦明月之詩, 歌窈窕之章"가 지적한 내용을 구체화한다. 통소의 노래로 인해 소자가 슬퍼해지고 그의 감정도 돌연 달라진다. 유쾌한 것을 슬픔으로 전변하는 과정에 문장도 이에 따라 파란만장하게 되고 문장의 기세도 상승한다. 그리고 이 단락에서 '歌'를 활용하여 원래의 명사 '노래'가 동사적 의미 '청'으로 인용한다. 노래의 소리를

---

11) 屈原, 「九歌·少司命」, 『楚辭』. 인터넷 자료

'潛蛟'과 '釐婦'로 묘사하는 것은 작자의 풍부한 상상력과 문학적인 재능이 뛰어나다. 동시에 그의 외로운 감정과 실의를 더 뚜렷하게 돌볼 수 있다.

3단락에 작가는 눈에 보고 있는 풍경을 비유하는 대상으로 삼아 자연의 윤리를 제시한다. 이에 의하여 손의 감탄에 대한 자기의 견해를 설명하여 손의 마음을 위한해 주려고 한다. 손이 인생의 단촉과 무상에 대한 감탄이다. 이 단락은 4언, 6언구를 주로 이루어진다. 역사 전고를 인용하면서 자연의 '魚蝦' '蜉蝣' '長江' '滄海'를 비대하여 인간의 소외감, 정치 생애의 유감을 토로한다. 그리고 '羡' '抱' '渺' '哀' 등의 동사를 인간의 희로애락을 적합하게 표출한다. 曹操의 옛 행위를 부각하여 "一世之雄"를 지명한다. 하지만 이러한 훌륭한 인물도 결국에 사라졌으니 자신을 생각나서 짧은 인생에 대한 감탄을 드러난다.

4단락은 손의 감탄에 대한 자기의 견해를 설명하여 손의 마음을 위한해 주려고 한말을 묘사하는 것이다. 손이 말하듯 "羡長江之无窮", "抱明月而長終" 긴 강(江)의 끝없음을 부럽게 여기고 밝은 달을 안고서 길이 마치는 것에 대해 소동파가 江水, 明月를 비유하는 대상으로 삼아 '가는 것은 이와 같으되 일찍이 가지 않았으며, 차고 비는 것이 저와 같으되 마침'의 인식을 가진다. 4단락은 1단락과 서로 호응한 연결이 보인다. 소동파는 명월, 바람, 강물 등등의 자연사물들로 서경하지만 주제의 사상이 전편에서 관통시킨다. 세상만물이 변화의 차원으로부터 생각하면 천(天), 지(地)의 존재가 순간이다. 반대로 무변화의 차원으로 보면 세상만물이 무궁무진이다. 강, 명월 등의 자연소재를 인용하기 때문에 설득력이 더 있다.

5단락은 손이 동파의 사상을 들고 나서 기분이 즐거워졌다. 문장이 전편적으로 정취가 돈독하고 진실하며 도리를 투철하게 제시하였으니 최고의 명작이라는 평가도 있다.

## (2) 문장의 표현층위

전편문장은 4언, 5언, 6언, 7언 율격시구와 산문형식을 결합하여 경치, 인물행위를 묘사하면서 윤리, 사상을 천명하고 있다. 문장의 양상은 가지런하지 않지만 중심을 한결같이 잡고 있다. 문장의 중심부분은 손의 '間', 소자의 '答' 대화의 형식으로 이루어진다. 이러한 체재는 중국문단에서 새로운 현상이라는 문학창작이다. 대화하므로 문장을 읽으면서 대입감이 강하고 직관적으로 손의 고민과 실의를 느끼게 된다. 5언, 7언 율시는 중간의 두 구절을 반드시 대우(對偶)시켜야 했으므로, 차츰 틀에 박힌 양식으로 변했다. 그리하여 시인들은 저마다 이 고정된 격식을 새로운 양식으로 발전시켜 보려 애를 썼다.12) '浩浩乎 如馮虛御風 而不知所止', '飄飄乎 如遺世獨立 羽化而登仙'가 예로 분석하면 이 시구에서 대우를 시키는 것뿐만 아니라 '如怨如慕 如泣如訴'에서 생동감 있게 대령한 비유 형식을 채용하니 뜻이 세밀하고 정제된다. '餘音嫋嫋 不絶如縷 舞幽壑之潛蛟 泣孤舟之釐婦'도 더 깊이 있게 손의 퉁소리에 대해 묘사한다. 이것이 바로 비유를 통해 손의 심경을 가시화시키는 것이다. 그리고 대변(對辯)의 차원으로 윤리를 탐구하니 역경에서도 자아의 활달한 인생관을 따라서 슬픔과 실의, 좌배감 등의 정서를 풀이기 위해 인생의 진정한 보람을 찾게 된다. 즉 '惟江上之淸風 與山間之明月'는 '是造物者之無盡藏也'이라는 각오를 갖게 된다.

이 부(賦)에 소동파가 대화전략의 특징을 대상으로 서정, 서사, 서경, 설교적 표현기법과 결부하여 인간의 보편적 관심사 생사 등의 문제를 제시하고 그 것에 대한 관점의 차이를 이해하고 달관한 인생관을 표출하려 하는 의도를 엿볼 수 있다. 더 구체적으로 분석하면 대화(문답법)에 의해 전

---

12) 최재남, 「동파의 언어」, 2017. 수업의 강의

반적인 이야기가 전개되고 있다. 동시에 대구법을 사용하여 변증법적인 사고에 따라 결론을 이끌어 간다. 이것을 통해 작자의 인생관이 잘 나타난다. 그리도 전편에서 자연의 사물에 대한 많은 묘사를 사용해서 자연현상 속에서 인생의 의미를 깨닫는 동양적인 전통 사상이 담겨 있다는 감오를 후인에게 전해준다. 동파 문학의 주로 예술문법의 특징 중에 하나는 '情, 景, 理' 세 가지의 요소를 한 문장에서 융합시키고 경치묘사를 통하여 자기나 주변인, 고인의 심경, 감정을 드러나고 결국 인생의 도리를 탐구한다.

여기서는 풍(風), 달(月)의 경관을 주로 묘사하며 산(山), 강물(江水)이 들러리가 된다. 소동파가 풍(風), 달(月)의 요소를 잡아서 인생에 관한 의론과 사고를 전개한다. 또한 소동파가 "以文爲賦"의 장르형식을 취하여 전통시의 장르와 기운을 남겨 두고 한편에 산문의 수법과 풍격을 흡수한다. 賦의 전통형식에 비하여 더 자유적인 체재으로 이루어진다. 예를 들어 문장의 서두에서 "壬戌之秋, 七月旣望, 蘇子与客泛舟游于赤壁之下" 거의 산문의 형식이고 엇갈린 형식의 경향을 보일 수 있지만 전체적 중심이 흩어지지 않다.


## 3. 조선조 〈전적벽부〉의 언어 표현 수용

앞의 <적벽부>에 대하여 단락의 주지에 따라 언어 표현을 분석하여 해독한다. 고려중기 이후 동파의 詩文이 전래된 이래로 동파의 시문은 문장의 전범으로서 크게 성행하였고 조선시대까지 줄곧 문인들의 추앙을 받았다. 특히 동파의 <赤壁賦>는 널리 애송되어 "<前·後赤壁賦>는 천고에 회자되어 어린아이나 여자들까지 모두 다 입에서 입으로 전하여 외울 줄 안다"[13]고 할 정도였다. 이에 의하여 그 인기가 어떠했는지 파악할 수 있다. 조선조 문인들이 <적벽부>에의 원형 언어를 인용하여 자신의 상황에 의해 새로운 작품을 창작하였다. 이러한 현상은 문학 수용의 표현이라고 지적한다. 전 <적벽부>에서 문자의 서두는 "임술지추, 칠월기망"라는 시간, 계절이라는 언어배경이더라도 많은 문인들이 자가의 작품에 넣어두었다. 조선 전기 서거정(徐居正)의 <소선적벽도(蘇仙赤壁圖)>, 중기 윤선도(尹善道)의 <차운수이계하적벽가(次韻酬李季夏赤壁歌)>과 조찬한(趙纘韓)의 <적벽부(赤壁賦)>, 그것인데 이 작품들을 살펴보면서 조선 문인들의 적벽선유와 동파의 <赤壁賦>에 대한 다양한 시각을 고찰해보고자 한다. 이를 통해 조선시대 문인들이 소식의 <赤壁賦>를 수용하여 그것을 어떻게 독창적으로 변용하였는지 알 수 있을 것이다.

### (1) 서거정의 〈蘇仙赤壁圖〉

조선 전기에 동파의 赤壁船遊를 畫題로 삼은 <赤壁賦圖>가 창작되었고, 선비들이 7월 旣望이 되면 강에서 뱃놀이를 하며 赤壁船遊를 재현하는 풍속이 생겨났다.[14] <赤壁賦圖>에 관한 최초의 기록은 조선 전기 서거정(徐居正, 1420-1488)이 쓴 題畫詩 <蘇仙赤壁圖>에 나타난다.

서거정은 소동파의 풍류와 인물이 천하에 으뜸인데, 하늘의 뜻으로 유배되어 노닐게 한 것이다. 그리고 동파의 기개와 절조는 우주를 능가하였고 문장은 별처럼 빛난다고 추앙하연서, 그를 추모하고 있다.

---

13) 洪奭周, 『鶴岡散筆』: "赤壁二賦, 膾炙千古, 童孺婦女, 皆能傳誦.", 『淵泉集』, 윤호진, 『韓國漢文學의 東坡受容樣相』, 『中國語文學』, 영남중국어문학회, 12집, 1986, 134면에서 재인용.
14) 姜慶熙, 「조선시대 東坡 <赤壁賦>의 수용─赤壁船遊와 <赤壁賦> 倣作을 중심으로」, 『중국어문학논집』, 중국어문학연구회, 2010, 407면.

| | |
|---|---|
| 한림학사 동파 신선은 | 玉堂學士東坡仙 |
| 풍류와 인물이 천하에 으뜸이었는데 | 風流人物天下先 |
| 적벽의 뛰어난 경치 또한 황주의 으뜸이라 | 赤壁形勝擅黃州 |
| 하늘이 한번 그를 유배시켜 노닐게 하였네 | 天教一謫逍遙遊 |
| 목란 상앗대 계수의 노로 강물 가로지를 제 | 蘭槳桂棹截江流 |
| 달은 작고 산은 높아 천지가 가을이었고 | 月小山高天地秋 |
| 손으로 우두를 부여잡고 서로 배회하는데 | 手攀牛斗相徘徊 |
| 숨은 용은 춤을 추고 검은 학도 날아왔네 | 潛鮫已舞玄鶴來 |
| 당시의 행락은 어디에도 견줄 데가 없는데 | 當時行樂絶代無 |
| 전후의 두 부 또한 천지와 함께 유전하네 | 二賦流傳天壤俱 |
| 선생의 기절은 우주를 능가할 만하거니와 | 先生氣節凌宇宙 |
| 선생의 문장은 별처럼 빛나기만 하여라 | 先生文章煥星斗 |
| 사백 년 이전의 선생을 멀리 생각하노라니 | 追憶先生四百年 |
| 적벽의 풍월은 지금도 예전 그대로이겠지 | 赤壁風月還依然 |
| 나는 지금 적벽의 시를 지어서 | 我今爲賦赤壁詩 |
| 선생의 넋을 불러 한잔 드리고자 하노라[15] | 欲喚先生酌一巵 |

이 시에서 우리는 동파의 적벽선유에 대한 조선 문인들의 인식을 엿볼 수 있다.

이 율시는 7언이고 동파의 '부'형식과 다르지만 적벽부의 시어수용을 탐구할 수 있다. 소동파를 황주에 유배시켜 적벽에서 소요하게 한 것은 그가 천하제일의 "풍류인물"이기 때문이라는 발상이 특이하다. 5구부터는 〈전적벽부〉의 내용을 재현하여 그 당시 적벽선유의 아름답고 신비로운 분위기를 묘사하였고, 특히 7구에서의 "手攀牛斗相徘徊"는 〈전적벽부〉의 "徘徊於斗牛之間"과 徘徊 등의 언어 표현에서 유사하여 수용의 양상을 보인다. '舞', '凌' 두 시어가 그대로 적벽부의 원문에서 인용해온 것이고 소

---

15) 徐居正, 「蘇仙赤壁圖」, 『四佳詩集』 권51, 한국문집총간. 인터넷 자료

동파의 문풍기세를 따라 표현한다. 동시에 '截', '煥' 시어를 선용하여 적벽선유의 逍遙, 風流기세를 蘇仙보다 뒤지 않게 짓다. 9-12구는 '先生氣節凌宇宙', '先生文章煥星斗' 여기서도 대우의 표현 양상을 사용한다. 동파의 적벽선유와 <적벽부>를 찬양하였다. 비견할 만한 일이 다시 없었던 "當時行樂"은 풍류인물 東坡의 氣節이 우주를 능가함을 드러내고, 그것을 통해 창작된 <적벽부>는 천고에 전해지다.[16] 마지막 4구는 동파를 추모하는 정을 드러내고 있다. 적벽풍광의 "風", "月" 두 요소를 잡아서 그림 속에 적벽의 모습은 예전 그대로인데 사람은 가고 없으니 이 詩로 추모의 정을 드러내었다. 여기서 서거정이 동파를 풍류인물로 인식하고 그의 적벽선유를 동파의 빼어난 기개를 드러내는 풍류행락으로 인식하고 있다는 점이 주목받을 수 있다. 동파의 <적벽부>가 인간과 삶을 바라보는 달관적인 태도뿐만 아니라 적벽선유라는 행위가 지니는 풍류성에 대한 주목이 더 강하게 드러나는 지점을 엿본다.

### (2) 윤선도의 〈次韻酬李季夏赤壁歌〉

조선 중기의 문신인 고산(孤山) 윤선도(尹善道, 1587~1671)는 한국문학계의 주목을 일찍부터 받아왔다. 그의 문학적 성취는 <어부사시사(漁父四時詞)>로 대표작을 말할 수 있고 일군의 시조(時調)작품이다. 그를 송강(松江) 정철(鄭澈, 1536~1593)과 함께 한국 고전 시가 사상 최고의 작가로 평가하는 데에 이견이 없게 하였다. 그의 시문집 『고산유고(孤山遺稿)』를 고산 연구의 새로운 전기로 마련하는 계기가 될 것이며, 나아가 고산이 살아간

---

16) 姜慶熙, 「조선시대 東坡 <赤壁賦>의 수용—赤壁船遊와 <赤壁賦> 倣作을 중심으로」, 『중국어문학논집』, 중국어문학연구회, 2010, 408면.

조선 중기를 보다 깊이 있게 이해할 수 있는 자료로 요긴하리라 판단된
다. 이 평가 과정에서 그의 국문 시가에 대해서는 이미 헤아리기 어려울
정도의 수많은 연구 업적이 축적되었다.[17) 고산은 10대~70대 이후까지
창작해왔고 거의 전 생애에 걸쳐 있다. 고산 문학에서 한문 작품이 갖는
중요성을 인정하게 된다. 아울러 국문 시가를 큰 문학성취를 얻은 동시에
한시의 작품들도 미학적 성취와 시적 형상성을 갖추고 한문학사에 윗자
리를 차지한다. 충분한 연구의 가치가 있다.

그의 문학작품 특징은 강호(江湖)와 세속(世俗)의 이분법 세계관을 언급
될 수 있다. 그리고 자연친화적 태도와 심미적 몰입의 심경을 갖고 있으
니 사물에 대한 정밀한 관찰력을 키우면서 깊은 사상세계를 품고 있다.
한시에서 계절의 순환, 사물의 생동(生動) 등이 많이 다루어지는 것도 같은
맥락으로 볼 수 있다. 이는 성리학을 학습하고 삶의 이법과 지표로 받아
들였던 당대에서는 누구에게나 통용될 만한 일반적인 명제이다. 이러한
점에서 그는 소동파의 사상과 어느 정도에 겹쳐 있는 공통한 이데올로기
가 존재된다. 이를 통해 그가 소동파의 문학소질을 존경하고 동파의 세계
관을 인동하여 자아의 경지에 비해 시대와 상이한 외로움을 거쳐 있었다.
그의 교만하여 남들과 뒤섞이지 않은 심경은 이계하의 <적벽가>에 차운
하여 답하려 지은 <次韻酬李季夏赤壁歌>를 통해 파악할 수 있다. 여기서
그의 동파의 결작 <적벽부> 시어를 인용하는 것도 엿볼 수 있다. 어울려
동파에 못지않게 기세와 풍류가 전편 문장에서 흐르고 있다. 원문을 살펴
보면 다음과 같다.

---

17) 박종우, 「풍성한 시정과 호연한 기상을 담아낸 고산의 작품세계」 1권, 『한국문집변역총서』,
    한국고전번역원, 2013.

「次韻酬李季夏赤壁歌」

| | |
|---|---|
| 야성에 숨어 사는 우리 신 선생 | 野城逸人申夫子 |
| 한번 보고 서로 만난 것이 기뻤는데 | 宿昔一見欣相遇 |
| 나에게 고을 서쪽 적벽을 말하면서 | 謂我縣西有赤壁 |
| 그 아래 맑은 강이 누인 베와 같다네 | 其下澄江如練布 |
| 소선이 세상을 떠난 지 어언 천년 | 蘇仙仙去已千年 |
| 지금 세상에서 그 누가 돌아보려 하랴 | 今世何人肯相顧 |
| 강가에 가을빛이 바야흐로 차려지려 하니 | 江上秋光方准備 |
| 강 귀신도 안목 있는 자가 보기를 원하리라 | 江神應要具眼睹 |
| 나의 벗 이후가 이런 때에 왔으니 | 吾友李侯此時來 |
| 하늘이 건구를 짝하게 함이 아니리오 | 豈非天敎巾屨偶 |
| 내 낀 트레머리 산은 줄지어 다투어 환영하고 | 煙鬟森列爭相迎 |
| 일만 대열 붉은 치마는 발 구르며 춤을 추네 | 萬隊紅裙踏筵舞 |
| 이후는 성벽이 멋진 시구 욕심내는지라 | 李侯性癖耽佳句 |
| 식초 마실지언정 시 없으면 읍도 안 해 | 不揖無詩寧飮醋 |
| 대하를 부지하게 조물이 허락하지 않고 | 造物不許支大廈 |
| 적벽에서 노닐 것을 이미 분부하였다오 | 赤壁之遊已分付 |
| 천상의 신선이 부구 사이에서 유희하나니 | 天仙遊戲浮漚間 |
| 어느 때나 뗏목 타고 은하수에 오를는지 | 幾時乘槎上銀浦 |
| 저녁에 일만 골에 울리는 생황과 종소리여 | 晚來萬谷酣笙鐘 |
| 담생활 그만두면 그것이 나의 괴로움이라 | 淡生活休爲我苦 |
| 문장유도의 폐단을 없애지 못한지라 | 門墻有徒弊不祛 |
| 배우려는 이들이 선선히 뒤따라오네 | 媚學躍躍隨步武 |
| 바가지 술잔 권한 일 그대와 함께하며 | 擧匏相屬與子同 |
| 돌아갈 때 서리와 이슬 젖는 줄도 몰랐다오 | 歸時不覺霑霜露 |
| 모래사장 지팡이 짚고 앞서거니 뒤서거니 | 扶筇沙際相後先 |

| | |
|---|---|
| 하늘에는 명주실처럼 환히 빛나는 은하수 | 仰見河漢明如素 |
| 밥 짓는 연기 희미한 물가의 서쪽 마을 | 煙火依微水西村 |
| 나무 한 그루 노부의 집이 눈에 들어오네 | 指點老夫家獨樹 |
| 그대는 보지 못하는가 | 君不見 |
| 소선은 퉁소 부는 객만 대동하였으니 | 蘇仙只携洞簫客 |
| 당년의 흥치가 금일에 미치지 못함을 | 當年不及今日趣 |
| 그대는 보지 못하는가 | 君不見 |
| 나의 마음 아득히 미인을 바라보며 | 渺渺余懷望美人 |
| 오늘 방불하게 당년의 걸음을 밟는 것을 | 今日宛踏當年步 |
| 이곳에 그 누군가 뒤에 다시 온다면 | 此地誰爲後來者 |
| 그때 지금을 봄이 지금 옛날을 봄 같으리라 | 後視今如今視古 |

이 문장은 소동파의 〈구산변재사〉와 〈유노산차운장전도〉 시에 나온 시구와 典故를 참고로 많이 인용한다. 본문이 주로 〈전적벽부(前赤壁賦)〉에 나온 시어와 표현 양상을 중심으로 분석하자고 한다.

앞의 시구는 고산이 소동파의 적벽선유를 언급하여 蘇仙가 타계한지 오래된 시간에 대한 유감을 드러난다. 前人을 잊혀진 외진 세상을 폭로하고 후문의 주제를 호응하기도 한다. 적벽부와 달리 고산은 뱃놀이의 강물에 대해 집중하게 묘사한다. 강물을 練布로 비유하여 가을의 澄江 귀신도 보기 원한다는 시구를 지었다. 적벽부에 壬戌之秋 의 계절과 일치하게 설정한다. 하지만 명월, 바람이라는 소재를 사용하지 않고 江의 특징을 잡고 마디마디 쇳소리가 난듯하다. 동파의 문학을 수용해서 나름대로 변용하는 경형을 볼 수 있다. 거침없는 시구로 유인 李候와의 만남과 창서를 그리하고 선유풍경도 묘사한다. 이어서 자아의 심경을 표로하여 괴로움을 시구에 부여한다. 고산의 '擧匏相屬與子同'은 적벽부에 나온 "하나의 잎사귀

같은 조각배를 타고서, 바가지 술잔 들어 서로 권한다.[駕一葉之扁舟 擧匏樽
以相屬]"라는 말을 수용하여 7언 율시의 문장을 새롭게 창작한다. '歸時不
覺露霜露'도 <적벽부>중의 '白露橫江'의 분위기를 암시하면서 호응한다.
동시에 이 시구의 '不覺'라는 언어를 사용하는 것이 '相與枕藉乎舟中 不知
東方之旣白'의 '不知'와 형식상이 다르지만 똑같이 미묘한 효과를 내고 있
다. 그의 '君不見'가 이 문장에 생동감 있는 필치의 역할을 담당한다. 두
번씩 '君不見'로 시작하여 대우 對偶의 시구를 이루어진다. 소동파의 적벽
선유를 볼 수 없고 미인도 볼 수 없다는 감탄을 나타난다. '渺渺余懷望美
人'은 <적벽부> 시에 "나의 마음 아득하고 아득하게, 하늘 한쪽의 미인
을 바라보도다.[渺渺兮余懷 望美人兮天一方]"라는 말이 나온다. <적벽부>의
명월을 비유한 미인을 보지 못한 세상인간들이 나의 속에 사상도 이해하
지 못한 여감을 부각한다. 여기서 미인은 명월이 아니 고산의 고고한 심
경을 가리킨다는 것으로 간주할 수 있다. '後視今如今視古'는 전편 문자의
중심주제로 이해된다. 역사의 강물이 멈춰질 수 없고 후인도 지금처럼 옛
시기, 옛 사람을 생각하면 자아의 경지를 사색하겠다는 동감이 나타낸다.
무궁진적인 시간의 지남을 감탄하면서 시대와 공간에 비해 인간의 소외
감도 느끼고 있었다는 경형을 보인다.

고산의 <次韻酬李季夏赤壁歌>는 동파 <적벽부>의 언어를 수용한 다
음에 변용하다는 점이 더 문학적 가치를 가지고 있다. 동파에 뒤지지 않
은 재능을 자시하고 한국 문인들의 문학오기를 형상화하여 무심코 드러
난다.

### (3) 조찬한의 〈赤壁賦〉

앞서 언급하는 대로 <적벽부>는 중국문단에서 찾아보기 힘든 체재로

창작한 작품이다. 조선시대 문인들이도 이러한 부(賦)에 대하여 흥미로움
을 갖게 된다. 조선 중기 문단의 거장으로 詩文, 騈文과 辭賦에 뛰어났
다.18) 상술한 두 문장과 달리 조찬한의 〈적벽부〉는 문장구조부터 언어
표현까지 소동파의 〈적벽부〉를 수용한 표상이 뚜렷한 대표작품이다. 심
지어 제목이 〈의적벽부(擬赤壁賦)〉도 아니고 하필 〈적벽부〉로 정해진다.
이에 의하여 조찬한은 동파의 문학적 재치를 넘어서려 시도했던 문인 자
부심, 자신감을 걸고 글 속에 생생하게 전해진다. 그의 작품을 읽어 갈수
록 그의 높은 문학소양을 감득할 수 있다.

조찬한도 조선 중기의 정치관직을 역임한 문학자이다. 그가 광해군 11
년(1619) 同副承旨에 제수된 후 1620년 가을에 〈적벽부〉를 지었다. 동파
의 〈적벽부〉가 창작된 이후 문학작품의 창작배경이 된 오강 적벽에 동
파의 적벽선유라는 고사가 하나 더 생겨나게 된 점, 조 선에서 적벽선유
를 재현하고 있는 점, 아직까지 동파의 〈적벽부〉를 잇는 다른 賦가 없다
는 점을 염두에 두고 글을 구상하여 그만의 독창적인 〈적벽부〉를 창작
하게 된다.19) 원본에 대한 깊이 고찰하여 의식을 갖고 있는 상태에서 자
아의 방식으로 수용하고 다시 변용하여 성공적인 작품을 창작하다는 평
가를 낼 수 있다. 동파의 고결함을 흠모하여 뱃놀이를 재현하는 점에 더
나아가 동파에 필적한 후에 조선 문인의 풍류, 문학재능을 보여준다.

조찬한의 〈적벽부〉에서 어떤 식으로 수용하는지, 어떤 시어와 표현방
식을 수용하는지 이어서 원본을 살펴보고 토론하기로 한다.

---

"歲庚申時九月後重陽先望日, 先生與客, 舟游石壁. 于時驟雨旋止, 狂颷忽息. 水淸若空, 纖纊初濯.刺鏡面而遲遡, 覽形勢之紆直. 執卮酒以相酬, 流左右而遊目. 紛錦累而繡堆, 杳霞連而霧屬. 遠而望之兮, ↑雙龍鱗之照爛. 近而察之兮, 驚虎豹之藏蹲. 雕山骨之戌削兮, 琢雲根以頹疊. 恍如女媧之所鍊兮, 塞天竇而餘素質. 又如大禹之所鑿兮, 決龍門而河道闢. 若非鬼運而神輸兮, 疇克岸委而崖積翠? 疑長鯨之曝鬐兮, 白訝防風之朽骨. 夫何造化之神權兮, 幻至奇以無迹?"20)

於是先生執酌流眄, 噯然長歎曰, 厥初開張, 孰主張是. 其始芒芒, 我昧斯理. 若以設此者, 爲有意於固國, 崤函漢方兮, 無奈秦楚之亡. 若以設此者, 爲無意於固國, 胡然周遭兮, 屹若長城與巨防. 況箕檀至於濟麗兮, 孰有恃此以滅敵? 緬先朝蟊子之充斥兮, 慘王師望風而魚肉. 至今江波之嗚咽兮, 想魂悲而鬼泣. 天之設此抑何意歟?

客有出位者, 應聲答曰, 以余所料, 似非偶耳. 今者昧朝, 木道將啓, 天乃晦冥大雨, 以風倒海翻山. 混混濛濛, 江商下碇, 陸旅止轄, 船于此地, 神所難卜. 然而先生猶且怡然, 不以爲惑. 回風止雨, 如叱老僕. 爰開爰霽, 曾不瞬息. 旣申之以晴景, 又重之以明月. 秋江淨兮如練, 壁色露兮無隔. 榜人喜兮棹謳發, 芳酒御兮嘉蔬錯. 江妃出兮水神嬉, 巢鶻起兮潛蛟躍. 豈非神明之默佑, 快先生之淸賞, 俾揮毫而摛藻, 摸勝區之景象, 答造化於千古? 有今日之高蹋, 是知先乎蘇子幾千年兮, 無是作於赤壁, 後乎蘇子幾千年兮, 亦無作於赤壁. 然則天之創赤壁, 非爲吳蜀也, 爲蘇子也. 安知今之有石壁, 非爲歷代固國而威敵, 只爲先生一言而設也? 言未旣, 先生乃揮手止之, 微笑不答, 俛然放筆, 如有慚色

조찬한의 <적벽부>는 동파의 원문과 마찬가지 객과 질문, 해답의 형식으로 형성된다. 전편문장은 단락이 3개로 나누어 있고 서경, 설문, 답함세 가지 중심으로 품고 있다. 표현 양상의 차원에서 고찰하면 조찬한의 작품은 대화의 체재 형식을 수용하여 중심윤리를 객과 대화 속에 담아 짓

---

20) 『玄洲集』권13, 한국문집총간 79, 377~378면.

은 작품이다. 시구가 참치부제이지만 다양한 시율격을 사용하는 점이 특색이라는 생각이 난다.

첫 단락은 4언, 6언, 7언 시구를 사용하여 석벽의 험준한 모습을 직관적으로 묘사한다. 풍(風), 우(雨)의 형태를 결합하는 것은 석벽의 기험함이 더 가미하게 묘사된다. 4언 시구는 주로 자연사물의 행태를 그리고 6언 시구는 거의 다 비유의 수식방법을 인용하여 석벽의 험준한 기세를 더욱이 드러난다. 비우된 대상은 거의 거대한 동물이나 사물이다. 소동파의 〈적벽부〉에서 객의 노랫소리를 묘사할 때 '舞幽壑之潛蛟' 蛟龍의 이미지를 이용해서 소리의 은은한 거세를 만들어한다. 조찬한의 〈적벽부〉는 강물에 난 빛을 용의 비늘로 비유하여 후 단락에서도 巢鶻들이 날아가는 모습을 潛蛟의 뛰어오른 이미지로 비유하면서 석벽의 풍경을 한층 더 구체적으로 부각한다.

이에 험준한 석벽은 국가를 지켜주는 역할도 담당하고 왜적을 막히려는 요새로 간주된다. 그러나 이렇게 거창한 석벽을 넘어서 왜적이 조국, 가정을 침범하는 것은 작가의 질문을 던졌을 것이 된다. '조국, 가족을 지켜주지 못하면 하늘은 이 석벽을 험준하게 잘 만든 이유는 뭐였을까?'라는 질문은 바로 작가가 가족을 잃은 불행한 고수이고 마음속의 깊은 슬픔으로 삼아 있는 것으로 본다. 이 단락에 문장이 설문 형식으로 이루어지고 假定대우의 시구를 만들기도 한다. '若以設此者, 爲有意於固國, 崤函漢方兮, 無柰秦楚之亡. 若以設此者, 爲無意於固國, 胡然周遭兮, 屹若長城與巨防. 況箕檀至於濟麗兮' 여기서 볼 수 있는 것은 一反一正을 제기하는 사상이다. '若以設此者' 후의 시구의 뜻이 대립한 상황이므로 두 방면을 고찰하여 통일한 최중의 문제를 끌어낸다.

질문을 들고 나서 답하려는 객이 등장한다. 3단락은 객이 동파의 〈적벽부〉에 있는 典故를 인용하여 이 문제를 해당하고 답이 만들었다. 그 험준한 석벽이 적에 대한 방지책이 아니고 국경을 지키는 역할도 아니라 바로 질문자를 위한 것이다. 소동파의 <적벽부>와 같은 적벽은 吳蜀의 전쟁을 위한 것이 아니 소동파를 위해 존재한다. 조찬한은 서벽의 아름다움과 기험한 기세를 겸비하는 풍경을 그리고 화자의 불행한 신세를 폭로한다. 객이 화자의 사별슬픔이 그의 질문에 품고 있는 것을 통찰하고 이러한 위로한 답을 만들어내는 것으로 해당한다.

조찬한은 <적벽부>를 수용한 후에 자아의식을 부여하고 새로운 창작을 시작한다. 석벽에 선유하면서 소동파의 문학을 탐구하고 신 해독을 얻게 된다는 점이 조선 문인들의 수용한 작품에서도 탁월한 수준이다. 더욱이 가장 중요한 것이 이로 인해 조선 문인들의 문학적 자부심과 재치를 파악할 수 있다.


## 4. 소결

소동파가 적벽에서 뱃놀이를 하며 남긴 <前‧後赤壁賦>가 고려 및 조선에 전파된 이후 조선에서는 그로 말미암은 뱃놀이가 칠월 旣望이나 시월 보름날에 행해졌다.[21] 이러한 풍속은 동파의 적벽 船遊를 풍류로 인식하면서 성행하였고, 문인들의 예술적 감흥을 일으켜 그와 관련된 그림이나 詩賦 등과 같은 예술작품의 탄생에 일조하였다. 본고는 2장에서 소동파의 <前赤壁賦>를 원텍스트로 하여 언어 표현을 분석하고 작가의 심경과 감장을 탐구해온다. 3장에서 조선조 문인들의 몇 수용된 작품들을

---

21) 姜慶熙, 「조선시대 東坡 <赤壁賦>의 수용–赤壁船遊와 <赤壁賦> 倣作을 중심으로」, 『중국어문학논집』, 중국어문학연구회, 2010, 409면.

살펴보면서 이들이 원텍스트를 어떻게 변용하여 자기화하였는지 살펴보았다.

　고전문학에서 고대 문장의 자연스럽고 소박한 양식을 존중하는 주류가 있다. 전고(典故)를 즐겨 인용하는 것은 하나의 공통적 특색이라고 말하겠다. 시나 문장은 선인의 명언이나 고사를 인용함으로써 표현 내용을 더욱 풍부하게 생생하게 만들 수 있는 기능을 갖춘다. 그렇지만 전고가 지식인의 공통의 광장에서 벗어나면 난해하다는 비난을 면할 수 없게 된다. 그러나 한국 조선조 문인들이 이런 역경을 넘어서 자신의 처지를 결부하여 소동파의 문학을 수요하여 변용하면서 창조적으로 새로운 경지를 만들어냈다. 이를 통하여 한국 한문학의 영역을 더욱이 확장시키고 큰 영향을 가져주었다. 이러한 수용과정은 조선조 문인들의 문학수질을 나타나고 지혜적인 표출로 간주할 수 있다.

## 참고문헌

姜慶熙, 「조선시대 東坡 <赤壁賦>의 수용-赤壁船遊와 <赤壁賦> 倣作을 중심으로」,
　　『중국어문학논집』, 중국어문학연구회, 2010.
徐居正, 「四佳詩集」, 『한국문집총간』 11, 민족문화추진회, 1988.
趙纘韓, 『玄洲集』, 『한국문집총간』 79, 민족문화추진회, 1991.
허권수, 「蘇東坡 詩文의 韓國的 受容」, 영남중국어문학회, 『中國語文學』, 제14집, 1988.
조규백, 「고려시대 문인의 蘇東坡 詩文 受容 및 그 의의(1)」, 경북대학교 퇴계학연구소,
　　『退溪學과 韓國文化』, 제39집, 2006.
정도상, 「玄洲 趙纘韓의 文學 一考」, 근역한문학회, 『한문학논집』 제18집, 2000.
윤미길, 「趙纘韓의 현실인식」, 한국어교육학회, 『국어교육』 제93집, 1997.
王水照著, 曹圭百譯, 『중국의 문호 소동파』, 월인, 2001.
「前赤壁賦」 <古文眞寶後集>, 卷八, 2012.
윤호진, 「韓國 漢文學의 東坡受容樣相」, 영남중국어문학회, 『中國語文學』, 제12집, 1986.
李昌龍, 「蘇東坡의 投影」, 통일인문학 8, 1976.02.

인터넷 자료 참고
徐居正, 「蘇仙赤壁圖」, 『四佳詩集』 권51, 한국문집총간. 인터넷 자료.

# 찾아보기